Chère lectrice,

Entre les courses e[...] la recherche du dernier cadeau manquant, la préparation du repas de réveillon, et l'installation des décorations de Noël, avez-vous eu le temps de penser un peu à vous ? A ce que vous aimeriez trouver au pied du sapin ? Je suis sûre que du bijou raffiné au petit pull en cachemire que vous avez repéré depuis des mois, les envies ne vous manquent pas. Mais peut-être que, comme moi, ce qui vous fera le plus plaisir, c'est la surprise que ceux que vous aimez auront préparée pour vous. Le cadeau qu'ils auront choisi en pensant à vous, et qu'ils vous offriront avec une chaleur spéciale dans le regard. Vous savez, cette tendresse qui soudain efface tous les tracas, fait disparaître la fatigue et les tensions, et qui nous illumine pour longtemps. Car quoi que nos proches puissent nous offrir, ils ne pourront pas nous décevoir : après tout, ce fameux petit pull en cachemire, nous pourrons nous l'acheter nous-mêmes. En revanche, le sentiment d'être entourée et de pouvoir compter sur ceux qui nous sont chers, voilà ce qui ne s'achète pas, et qui constitue le plus beau des cadeaux.

Je vous souhaite de passer d'excellentes fêtes.

La responsable de collection

La passion incognito

*

Un jeu si troublant

ISABEL SHARPE

La passion incognito

Collection *Passion*

éditionsHarlequin

*Cet ouvrage a été publié en langue anglaise
sous le titre :*
ALL I WANT...

Traduction française de
MARIEKE MERAND-SURTEL

HARLEQUIN®

est une marque déposée du Groupe Harlequin
et Passion® est une marque déposée d'Harlequin S.A.

Toute représentation ou reproduction, par quelque procédé que ce soit, constituerait une contrefaçon sanctionnée par les articles 425 et suivants du Code pénal.
© 2005, Muna Shehadi Sill. © 2006, Traduction française : Harlequin S.A.
83-85, boulevard Vincent-Auriol, 75013 PARIS — Tél. : 01 42 16 63 63
Service Lectrices — Tél. : 01 45 82 47 47
ISBN 2-280-08471-6 — ISSN 0993-443X

1.

Mardi 29 novembre

*Dès l'instant où Emma Wellington entre en scène,
tout l'intérêt de la nouvelle comédie musicale* Coup de
chaud *disparaît. Non, attendez, pas tout l'intérêt ! Il
reste une sorte de fascination presque morbide, un peu
comme quand on voit un train foncer à toute vitesse
dans un autocar plein d'enfants.*

*Cette femme, ni personne autour d'elle, n'a donc jamais
entendu parler de notions telles que leçons de chant,
jeu théâtral, indications de mise en scène ? Pinocchio
était moins raide. Bouton d'Or moins cruche. L'Homme
invisible avait plus de présence.*

*N'y avait-il dans Boston aucune autre actrice qui
sache tenir une note, déclamer deux phrases avec un
minimum de naturel, et bouger en harmonie avec le reste
de la troupe, plutôt que cette poupée tout juste bonne à
tortiller des fesses pour monopoliser l'attention ?*

*Bon, d'accord, j'ai tort de dire ça. Le talent n'a rien
à voir là-dedans. Avec Emma Wellington, il ne s'agit
jamais de talent, mais d'argent. Il s'agit d'une fortune
familiale obtenue grâce à une chaîne de magasins. Il s'agit
du choix de son père de la laisser vivre à sa guise avant*

7

qu'elle soit assez mûre pour gérer cette fortune. Il s'agit de devenir célèbre en s'illustrant par la médiocrité.

Mais pourquoi ne cherche-t-on plus la meilleure distribution possible ? Le public est-il à ce point toqué de renommée ?

Navrant. Dans mon fauteuil, regardant le jeu limité d'Emma, écoutant sa voix geignarde chanter faux, je n'avais qu'une envie : dégainer un pistolet à fléchettes pour lui expédier un soporifique. N'importe quelle doublure serait meilleure. Même moi, tiens !

Soyons réalistes !

Judie Marlow relut le dernier billet de son blog, croquant pensivement des chips à la fleur de sel, ce qui était une mauvaise idée si elle voulait conserver un poids acceptable. En fait, elle avait commencé par en apporter un petit bol raisonnablement rempli. Mais après trois petits bols raisonnables, lassée d'aller et venir dans la cuisine — et plus encore d'être raisonnable — elle avait déposé le sachet tout entier sur son bureau archi-encombré.

Parfois, des chips étaient indispensables. Or, c'était le cas.

Emma Wellington rendait Judie folle. Non seulement parce que sa sœur Lucy, qui chantait, jouait et dansait mieux qu'Emma, avait aussi postulé — presque traînée de force à l'audition par Judie — pour le rôle de Bridget dans *Coup de chaud*, et qu'elle n'avait pas eu le rôle. Mais surtout par principe. Trop de fausses icônes idiotes dominaient le monde du show-business — voix trafiquées électroniquement, physiques modifiés par la chirurgie pour répondre aux canons d'un idéal factice de perfection. Sans parler de ces gamines qui vendaient du sexe avant d'avoir l'âge de le connaître…

Et puis, cela lui arrachait le cœur qu'un talent comme celui de sa sœur Lucy soit gâché. Et plus encore, de la voir faire un stupide travail de bureau le jour, et se produire dans des cabarets le soir devant une poignée de vieillards, pendant que des princesses capricieuses comme Emma Wellington décrochaient la timbale malgré une absence totale de talent.

Judie s'était donné pour mission de combattre les apparences rutilantes et illusoires dont se revêtait le monde, en les dénonçant sur ses blogs, dans ses articles pour Internet, pour le *Boston Sentinel* ou tout autre journal prêt à la publier. Malgré le poste à plein-temps que faisait miroiter son rédacteur en chef, Judie voulait conserver son statut indépendant, et donc la liberté de lancer son message dans le plus de directions possibles, telle une pieuvre.

Folie, clairvoyance, obsession ? Peu lui importait ce qu'on pensait, elle tenait à imprimer sa marque. A lancer une sorte de retour à la qualité, à un rythme plus naturel de vie, auprès des gens à l'existence obnubilée par le temps et l'argent. Un mouvement vers l'authenticité, en somme.

Aussi avait-elle créé son propre site Web, *Soyons réalistes*, où elle épinglait régulièrement toute tromperie, tout piège qui éveillait son attention : un nouveau gadget alimentaire emballé dans une sophistication exagérée, une nouvelle star à la gloire indûment conquise, une nouvelle destination incontournable de vacances ressemblant plus à un parc à thème qu'à un hôtel. La saison de Noël suscitait une véritable commercialisation à outrance, poussant à dépenser plus dans une rivalité affolante de produits pour enfants hystériques et adultes déchaînés armés de cartes de crédit.

Et lorsque Jeff Sites, un chroniqueur régulier du *Boston Sentinel*, avait évoqué les diatribes de Judie dans un de ses articles, le nombre de visiteurs de son blog s'était envolé.

Un vrai bonheur.

Plus les gens se demanderaient dans quoi partaient leurs dollars durement gagnés, plus ils exigeraient de la qualité. Du moins l'espérait-elle. Peut-être même laisseraient-ils leurs portefeuilles dans leur poche, pour rester à la maison chanter avec leurs enfants, ou jouer avec les innombrables objets qu'ils avaient déjà. Alors les petits génies du marketing réfléchiraient peut-être à quelque chose de plus intéressant.

Des produits de bonne qualité et à des prix abordables, par exemple…

Judie expédia son billet, puis consulta en bâillant l'horloge affichée en bas de l'écran d'ordinateur. Mince, presque minuit ! Il était temps d'aller dormir.

Elle jeta un coup d'œil circulaire sur la pièce,

et soupira. Un environnement plus agréable serait bienvenu.

Une fois debout, elle étira les muscles de son dos, toujours noués malgré de fréquents exercices de relaxation. Puis reporta le sachet de chips dans sa petite kitchenette, où l'attendait une pile de vaisselle sale. Courage ! Elle la faisait toujours avant de se coucher. Un espace de vie propre et rangé était essentiel pour bien débuter une journée. Surtout compte tenu de l'exiguïté de son deux-pièces.

La vaisselle faite, Judie prit une bouteille d'eau dans le vieux réfrigérateur — qui avait besoin de nettoyage, lui aussi, puis alla se brosser les dents avant de gagner sa chambre. En jetant un regard à l'affreux papier peint orange et brun qui recouvrait les murs — comme ceux du salon-bureau-salle à manger — elle soupira de nouveau. Un jour, elle aurait un appartement génial, à Cambridge, ou près du port, pourquoi pas, avec un plancher de bois brut recouvert de beaux tapis de laine tissée. Un jour. Lorsque sa popularité et son message se seraient répandus dans tout le pays. Lorsqu'elle aurait écrit son premier livre. Lorsqu'elle passerait à la télé…

« Hé, du calme. Reviens au présent, Judie. »

Elle entama son yoga rituel du soir en prenant la posture de la montagne, droite et immobile dans l'étroit espace entre son lit et le mur. Elle se concentra pour vider son esprit de toute pensée, se concentra sur les sensations de son corps, sur le jeu de ses muscles qui tenaient la pose, dos droit, menton parallèle au sol, respiration ample…

Ensuite, le salut au soleil : expiration, mains jointes en prière, inspiration, paumes vers le ciel ; expiration, lent plongeon en avant, front sur les genoux…

Après tout, songea-t-elle tout en essayant de garder la posture, pourquoi n'écrirait-elle pas un article sur les bénéfices de la pratique quotidienne du yoga ? Avec une pointe d'humour, en mettant l'accent sur la satisfaction spirituelle, comme moyen efficace de réduire des dépenses en choses inutiles, mais en évitant tout prosélytisme, simplement une…

Allons, se rappela-t-elle soudain, elle était censée vider son esprit de toute pensée.

Inspiration, expiration. Son corps suivait automatiquement les phases de la posture. Inspiration, expiration…

Demain, elle se documenterait pour le papier proposé à *Budget Voyage Magazine,* sur des escapades romantiques hors des sentiers battus et néanmoins abordables, loin des pressions de la saison de Noël. Elle pourrait aussi commencer à jeter des notes sur le yoga. Et il fallait qu'elle termine l'article pour *Cuisine et Vins*, sur le goût immodéré des Américains pour le trop salé et les saveurs artificielles…

Se vider l'esprit ? Décidément, ce soir, elle n'y arriverait jamais !

La sonnerie du téléphone l'arracha à ses tentatives de paix intérieure. Seule Lucy pouvait l'appeler à cette heure, en rentrant de son numéro de chant chez Eddie's.

— Salut, Judie.

Judie fronça les sourcils. La voix de sa jeune sœur n'exprimait pas particulièrement la jubilation. Mais c'était fréquent, ces derniers temps.

— Mauvais public, ce soir ? demanda-t-elle.

— Pas terrible, admit Lucy. A peine s'ils m'écoutaient.

Elle semblait au bord des larmes.

Voilà encore un sujet en or, songea Judie. Le manque de courtoisie d'un public saturé de technologie et n'ayant plus l'habitude du spectacle en direct. Sans lâcher le téléphone, elle ôta son pull, laissant sa sœur combler le silence. Quelque chose d'autre perturbait Lucy. Elle connaissait les embûches de son métier, et avait déjà dû affronter des auditoires plus cruels que celui de ce soir.

— Ensuite, je suis rentrée à la maison et Link et moi…, c'est à peine si nous nous parlons, lâcha enfin Lucy.

Judie se figea. Lincoln Baxter était le fiancé de sa sœur depuis plus de quatre ans, et il n'avait même pas encore été fichu d'acheter une bague… Franchement, si on voulait vraiment épouser quelqu'un, pourquoi ne pas le faire ? Cela faisait six ans qu'ils étaient ensemble, depuis leur dernière année de fac, et selon Judie, la magie s'était ternie. Tous deux feraient mieux de chercher un nouveau partenaire.

— Il passe ses soirées devant la télévision, poursuivit Lucy. Il ne vient plus jamais m'entendre chanter. Ensuite, il se couche très tard, et quand par hasard nous allons au lit en même temps, eh bien…, il ne se passe rien.

Judie posa son pull sur la chaise. Elle voyait le tableau. Plus d'intimité dans le couple. Autant vivre avec un mannequin de vitrine.

Tiens, et pourquoi pas un article sur le comportement hypocrite des hommes en phase de séduction ? Bon, et aussi celui des femmes, sinon on l'accuserait de détester les hommes. Ce qui était loin d'être le cas, bien qu'en considérant l'insatisfaction récurrente de sa vie sentimentale, Judie commençait à sérieusement se poser des questions.

— Lucy, je pense qu'il est temps de revoir cette relation.

— Oh non, protesta Lucy d'une voix affolée. Les choses ne vont pas si mal que ça.

— Tu ne peux pas rester avec Link simplement par peur de la solitude.

— C'est l'homme de ma vie, Judie. Je l'ai su dès l'instant où j'ai posé les yeux sur lui.

Tu parles ! maugréa Judie en son for intérieur. Cette histoire d'amour au premier regard était du pipeau.

14

L'alchimie entre deux êtres, l'attirance immédiate, oui, elle y croyait. Mais l'amour avait besoin de temps. L'amour, c'était ce qui restait lorsque l'engouement du début s'était estompé, lorsque la passion s'était calmée. L'amour, c'était ce qu'elle voyait après tout ce temps dans les yeux de ses parents.

— Aucun de vous n'est le même depuis la fac, reprit-elle en enfilant sa chemise de nuit, toujours sans lâcher le téléphone. Les gens changent, Lucy, tu sais.

— Non, Judie, ce n'est qu'une mauvaise passe, j'en suis certaine. Il faudrait que quelque chose nous arrive, mais je ne vois pas. Bon, je vais te laisser. On déjeune ensemble lundi ?

Après avoir pris congé, Judie raccrocha, préoccupée. Sa sœur était une fille adorable et incroyablement douée. Elle méritait vraiment de connaître l'amour, la célébrité et le bonheur. Au lieu de quoi, elle avait été évincée sur scène par une bimbo idiote, et restait enchaînée à un homme indifférent à ses multiples talents. Loyale, brillante, intelligente, douce, belle, sexy, rayonnante, Lucy avait tout pour elle. Mais aujourd'hui, la déception la ternissait.

Judie mit ses bouchons d'oreille et se glissa dans son lit. Si Lucy avait obtenu le rôle dans *Coup de chaud*, cela l'aurait galvanisée et lui aurait donné le courage de quitter Lincoln, pour trouver un homme qui la mérite. Un nouvel amour à la mesure de l'extraordinaire, fabuleuse personne qu'elle était.

Sauf que c'était Emma Wellington qui avait décroché le rôle, songea-t-elle avec irritation. Encore une pierre dans le jardin de cette peste !

Affalé dans son fauteuil de cuir préféré, Seth Wellington contemplait la vue par l'immense baie vitrée de son appartement de Boston sud. La vision du port lui rappelait constamment que le monde ne se composait pas uniquement de mornes bureaux d'entreprises. Après un soupir, il baissa les yeux vers l'écran de son ordinateur portable, sur lequel s'affichait le blog dont sa collègue Mary Stevens venait de lui transmettre le lien. Cette Judie Marlow avait une sérieuse dent contre sa demi-sœur Emma, songea-t-il en grimaçant. Il avait vu *Coup de chaud* la semaine précédente, et, si Emma ne serait jamais Julia Roberts, elle n'était pas non plus aussi mauvaise que le prétendait cette cynique journaliste.

Ce blog tombait plutôt mal. Depuis qu'il occupait en intérim la fonction de directeur général des Magasins Wellington, pendant que son père se remettait d'un infarctus, Seth tentait de convaincre le conseil d'administration de réactualiser l'image plutôt ringarde de la chaîne. Le problème, lorsque l'on héritait d'une entreprise datant du XIXe siècle, était que, tels les dinosaures qui s'étaient éteints plutôt que de s'adapter, certains membres du conseil semblaient vouloir que tout demeurât comme lorsque Oscar Wellington avait ouvert son premier magasin, en 1889.

Seth et Mary étaient les membres les plus récents du conseil, et, âgés respectivement de trente-six et trente-neuf ans, de loin les plus jeunes. Cela faisait un an qu'ils luttaient âprement pour changer les choses, gagnant du terrain pour en perdre un bout ensuite, deux pas en avant, un en arrière. Mais leurs efforts finiraient par être récompensés, Seth en aurait mis sa main au feu. C'était pourquoi il attendait avec une certaine impatience, mêlée d'inquiétude, la réouverture officielle des magasins, le 21 décembre prochain, après rénovation complète. Bien entendu, Seth aurait préféré lancer la nouvelle image *avant* la période la plus rentable de l'année, mais le conseil s'était avéré plus ardu à convaincre que prévu, et ensuite, les entrepreneurs n'avaient pas partagé son sentiment d'urgence.

Seth avait choisi Emma pour être la nouvelle porte-parole des Magasins Wellington. Elle était épatante dans les spots publicitaires façon comédie musicale branchée qui seraient diffusés au moment de la réouverture. Toutefois, compte tenu de sa personnalité, ses fonctions de représentante pour le public pouvaient se révéler une entreprise risquée. Mais Emma faisait partie de la famille, portait le nom de Wellington, en raison du remariage du père de Seth, si attaché aux liens du sang. En outre, son expérience de la scène lui faciliterait la tâche devant les caméras auxquelles elle serait exposée — au sens large du terme, vu la coupe minimale de ses vêtements. De plus, elle pouvait combler le gouffre entre la clientèle traditionnelle et celle, plus jeune, que les magasins ne parvenaient pas à attirer en nombre suffisant, malgré les produits dans le vent proposés en rayon.

Mais Judie Marlow était en train de ridiculiser Emma mieux qu'Emma ne le faisait elle-même, et les membres du conseil d'administration ne trouvaient pas ça drôle. Tant que la guerre de Judie se focalisait sur un terrain secondaire, épinglant la fièvre acheteuse d'Emma, ou son obsession à devenir actrice, ils avaient estimé qu'elle ferait peu de dégâts. Mais avec l'attention des médias tournée sur la réouverture des magasins, et une campagne publicitaire diffusée dans toute la Nouvelle Angleterre, le conseil craignait fort que les billets d'humeur de Judie Marlow ne touchent un plus large public, et ne bafouent la nouvelle image sur laquelle les Magasins Wellington comptaient s'appuyer.

Cette Judie pouvait-elle vraiment nuire aux Magasins Wellington ? se demanda de nouveau Seth. A priori, non. Au contraire, même, ses pamphlets pouvaient leur rendre service. Ironiquement parlant, pas de publicité signifiait mauvaise publicité. Néanmoins,

le vitriol de Judie lui restait sur le cœur. Non seulement parce que Emma était sa demi-sœur, mais aussi
parce qu'il s'était énormément investi dans l'avenir de
l'entreprise. Et s'il avait accepté le poste de directeur
général à contrecœur, il y avait mis toute son énergie.
Et il n'avait pas l'intention que ce sacrifice soit réduit
à néant.

Son téléphone portable sonna. Après un regard
méfiant sur le numéro affiché, Seth sourit, soulagé.
Mary. Depuis une bonne heure, il avait esquivé tous les
appels des membres du conseil, n'étant pas d'humeur
à écouter leurs commentaires sur la dernière attaque
de Judie Marlow contre Emma. Il les entendait d'ici.
« Il faut arrêter cette Mlle Marlow avant qu'elle ne
salisse définitivement le nom des Wellington ! » Bla-
bla-bla. Assommant.

Comment s'étonner qu'il aurait préféré être en
train de parcourir le monde, ainsi qu'il en avait eu
l'intention ? A la fin de ses études de commerce, le
voyage prévu pour un mois s'était prolongé sur six
mois, puis une année complète, jusqu'à ce que l'état
de santé de son père ne ramène de force Seth au sein
de l'entreprise familiale.

Certes, la famille comptait plus que tout. Mais
parfois, la famille ressemblait à une prison, songeat-
il en décrochant.

— Salut, Mary.

— Tu as reçu le lien que je t'ai transféré ? J'ai déjà

eu trois appels d'administrateurs. Ils sont remontés à bloc.

— Oui, je l'ai eu, dit-il en s'efforçant de masquer la lassitude de sa voix. On dirait que Mlle Marlow n'a pas apprécié le spectacle.

— En tout cas, si j'entends encore une fois « Ceci risque d'avoir de graves conséquences », je m'achète un billet d'avion pour attendre la fin de tout ça en Jamaïque, ironisa Mary. Tu veux m'accompagner ?

Seth sourit. Il avait eu une liaison avec Mary, mais cela n'avait pas duré, et leur attraction s'était muée en une camaraderie plutôt confortable. Il leur était arrivé de se retrouver dans les bras l'un de l'autre, certains soirs où ils s'étaient l'un et l'autre sentis un peu seuls, mais aucun des deux n'avait cherché à piéger l'autre dans une relation. Il appréciait le genre de femme qu'était Mary. Intelligente, sexy, discrète, et surtout, pas collante. Elle n'avait jamais considéré leurs quelques aventures comme autre chose que ce qu'elles étaient.

— L'idée me semble paradisiaque, répliqua-t-il. Cela dit, combien de fois avons-nous assuré à ces vieux entêtés que le danger de ce blog était minime ?

— Mille fois, affirma Mary.

Plongeant un regard d'envie sur la sombre étendue de l'océan, Seth massa sa nuque tendue.

— Même si je ne veux pas trop m'impliquer là-dedans, vu tout ce qu'il nous reste à faire, peut-être que si je prenais quelques mesures, cela clouera le bec de ces messieurs ?

Après tout, même si Emma se conduisait comme une andouille, ce qui, la connaissant, restait une possibilité, il pensait que le risque en valait la peine. Car si le public associait les Magasins à quelqu'un qu'ils ne respectaient pas, l'image de Wellington en pâtirait sérieusement. Sans parler de l'opinion des administrateurs à son sujet, songea Seth. Certes, il voulait quitter ce poste de directeur général, mais parce que son père serait prêt à reprendre les rênes, non parce qu'il aurait ruiné l'entreprise.

— Tu comptes t'attaquer à Marlow ? demanda Mary.

— Je vais y réfléchir, soupira Seth, qui détestait ce genre de démarche. Juste de quoi calmer les gens du conseil.

Mary éclata d'un petit rire sexy.

— Dois-je vérifier dans les journaux demain si Mlle Marlow a été repêchée dans la rivière Charles avec de jolis souliers de béton aux pieds ?

— Je n'ai pas l'intention d'en arriver là, dit Seth en riant.

— A la bonne heure ! Tu me manquerais terriblement si tu devais purger une peine de prison.

— Aucun risque, sois tranquille. Et merci de m'avoir fait passer le blog, Mary.

— Je t'en prie. Appelle-moi si tu as envie de me parler.

Au timbre rauque de sa voix, Seth comprit qu'il n'aurait qu'un mot à dire pour ne pas passer la nuit tout seul…

— Je n'y manquerai pas, répliqua-t-il. Bonne nuit.

Puis il raccrocha, vaguement coupable d'avoir fait semblant d'ignorer la proposition de Mary. Mais il n'était pas d'humeur. Il avait besoin de concentrer toute son énergie pour éviter que la rénovation des Magasins Wellington s'avère un échec gigantesque, terriblement coûteux et tout aussi humiliant.

Sa dernière gorgée de café bue, Seth alla porter dans la cuisine sa tasse préférée — l'un des ultimes cadeaux de sa mère avant qu'elle ne tombe malade. Il la lava avec soin et la déposa près de la cafetière déjà prête pour le lendemain matin. Un coup d'éponge sur le comptoir laqué, un grand verre d'eau filtrée prise au distributeur du réfrigérateur chromé, puis Seth fit le tour des pièces pour vérifier qu'elles étaient rangées et bien fermées.

Ensuite, il monta à l'étage du luxueux loft qu'il avait acheté, même s'il savait qu'il n'y resterait pas longtemps.

Après une douche rapide, il se glissa dans son lit aux draps impeccablement tirés, avec un bon roman policier. Il avait besoin de se distraire, de fixer son esprit sur quelque chose d'éloigné des vicissitudes capricieuses de la vie réelle.

Dix minutes plus tard, Seth abandonnait ses prétentions de lecture. L'intrigue, si palpitante fût-elle, ne parvenait pas à le détourner de son irritation croissante.

Il éteignit la lampe de chevet et tira les couvertures sous son menton. Etendu sur le dos, les mains sous la nuque, il rumina en observant les rayures de lumière que ses persiennes dessinaient sur le plafond.

Quelque chose dans l'irrévérence de Judie Marlow à l'égard d'Emma frisait l'illogisme. Quelque chose de trop… personnel. Oh, bien sûr, elle était intelligente, drôle en diable, pleine de verve, et volontiers morali-satrice. Après son premier billet sur sa demi-sœur, Seth avait occasionnellement visité son blog, et le plus souvent, ses propos l'avaient intéressé.

Puis, deux mois plus tôt, au moment où Emma décrochait le rôle dans *Coup de chaud*, les attaques à son égard étaient devenues à la fois plus fréquentes et plus virulentes.

Seth s'enroula nerveusement dans ses draps. Force lui était de reconnaître qu'il était intrigué.

Demain, il tâcherait d'en apprendre un peu plus au sujet de cette femme, quelque chose qui puisse rassurer les administrateurs. Pourquoi ne pas leur dire qu'il lui demanderait de calmer ses charges contre Emma ? Cela valait le coup d'essayer. Avec la perspective toute proche de la grande réouverture des Magasins Wellington, il avait besoin que le conseil soit à cent pour cent derrière lui. Le moindre pépin pouvait lui être fatal.

Parce plus vite il redresserait l'entreprise, plus vite il pourrait en rendre les rênes à son père. Et repartir sur la route.

2.

Seth entra d'une démarche assurée dans les locaux du *Boston Sentinel*, une casquette de base-ball vissée sur la tête, les yeux cachés derrière des lunettes de soleil. Un petit anneau d'or brillait à son oreille, et l'air froid de décembre traversait les déchirures de son jean. La capuche du sweat-shirt dépassait de son blouson de cuir, et il mâchouillait du chewing-gum en roulant des épaules. Alors qu'il s'était attendu à fulminer de cette perte de temps, il s'amusait follement.

Sous ce déguisement, personne n'aurait reconnu Seth Wellington IV, héritier de la dynastie et de l'immense fortune du même nom, directeur général de la vénérable entreprise. Cela faisait deux ans qu'il n'avait pas fait quelque chose de ce genre. Pas depuis ses voyages, au cours desquels il empruntait parfois diverses personnalités dans différentes villes, les testant pour voir comment les gens réagissaient.

Enfin, notamment comment les *femmes* réagissaient.

Il s'approcha de la réceptionniste, une petite blonde pétillante, puis s'appuya sur son bureau, regrettant de ne pouvoir retirer ses lunettes pour la regarder au fond des yeux. Mais il risquait de trop dévoiler son visage.

— Salut, comment ça va ?

— Bien, je vous remercie, répondit-elle d'une voix posée, mais sans retenir tout à fait un sourire. Je peux vous aider ?

— Ouais, sûrement, affirma Seth. Je suis Bobby Darwin, un vieux copain de classe de Judie. Elle est là ?

— Judie...

— C'est ça. Marlow, confirma-t-il avec un sourire enjôleur.

— Elle était là ce matin. Vous venez de la rater.

Hochant la tête, Seth tapa sur le bureau, puis mit les poings sur les hanches.

— Mince. Je la rate chez elle, maintenant je la rate ici. Vous savez où elle est allée ?

— Elle a dit qu'elle partait déjeuner, dit la jeune fille.

— Ah oui ? Sans vous inviter ?

La fraîche blondinette rougit tandis qu'elle éclatait d'un rire délicieux. Seth se pencha vers elle avec un sourire irrésistible.

— C'est quoi, votre nom ?

— Charline, répondit la petite en rougissant de plus belle.

— Dites-moi, Charline. Vous savez où Judie est allée ? Je voudrais lui faire un genre de surprise, vous voyez ? On s'est pas vus depuis, oh ! là, là ! — il secoua la main d'un air incrédule — depuis un sacré bout de temps. Puisque je suis en ville, j'ai pensé passer la voir, coucou Judie ! mais je la loupe tout le temps. Vous pouvez m'aider ?

— Je ne sais pas, répliqua Charline, visiblement sous le charme.

Seth regarda autour d'eux, comme pour vérifier que personne ne les entendait, puis fit durer un peu le silence avant de se pencher de nouveau vers la jeune fille.

— Et si vous me disiez où elle est allée déjeuner ?

Une moue hésitante ourla la bouche rose de Charline.

— Je suis un type réglo, hein, je vous le jure, affirma Seth en se redressant. Bon catholique, élevé chez les sœurs.

Le petit rire de Charline lui rappela celui d'Emma.

— Eh bien, si je devais le faire, je pense que je vous dirais que Judie déjeune avec sa sœur au Banquet Thaï, à l'angle juste après le Hall Symphonique.

— Génial. Vous êtes merveilleuse, Charline. Merci !

Reculant de quelques pas, il lui envoya un baiser du bout des doigts avant d'ajouter :

— Si j'avais des roses, je vous les offrirais.

Puis il tourna les talons tandis que Charline répondait au téléphone en gloussant.

Le cœur battant d'excitation, Seth sortit dans l'air glacé. Décidément, tout cela le divertissait beaucoup. Ce matin, il avait trouvé sur Internet des renseignements concernant Marlow, notamment qu'elle était allée à Framingham High School. Il avait découvert le nom de Bobby Darwin sur un site d'anciens élèves. Peu importait à quoi ressemblait ce Bobby aujourd'hui, ni que Judie l'ait connu. Même s'ils étaient encore les meilleurs amis du monde, lorsque Charline mentionnerait son imposture, Seth serait loin. De retour dans le bureau de son père et dans ses mocassins griffés.

Au coin de la rue, Franck, son chauffeur, remit le moteur de la voiture en marche. L'idée d'avoir d'un chauffeur n'excitait pas particulièrement Seth, et moins encore celle d'être transporté dans une Lincoln 1988. Mais il manquait trois ans avant que Franck, au service de son père depuis vingt ans, prenne sa retraite, et Seth n'avait pas eu le cœur de le renvoyer. Franck adorait cette voiture, et, compte tenu de la circulation dans Boston, ne pas avoir à la garer semblait à Seth un cadeau du ciel.

Une fois installé sur la banquette arrière, il lui indiqua l'adresse du Banquet Thaï, puis troqua son déguisement contre un tailleur de flanelle, une chemise à rayures et des chaussures impeccablement cirées. Sa griserie retomba à mesure qu'il reboutonnait sa tenue de directeur général respectable. Déprimante au possible.

Franck gara la longue Lincoln devant le restaurant, réputé pour ses fabuleux currys. Force était de reconnaître que Judie s'y connaissait en gastronomie thaïlandaise. Le Banquet était depuis longtemps une des adresses préférées de Seth.

Quelles nouvelles informations allait-il découvrir sur Mlle Marlow ? se demanda-t-il en franchissant la porte du restaurant décorée de guirlandes de Noël. Le petit topo trouvé sur Internet mentionnait des études à l'université de journalisme de l'Ohio, des liens vers les articles qu'elle avait rédigés. Mais rien qui expliquât pourquoi elle avait pris Emma pour cible.

Si elle déjeunait avec sa sœur, il en apprendrait probablement plus. Une véritable aubaine, même, car les femmes très proches ne pouvaient s'empêcher de se raconter tous leurs petits secrets à chaque rencontre. Tout le contraire de Seth. Ses amitiés bostoniennes étaient plutôt du type « viril » — encore qu'il n'ait guère contacté ses amis depuis son retour — et les discussions se limitaient à des commentaires sur l'équipe des Red Sox ou la plastique d'Angelina Jolie. Cela lui convenait parfaitement. Il estimait que son âme lui appartenait, et ne voyait aucune raison à la déballer régulièrement devant les autres.

Dans le restaurant, humant avec délices les parfums de curry, de coriandre et de citronnelle, Seth décida que la chance était avec lui : à cette heure tardive, le gros de l'affluence du déjeuner était terminé, ce qui lui permettrait de choisir une table non loin de Mlle Marlow. Sans ôter ses lunettes, il parcourut la salle du regard. Si Judie avait l'obligeance de ressembler précisément à l'insipide godiche de la photo de classe qu'il avait trouvée sur Internet…

Raté.

La chevelure blonde et les yeux bleus étaient les mêmes. Mais *insipide* et *godiche* ne faisaient plus partie du portrait. Sa coupe de cheveux effilée et audacieuse encadrait des traits d'une délicatesse quasi féerique et très, très attirants.

Judie Marlow n'était pas du tout ce qu'il croyait. Judie Marlow était une fille sexy en diable.

Comme elle éclatait de rire à une réflexion de sa sœur, son visage fin s'illumina encore d'une énergie radieuse.

Bon Dieu.

Plutôt petite, très mince, elle était vêtue d'une élégante veste noire et blanche. Seth avait imaginé une sorte d'amazone masculine à la mine austère, pontifiant d'une voix de fumeuse sur la médiocrité de ses concitoyens et sur ses propres qualités exceptionnelles.

Intrigué, il réclama à l'hôtesse le box jouxtant celui des deux sœurs. Cachant son visage au passage, il s'assit sur le siège juste derrière Judie, d'où il pourrait écouter sans vergogne leur conversation. On venait de servir leurs entrées, ce qui lui laissait le temps d'entendre des choses intéressantes avant son rendez-vous de 15 heures, avec le directeur des achats qu'il venait d'engager. Perspective bien moins amusante que ce qu'il était en train de faire.

Marasmi vint prendre sa commande. Seth appréciait cette femme à l'allure de matrone mais remarquablement efficace.

— Vous avez choisi ? Je sais que vous n'avez pas besoin de consulter le menu, dit-elle en remplissant son verre d'eau.

— En effet, Marasmi. Je prendrai la soupe au lait de coco et un poulet au curry vert, s'il vous plaît.

— Avec une Singha ?

Seth déclina en souriant.

— Pas de bière aujourd'hui. Je dois retourner travailler.

— Ah, vous travaillez trop, et vous ne vous amusez pas assez ! répliqua Marasmi d'un air désapprobateur.

31

Si elle savait, songea-t-il avant de conclure :

— Faute de temps, comme tout le monde.

Marasmi hocha la tête puis s'éloigna. Seth s'adossa au box, prêt à écouter la bête noire de sa demi-sœur. Avec un peu de chance, la discussion tournerait autour d'Emma, et il saurait pourquoi Judie lui réservait une telle dose de sarcasme et d'amertume.

Cependant, même si elle abordait d'autres sujets, il ne pouvait nier sa curiosité. Après la lecture de ses blogs et de certains de ses articles, cette Judie Marlow l'intriguait énormément.

Sans doute beaucoup trop.

Lucy saisit délicatement une crevette au curry d'ananas.

— Alors, quel est ton prochain projet de boulot ?

— Eh bien…, commença Judie en décochant un coup d'œil à l'homme d'affaires à la trentaine élégante qui longeait leur table pour s'installer dans le box voisin.

Malgré cet aperçu trop rapide, il semblait très séduisant. Reportant son attention vers Lucy, elle piqueta de ses baguettes sa salade de bambou, cherchant comment lui conseiller avec délicatesse de quitter Link.

— Un voyage, en fait, répondit-elle. Je fais un

sujet sur des escapades romantiques qui sortent de l'ordinaire mais abordables, pour les couples qui veulent échapper aux bousculades de Noël. Link et toi pourriez tester...

— Non, la coupa aussitôt Lucy. Il va trouver ça idiot.

Judie hocha la tête en songeant qu'elle pouvait en dire autant de lui, depuis quelque temps.

— Les gens ne devraient pas subir un tel stress pendant cette période. Après tout, Noël devrait surtout porter sur l'amour — l'amour familial, l'amour romantique, l'amour religieux. Amour et tradition, comme chez nous, chants de Noël, bougies et réveillon en famille. Tout sauf cette folie furieuse d'achats que rien ne semble jamais arrêter...

Devant la mine exaspérée de Lucy, elle s'interrompit. Bon, d'accord, son prêche sur Noël était connu.

— Bref, je pars demain dans le Maine. Dans un endroit nommé l'auberge des Sapins, juste après Skowhegan.

— Qui se trouve ? demanda Lucy.

— Au milieu de nulle part. C'est le but. Quarante-cinq dollars la nuit.

— Et rôti d'élan à volonté compris dans le prix ?

Judie éclata d'un rire cristallin.

— Terriblement romantique, non ?

— Tu pars seule ?

— Hélas oui, c'est le point noir, soupira Judie. Mais j'ai décidé de le considérer comme un voyage de reconnaissance pour ma prochaine aventure.

— On dit « histoire d'amour », remarqua Lucy. A croire que le concept te fait peur. Vas-y, essaye de le dire.

Judie rit de bon cœur. Endosser le rôle de chasseuse d'hommes l'amusait beaucoup. L'une comme l'autre savait qu'il ne s'agissait que d'un jeu, mais cela faisait sourire Lucy, et c'était précisément ce que Judie souhaitait.

— A ce propos, si nous parlions un peu de toi ?

— Oh non, gémit Lucy.

— Allez, tu savais que je te poserais la question. Que se passe-t-il avec Link, dis-moi ?

Le beau visage de Lucy se ferma.

— Tout va mal entre nous. Je ne sais pas quoi faire.

— Le quitter ? suggéra Judie, désemparée devant le malheur flagrant de sa sœur.

— Non, pas question. Je l'aime. C'est l'homme de ma vie.

— Mais il ne te rend pas heureuse, Lucy ! Et comment peux-tu être certaine de l'aimer ? D'ailleurs, le problème n'est pas que tu l'aimes ou pas. Le problème est que vous n'êtes pas faits l'un pour l'autre.

— Si, s'entêta Lucy, simplement, on s'est un peu perdus de vue, ces derniers temps.

34

— Je peux être franche ? Tu t'accroches au passé, à un idéal de jeunesse, à un vieux rêve de mariage, de bébés, et…

— Ce n'est pas un rêve, la coupa Lucy. Je vais l'épouser.

— Quand ?

— Lorsqu'il… lorsque nous serons prêts.

Judie poussa un soupir exaspéré.

— Enfin, Lucy, tu penses vraiment qu'une cérémonie résoudra tous vos problèmes ?

— Bien sûr que non, riposta sa sœur en la défiant du regard. Mais ce que nous partageons est éternel. Tu ne peux pas comprendre. Tu n'as jamais été amoureuse, Judie.

Et toc. Judie referma la bouche. C'était la triste, l'horrible vérité. La passion, le désir, parfois foudroyant, oui, elle connaissait. Mais l'amour, non. Lorsque ses aventures prenaient fin, elle s'en remettait en une semaine. Ou deux.

— Tu as raison. Jamais pour de bon, en tout cas.

— Parce que tu choisis toujours des types nuls.

Judie inspira profondément.

— Des gars un peu voyous, qui t'excitent quelque temps avant de prendre la fuite, compléta Lucy. Je me trompe ?

— A peine, admit Judie. Mais si on revenait à toi ?

35

— Je préfère rester sur ce sujet.

— Celui de *mes* échecs ? Pas question. Nous parlons de ta relation avec Link, ou plutôt, de votre absence de relation.

— Toute relation amoureuse demande du travail, objecta Lucy en la regardant droit dans les yeux. Si tu avais, une fois, dépassé les trois premiers mois de frisson, tu le saurais.

Bien. N'empêche que Lucy était malheureuse, et Judie détestait la voir ainsi. Travailler à une relation amoureuse était une chose. Rester avec un homme alors qu'il n'y avait plus de raison en était une autre.

— Je crois en notre histoire, poursuivit Lucy en redressant le menton. Dès que j'aurai trouvé une solution, tout ira bien. J'en suis sûre. En revanche, ton cas est sans espoir.

— Pourquoi ?

— Tu es incapable de passer à côté d'un type sexy.

— Mmm, c'est vrai, admit Judie en roulant des yeux.

— Dès qu'un homme te regarde avec insistance, tu craques, tu fonds…, poursuivit Lucy qui se détendait enfin.

— Oh oui…

— Tu ne résistes jamais à l'appel du plaisir.

— Encore…, gémit Judie avec emphase.

Lucy éclatait enfin de rire. C'était déjà ça.

— Judie ! Chut ! Quelqu'un pourrait t'entendre !

Judie eut pitié, et lui reprit tendrement la main.

— Personne ne nous écoute. Et tu sais très bien que je me lance dans chaque aventure avec l'espoir que ce soit la bonne. Mais tu te laisses taquiner si facilement. Allez, mange un peu, ajouta-t-elle en désignant l'assiette presque intacte de sa sœur. Tu as perdu du poids que tu n'avais pas en trop.

Ce qui n'était pas son cas, songea-t-elle en terminant sa salade de bambou. Rien ne lui coupait jamais l'appétit.

Après avoir tripoté une crevette, Lucy se jeta à l'eau.

— Tu sais, Judie. Il y a un type, au bureau, qui…

— Quoi ? Oh, raconte vite !

Les yeux obstinément baissés sur ses crevettes, Lucy passa du rose foncé au rouge pivoine.

— Oh, il n'y a rien à raconter. C'est juste qu'il me fait la cour, et euh…, je ne sais pas quoi penser.

— Il te plaît ? insista Judie d'une voix excitée.

— Je n'en sais rien, en fait. Tout cela me… trouble. Ce matin, il m'a invité à prendre un verre après le travail.

— Et alors ?

— J'ai refusé, bien sûr, protesta Lucy, presque outrée.

— Mais tu avais envie d'accepter ?

— Je le connais à peine. Il m'attire, oui, mais c'est de la curiosité. Cette attirance n'est fondée sur rien de réel. Link est réel. Tandis que Josh, c'est…, un fantasme.

— C'est bien, les fantasmes. Oh, ce que tu peux être raisonnable, bon sang ! soupira Judie. Tu veux connaître mon fantasme le plus secret, le plus dingue ?

Tandis qu'elle se penchait vers sa sœur, un couvert tinta violemment contre une assiette dans le box voisin.

— Dis-le moi, l'encouragea Lucy, intriguée.

— Rencontrer un homme qui m'excite, et lui céder, là, séance tenante. Sans un mot. Sans penser au lendemain. Quelque chose de totalement animal, de sauvage.

Lucy écarquilla les yeux, puis gloussa.

— Mais…, c'est tellement dangereux. Fou.

— Bien sûr que c'est fou, admit Judie en riant. Mais il ne s'agit que d'un fantasme. Tandis que toi, Lucy, tu peux vivre ton fantasme avec Josh, et en toute quiétude, puisque tu sais qu'il n'est pas un criminel psychopathe. C'est l'occasion rêvée ! Pour une fois, dans ta vie.

— Je ne peux pas faire ça à Link, objecta Lucy.

— Bon, alors dis-lui que tu vas boire un verre

avec un collègue. Tu en as le droit. Peut-être cela le fera-t-il réagir.

— Je vais y réfléchir, murmura Lucy en repoussant une crevette sur le bord de son assiette.

— Seigneur ! Elle va y réfléchir. Mais on progresse. Pendant que tu y es, demande à ton Josh s'il a un frère.

— Pourquoi ? demanda Lucy, interloquée.

— Parce qu'il ferait peut-être un merveilleux compagnon de voyage pour moi !

Un nouveau bruit de couverts se fit entendre dans le box derrière le leur. Son occupant bondit sur ses pieds tandis qu'une serveuse se précipitait, une serviette à la main, pour réparer une maladresse.

Judie s'apprêtait à retourner à son repas lorsqu'un élan étrange la poussa à regarder furtivement le visage de l'homme, et leurs yeux se croisèrent.

Doux Jésus.

Grand, plutôt brun, franchement séduisant, ça oui. Et surtout, cette sorte d'alchimie dans l'échange de regards, qui survenait rarement mais, elle le savait d'expérience, promettait toujours quelque chose de magique, de génial. Ses traits ne lui étaient-ils pas familiers ? Un peu. Il ressemblait vaguement à quelqu'un qu'elle connaissait.

— Vous avez renversé votre verre d'eau ? lui demanda-t-elle avec un grand sourire, vérifiant discrètement la présence d'une alliance.

Il n'en portait pas… Et aussitôt, elle espéra qu'il allait trouver un prétexte pour engager la conversation.

Mais l'homme se contenta d'un petit sourire avant de quitter le restaurant sans dire un mot.

Songeuse, Judie le suivit du regard. Elle avait l'étrange sentiment de l'avoir déjà vu… ou qu'elle allait le revoir un jour. Bientôt.

3.

— Quoi ? rugit Seth d'un ton incrédule en bondissant sur ses pieds, le téléphone contre l'oreille. Tu as fait *quoi* ?

— Tu m'as très bien entendu, répondit la voix boudeuse d'Emma, signe qu'elle savait avoir dépassé les bornes mais refuserait de l'admettre, fût-ce devant un tribunal. J'ai envoyé Jerry aux trousses de Judie, dans cet hôtel du Maine où tu m'as dit qu'elle allait.

— Emma, je t'en ai parlé pour que tu te détendes, la sachant absente quelques jours. Pas pour que tu lui expédies ton garde du corps et ses gros poings !

Avec un soupir exaspéré, Seth se laissa retomber dans le siège directorial de son père. Giuseppe « Jerry » Viegro, engagé par Emma l'année précédente après qu'un admirateur plutôt givré l'avait poursuivie de ses assiduités, était de taille à impressionner un champion de boxe catégorie poids lourd.

— Tu as lu ce qu'elle a écrit sur moi, s'entêta Emma. Elle pense que je suis débile et sans talent. Eh bien, je ne le supporte plus. Ça suffit, maintenant. Elle doit comprendre que ses commentaires me blessent. Et si du coup, Jerry parvient à l'intimider un peu, tant mieux. Bien fait pour elle !

— Emma, répliqua Seth d'un ton patient mais ferme de grand frère. Est-ce que le mot *harcèlement* signifie quelque chose pour toi ?

— Que fait-elle d'autre vis-à-vis de *moi*, hein ?

— C'est son métier d'écrire des articles, répondit Seth avec un soupir.

Il ferma les yeux pour ne plus voir sur le mur le portrait de son père, couronné du sigle des Magasins Wellington comme s'il s'agissait d'un blason familial.

— Bon, le travail de Jerry est de me protéger, et c'est ce qu'il est en train de faire, riposta Emma.

— Comment peut-il te protéger depuis le Maine ? objecta Seth en tournant le dos au portrait.

Les agissements d'Emma étaient le fruit de l'éducation que son père et sa belle-mère lui avaient donnée. Pourquoi Seth devrait-il toujours en réparer les dégâts ?

— Jerry est le seul en qui j'ai confiance, poursuivit sa demi-sœur. Il ne lui fera aucun mal. Il se contentera de lui parler et de lui expliquer mon point de vue.

— Pourquoi aller lui faire cette visite de courtoisie si loin ?

— La famille de Jerry habite le Maine. En me

voyant si bouleversée, il a proposé d'y aller. C'est gentil, non ?

— Gentil ? Adorable, railla Seth en songeant que malgré sa taille de géant et ses muscles terrifiants, Jerry n'était qu'un pantin entre les mains d'Emma. Rappelle-le, Emma. Tout de suite. Si jamais il touche Judie, ou même s'il la menace seulement, nous risquons de nous retrouver avec un bataillon d'avocats sur le dos et les pires ennuis.

— Non, je ne le rappellerai pas ! Tu n'as rien fait pour me défendre, alors maintenant, je me débrouille toute seule.

— Emma...

— Non, trancha-t-elle en lui raccrochant au nez.

En entendant le rugissement de colère de Seth, Sheila Bradstone, la vénérable et extrêmement efficace secrétaire de son père, se précipita à la porte pour demander avec inquiétude si tout allait bien. Il la rassura d'un signe de la tête, le visage rouge de rage, agrippant son téléphone pour ne pas le jeter contre la fenêtre du bureau.

— Ça va aller, merci, grommela-t-il en grimaçant un sourire. Un petit mouvement d'humeur. Je peux quelque chose pour vous, Sheila ?

— Oh, puisque vous me le demandez, je suis en train de m'occuper des cadeaux de Noël pour les membres du conseil d'administration. Voulez-vous que je me charge aussi de ceux de votre famille, comme l'an dernier ?

Seth retint un soupir. Depuis la mort de sa mère, et avec elle, la disparition des traditions chaleureuses de son enfance, les fêtes de fin d'année étaient devenues une corvée de plus.

— Volontiers, Sheila, merci. De toute façon, n'importe quoi fera l'affaire. La même chose que l'an passé, mais dans une couleur différente. Je me fie à votre jugement.

Sheila le regarda avec une sollicitude toute maternelle.

— Emma fait encore des siennes ? demanda-t-elle.

— Evidemment...

Hochant sa tête aux cheveux argentés, Sheila prit un air plein de compassion. Elle avait assisté à toutes les bagarres de Seth avec Emma pour la convaincre de devenir le principal porte-parole de Wellington.

— Si c'était ma fille...

En l'imaginant donner la fessée à Emma, Seth éclata de rire. Sa belle-mère n'avait jamais de temps pour la discipline, trop occupée à dépenser l'argent des Wellington dès que son père lui en remettait.

— Je regrette que cela n'ait pas été le cas, Sheila. Ça m'aurait évité bien des crises d'angoisses !

La fidèle secrétaire hésita un instant.

— Si vous me permettez...

Devant sa mine grave, Seth comprit que la suite n'allait pas lui plaire. Il l'encouragea néanmoins.

— Souvent, des comportements tels que celui d'Emma sont des appels à l'attention, reprit Sheila.

— A *l'attention* ? répéta-t-il, incrédule. Comme si elle n'en recevait pas assez de ses fans, de son garde du corps, de la presse, sans parler de tous ces parasites qui…

— Mais pas de sa famille.

Probablement, admit Seth. Mais il n'était que le demi-frère d'Emma, et ils n'avaient jamais été très proches. En outre, il n'avait pas le temps de dorloter une gamine archi-gâtée de vingt et un ans. C'était le rôle de son père et de sa belle-mère — si tant est que cela les ait jamais intéressés.

— Vous avez sans doute raison, dit-il. Mais si je répare toutes ses bêtises, elle n'apprendra jamais à les éviter.

Sauf que cette fois-ci, d'autres personnes se trouvaient concernées. Judie Marlow, pour commencer, malgré ce qu'Emma considérait comme une provocation légitime. Ensuite, les Magasins Wellington. Et enfin, lui-même.

— C'est vrai, convint Sheila avec un sourire de sympathie avant de quitter la pièce.

C'était une des choses que Seth appréciait d'elle. Elle donnait son opinion puis s'abstenait de tout commentaire supplémentaire. Un exemple que bien des femmes feraient bien de suivre. Emma, par exemple. Ou Judie.

Il se remémora la brutale attirance qui l'avait frappé lorsque leurs regards s'étaient croisés au Banquet Thaïlandais. Avoir renversé aussi stupidement son verre d'eau le remplissait de honte. Mais quel homme résisterait sans broncher en entendant une femme séduisante raconter ses fantasmes ? Belle, intelligente, passionnée, sans tabou, une lueur d'invitation dans les yeux qui le hantait depuis, l'impression que Judie lui avait faite était à mille lieues de celle à laquelle il s'attendait.

Raison qui l'avait poussé à quitter le restaurant à toutes jambes avant de faire quelque chose de plus stupide que renverser de l'eau. Engager la conversation avec elle, par exemple. Nul doute qu'en comprenant qu'il était Seth Wellington, l'invitation dans son regard se serait muée en fusillade virtuelle.

Seth consulta sa montre. Dans une demi-heure, il réunissait ses administrateurs vieux jeu et hostiles, avec Georges, son directeur des achats, brillant dans son travail mais tétanisé devant le conseil. Cela signifiait deux bonnes heures d'épuisants pourparlers diplomatiques pour Seth.

En outre, Emma, dans son infinie générosité, venait de lui offrir une situation potentiellement plus préjudiciable que n'importe quel blog de Judie. Et pour laquelle aucune solution ne lui venait à l'esprit.

Il prit sa tête entre ses mains et tenta de se concentrer sur la situation.

Un : Giuseppe « Jerry » Viegro poursuivait actuellement Judie Marlow sur la route du Maine, vers l'auberge des Sapins où elle se rendait, ainsi que Seth Wellington avait eu la bêtise d'en informer Emma.

Deux : La seule personne capable de rappeler Jerry était Emma, qui refusait obstinément de le faire.

Trois : Les colères d'Emma duraient en général entre deux jours et une semaine, après quoi elle retrouvait sa bonne humeur habituelle.

Quatre : Seth n'avait pas un délai de deux jours à une semaine devant lui.

Cinq : La police pourrait arrêter Jerry, mais cela risquait d'apporter une mauvaise publicité au nom de Wellington.

Six : Seth était coincé.

A moins de trois semaines de la réouverture des magasins, et du lancement de la campagne publicitaire avec Emma en vedette, voilà qu'elle lui mettait les bâtons dans les roues.

Il soupira. La seule solution possible était de laisser faire, en priant pour que tout se passe au mieux, et que le pire n'arrive pas.

Pourtant, l'image du gigantesque Jerry menaçant la minuscule Judie Marlow lui inspirait un étrange élan d'indignation et de protection.

Et si lui-même faisait un saut… Pas question ! Seth

consulta de nouveau sa montre, puis le ciel menaçant. On annonçait de la neige dans la soirée, la première vraie tempête de la saison. Trop risqué, tout cela...

Oui, mais... le bleu intense de ces yeux croisant les siens au Banquet Thaï, le choc d'y lire le reflet de sa propre attirance foudroyante. Et aussi, le plaisir ressenti en troquant l'uniforme de directeur pour celui du dragueur désinvolte, hors du moule dans lequel il était enfermé depuis trop longtemps.

Non, ridicule. Le temps lui manquait déjà pour préparer l'événement majeur de l'avenir des magasins. Sans même parler du reste de sa tâche au sein de l'entreprise...

Certes, mais... il n'avait rien de prévu après la réunion avec Georges et le conseil. De plus, on était vendredi, et son programme du week-end lui laissait une certaine latitude.

Allons donc, quelle mouche le piquait ? Il allait tout simplement contacter la famille de Jerry et leur extorquer le numéro de portable du gentil géant.

Vingt minutes et plusieurs appels plus tard, Seth s'avouait vaincu. Au moins avait-il fait tout son possible...

Sauf qu'il ne pouvait s'empêcher de penser à Judie Marlow, seule dans une chambre d'hôtel quelque part au fin fond du Maine, nourrissant le fantasme de succomber de façon aussi anonyme qu'immédiate à un inconnu qui l'attirerait.

48

Si seulement quelqu'un avait l'obligeance de le détourner de ses pensées…

Il pouvait rester tranquillement à Boston, feindre que rien ne se passait, et laisser Emma se débrouiller de ses bêtises, ainsi qu'il estimait qu'elle devait faire.

A moins…

Qu'il aille chercher Jerry, et peut-être Judi…, lui-même ?

Judie scrutait la route à travers son pare-brise constellé de neige, que les essuie-glaces chassaient de leur mieux. Les flocons épais tombaient de plus en plus dru. Heureusement que, ne tenant plus en place, elle avait pris la route plus tôt que prévu cet après-midi. Il ne lui restait que quelques kilomètres avant d'arriver à l'auberge, et la neige ne tombait que depuis une heure ou deux. Néanmoins, la radio annonçait une aggravation des conditions météo au cours de la soirée.

En tout cas, la route avait été enchanteresse. Bien que Judie fût souvent allée dans le Maine, elle n'avait encore jamais eu l'occasion d'admirer le surprenant changement des paysages entre la rivière Piscataqua, à la frontière du New Hampshire, et la quiétude verte de cette région justement surnommée l'Etat des Pins. Cette fois, elle avait emprunté l'ancienne route du Canada, qui passait au nord des lieux touristiques habituels, puis s'était dirigée à l'ouest, vers Skowhegan, qu'elle avait maintenant dépassé pour suivre une sorte de piste semblant ne mener nulle part, mais qui, assurait Betty Robinson, la propriétaire de l'auberge des Sapins, devait la conduire à bon port.

Pourvu qu'elle ait raison.

La circulation n'avait posé aucun problème, c'était le moins que l'on puisse dire. En cette saison, le Maine était nettement moins fréquenté qu'en été.

Jusqu'ici, l'aspect romantique de l'escapade ne faisait aucun doute. Certes, quelques hôtels plus proches de Skowhegan offraient des prestations intéressantes — lit king-size et cheminée dans chaque chambre. Mais Judie avait décidé de s'éloigner des destinations habituelles. Raison pour laquelle elle bravait la neige à des kilomètres de la dernière ville, en direction de l'auberge des Sapins, ne sachant trop à quoi s'attendre...

Et surtout, déplorant d'être seule. Repensant — malgré un millier d'injonctions de cesser — à une paire d'yeux bruns récemment croisés dans un restaurant thaïlandais, et regrettant qu'ils ne fussent du voyage. Cette excursion aurait été le début romantique d'une nouvelle aventure, qui *cette fois*, aurait peut-être fonctionné pour toujours.

Ou un peu plus longtemps que d'habitude.

Car cela avait été une attirance totale. Absolue. Incroyable. A peine supportable.

Judie poussa un soupir mélancolique.

Cet homme avait-il répondu à son charme irrésistible, à son sourire engageant, en la prenant dans ses bras, en lui déclarant, le souffle court et les yeux brillants d'impatience, qu'aucune femme ne lui avait jamais fait un effet pareil ? En lui proposant de le suivre sur-le-champ dans l'endroit le plus proche où ils puissent trouver une intimité bienvenue ?

Non.

Au contraire, ignorant son sourire engageant et son charme irrésistible, il l'avait fuie le plus vite possible juste après ce stupéfiant échange de regards.

Quoique ce ne fût pas forcément *elle* qu'il fuyait, lui glissa son mauvais démon. Il pouvait être affreusement pressé, et peut-être se repentait-il autant qu'elle de son départ précipité ?

A moins que Lucy n'ait raison... Peut-être que Judie devrait se mettre à fréquenter des hommes pour qui elle n'éprouvait pas exclusivement une attirance sexuelle. Et s'accrocher, passée l'ivresse des premiers moments, malgré l'ennui de sentiments tièdes. Comme Lucy.

Non, pas question ! Elle préférait mille fois souffrir des ravages d'une passion explosive, plutôt que s'entêter dans une relation sécurisante mais médiocre par peur de la solitude.

La route se poursuivit pendant encore un kilomètre sous une neige toujours plus dense, puis déboucha sur une aire de parking. Vide. Pas d'autres clients ?

Les petits chalets se voyaient à peine à travers l'épais rideau de flocons, mais l'un d'eux arborait un panneau rouge marqué *Réception* ainsi que des guirlandes de Noël clignotant autour de la porte.

Après s'être garée, Judie détendit ses doigts, étira son dos et roula ses épaules. Ouf, elle était arrivée. Et vu la densité avec laquelle la neige tombait, c'était une bonne chose.

Elle ouvrit la portière, posa un pied dans la couche crissante déjà bien épaisse, heureuse de porter des bottes, puis sortit de la voiture, son sac de voyage à la main. A présent, elle apprécierait une bonne tasse de thé, ainsi qu'une sympathique petite conversation avec les propriétaires de l'auberge, sur les festivités de fin d'année dans les environs, afin d'alimenter son article.

Hélas, la petite conversation attendrait. Une affichette *Fermé* pendait à la fenêtre de la réception. Une enveloppe à son nom était posée contre la vitre, près d'une autre sur laquelle elle lut « Smith ». Génial. Non seulement elle était la seule cliente, mais le personnel avait également déserté l'endroit. Compte tenu de la météo, qui sait si ce ou cette « Smith » ferait seulement son apparition ?

Songeuse, Judie embrassa lentement du regard les chalets de pin, le ciel assombri, les arbres fouettés par le vent glacé.

Romantique ? Ou angoissant ?

Un instant, la tentation de repartir vers Skowhegan l'effleura. Mais cela signifiait conduire à travers une neige de plus en plus dense, ce qui n'allait pas sans problèmes sur des routes peu familières. En outre, elle perdrait l'occasion d'écrire cet article, lequel se muerait sans doute en fait divers : *Une journaliste en quête d'escapade romantique devient une héroïne de Stephen King.*

Très drôle.

Sans pouvoir réprimer un frisson, elle ouvrit son enveloppe. Celle-ci contenait deux clés. Ouf. Dieu merci, Betty Robinson avait respecté sa requête. Pour Judie, qui s'était retrouvée un nombre incalculable de fois devant des portes de chambres d'hôtel avec la clé à l'intérieur, demander un double était devenu une habitude. A chacune des clés pendait une petite rondelle de bois brut avec un chiffre pyrogravé. La première indiquait le chalet numéro 6. La seconde lui fit froncer les sourcils. Sauf erreur de sa part, elle portait le 9, même si ce n'était pas évident, compte tenu de la façon dont les disques de bois étaient accrochés. La personne avait dû les mettre en vitesse dans l'enveloppe, sans se rendre compte que l'un était à l'envers.

Formidable. Encore qu'il y avait peu de chances qu'elle se retrouve enfermée dehors ce soir, vu le temps. Ce n'était pas comme s'il y avait une vie nocturne à explorer dans le coin...

Judie examina nerveusement les ombres grises et blanches qui l'entouraient. S'efforçant de se sentir une aventurière courageuse plutôt qu'une fille de la ville livrée aux loups, elle s'avança vers le chalet numéro 6 et essaya les deux clés. La 6 fonctionnait parfaitement, la 9 pas du tout, bien entendu. Bon, tant pis. Après tout, elle ne passait qu'une seule nuit ici, car demain, elle testerait — si la météo le permettait — un autre motel à Jackman. N'avoir qu'une clé ne posait aucun problème pour cette fois.

Poussant la porte, elle entra dans le chalet et alluma la lumière, soulagée d'échapper à la neige, mais surprise de ne pas sentir de chaleur. Peut-être les gérants comptaient-ils sur les clients pour allumer le chauffage ? Pourquoi pas, mais en tout cas, il faisait rudement froid là-dedans. Et c'était rudement silencieux. Judie fit le tour du propriétaire, découvrant l'intérieur plutôt sympathique du chalet de bois — un peu trop « tradition indienne » à son goût, mais si la plupart des clients étaient des chasseurs, elle ne pouvait pas s'attendre à de la cretonne fleurie ni des froufrous.

Au pied du grand lit trônait un poêle à gaz. Sur la table, un arbre de Noël miniature, trois gâteaux aux myrtilles sous cellophane tout à fait appétissants, des sachets de céréales ainsi que — le ciel soit loué — une bouilloire et des dosettes de café, de thé et de crème. Quand au miniréfrigérateur, il contenait des bouteilles de jus d'oranges pressées et des briques de lait. La salle de bains immaculée avait une grande baignoire, sur laquelle un petit panier présentait des flacons de shampoing, de gel moussant et de lotion pour le corps.

Pas mal du tout pour moins de cinquante dollars la nuit.

Mais ni thermostat, ni radiateurs. Donc, il ne restait que le poêle. Voilà qui était décidément sympathique ! Et romantique ! Plantée devant l'engin, Judie en étudia les boutons.

Mais après une bonne demi-heure d'essais infructueux et sa dernière allumette brûlée, elle dut se rendre à l'évidence : impossible de mettre ce fichu appareil en route.

Prenant le téléphone de la chambre, elle laissa un message sur le répondeur de la réception, bien que les chances que quelqu'un fasse une ronde ce soir fussent minimes.

Zut. Voilà qui était fort contrariant.

Dieu merci, elle avait emporté sa chemise de nuit en flanelle. De plus, étant seule dans un lit king-size, elle pourrait replier les couvertures sur son côté, pour les doubler. Pour ce qui était du chauffage interne, une bonne tisane bien chaude ferait l'affaire.

Tout irait bien. En fait, ça allait même être une sacrée aventure, et elle en tirerait bien un article charmant et drôle !

Après s'être brossé les dents, Judie enfila en frissonnant sa chemise de nuit. Hormis quelques bourrasques de vent ou le craquement d'une branche, le silence était absolu. Le genre de silence ouaté, comme étouffé, des nuits de neige, qui tombait même sur les villes lorsque le blanc manteau les recouvrait. Sauf qu'ici, au lieu de voitures avançant avec précaution sur le sol enneigé, Judie visualisait sans peine des hordes d'élans et d'ours furetant dans l'obscurité autour de son chalet.

Heureusement qu'elle dormait avec des bouchons d'oreille, sinon son imagination transformerait n'importe quel bruit en reniflements de grosses bêtes essayant d'entrer !

Encore que les ours et les élans restaient fort sympathiques comparés aux psychopathes hantant les bois et fouillant les hôtels apparemment déserts...

En se secouant, elle s'exhorta à cesser de penser à ce genre de choses. Si elle voulait profiter d'une bonne nuit, le mieux était de mettre une sourdine à son imagination débordante !

Judie se glissa dans le lit, incapable d'accomplir son rituel de yoga dans le froid — difficile de se relaxer en claquant des dents, hein ? Les draps étaient glacés, mais assez vite, la température de son corps et la pile de couvertures transformèrent la glacière en cocon merveilleusement tiède. Bien sûr, un peu de compagnie n'aurait rien gâté, mais ce n'était pas si mal, après tout. Peut-être devrait-elle éteindre le chauffage la nuit, chez elle ?

Judie bâilla, puis, paupières closes, tenta de vider son esprit, de remplacer par de la paix, du calme et de la lumière dorée les images de bois sombres et de formes furtives. Et d'oublier que personne ne l'entendrait hurler au milieu de cette nuit isolée.

4.

Il aurait dû être furieux.

Seth Wellington IV aurait dû être ivre de rage. En train de lancer des imprécations contre Emma, de se répandre en insultes à l'égard de Jerry, de hurler des ordres à sa secrétaire dans son téléphone portable, bref, faire en sorte de rendre aussi infernale que possible la vie d'un maximum de gens, comme tout casse-pieds de directeur général.

Surtout, il aurait dû s'en vouloir à mort de perdre son temps dans cette grotesque et vaine course-poursuite au milieu d'absolument nulle part dans une impénétrable tempête de neige, alors qu'il avait des milliards d'autres choses à faire.

Pourtant, contre toute attente, cette chasse ridicule lui plaisait beaucoup.

A l'instant où il avait traversé le pont séparant le New Hampshire du Maine, pour entrer dans la vaste et paisible forêt de pins, Seth avait compris qu'il était resté trop longtemps loin de cette région. Le Maine avait toujours nourri son âme. Et à en croire la manière dont il baissait les vitres pour avaler goulûment de longues, exquises bouffées d'air frais et parfumé, son âme était en manque.

Que ce voyage fût une folie, il ne le contestait pas. Mais il ne s'était pas senti aussi bien depuis si long-temps que cela méritait plus ample réflexion…

Si les conditions de route lui en laissaient le loisir.

Judie ne plaisantait pas en évoquant l'aspect « hors des sentiers battus » de ce périple. Bien entendu, Seth était déjà allé à Skowhegan auparavant, mais jamais au-delà. Du Maine, il connaissait surtout la côte, et avait même passé un été entier près de la frontière canadienne, record de durée inhabituel au cours de ses voyages. La vie, les odeurs de la nature, l'atmo-sphère de la région, le vieil homme avec lequel il s'était lié, tout cela s'était niché au fond de son cœur, et resurgissait aujourd'hui.

Sauf qu'aujourd'hui, il n'avait pas le même temps devant lui, ni le même but. Depuis son départ de Boston, Seth avait guetté sur l'autoroute l'affreuse Camaro rouge vif de Jerry, en vain, bien sûr. Entre-temps, il avait plusieurs fois tenté de joindre Emma, afin de savoir si elle avait appris quelque chose, mais Princesse Caprice refusait de prendre ses appels.

Et Sheila s'étonnait qu'il rechigne à s'occuper de sa demi-sœur plus que nécessaire ?

Soudain, une trouée dans l'épaisse forêt parut correspondre au descriptif de l'itinéraire fourni par les propriétaires de l'auberge. Aussi tourna-t-il lentement dans le chemin recouvert de neige, qui était censé le conduire à l'auberge des Sapins. Du moins, il l'espérait. Comme il lui restait juste assez d'essence pour retourner à Skowhegan le lendemain, il n'avait guère envie de se perdre dans les bois du Maine.

Cette pensée le frappa de plein fouet. Quelques années plus tôt, au contraire, il aurait adoré ce genre d'aventure. En cas de panne d'essence, il aurait dormi dans sa voiture, ou trouvé un refuge et de la nourriture, excité à l'idée d'aborder les instincts basiques de survie. Ce genre d'expérience rapprochait l'homme de l'essence humaine.

Rien à voir avec la survie commerciale d'une entreprise.

Eh bien, il s'était drôlement ramolli, conclut Seth.

Enfin, c'était la vie. Et peut-être que ce voyage allait être riche d'enseignements. Déjà, il lui rappelait combien il s'était éloigné du personnage qu'il était persuadé devenir. En fait, courir après les erreurs d'Emma lui avait déjà été plus utile qu'il ne l'aurait cru — et ce n'était pas terminé.

Encore qu'il n'avait pas très envie d'arriver à l'auberge et d'y découvrir Jerry maltraitant Judie. C'était le scénario le plus plausible, Jerry ayant une sérieuse longueur d'avance sur lui, neige oblige. Ensuite, que se passerait-il ? Au pire, un violent affrontement avec le géant. Ainsi qu'un affrontement avec Judie, mais cela effrayait moins Seth. Elle ne faisait pas le même poids que le garde du corps, de plus probablement entraîné à la bagarre, étant donné ses fonctions. Pas très réconfortant, comme perspective…

La voiture dérapa sur la route glacée, et Seth agrippa le volant. Etre pessimiste ne servait à rien ! Au mieux, si Jerry était déjà arrivé, la situation serait embarrassée et confuse. Cette version lui plaisait davantage.

D'ailleurs, au fond de lui-même, Seth espérait que Jerry avait tout laissé tomber, compte tenu de la météo, pour aller directement voir sa famille à Waterville. Parce que aucun des deux scénarios, le meilleur comme le pire, ne ferait bonne figure une fois relaté sous une forme satirique par Judie dans son blog. Et lorsque la nouvelle image des Magasins serait lancée, la presse ne manquerait pas de s'emparer de l'histoire. Les journalistes adoraient ce genre de scandale…

Après un petit frisson d'anticipation, Seth s'obligea à se détendre. Pourquoi s'inquiéter dès maintenant ? Tout dépendrait de Jerry, finalement. Bien que ses relations avec lui fussent superficielles, il ne désespérait pas de lui faire entendre raison. Ou au moins de le convaincre d'appeler Emma, à qui il pourrait enfin parler via le téléphone du géant.

Il négocia un dernier virage et, ô miracle, l'auberge des Sapins apparut sous la neige. Avec, Dieu merci, une seule voiture garée sur le parking, pas de couleur rouge. Soit Jerry était déjà reparti — et Seth n'aimait guère l'idée de Judie seule et terrorisée, voire pire ? après sa visite — soit il n'était pas venu jusque-là. Peut-être Emma avait-elle fini par l'appeler, le retenant au dernier moment sans en prévenir Seth, par pure rancune. A moins que Jerry n'ait été retardé par la neige et n'arrive plus tard dans la nuit, même si avec un temps pareil, cela paraissait peu vraisemblable.

Seth recomposa le numéro d'Emma. Une fois de plus, elle ne décrocha pas, mais il lui laissa un message l'informant qu'il était arrivé à l'auberge des Sapins, qu'il comptait plaider sa faveur auprès de Mlle Marlow, et qu'elle ferait bien de rappeler Jerry avant que les choses ne dégénèrent.

Puis il raccrocha avec un rire incrédule. Au moins aurait-il fait de son mieux pour éviter le pire. Si Jerry se montrait un peu plus tard, il serait sur place pour essayer d'arranger les choses. Et si Jerry n'arrivait pas…

A travers le rideau de neige, Seth jeta un coup d'œil sur les chalets. Judie se trouvait dans l'un d'eux. Pensait-elle à ses fantasmes, ce soir ?

Il se frotta le menton, chassant ses propres fantasmes de son esprit. Il imaginait sans peine comment la jeune femme accueillerait un type qui débouleraît en pleine nuit dans un chalet isolé pour la séduire… Fût-il un type à qui elle avait souri la veille dans un restaurant situé à des centaines de kilomètres ! Si elle possédait une arme, il ne pourrait pas lui reprocher de s'en servir avant de poser la moindre question.

Seth sortit de la voiture, balança son sac par-dessus son épaule, puis pataugea dans la neige de plus en plus épaisse en bâillant. Il se faisait tard, il était épuisé et rêvait d'une salle de bains, d'une tasse de thé et d'un bon lit.

Comme promis par Betty Robinson, une enveloppe marquée « Smith » l'attendait sur la fenêtre de la réception. Seth l'ouvrit et prit la clé. Numéro 6.

Après quelques minutes à lutter contre les bourrasques de flocons, il parvint devant ce qui devait être le chalet 6. La clé tourna dans la serrure. Il entra et referma vivement la porte derrière lui pour que le froid ne…

En un clin d'œil, tous ses sens furent en alerte.

Le chalet était presque plongé dans l'obscurité. Seul un vague éclat doré provenant d'une lampe laissée allumée dans la salle de bains léchait le sol de la pièce principale. Mais cela suffisait pour voir que quelqu'un occupait le lit.

Judie ? Seth s'avança de quelques pas puis s'arrêta, pendant que ses yeux s'accoutumaient à la faible lumière. La silhouette dans le lit se retourna.

Judie. Ça ne pouvait être qu'elle.

Bon sang, que fichait-elle dans *son* chalet ?

L'espace d'un instant d'égarement, il imagina qu'elle avait combiné de partager sa chambre afin de vivre son fantasme. Mais il comprit aussitôt que c'était impossible.

Alors… était-ce *lui* qui était entré dans son chalet à *elle* ?

Betty Robinson se serait-elle trompée en leur laissant les clés ? Ou avait-elle cru que Judie et lui étaient ensemble ?

En attendant, la situation était absurde. Que faire ? Où aller ? Il n'avait pas d'autre clé, la réception était fermée, le temps pourri, aucun autre hôtel à des kilomètres à la ronde et, de toute façon, son réservoir était presque vide.

Il se trouvait coincé.

Juste ciel ! Tout ceci était… complètement… tout à fait…

Intéressant.

Un homme au sang chaud et une femme au tempérament ardent, anonymes, piégés ensemble au milieu de nulle part en pleine tempête de neige au cœur d'un chalet sombre.

Bon.

Deux ou trois manières extrêmement plaisantes de développer cette situation lui vinrent illico à l'esprit. A condition que rien de ce qui surviendrait entre eux ne quitte le domaine du fantasme dont parlait Judie.

Pour leur bien à tous deux, il valait mieux que leurs identités réelles, ainsi que les raisons qui avaient provoqué leur rencontre, restent à l'écart de la scène — et de la chambre.

Terriblement alléchant, non ?

Quoi qu'il en soit, Seth allait devoir la réveiller pour lui apprendre sa présence. Mais sans lui révéler qui il était, ni qu'il comptait rester dans la chambre jusqu'au lendemain. Ou au moins jusqu'à la fin de la tempête de neige.

Mais comment éviter que Judie hurle de terreur ? S'approchant plus près du lit, il aperçut des bouchons orange dans ses oreilles. Etant donné le silence parfait des environs, elle devait les avoir mis par habitude.

Tant mieux. Cela lui permettrait d'utiliser la salle de bains et de réfléchir pendant qu'il se réchauffait.

A ce propos, il faisait plutôt froid dans ce chalet. Pourquoi Judie avait-elle éteint le chauffage ? D'ailleurs, l'avait-elle seulement *allumé* ?

Seth haussa les épaules puis se rendit dans la salle de bains. Il retint sa respiration tandis qu'il faisait couler l'eau le plus doucement possible, s'attendant à tout instant à entendre un cri de terreur.

Rien.

Il vérifia d'un coup d'œil dans la chambre qu'elle dormait toujours, au lieu de l'attendre derrière la porte en brandissant une batte de base-ball. Avec un soupir de soulagement, il se lava le visage et les dents. Puis éteignit la lumière de la salle de bains, ôta son pull et ses bottes qu'il déposa près de son sac de voyage.

Voilà, il était prêt. Si Judie refusait de partager le lit avec lui, il lui volerait quelques couvertures et dormirait par terre. Pas question de ressortir et de geler dans sa voiture juste pour se conduire en gentleman.

Seth fit quelques pas vers le lit, très tendu, et en même temps excité.

— Euh, salut !

Pas de réaction. Il fit un pas de plus. Deux.

— Hé ho !

Rien. Judie ne bougea pas. Parmi toutes les aventures qu'il avait vécues au cours de ses voyages, jamais Seth n'avait dû réveiller une femme au milieu de la nuit pour lui annoncer son intention de rester dans sa chambre. Comment effrayer le moins possible une personne qui dormait dans un chalet tranquille — et fermé à clé — certaine d'être seule toute la nuit ? En lui parlant d'une voix douce ? En la touchant légèrement ? Ou en ne la réveillant pas du tout, attendant qu'elle se retourne d'elle-même et découvre un compagnon de lit inattendu ?

La dernière idée semblait la moins bonne. Alors, une combinaison des deux premières, peut-être ? Faisant le tour du lit, Seth alla s'asseoir sur le côté vide du matelas, puis posa la main sur l'épaule de Judie.

— Hé, chuchota-t-il, réveillez-vous, Belle au bois dormant.

Judie ouvrit les yeux. Et poussa un hurlement de terreur, avant de reculer avec précipitation au fond du lit malgré l'énorme pile de couvertures qui la recouvrait.

— Laissez-moi. Allez-vous-en, s'écria-t-elle avec de grands gestes, tout en retirant ses bouchons d'oreille.

Ensuite, le regard paniqué, elle tenta de le frapper de ses poings par-dessus le tas d'édredons.

— Du calme, rétorqua Seth qui lui saisit les poignets afin d'épargner sa figure, et la cloua sur le matelas, néanmoins conscient que l'immobiliser ainsi la terrorisait encore plus.

C'était complètement fou, songea-t-il. Comment avait-il pu imaginer que cela pourrait se muer en fantasme ? Alors qu'il s'agissait du pire cauchemar pour une femme !

— Je ne vous ferai aucun mal, assura-t-il. Je vous le jure.

Le souffle court, tremblant de tous ses membres, Judie laissa échapper un nouveau cri d'animal traqué.

— Je ne suis pas un assassin, déclara Seth le plus posément possible. Je suis un type tout à fait normal qui a eu la clé de votre chalet par erreur.

Il s'efforçait d'employer un ton clair, rassurant et ferme, maudissant la nécessité de rester dans le noir qui accentuait son apparence effrayante. Mais avec la lumière allumée, elle risquait de reconnaître en lui l'homme croisé au restaurant, et elle aurait encore plus peur. Quand à le reconnaître comme Seth Wellington… il préférait ne même pas y penser.

— Je ne vous ferai pas de mal, répéta-t-il. D'accord ?

Judie opina en hoquetant, émettant de petits gémissements qui firent se hérisser Seth. Il ne voulait plus jamais assister à une peur pareille de sa vie.

— Ecoutez-moi, poursuivit-il. Les Robinson se sont trompés en me laissant la clé de votre chambre. Je vous ai donc réveillée pour que vous sachiez que je suis là. Mais je ne vous ferai aucun mal. Vous comprenez ?

Elle acquiesça de nouveau, toujours haletante, puis remua plusieurs fois les lèvres avant de parvenir à articuler :

— Smith ?

Smith ? Soudain, la lumière se fit dans l'esprit de Seth.

— Oui, c'est ça, acquiesça-t-il. On m'a laissé la mauvaise clé à la réception. Du coup, je suis entré, et vous ai trouvée dans ce que je croyais être mon lit.

— Dans l'enveloppe… sur la fenêtre, murmura Judie, dont la respiration s'apaisait peu à peu.

— Exact.

Après quelques longues, profondes inspirations, elle

cessa de trembler. Seth se rendit alors compte qu'il l'immobilisait toujours, qu'il faisait sombre, qu'ils se trouvaient sur le même lit et que, terrorisée ou pas, elle était sacrément sexy.

Bravo, terroriser les femmes l'excitait, maintenant !

Non. *Judie Marlow* dans un lit dans le noir l'excitait.

— Vous m'avez fait une peur bleue, Smith.

— Je suis vraiment désolé, s'excusa Seth d'une voix plus forte que nécessaire. Je ne savais pas quoi faire d'autre.

— Chalet numéro 9, dit-elle.

— Pardon ?

— Ils m'ont donné deux clés, expliqua Judie. Ils ont dû mélanger la 6 et la 9, et vous devez avoir mon double. Je demande toujours deux clés dans les hôtels.

— Pourquoi ?

— Pour éviter de me retrouver dehors avec la clé à l'intérieur. Donc d'avoir ensuite à entrer dans les chambres d'inconnus et de leur provoquer une crise cardiaque. A mon avis, reprit-elle après quelques expirations supplémentaires, j'ai assez d'adrénaline pour courir un marathon. Et le gagner.

Seth réprima un sourire. Ce sens de l'humour en dépit de la situation critique lui plaisait beaucoup.

— Je suis sincèrement navré, affirma-t-il. Si je

vous lâche les mains, tenterez-vous encore de m'assommer ?

— Non.

— Parce que vous me faites confiance, maintenant ?

— Non, répéta Judie.

Malgré la gravité de son ton, Seth eut encore envie de sourire.

— Mais moi, je peux vous faire confiance ? Vous n'allez pas me rouer de coups si je vous libère ?

— J'ai sans doute tort, mais d'accord, je ne vous frapperai pas, répondit Judie, visiblement à contrecœur.

— Promis ?

— Parole d'honneur.

— Vous avez la mienne aussi, déclara Seth.

Avec un petit son dubitatif, Judie se mit à gigoter, et il retint l'envie d'explorer les lignes du corps qu'il devinait sous le drap. A croire qu'il était un pervers sans scrupules. Tout en regardant ses formes imprécises dans l'obscurité, il savait qu'il tentait de gagner du temps. Car la relâcher signifiait prendre ensuite la bonne clé, quitter ce lit chaud, ce corps encore plus chaud, et n'emporter que le souvenir de son délicieux parfum poudré.

— D'accord, admit-elle enfin d'une voix rauque qui mit les sens de Seth en émoi.

Incapable de la laisser tout à fait aller, il se contenta

de lui libérer les poignets. Judie hésita une fraction de seconde, puis il l'entendit déglutir, et elle dégagea lentement ses mains mais les laissa de chaque côté de son oreiller.

Malgré son envie, Seth se retint de les caresser. Outre la peur qu'il venait de lui faire, n'était-il pas un parfait inconnu ? Peut-être l'inconnu de son fantasme, certes, mais tant qu'elle ne lui faisait pas confiance, tant qu'elle ne lui donnait aucun signe d'encouragement, il devait se maîtriser.

— Où est l'autre clé ? demanda-t-il, non sans peine malgré ses nobles résolutions.

— Euh, là, sur la table, répondit Judie en la désignant du menton, avant de reporter son regard vers lui.

Comme dans l'attente de ce qu'il comptait faire ensuite. Seth en avait une idée plutôt précise : il voulait se pencher sur elle, goûter sa peau, goûter ses lèvres, attiser le feu entre leurs corps jusqu'à combustion totale.

Mais il n'était pas question de l'effrayer une nouvelle fois. Le son de sa peur résonnait encore dans son esprit. Alors, qu'attendait-il pour prendre cette fichue clé ?

— Pourquoi n'avez-vous pas de chauffage ?

— Il n'y en a pas, répondit Judie. Et je n'ai pas réussi à faire marcher le poêle.

— Il fait un froid de gueux, ici.

— Vous trouvez ? ironisa-t-elle avec un rire bref.

Raison pour laquelle je suis recouverte d'une tonne de couvertures.

— Je parie qu'il fait bien chaud là-dessous, lança Seth.

— Vous espérez que je vous invite à vérifier ?

Le ton de Judie était brusque mais pas agressif.

— Pourquoi pas ? riposta Seth qui en mourait d'envie.

Il la sentit se raidir, et, conscient qu'il se penchait trop sur elle, il s'obligea à un petit un rire.

— Je plaisantais.

— Qu'attendez-vous pour prendre la clé ? lança Judie en relevant la tête, forme sombre sur l'oreiller clair.

— Je ne sais pas, avoua-t-il, ce qui était la vérité.

Puis il se redressa. Coucher avec Judie était une idée passionnante — mais une mauvaise idée, pour le moment. Elle se méfiait encore de lui, et comment l'en blâmer ? A sa place, lui aussi aurait du mal.

A contrecœur, il alla prendre la clé sur la table de chevet. Numéro 9, lut-il sur le disque de bois.

— Bon, eh bien, maintenant que j'ai la bonne clé…

— Quel est votre prénom, Smith ? l'interrompit Judie.

Son ton intimidé et le fait qu'elle retarde son départ remplirent Seth d'une joie soudaine.

— John.

— John Smith ? Sérieusement ?

— Presque, répondit Seth.

— Un faux nom ? Vous êtes recherché par la police ?

— Non. Je veux juste échapper un moment à la réalité.

— Oh, je comprends cela très bien, avoua Judie. Moi, je m'appelle…

— Je connais votre nom, la coupa Seth.

— Vraiment ?

Il entendit la peur resurgir dans sa voix.

— Oui. C'est Jane Doe, répliqua Seth.

Judie rit doucement, comme rassurée.

— Nous sommes-nous déjà rencontrés, John Smith ?

— Forcément, puisque je connais votre nom.

Le silence retomba dans le chalet. A quoi pensait-elle ? s'interrogeait Seth. Qu'elle pouvait réaliser son fantasme, ici, maintenant ? Mais aussi que ce serait folie pure de s'y risquer avec quelqu'un qui était peut-être un psychopathe qui la découperait en morceaux ensuite ?

A moins qu'il ne fût totalement à côté de la plaque, et qu'elle ne fût en train de se demander ce qu'attendait ce Smith pour quitter le chalet et la laisser se rendormir…

— Merci pour la clé, et excusez-moi encore de

vous avoir fait peur, déclara-t-il en jouant avec le disque de bois.

Judie acquiesça de la tête, puis s'assit en tirant les couvertures sur sa poitrine.

— J'espère que votre chalet sera chauffé, dit-elle.

— Si c'est le cas, voulez-vous...

— Non merci, je suis très bien ici, l'interrompit-elle.

— Bon, eh bien, bonsoir, Jane Doe, déclara Seth.

Puis il ramassa son sac, son pull, enfila ses bottes, son manteau, avant de poursuivre :

— Ravi d'avoir fait votre connaissance.

La main sur la poignée, Seth frissonna à l'idée d'affronter la morsure glacée de la neige. Il ouvrit le battant intérieur de la double porte.

— John.

Il fit volte-face.

— Oui ?

Par la vitre extérieure, la lumière éclaira vaguement la chambre. Judie était toujours assise sur le lit, accoudée à un oreiller, l'autre bras serrant les couvertures contre sa poitrine, telle une amante déjà languissante.

— Pourriez-vous jeter un coup d'œil sur le poêle ?

Réprimant un sourire, Seth referma la porte.

— Le poêle ? répéta-t-il.

— Oui. Je n'ai pas réussi à le mettre en route.

— Ah, je vois…

Il retira son manteau, le jeta sur une forme sombre qui devrait être un fauteuil, le fit suivre de son pull, puis se débarrassa de ses bottes. Sans trop savoir pourquoi, mais mû par une étrange intuition. Une intuition excitante.

— Il me semble que le gaz n'arrive pas, expliqua Judie.

— Mais vous avez besoin de chaleur.

— Oui, j'ai besoin de chaleur, dit-elle d'une voix rauque.

Sans même prétendre s'occuper du poêle, Seth s'approcha du lit, puis tendit la main vers ses cheveux fins.

— Je ne connais pas grand-chose à ces appareils.

— Non ? murmura Judie sans reculer.

— Non, dit Seth en descendant sa caresse vers sa joue. Mais je sais produire de la chaleur.

La respiration de Judie s'accéléra — des inspirations courtes, très différentes du souffle haché par la peur d'avant.

— Vraiment ? murmura-t-elle.

— Vous voulez que je vous montre ?

— Pourquoi pas…

— Si vous n'y tenez pas, je m'en irai, insista Seth.

75

Mais à moins que je ne sois fou…, je n'ai pas l'impression que vous vouliez me voir partir.

Elle eut un petit rire sensuel.

— Non, je veux que vous restiez. Même si c'est moi qui suis folle, en l'occurrence.

A lents mouvements précautionneux, afin de ne pas l'effrayer, Seth s'agenouilla sur le bord du lit.

— Nous sommes des étrangers l'un pour l'autre. Cela rend la chose risquée pour tous les deux. Et aussi, bien plus excitante, ajouta-t-il en posant les mains sur ses épaules graciles, puis sur ses bras, étonnamment fermes et musclés pour une femme d'apparence si délicate.

Judie rit de nouveau, trahissant une excitation nerveuse.

Aussi nerveuse que celle que Seth ressentait.

Prenant ses doigts entre ses lèvres, il les goûta un à un. Elle portait les ongles courts, nets, des ongles de femme qui tape sur un clavier. Cela le changeait agréablement des griffes laquées de vernis coûteux qui lui lacéraient le dos, d'habitude. Jamais il n'aurait cru être excité par des ongles naturels. Mais qui sait si tout en cette femme ne l'exciterait pas ? Son image tout entière l'habitait depuis le restaurant. Un regard bleu, pénétrant. Des cheveux blonds, aériens. Un corps mince, et, il le découvrait, aussi ferme et vif que son esprit.

Mais ce soir, elle n'était pas Judie Marlow. Tout

comme il n'était pas Seth Wellington IV. Et les soucis du directeur général des Magasins appartenaient à quelqu'un d'autre.

La réalité était sagement restée à Boston.

Seth sentit la jeune femme l'enlacer. Il se pencha pour l'embrasser ; ses lèvres étaient douces, tendres, exquises. Sa nervosité le quitta. Il se sentait bien.

Comme il sentait que tout ce qui se passerait entre eux cette nuit serait bien aussi. Très bien.

5.

Judie ouvrit les yeux. Quelque chose l'avait réveillée, mais quoi ? Il faisait toujours aussi sombre et aussi froid dans le chalet, mais délicieusement bon sous les couvertures. Ah, voilà que cela recommençait… comme un frôlement sur sa cuisse. Mmm… Encore…

Un frôlement de doigts, sauf erreur de sa part. Mmm…

Souriant de plaisir, elle se mit à onduler des hanches de manière provocante, suscitant un long grognement d'approbation derrière elle. L'intensité de son excitation monta en flèche. Quoi de plus passionnant que faire l'amour avec quelqu'un que l'on ne voyait pas ? Son fantasme sexuel avec un parfait inconnu dépassait de loin ses espérances les plus folles — au mépris de tout danger.

Pourtant, à sa propre surprise, elle s'était très vite fiée à ce John Smith. Peut-être sans autre raison valable que sa volonté propre. Elle était néanmoins certaine que, si elle n'avait pas eu le courage de lui demander de rester, il serait parti comme promis. Un type tordu n'aurait pas laissé tomber si facilement, surtout après l'avoir tenue à sa merci, clouée sur le matelas, incapable du moindre geste. Or, il n'en avait pas profité. Au contraire, il s'était efforcé de la rassurer.

En entendant sa voix douce, posée, patiente, elle avait aussitôt deviné qu'il ne lui ferait aucun mal. Et, à mesure que sa panique s'était estompée, la pensée que son fantasme secret venait de se présenter s'était lentement insinuée dans son esprit. Le fantasme idéal, tel un cadeau du destin. La peur, le noir, la voix sexy, le sentiment que si elle n'en profitait pas, les circonstances aussi parfaites ne surviendraient plus jamais, tout cela avait renforcé son désir et lui avait donné le cran de retenir l'inconnu.

A présent, elle n'était plus du tout angoissée. Au contraire, sentir de nouveau les mains agiles de cet inconnu sur son corps chaud la transportait. Soudain, les doigts qui la caressaient finirent par s'immiscer entre ses cuisses, et entamèrent un mouvement rythmé qui fit déferler un flot brûlant dans tout son corps. Comme c'était bon ! Judie se cambra, s'offrit à lui, étendu derrière elle. Elle l'entendit déchirer l'étui d'un préservatif, puis sentit son membre contre l'entrée humide et chaude de son sexe, attendant d'être réchauffé par son corps.

Sans plus attendre, elle s'ouvrit à lui d'un geste rapide, impatiente de l'avoir de nouveau en elle. Il

trouva son chemin et agrippa fébrilement ses hanches.
Judie eut l'impression d'être menue et sans défenses,
immobilisée par l'amant sans visage, grand, large,
puissant, qui la dominait.

Il commença à bouger lentement, et elle arqua ses
reins pour mieux accompagner sa cadence, perçut
son souffle rauque, qu'elle savait déjà être le signe de
son désir. Ne pas voir exacerbait les autres sens ; elle
connaissait la forme et la taille de son sexe, la saveur
de sa bouche, la texture de sa peau, le timbre de sa
voix, tout cela avec une acuité qu'elle ne se souvenait
pas avoir éprouvée avec aucun autre amant.

Ses lèvres étaient à la fois douces et fermes, sa voix
profonde, chaude, son corps incroyablement musclé,
viril, ferme.

Et il aimait le plaisir autant qu'elle. Sans tabou, sans
maladresse, sans chichi. Sans retenue. Ils faisaient
l'amour avec une intensité, une passion, un bonheur,
qu'elle n'avait jamais connus auparavant.

— C'est bon ? demanda-t-il, une main toujours
sur sa hanche, l'autre sous sa nuque.

— Oh, oui.

— Je peux aller plus vite ?

— Oh, oui, répéta Judie.

Il intensifia le rythme, plus fort, plus loin, tandis
qu'elle l'accompagnait de mouvements du bassin,
comme pour mieux l'accueillir. C'était divin. Elle

avait déjà gravi deux fois la montagne du plaisir, cette nuit, et s'apprêtait à recommencer…

— Ça vient ? Tu es tout près ?

La gorge nouée de plaisir, l'esprit en bataille, elle pouvait à peine répondre, dépassée par les sensations.

— Oui. Oui. Oui, maintenant…

Il plongea plus fort, plus loin, tandis que la jouissance la traversait avec une violence qui lui arracha un cri étranglé.

— Je te fais mal ? répéta-t-il, la voix hachée par le désir.

— Non, continue, encore !

Elle aurait pu rester indéfiniment ainsi, à le sentir aller et venir en elle, dur, puissant, lui donnant un plaisir aussi intense que celui qu'il prenait. Tandis que son corps vibrait encore de l'ivresse souveraine, elle attendit qu'il la rejoigne.

Et n'attendit pas longtemps. Un long gémissement rauque, presque animal, un souffle précipité, précéda l'ultime et fulgurante vague d'un plaisir intense.

Tandis qu'il se laissait aller contre elle, elle resserra son étreinte, comme pour mieux sentir le poids de son corps contre le sien. Dire qu'elle, Judie Marlow, femme indépendante, libérée, forte, s'était laissé soumettre par un parfait inconnu, dans l'obscurité la plus totale… et qu'elle y avait pris un incroyable plaisir.

Tandis que son corps s'apaisait peu à peu, elle refoula la brusque émotion, presque douloureuse, qui l'habitait. Tout ceci n'allait pas au-delà d'une parfaite entente sexuelle.

Il se redressa légèrement et lui caressa le sein d'une main douce, langoureuse.

— Tout va bien ? demanda-t-il.

Avait-il perçu le changement de son humeur ?

— Oui, tout va bien.

— Tu es sûre ? J'ai été un peu brutal, non ?

— Cela ne m'a pas déplu, répondit-elle.

Pouvait-on entendre un sourire ? En tout cas, Judie devina celui de son mystérieux amant, qui prolongea sa caresse le long de son ventre, de ses seins, y traçant un chemin délicieux avec ses grandes mains chaudes.

— Désolé de t'avoir réveillée, murmura-t-il.

— Je t'en aurais voulu du contraire...

Comme il riait, elle se surprit à déposer deux longs baisers passionnés sur sa bouche merveilleuse. Deux, pas plus. Selon Judie, les baisers en dehors du sexe étaient un échange intime, amoureux, tendre. Qui ne trouvaient donc pas leur place ici, même si ces deux-là lui avaient échappé.

— Rendors-toi, suggéra-t-il.

Facile à dire, songea Judie, compte tenu des battements fous de son cœur. Et du bouillonnement de son esprit...

— Je suis trop agitée.

— Ah bon ? Et pourquoi donc ?

— Tu n'as pas une toute petite idée ? susurra-t-elle.

Il rit de nouveau, la serra affectueusement contre lui. Et elle caressa un instant l'illusion stupide que son humour lui plaisait, et qu'il l'aimait autant qu'il la désirait. Comme si cela changeait quoi que ce soit à ce que chacun d'eux attendait de l'autre cette nuit !

Puis ils se turent un long moment, pendant que Judie savourait la sensation d'un corps d'homme enlacé au sien. Certaines femmes étaient capables d'enchaîner des relations sentimentales plus ou moins durables. Pas elle, Dieu sait pourquoi. Aussi, lorsqu'elle bénéficiait de ces parenthèses de contacts physiques, du sentiment exquis bien que fugace de paix et de sécurité procuré par des bras masculins, elle se concentrait toujours intensément sur la moindre impression, afin de la retrouver plus tard, une fois rentrée à la maison.

Même si elle pressentait qu'elle regretterait plus que tout les bras de cet homme-là. L'idée que cette aventure prenne fin lui noua la gorge. Qu'est-ce qui lui prenait ?

— Dis-moi, Jane Doe.

Bien qu'il ne puisse la voir, Judie s'obligea à sourire.

— Que fait une jolie fille comme moi dans un endroit pareil ? compléta-t-elle à sa place.

— Exactement.

— Une enquête.

— Pour *Playboy* ? ironisa-t-il.

Judie éclata de rire avant d'expliquer :

— Non, pas vraiment. Une enquête sur des lieux pour les couples qui veulent échapper à la folie de la saison de Noël.

— Tu deviens folle chaque année à cette période ?

— Tout le monde, non ? Encore que moi, pas tant que ça. Les traditions dans notre famille sont plutôt calmes.

— Raconte, l'encouragea-t-il.

Soudain hésitante, Judie fit une petite moue. Parler de sa famille n'entrait pas dans son fantasme idéal. Bien sûr, elle pouvait éluder la question ou inventer ; mais étrangement, elle eut envie d'être honnête, quitte à en révéler sur les siens.

— Nous réveillonnons tous ensemble, en buvant du sherry, que nous détestons pourtant, surtout le fiancé de ma sœur. Mais c'est la tradition. Tu vois ce que je veux dire ?

— Tout à fait, approuva-t-il d'un ton respectueux.

— Ensuite, ma sœur joue du piano, et nous chantons des cantiques devant la cheminée. Tout ça paraît un peu cucul la praline, non ? ajouta-t-elle en se redressant, dans l'espoir absurde d'apercevoir son visage, touchée malgré elle qu'il ne se soit pas moqué du rituel familial.

84

— Pas du tout. Maman et moi buvions du rhum aux épices en mangeant du pop-corn devant la cassette du *Petit Lord Fauntleroy*, comme quand j'étais enfant.

— Tu buvais du rhum étant petit ? s'étonna Judie.

— Non, à l'époque, c'était du lait et des biscuits au miel. Mais j'aime toujours ce conte !

Rien n'était plus plaisant que l'intimité un peu niaise qui suivait une bonne nuit d'amour, songea-t-elle. Sauf que ce soir, cela semblait plus intime que d'habitude, et surtout, plus inattendu. D'autant que l'amour avait *vraiment* été bon...

— Ta maman vit toujours ?

— Non, répondit-il d'un ton bref.

Pas de censure dans cette brusquerie, mais une douleur que Judie perçut sans peine. Aussi ne put-elle s'empêcher de lui caresser l'épaule avec sa joue.

— Je suis désolée, murmura-t-elle.

— Moi aussi. Alors, Jane, qu'as-tu demandé au Père Noël, cette année ?

— Oh, pas grand-chose, enchaîna-t-elle avec un sourire invisible. Moins de haine entre les nations, moins de stress entre les gens, plus d'estime, de respect pour les choses simples et naturelles, moins de glorification de la médiocrité à tous crins de par le monde.

— Rien que ça ! Pas de diamants, de fourrures ?

— Seigneur, non merci ! confirma Judie en riant.

Noël ne devrait porter que sur l'amour. Encore qu'un appartement plus agréable ne serait pas de refus. Et toi, que désires-tu ?

— Je ne suis pas très exigeant en matière de cadeaux non plus, dit-il d'une voix douce en lui effleurant les cheveux. Pour le moment, la seule chose que je souhaite, c'est que cette nuit dure encore très longtemps.

Le sourire de Judie s'évanouit, remplacé par une tristesse bien plus profonde que ne le justifiait la situation. Pourtant, elle savait depuis le début que cette nuit se terminerait. Qu'attendre de plus d'un fantasme anonyme réalisé dans le noir ? Lui demander nom, adresse et numéro de téléphone gâterait la perfection de cette aventure...

Elle releva la tête, comme pour lui parler en face.

— Tu fais souvent ce genre de choses ?

— Quoi donc ? Entrer dans des auberges abandonnées, prendre la mauvaise clé et trouver dans mon lit des femmes sexy prêtes à faire l'amour avec moi ?

— Pas prêtes, *crevant d'envie* de faire l'amour, corrigea Judie, ravie qu'il ait autant d'humour que de talents sexuels.

— Est-ce que je couche souvent avec des inconnues, c'est ça, ta question ?

— Oui.

— Non. Les femmes que je croise ces temps-ci sont celles avec lesquelles je travaille, or je trouve nulle l'idée de coucher entre collègues. Et draguer dans des bars n'est pas mon truc non plus. Et toi ?

Judie ne put réprimer un vif soulagement.

— Non, moi non plus, affirma-t-elle.

Un baiser échoua dans son cou — mais qui savait où il était censé tomber ? Se sentait-il soulagé lui aussi ?

— En ce cas, pourquoi avoir décidé de le faire avec moi ?

— Je ne sais pas, avoua Judie en se nichant contre lui. Dans le noir, tu semblais si sexy, ta voix, ton odeur, et…, tu me promets que tu ne me prendras pas pour une perverse ?

— Quelle idée ! ironisa-t-il. Alors ?

— Eh bien, coucher avec un parfait inconnu a toujours été un fantasme. Pas quelqu'un qu'on rencontre, avec qui on discute toute la soirée et avec lequel on finit par rentrer. Non. Un homme que l'on croise, et pour lequel on craque sur-le-champ, sans rien savoir de lui, et sans chercher à en apprendre davantage.

— Même pas le nom ?

— Non, John Smith, même pas le nom.

— Tu avais déjà tenté l'expérience ?

— Jamais de la vie ! assura Judie, fermement blottie entre ses bras. C'est beaucoup trop dangereux. Je suis peut-être perverse, mais pas stupide !

— C'est une bonne chose à savoir. Qu'est-ce qui t'attire dans ce type d'expérience, à ton avis ?

— Voyons, dit-elle, étonnée de se confier avec tant d'aisance. J'ai peut-être deviné que le sexe entre nous serait formidable à ce point ?

— Tu crois que ç'a été aussi bon uniquement à cause de l'obscurité ?

— Je… n'en sais rien. Sans doute. Qu'en penses-tu ?

— Je doute que ce soit la seule raison, déclara-t-il.

Judie déglutit avec peine. Le sauraient-ils jamais ? songea-t-elle non sans amertume.

— Puis-je me permettre un conseil que je suis très mal placé pour donner ? reprit-il. A ta place, j'éviterais à l'avenir ce type de relation avec des inconnus.

— Ah bon ? Pourquoi pas ? railla Judie.

D'un geste tendre, lent, il commença à lui caresser les cheveux, et elle eut aussitôt envie de ronronner contre lui.

— Parce que je ne veux pas me faire du souci à ton sujet, t'imaginer découpée en morceaux au fond d'une chambre d'hôtel isolée, répondit-il d'une voix sourde.

Judie frissonna, à la fois horrifiée de cette vision, et ravie de sa remarque protectrice.

— Si je te suis bien, je devrais estimer avoir eu de la chance d'être tombée sur toi, et m'en tenir là ?

— Ça me paraît une bonne idée. Mais moi aussi, j'estime avoir eu de la chance, Jane Doe.

Rayonnante, Judie frotta son nez contre sa mâchoire râpeuse, puis étouffa un bâillement, gagnée par une exquise lassitude. Elle écouta la respiration de son amant ralentir, imagina sa belle voix grave prononcer son vrai prénom. L'aube ne tarderait pas, et avec elle, la fin de son fantasme. Alors, elle serait en mesure de le voir enfin. Auraient-ils alors envie de se connaître mieux ?

— Tu vis dans le Maine ?

Il grogna un « non » endormi. Ni question, ni réponse. Message reçu : c'était la règle du jeu.

Cette pointe de déception était inévitable. Mais comment retourner à son quotidien après une telle aventure ? Elle aurait tant aimé pouvoir emprisonner dans un flacon la magie de cette nuit, l'emporter dans ses bagages pour toutes ces nuits solitaires à venir, lorsqu'elle se rappellerait combien c'était bon d'être avec lui. Combien c'était parfait.

Elle ne pouvait s'empêcher de regretter que l'un et l'autre n'acceptent de prendre le risque d'être plus que des amants de passage. Demain matin, se promit-elle en posant la tête sur l'oreiller, elle pourrait essayer encore.

Mais lorsqu'elle se réveilla, il faisait jour. Et John Smith, le parfait amant de son fantasme... était parti.

6.

— Mon Dieu, Lucy ! C'était incroyable, si incroyable !

— Dingue.

Lucy grimaça en entendant à quel point sa propre voix sonnait peu enthousiaste, mais elle n'y pouvait rien. Oui, elle aurait dû se réjouir que sa sœur vienne de vivre une folle nuit d'amour avec un type qu'elle n'avait même jamais *vu* à la lumière du jour. Mais non, elle était atterrée. A-tter-rée !

— Cela n'a pas l'air de t'épater, remarqua Judie.

— Oh, si, je suis épatée, crois-moi, riposta Lucy en posant violemment un dossier sur son bureau.

Par cette stupidité. Une stupidité sans nom. Elle avait beau connaître le goût du risque de sa sœur, cette fois, son comportement l'épouvantait. Seigneur ! Coucher avec un inconnu complet. Judie devrait remercier le ciel à genoux d'être encore vivante, plutôt que de se vanter de son comportement irresponsable !

— Je devine en toi une sacrée désapprobation, Lucy. Mais ne me gâche pas mon plaisir, tu veux bien ?

— Judie, commença Lucy avant de se mordre les lèvres — réprimander les gens n'était pas son fort. Ce type aurait pu te tuer. Il pourrait encore le faire. Peut-être t'a-t-il suivi jusque chez toi et…

— Non, ce n'était pas comme ça…

Agacée, Lucy leva les yeux au ciel. D'accord. C'était magique. Un vrai feu d'artifice. Plaisir puissance 10, symbiose totale etc. Comme avec le précédent, et celui d'avant, et encore celui d'avant. Quand Judie comprendrait-elle que les relations sentimentales ne se composaient pas uniquement de plaisir, d'attirance, de jeu sexuel et d'adrénaline ?

— Comment savoir qu'il n'y avait pas de danger ? protesta-t-elle. Voyons, tu ne pouvais même pas regarder dans ses yeux pour *voir* si c'était un type honnête ou…

— Je n'en avais pas besoin, argua Judie…

— C'est la femme qui tient le blog *Soyons réalistes !* qui dit ça ? Je rêve ! Sois réaliste, Judie.

Puis Lucy éloigna un instant le combiné de son oreille pour prendre une longue inspiration. Elle tremblait de rage.

— Seigneur, je ne t'ai jamais entendue comme ça, Lucy, dit la voix calme de sa sœur. Tu m'inquiètes vraiment.

— Toi, tu t'inquiètes pour *moi* ? *Tu* folâtres avec des étrangers invisibles, et c'est moi qui t'inquiète ?

— Oui, je sais que cela paraît dingue, admit Judie. Mais crois-moi, Lucy, à ma place, tu penserais comme moi. Si tu l'avais entendu parler, tu saurais que c'est un homme tout à fait normal, sympa, gentil, drôle, merveilleux, qui...

— Il y a des cinglés partout ! la coupa-t-elle. Des choses affreuses arrivent tous les jours. Si on ne se montre pas responsable, on...

— Bon, d'accord, Lucy. Ecoute, tu as raison. C'était de la folie. Mais tu ne peux pas m'accuser d'être irresponsable et incapable de distinguer un dangereux dément d'un type qui a eu la mauvaise clé par erreur.

— Quelle expérience as-tu des déments, pour être si sûre de les reconnaître ? railla Lucy.

Comme on frappait à la porte de son bureau, elle sursauta avant de conclure à la hâte :

— Je dois y aller, Judie. On discutera plus tard. Salut.

Laquelle des deux avait raison ? s'interrogea Lucy en raccrochant. Judie, qui prenait tous les risques avec une belle inconséquence, mais qui vivait des moments d'émotions physiques intenses... ou elle-même, qui écoutait son cœur plutôt que son corps, et qui, peut-être, passait à côté du bonheur ? Comment savoir quels étaient les signes ?

Son téléphone sonnait encore.

Poussant un gros soupir, Seth marqua la page du dossier qu'il étudiait, puis regarda le numéro qui s'affichait sur l'écran. Après avoir levé les yeux au ciel, il décrocha.

— Oui, Emma ? Je suis débordé, au milieu de trois mille trucs. Que se passe-t-il, encore ?

— Tu es toujours débordé, au milieu de trois mille trucs, répliqua sa demi-sœur.

Sauf lorsqu'il était au milieu d'une forêt du Maine, occupé à faire *une seule* chose, mais tout à fait passionnante…

— Oui, eh bien, c'est ça, être adulte.

— J'ai quelque chose de très chouette à t'annoncer.

Seth posa son coude sur le bureau, et sa tête sur la main. Le concept de « chouette » pour Emma collait rarement avec le sien. Malgré leurs quinze ans de différence, il avait parfois l'impression d'être son grand-père. En outre, la nouvelle campagne de pub reposait sur Emma. Aussi valait-il mieux que la « chouette » chose qu'elle s'apprêtait à lui annoncer ne soit pas synonyme d'ennuis…

— Je t'écoute, l'encouragea-t-il.

— Je vais écrire un roman ! Génial, non ?

L'excitation faisait monter encore d'un cran sa voix aiguë.

— Un roman, répéta machinalement Seth, abasourdi.

— Oui ! Jerry dit que je suis un écrivain-né.

— Ah oui ?

Renversé dans son siège, Seth examina le plafond de ce qu'il persistait à considérer comme le bureau de son père. « Jerry dit ? » Un type qui n'avait pas été fichu de trouver la route de Skowhegan ? Et puis quoi, encore ?

— Depuis quand Jerry est-il expert en littérature ?

— Comment, tu ne le savais pas ? s'exclama Emma.

Seth soupira de nouveau.

— Vas-y, dis-moi.

— Jerry écrit des poèmes. Et des nouvelles.

Sans blague ? Seth voyait le genre d'ici : *Ode à ma pépée.*

— Il en a même un paquet qui ont été publiées, poursuivit fièrement Emma, dont une dans le *New Yorker.*

Cette fois stupéfait, Seth lâcha :

— Tu plaisantes ?

— Bon, presque, en fait, ils ont *failli* lui prendre. Mais en tout cas, il a été publié dans des revues. Une ou deux. Je ne sais pas lesquelles. Bref, j'étais en train de lui parler de mon idée de livre sur une fille qui devient une superstar à, mettons, dix-neuf ans, et alors il y a un fan cinglé qui commence à la harceler, donc elle engage un garde du corps et ils tombent am…

— Emma, coupa Seth.

— Oui ?

— Les auteurs sont des gens qui se démènent pendant des années pour apprendre à écrire avant de se lancer dans…

— Oh, je sais, l'interrompit Emma d'un ton léger. Mais Jerry a déjà contacté un agent littéraire, qui pense qu'ils pourront m'obtenir très vite une avance généreuse. Ils disent que le livre devrait se vendre comme des petits pains.

Seth ferma les yeux. Lorsque Judie apprendrait cela, elle serait impitoyable. Tout comme le conseil d'administration. Ni l'une ni les autres ne leur feraient de cadeau. Emma était peut-être le futur prix Pulitzer, mais il était prêt à parier sa chemise qu'elle n'écrivait pas plus brillamment qu'elle ne chantait, dansait, ou jouait sur scène.

A son avis, elle excellait surtout dans le drame personnel.

Il devait lui parler calmement. Il fallait qu'il se comporte en figure paternelle, ou quelque chose d'approchant. Mais bon sang, d'une part, il n'était *pas* son père. D'autre part, il avait déjà assez de soucis comme ça de son côté. De plus…

Il détestait être mêlé à l'hystérie féminine.

— Emma, tu n'auras jamais le temps de tout faire : écrire un roman, jouer dans la comédie musicale et être la porte-parole des Magasins Wellington.

— Seigneur, j'ai déjà accepté de faire ces pubs idiotes. Que veux-tu de plus ? gémit Emma.

Tout en jouant avec un crayon, Seth exposa :

— Emma, le conseil a accepté de financer diverses manifestations sur l'année — ventes de charité, galas, etc. — et sans doute une nouvelle campagne de pub l'an prochain. Si ça marche, tu seras occupée pour un sacré bout de temps.

— J'ai pas envie, pleurnicha-t-elle d'une voix enfantine.

— Il s'agit de ta famille, Emma, reprit Seth, maîtrisant tant bien que mal son impatience. Pour parler plus clairement, il s'agit de l'argent qui te permet ton train de vie. On te demande juste de donner un peu en retour.

— Un peu trop.

Le crayon se brisa entre les doigts de Seth.

— J'ai sacrifié une énorme part de ma vie dans l'entreprise familiale. Et tout ce que j'attends de toi, c'est...

— Mais toi, tu aimes tout ce bazar ennuyeux ! riposta Emma. Tu es comme ça. Moi, je suis différente, je suis plus créative, plus spontanée, plus... plus vivante, tu vois ?

Seth soupira. Cela ne servait à rien.

— Eh bien, l'Ennuyeux compte quand même sur toi pour te plier aux exigences de l'entreprise Wellington. Après tout, jusqu'à ta majorité, tout ton argent passe par moi.

— Oh, parfait, Seth, murmura Emma, pendant que le mécanisme automatique de ses larmes se déclenchait, aussitôt suivi de petits reniflements déchirants. Menace ta propre sœur. Bravo, vraiment. Encore un petit effort, et peut-être parviendras-tu à bousiller toute ma vie, hein ?

— Bonne idée, je m'y mets tout de suite.

La communication fut coupée.

Fin d'une nouvelle et brillante discussion avec sa capricieuse demi-sœur.

Seth essaya en vain de reprendre la lecture de son dossier. Et lui, le laissait-on être créatif, spontané, vivant ?

Un épisode récent lui revint à l'esprit. Précisément du vendredi précédent. Avec Judie, dans le chalet empli d'obscurité, oui, il s'était senti vivant. D'une manière qui le tenait encore éveillé chaque nuit, le corps et les sens en feu.

Refermant le dossier, Seth parcourut d'un regard dégoûté le bureau sinistre et sombre. Revenir à… tout cela, avait été un cauchemar. Un peu comme retourner dans un poumon d'acier quand on avait eu l'occasion d'en sortir un moment pour respirer tout seul et sans effort.

Mais ce qu'il avait vécu avec Judie ne se reproduirait plus. Combien de fois pouvait-il se permettre d'être pour elle un étranger sans visage ? Une seule fois. Et si Judie découvrait qu'il était le demi-frère d'Emma, toute la liberté légère de l'anonymat disparaîtrait dans une relation pesante.

Ou des représailles en bonne et due forme.

Une rencontre aussi parfaite ne devait pas se répéter — ne pouvait pas se répéter. Il devait cesser d'y penser, se morigéna Seth. Et tant pis si l'envie qu'il avait d'elle l'empêchait de dormir à longueur de nuit.

Quelqu'un frappa à la porte de son bureau. Un coup d'œil à sa montre lui indiqua 19 heures. Il était temps d'aller se chercher quelque chose à dîner, songea-t-il.

— Entrez.

— Salut, toi !

C'était Mary. Coiffée d'un bonnet de saint Nicolas qui lui donnait une allure sexy, vêtue d'une minijupe qui révélait ses longues jambes, et d'un chemisier bien trop décolleté pour une tenue de travail.

— Toujours au boulot, Seth, poursuivit-elle. Tu travailles trop. J'espérais t'entraîner à venir dîner avec moi.

Elle s'assit sur le bord du bureau, puis déposa devant lui un petit paquet soigneusement enveloppé.

— Joyeux Noël, lança-t-elle joyeusement.

— Mary, protesta Seth avec un petit rire, tout en

notant mentalement de demander à Sheila d'ajouter Mary sur sa liste de cadeaux. Tu n'aurais pas dû...

— Oui, je sais, d'ailleurs ce n'était pas prévu. Mais en voyant ça, je n'ai pas pu résister. Allez, ouvre-le.

Avec un sourire forcé, Seth prit le paquet. Il détestait déballer un cadeau devant la personne qui le lui offrait, de peur d'afficher sa réaction. Le ruban se dénoua, le papier glissa...

Un dessin humoristique sous verre. Des cadres supérieurs en costume, le visage rouge, en nage, courant frénétiquement autour d'une piste circulaire. Sur les côtés, des rats installés dans des chaises longues, lunettes de soleil sur les yeux et un verre de cocktail à la main. La légende : *Qui fait la course ?*

Seth s'obligea à rire.

— Excellent. Génial. Très drôle.

— N'est-ce pas ? s'exclama Mary, ravie, en balançant ses jambes — ce qui remonta encore un peu sa jupe déjà très courte. Je savais que tu l'aimerais.

— Je l'adore.

Il le détestait. Pourquoi diable aimerait-il ce truc qui lui rappelait qu'il était pris au piège ? Par un enchaînement étrange de sa logique, il sut soudain avec certitude que Judie ne lui aurait jamais offert ce genre de chose.

Tenant le dessin devant ses yeux, Seth se contraignit à un nouvel éclat de rire. Cette fois, l'amertume dut transparaître.

— Merci, Mary, c'est vraiment adorable de ta part.

— Oh, je t'en prie, gloussa-t-elle, avant de se pencher vers lui, mutine. Alors, tu as faim ?

Le regard de Seth tomba dans son décolleté. Après tout, Mary était superbe, et lui, pas de bois.

— Je suis affamé.

— De nourriture ? badina Mary.

Hmm…

Il repoussa les évocations entêtantes de Judie au fond de son esprit. Et si une nuit avec Mary était précisément ce qu'il lui fallait ? Après tout, c'était une fille épatante, excitante, passionnée, et surtout, loyale et discrète, qui ne confondait jamais le travail et le plaisir, qui ne lui avait jamais demandé un traitement de faveur sous prétexte qu'ils avaient eu quelques aventures ensemble. Ni que leurs aventures se transforment en vraie relation… En somme, elle était son idéal de femme.

Du moins l'avait-il toujours pensé.

Car malgré son décolleté, sa jupe ultracourte et la petite moue qui arrondissait les lèvres de la jeune femme, Seth ne ressentait absolument rien pour elle. Pas la moindre étincelle d'envie.

Non.

Il ne ressentait que le désir profond, intense, irrésistible, de trouver n'importe quel moyen à la disposition de son imagination ou de ses ressources pour être de nouveau avec Judie Marlow dans un lit.

Imaginez que vous êtes stressé(e), épuisé(e), lessivé(e), vidé(e). Au bureau, la semaine a été un enfer. Votre chéri(e) vous regarde à peine. Pas envie de faire la cuisine. Ni le ménage. Encore moins de décorer la maison. Ne parlons pas des cadeaux à faire à des tonnes de gens. Ni du pot de fin d'année avec toujours les mêmes poivrots. Ça vous dit quelque chose ?

A présent, imaginez que votre chéri(e) et vous-même quittiez le bureau vendredi soir, une heure ou deux plus tôt que d'habitude, par exemple, et que vous rouliez dans la paix au milieu des pins sereins des forêts du Maine. Nulle autre décoration que celles que Dame Nature y a déposées. Pas une âme à la ronde…

Hormis le corps et la voix les plus sexy dans le noir sur lesquels vous ayez jamais fantasmé…, songea Judie avec un frisson d'excitation.

Votre chalet vous attend, joli, confortable, le poêle ronflant dispensant une agréable chaleur.

A condition que le fichu appareil fonctionne…

Un silence tellement apaisant, tellement magnifique, que vous entendez vos propres pensées. Ainsi que le chant des oiseaux, ou la brise agaçant les branches…

Ou le cri presque animal du plaisir.

Avec un soupir, Judie repoussa son ordinateur portable, puis attrapa une poignée de Tortilla chips dans le sachet qu'elle avait posé sur son lit encore défait. Flûte, songea-t-elle en les croquant. Cet article était idiot, ennuyeux au possible. Et écrire sur ce voyage, un enfer.

Elle soupira. La seule chose qu'elle voulait, c'était retrouver son amant inconnu. L'étourdissement du week-end précédent s'était prolongé tout le long du voyage du retour, puis toute la semaine.

Et ensuite, bien trop pesante, la réalité de sa vie avait repris le dessus. De sa vie sans lui. Sans rien d'autre que son travail, ses amis, sa famille, et… Certes, elle n'avait pas à se plaindre, ils étaient tous franchement formidables.

Oui, mais pas magiques. Fabuleusement exaltants. Suprêmement grisants.

D'accord, on pouvait la traiter de fille vorace, mais satisfaire son fantasme ne l'avait pas satisfaite. Au contraire, cela lui avait juste ouvert l'appétit. Pas pour recommencer l'expérience avec d'autres inconnus. Hors de question. Mettre ainsi sa vie en danger serait une énorme bêtise.

Non. Pour recommencer avec *lui*. John Smith ou peu importe son véritable nom. Bien sûr, il y avait d'autres hommes avec lesquels elle n'avait folâtré qu'une seule fois, bien qu'elle l'ait rarement décidé ainsi au départ. Soit les types décidaient qu'une nuit suffisait, *hasta la vista baby*, merci, et ils s'envolaient. Soit elle partait, mais c'était moins fréquent — si elle allait jusqu'au lit, c'est qu'elle les appréciait assez pour tenter le coup. Ou encore, ni l'un ni l'autre ne faisait l'effort de se revoir, et la chose s'éteignait gentiment d'elle-même. Parfois, elle avait éprouvé de la déception, plus souvent, elle avait pleuré, mais généralement, elle restait ronchon quelques jours, point final.

Rien de cela aujourd'hui. Elle se sentait obsédée, démoralisée, malheureuse. Quelques heures à peine au contact d'un homme qu'elle ne connaissait pas avaient suffi à ébranler son univers autant que son corps.

Mais que lui arrivait-il ?

Judie se leva de son lit pour aller chercher un pot de guacamole dans le Frigidaire. Pourquoi fallait-il que le seul homme qui lui fasse autant d'effet fût un parfait inconnu ? Etait-elle à ce point désaxée ? Ou bien y avait-il eu une connexion extraordinaire, qui signifiait quelque chose ?

Le destin ne pouvait-il pas lui donner un coup de pouce pour trouver la réponse ?

Guacamole dans une main, eau de source aux arômes naturels dans l'autre, Judie referma le vieux réfrigérateur du pied, puis retourna s'installer sur son lit. Elle ouvrit le pot de guacamole et y trempa ses chips en jetant un regard haineux à son ordinateur, témoin désagréable du travail qui l'attendait. Elle avait encore envie de John Smith — et encore, et encore, et encore — et perdait toute son énergie à tenter en vain de ne pas penser à lui. En fait, tout ce qui rendait son fantasme si excitant, si mystérieux, si fascinant, le condamnait aussi à ne jamais se reproduire.

John Smith était un inconnu. Il avait disparu au cours de la nuit, non pour gagner le chalet numéro 9, mais pour aller là où sa route le menait. Le lendemain matin, Judie avait assez pathétiquement traînassé quelques heures à l'auberge des Sapins avant de poursuivre la sienne, dans l'espoir idiot qu'il était allé leur chercher un petit déjeuner, ou que…

De toute façon, avec elle, ce genre de raisonnement hypothétique ne fonctionnait jamais. Elle pourrait écrire un livre entier sur toutes les raisons probables qui poussaient les hommes à disparaître, mais au fond, cela se résumait toujours à : *ils partent parce qu'ils veulent s'en aller.*

John Smith était parti parce qu'il voulait s'en aller, point final. Tant pis si elle avait un mal fou à l'accepter.

Enfournant rageusement des chips enduites de guacamole, Judie songea avec ironie qu'en tant qu'auteur de *Soyons réalistes !*, elle se posait là…

La sonnerie du téléphone déclencha un déferlement d'adrénaline. Une fois de plus. De ce côté aussi, elle se posait là, depuis quelques jours. Chaque sonnerie la mettait dans tous ses états. Bravo, Judie Marlow. John Smith ne connaissait même pas son vrai nom. Alors son numéro de téléphone… Soyons réalistes !

A toute vitesse, elle avala la dernière chips, et se rua sur le combiné. « Allô ! ».

— Salut, toi.

Une voix grave, masculine, familière… mais ce n'était pas la bonne. Elle le sut dès que l'adrénaline reflua.

— Salut, toi, qui ? riposta-t-elle, sourcils froncés, en commençant à faire les cent pas. Pour une raison étrange, elle était incapable de rester tranquille pendant une conversation téléphonique, depuis quelque temps.

— C'est Sam.

— Sam !

Bien sur, c'était Sam. Un ex qui refaisait surface de temps en temps, et avec lequel il lui était arrivé de reprendre pendant un moment les choses où ils les avaient laissées, avant de les arrêter de nouveau.

— Alors, petite fille, tu as été sage, cette année ?

— Je suis toujours très sage, tu le sais bien.

Finalement, il tombait plutôt à pic, non ? Au moins, il allait lui changer les idées.

— C'est chouette que tu m'appelles, Sam, reprit-elle d'une voix plus enjouée. Comment ça va ?

— Très bien, répondit Sam. Je pensais à toi ce matin, et je me demandais ce que tu devenais.

Traduction : « Ma dernière petite amie et moi venons de nous séparer. »

— Oh, c'est sympa de ta part. Eh bien, mes articles marchent bien, je suis plutôt occupée, et…

— Tu as quelqu'un dans ta vie, en ce moment ? l'interrompit Sam.

Traduction : « Tu serais disponible en ce moment ? »

Judie sourit en se remémorant Sam — grand, bien bâti, blond, intelligent, dynamique, drôle, bon amant, bref, un type bien à tous les points de vue.

Exactement ce qu'il lui fallait dans l'immédiat, non ?

Sauf qu'une image surgit aussitôt dans son esprit — enfin, comme il y faisait noir, il ne s'agissait pas vraiment d'une image. Plutôt un souvenir. Des bras puissants qui l'enlaçaient ; un corps mêlé au sien, ancré dans le sien ; la sensation de ses lèvres sur sa peau ; le son de sa voix…, l'incroyable intensité d'une connexion physique qui, d'une certaine façon, aussi invraisemblable que cela paraisse, avait également envahi la sphère émotionnelle. Du moins, en ce qui la concernait.

Tu as quelqu'un dans ta vie en ce moment ?

Personne de réel, en tout cas.

— Allô ! La Terre à Judie.

La voix de Sam la tira de ses rêveries.

— Excuse-moi, bredouilla-t-elle en hochant la tête pour se ressaisir. Je suis là.

— Je te demandais si tu avais quelqu'un. La question semble te poser problème…

Judie ouvrit la bouche pour répondre qu'elle n'avait personne, mais les mots ne purent franchir ses lèvres. En vérité, John Smith n'était *pas* dans sa vie. Mais il n'en occupait pas moins une place indéniable dans son esprit, au point, force était de l'admettre, de n'en laisser aucune pour Sam. Assez autodestructeur, non ?

— Il… y a quelqu'un, oui.

— Quelle poisse ! s'exclama Sam. Est-il digne de ta perfection, au moins ?

— Oh oui !

Sa gorge se serra, les larmes affleurèrent à ses paupières. Mais bon sang, qu'est-ce qui lui prenait ? Pourquoi ne plaisantait-elle pas avec Sam, au lieu de se laisser gagner par une émotion hors de propos ?

— Ouh ! là, là ! Ça paraît sérieux, remarqua Sam.

— Sans doute.

En tout cas, l'état de son équilibre mental était sérieux, songea-t-elle en fermant les yeux.

— Bon, eh bien, je te souhaite tout le bonheur du monde, Judie. Joyeux Noël, bonne année, etc. etc. etc.

— Merci, Sam. A toi aussi. On se voit bientôt, d'accord ?

Ayant pris congé, Judie raccrocha, puis s'effondra sur la couette à rayures de son affreux canapé-lit.

Seigneur ! Elle devait consulter un médecin de toute urgence. Pourquoi refuser un rendez-vous avec Sam juste à cause d'une unique nuit de perfection absolue et non renouvelable avec... Dieu sait qui ?

Soudain, le petit majordome nasillard qui annonçait l'arrivée d'un e-mail s'anima sur son écran d'ordinateur.

Probablement un spam, à cette heure-ci. Poussant un soupir, Judie se releva pour aller vérifier.

Non. Ce n'était pas un spam.

Mais un message de Betty Robinson, la propriétaire de l'auberge des Sapins. Cela suffit à affoler les battements de son cœur. D'ailleurs, le seul mot *sapin* lui tourneboulerait à coup sûr le cerveau tout le reste de sa vie. Ce qui promettait pour tous les Noëls à venir...

Mademoiselle Marlow,
Nous espérons que vous avez apprécié votre séjour chez nous. Nous avons reçu l'e-mail suivant ; le monsieur nous a demandé de vous le transmettre. Dans l'attente qu'un prochain séjour dans le Maine vous ramène chez nous,
Cordialement,
Betty et Arnold Robinson.

Oh, mon Dieu. Mon Dieu. Mon Dieu.

Son cœur battait follement la chamade.

Vite, avant d'ouvrir le courrier transféré, réfléchir : de qui d'autre pouvait-il provenir ? Ne pas se persuader qu'il s'agissait de John Smith, et être ensuite horriblement déçue en constatant que ce n'était pas le cas. Mais elle ne connaissait personne qui ait une raison quelconque de ne pas lui écrire directement, n'est-ce pas ?

L'esprit pris de vertige, les doigts tremblants, s'efforçant au calme mais incapable d'y parvenir, Judie cliqua sur la souris pour ouvrir le document joint. Un autre e-mail.

Chère Jane Doe,
Je ne suis pas rassasié de vous. Le serai-je jamais ?
J'aimerais le découvrir.
Ritz-Carlton Hôtel, chambre 329, lundi 12 décembre, 19 heures.
John Smith

« Nerveuse » restait très en dessous de la vérité pour définir l'état dans lequel Judie se sentait.

Debout dans le couloir silencieux, juste devant la chambre 329 du Ritz-Carlton, les yeux rivés sur la porte, elle s'étonnait que ses pieds aient accepté de la mener jusque-là.

Sacrée Lucy et sa nature prudente. Quelques-unes de ses mises en garde avaient fini par pénétrer le délire qui embrumait l'esprit de Judie. Elle avait à peine dormi la nuit précédente, aussi excitée qu'angoissée. Minuit était l'heure favorite des démons du doute et des supputations.

Et si… ? Et si… ? Et si… ?

Et si John Smith était un psychopathe cinglé qui aimait jouer avec ses victimes avant de les occire ?

Et s'il savait qui elle était, et qu'il la traquait ? D'accord, il avait pu voir ses plaques de voiture immatriculées au Massachusetts ; mais son e-mail ne mentionnait que le Ritz-Carlton, sans préciser d'adresse, pourtant indispensable pour qui ne connaissait pas la ville. Alors, comment savait-il qu'elle vivait à Boston ?

Et s'il était marié ? Pourquoi ce rendez-vous dans un hôtel, tout compte fait ? Bien qu'elle n'ait pas senti d'alliance à son doigt l'autre soir, cela ne voulait rien dire.

Mais surtout, question essentielle : malgré tant de doutes et de craintes, pourquoi était-elle venue quand même ?

Oui, pourquoi ne se trouvait-elle pas plutôt dans les bras du grand, sympathique, rassurant Sam, dont elle aurait tellement voulu être folle amoureuse sans jamais y parvenir ?

Pourquoi Judie, la reine de la doctrine *Soyons réalistes !*, avait-elle choisi le fantasme ?

Mais au fond de son cœur, elle savait que c'était plus fort qu'elle, absolument irrésistible. Quoi qu'il se fût passé entre eux cette nuit-là, une semaine et demie plus tôt dans le Maine, elle voulait à tout prix vérifier si elle le revivrait, cette fois en *voyant* son amant. Elle voulait savoir si cette passion dévorante n'était que le fruit de l'obscurité, du mystère, de l'isolement, du mélange excitant de la peur et de la surprise. Ou bien s'il existait quelque chose de — oserait-elle employer le mot ? — réel entre eux.

Et plus profond encore, plus loin dans son cœur, Judie était convaincue que si l'inconnu lui avait voulu du mal, elle l'aurait deviné. Quelque chose l'aurait avertie, son instinct l'aurait tenue sur ses gardes, elle n'en doutait pas.

Oui, bien sûr, il pouvait être marié… ou alors, il se préservait en choisissant un hôtel. En fait, il en savait aussi peu sur elle, qu'elle sur lui ; simplement, c'était plus délicat de ne pas l'inviter chez lui avant qu'ils se connaissent mieux. Et pourquoi se donner la peine d'aller dans un bar ou un restaurant, alors qu'ils ne désiraient qu'un lit ?

Bien entendu, le Ritz donnait une certaine classe à la chose… Judie sourit, s'avança de quelques pas. Puis une nouvelle montée d'adrénaline effaça son sourire. Bon, d'accord, elle mourait de peur, en fait. Le voir en vrai allait placer l'ensemble du fantasme sous une lumière différente — et tant pis pour le jeu de mots.

Elle se trouvait à présent juste devant la porte. Respirer à fond. Compter jusqu'à dix. Puis entrer.

Un… deux… trois…

La poignée tourna. Judie cessa de compter. Cessa de respirer. Leva les yeux vers l'endroit où elle s'attendait à voir apparaître le visage de son mystérieux amant.

C'était probablement futile de sa part, mais elle espérait de toutes ses forces qu'il serait aussi séduisant aux yeux qu'au toucher ou à la voix. Elle ne lui demandait pas d'être beau à tomber à genoux, mais d'allumer une petite…

La porte s'ouvrit d'une cinquantaine de centimètres. Derrière, Judie vit enfin…

Du noir.

Alors… elle ne le verrait pas ? Une vive déception la transperça, suivie d'une multitude de questions. Pourquoi rester encore dans la pénombre ? Etait-il *vraiment* marié ? Soucieux qu'elle ne puisse l'identifier auprès de la police ?

Pour l'amour du ciel, Judie ! Ne venait-elle pas d'évoquer son intime conviction de pouvoir se fier à lui ?

D'un pas plus résolu, elle franchit le seuil.

— Entre.

Au timbre riche et profond de sa voix, Judie se rendit compte, rétrospectivement, combien l'aventure dans le Maine lui avait semblé onirique, quasi surréaliste. Combien elle avait douté que les choses se fussent passées comme dans son souvenir. En fait, l'entendre en vrai rendait cette nuit dans le Maine réelle.

Sa nervosité céda la place à l'excitation. Elle entra dans la chambre. Où l'attendait de nouveau son fantasme de perfection érotique. « John Smith » resterait « John Smith », elle serait sa « Jane Doe » pour une nuit de plus.

— Bonsoir, Jane.

Faisant volte-face, Judie aperçut sa silhouette contre le battant clair de la porte, maintenant refermée. Une stature haute et large, tout à fait réelle. Comme une étrange émotion l'envahissait soudain, elle s'astreignit au calme pour contenir le sanglot qui lui nouait la gorge.

— Salut, John.

— Je suis content que tu sois là.

— Moi aussi, déclara-t-elle.

La silhouette sombre se détacha de la porte, s'avança vers elle, tandis que son cœur déjà affolé s'emballait encore.

— J'allais dire que tu es superbe, reprit-il, mais dans la mesure où je ne te vois pas, c'est plutôt idiot.

Judie éclata d'un petit rire embarrassé. Elle le comprenait pourtant. Pour elle aussi, la silhouette de cet homme était aussi magnifique qu'une stature masculine puisse l'être.

— Toi aussi, tu… me sembles incroyable, répliqua-t-elle.

Il s'arrêta pile devant elle. Elle percevait la chaleur de son corps, sentait son odeur familière. L'envie de le toucher fut si violente qu'elle s'obligea à la refouler, mue par le désir pervers de retarder le plus possible le moment de succomber.

— Je n'arrête pas de penser à toi.

Le souffle soudain court, Judie répondit :

— Moi aussi.

— Je perds sans doute la raison.

— La mienne s'est égarée lorsque je t'ai empêché de quitter le chalet, confessa-t-elle.

114

— Pour que je vérifie le poêle.

Elle s'esclaffa doucement.

— Ce que tu n'as jamais fait.

— Non, admit-il en se penchant afin que leurs deux fronts se touchent. Il y avait d'autres choses que j'avais envie de faire pour toi.

Les lèvres tremblantes de le sentir si proche, Judie ferma les yeux pour murmurer :

— Je me souviens de chacune d'elles.

— Et je ne cesse d'avoir envie de recommencer, ajouta-t-il, tandis que son doigt suivait tendrement la ligne de sa mâchoire, glissait derrière sa tête qu'il releva pour attirer son visage vers lui. Toi aussi ?

— Oh, oui.

A peine avait-elle prononcé ces mots que sa bouche se posa sur la sienne, et y resta un instant, chaude, pleine, gourmande. Puis il bougea lentement la tête, lui effleurant les lèvres, l'obligeant à patienter encore.

Mais Judie voulait bien patienter. Elle voulait que cette nuit fût éternelle. Elle voulait ressentir ce frisson érotique, ce mystère, tout le long de la nuit. John Smith et Jane Doe, masqués de pénombre, occupés à ce qu'ils faisaient si bien ensemble.

— Viens avec moi, ordonna-t-il.

Ayant trouvé sa main, il la guida à travers la pièce, entre les meubles fantomatiques plus sombres que l'obscurité. Une immense armoire, une table, un vague pinceau de lumière dépassant des lourds rideaux fermés.

Et un lit.

Impatiente de sombrer dans le vertige de la passion, elle le suivit sans mot dire.

Au pied du lit, il l'attira pour l'embrasser rapidement, puis demanda d'une voix rauque :

— Dis-moi comment je dois te déshabiller.

Comment ça, *comment ?*

— De haut en bas ? suggéra-t-elle, interloquée.

Il pouffa.

— Je ne sais pas ce que tu portes.

— Ah, se reprit Judie en souriant de sa propre sottise. Un gilet, boutonné une seule fois, à la taille.

Les doigts de son amant invisible frôlèrent son ventre, et elle dut se retenir pour ne pas en faire autant. Il trouva le bouton, le défit, repoussa lentement le vêtement sur ses épaules, les laissant nues sous son chemisier de lin blanc. Puis ses mains suivirent la ligne de ses bras, les amenèrent dans son dos afin de faire glisser la maille de coton sur ses poignets. Dans le mouvement, leurs corps se touchèrent, brûlants, tendus de désir.

— Voilà, murmura-t-il dans ses cheveux.

Il embrassa sa tempe, sa joue, et enfin, enfin, sa bouche, un long baiser qui l'embrasa tout entière, la rendant brusquement impatiente qu'il aille plus loin, très vite.

116

Non. Chaque chose en son temps. N'avaient-ils pas toute la nuit, après tout ?

— Ensuite ? demanda-t-il contre ses lèvres, qu'il suivit de la langue avant de l'embrasser encore.

— D'autres boutons, haleta-t-elle, les sens en feu. Devant.

Les doigts repartirent en exploration, frôlant son ventre, ses seins. Judie se mordit la lèvre pour ne pas gémir. Chaque chose en son temps ? Jamais elle n'y arriverait. Cette lenteur la rendait folle.

Le dernier bouton céda enfin. Le chemisier glissa. En soutien-gorge et minijupe, elle trépignait presque, attendant la suite. Les mains de son amant, larges, puissantes, se posèrent sur sa taille. Il la dominait de sa masse sombre.

— Fermeture devant ou derrière ?

— Devant, murmura-t-elle. Et vite ! l'implora-t-elle.

Comme il l'attirait de nouveau vers lui, Judie sentit son membre dressé sous le pantalon. Elle se pressa, se frotta contre lui, ravie d'entendre son souffle s'accélérer. A l'évidence, il brûlait de désir, lui aussi.

— Les fermetures devant me trahissent toujours.

— Je m'en occupe, dit-elle en dégrafant avec hâte l'attache, et le soutien-gorge tomba par terre.

L'air frais de la chambre caressa ses seins, et elle aima la manière dont leurs paroles chuchotées rendaient la pénombre encore plus intime.

Elle sentit ses mains remonter vers sa poitrine, les pouces soulignant la courbe des globes avant d'en titiller les pointes déjà érigées. Puis il se pencha et en prit un dans sa bouche. Sa langue exquise roula autour du mamelon en brûlants frôlements, puis passa à l'autre sein. Tandis que des frissons parcouraient sa peau, elle crut défaillir.

Jamais de sa vie, elle n'avait désiré un homme avec une telle intensité, une telle urgence. Etait-ce parce qu'elle ne le voyait pas ? Ou parce que c'était précisément lui ?

— Et maintenant, Jane Doe ? murmura-t-il en enveloppant de ses paumes les seins douloureusement tendus de Judie.

— John, gémit-elle d'une voix presque inaudible. Je... je ne veux pas attendre.

Sa hâte était telle que son baiser la surprit presque. Il s'empara de ses lèvres avec une férocité, une avidité qui la laissa un instant comme étourdie. Sans se lasser de presser ses seins satinés, il glissa une jambe entre les siennes.

Alors tout alla très vite. Avec un gémissement rauque, Judie se frotta contre lui, relevant sa jupe pour mieux le sentir à travers la fine dentelle de son slip. Folle d'un désir animal pour cet inconnu puissamment musclé, si excitant dans le noir de la chambre, elle mêla sa langue à la sienne comme si sa vie en dépendait, au bord de basculer dans le plaisir, tandis que les grandes mains chaudes exploraient son dos, repoussaient la mince culotte et découvraient ses fesses.

Leur avance se fit plus précise, plus possessive, et soudain, avec un petit cri, elle plaqua son bassin contre sa cuisse et se laissa emporter par les vagues successives de la jouissance, les genoux tremblants.

Son amant grogna quelque chose d'inaudible, puis la prit dans ses bras pour la déposer sur le lit. Elle l'entendit se dévêtir, et comprit à sa respiration précipitée que lui aussi en avait assez de prendre son temps.

Puis lui parvint le bruit d'un étui déchiré, avant qu'il s'allonge enfin sur elle.

D'une main impatiente, il écarta ses cuisses, lui ôta son slip et la pénétra enfin, poussant un grognement soulagé auquel elle fit écho.

— Jane, haleta-t-il, un instant immobile, toute la semaine, je n'ai pensé qu'à revenir à cet endroit précis.

— Moi aussi, je n'ai pensé qu'à t'avoir de nouveau là, chuchota-t-elle, le corps en feu. Viens, maintenant, viens.

Alors, il se mit à bouger, fort, vite, et Judie se cambra, écartant sa chemise pour sentir sa peau contre la sienne.

— Je ne vais pas pouvoir attendre très longtemps, souffla-t-il, tentant vainement de ralentir le rythme.

— N'attends pas, surtout pas, le supplia-t-elle tout

119

en l'incitant du bassin à reprendre sa course folle, s'accordant à sa cadence, le poussant loin en elle, loin, très loin.

Bouche contre bouche, langues mêlées, leurs corps se heurtèrent, se joignirent, s'éloignèrent pour mieux se retrouver, jusqu'à ce que dans un long cri rauque, le flot de la volupté les submerge tous deux.

Tandis qu'ils reprenaient leur souffle, Judie caressa les courbes fermes et lisses de ses épaules, se remémorant la sensation, l'odeur, le poids de son corps sur le sien, éprouvant de nouveau cette surprenante émotion — ni bonheur, ni tristesse, quelque chose entre les deux, diffus, très troublant.

Jamais elle n'avait vécu de passion aussi parfaite, aussi absolue. Jamais de sa vie.

Puis il se détacha lentement d'elle et se releva.

— Je reviens tout de suite, annonça-t-il.

Sa haute silhouette sombre se dirigea vers la salle de bains. La chambre était silencieuse et étrange sans lui. Il lui manquait déjà. Un peu embarrassée, ne sachant que faire — ôter le reste de ses vêtements, se rhabiller, rester sur le couvre-lit, se mettre sous les draps — Judie se déplaça vers le milieu du matelas.

Qu'allait-il se passer, maintenant ?

Ils s'étaient rués l'un sur l'autre si vite, si furieusement. Au chalet, ils avaient parfois dormi entre deux corps à corps. Mais en dehors des heures de sommeil, que faire dans le noir avec un fantasme sans visage ?

D'un pas léger malgré sa haute taille, il revint dans la chambre. Judie se tendit, mal à l'aise, ne sachant comment agir. Devait-elle proposer de s'en aller ? Oui ? Non ?

Le matelas plia sous le poids de l'homme.

Il se coula vers elle, puis entreprit de la caresser, ventre, seins, épaules, ses mains tièdes réchauffant sa peau un peu frissonnante. Elle le toucha du bout des doigts, et sourit en songeant qu'elle avait cru qu'il allait la mettre à la porte, son désir aussitôt apaisé !

— C'est quoi ? Enlève-moi ça, ordonna-t-il en tirant sur la ceinture de sa jupe.

Avec un rire de soulagement, elle l'ôta.

— C'est mieux ?

— Oui, approuva-t-il en poursuivant son exploration jusqu'au slip de dentelle. Et ça ?

Judie rit de nouveau et retira la culotte.

— Tout va bien, maintenant ?

— Impeccable. Tu as froid ? Tu frissonnes.

— Un peu, admit-elle.

— Viens ici, dit-il en l'attirant sous les couvertures, puis en la serrant contre lui avec un long soupir. Mmm, c'est bon.

Après avoir acquiescé d'un murmure, Judie ferma les yeux et s'efforça de se détendre. Mais le silence lui paraissait pesant, son esprit battait la campagne

121

avec les milliers de questions qu'elle ne pouvait pas poser.

— Que se passe-t-il, Jane Doe ?

— Comment ça ?

D'instinct, elle leva le visage vers lui pour voir son expression, puis se morigéna. *Voir ?*

— Tu es aussi tendue qu'une corde de guitare, reprit-il. Que t'arrive-t-il ?

Bon sang, comment pouvait-il le deviner ? songea-t-elle en ordonnant à ses muscles de se relâcher.

— Tout va bien.

— Tu mens, objecta-t-il d'une voix douce avant de trouver l'arrière de son crâne, qu'il leva vers lui afin de lui donner un long et tendre baiser qui la mit dans un état second. Dis-moi ce qui cloche.

Elle hésita, ne sachant pas par où commencer, ni même ce qui n'allait pas. Alors que dans le chalet, elle s'était sentie merveilleusement bien en sa compagnie, ce soir, il lui semblait que quelque chose lui manquait. Mais quoi ?

Elle voulait quelque chose de lui, quelque chose en plus. Et qui n'avait rien de physique…

En fait, elle voulait en savoir plus sur lui.

Cependant, les questions amenaient des réponses. Qui, si elles lui apprenaient qui il était, et pourquoi il la désirait tant, risquaient également de gâcher la magie qui les reliait…

N'empêche que l'incorrigible romantique en Judie

souhaitait malgré tout en savoir davantage. D'ailleurs, peut-être cela renforcerait-il la magie, au lieu de la gâcher.

Pourquoi l'alchimie entre eux était-elle si puissante ? Qui était cet homme ? Pourquoi se rencontrer dans un hôtel ? Pourquoi cherchait-il ce type de relation ? Ne voudrait-il jamais voir son visage ? Pour quelle raison…

— Pourquoi est-ce que je te garde dans le noir ?

Médusée, Judie ouvrit la bouche puis la referma. Cet homme déchiffrait les âmes aussi bien que les corps.

— Oui, admit-elle. Sauf que je ne suis pas tout à fait certaine de vouloir le savoir, en fait.

La serrant dans ses bras, il l'encouragea à poursuivre.

— J'ai un peu peur que…, qu'en savoir trop ne fiche tout en l'air, avoua-t-elle en jouant avec sa toison virile. Enfin, cela risque de casser tout ça, cette… perfection entre nous.

— C'est pourtant simple, affirma-t-il.

— Ah oui ?

Sa main resta suspendue au-dessus de son torse.

— Je suis un homme, rien n'est jamais compliqué pour nous, enchaîna-t-il avec un autre baiser. Tu es prête pour une dose de philosophie masculine ?

— Allons-y, décida Judie.

— Eh bien voilà : ç'a marché la dernière fois,

pourquoi casser l'harmonie en changeant les conditions ?

Elle éclata de rire, tandis que toutes ses craintes s'envolaient comme par enchantement.

— Donc, tu n'es pas marié.

— Non, m'dame. Jamais été. Et toi ?

De plus en plus légère, Judie répondit :

— Oh non, pas du tout. Une petite amie ?

— Négatif. Un amoureux ?

— Aucun. Quel âge ?

— Trente-six. Et toi ?

— Trente-deux, déclara-t-elle.

— Bon, eh bien voilà qui règle déjà quelque peu la question des informations personnelles.

Enfin détendue, Judie lança, mutine :

— D'accord. On repasse aux choses sérieuses ?

— C'est un peu trop tôt pour moi, confessa-t-il d'un ton faussement piteux en l'embrassant encore. Parle-moi encore de toi. Es-tu heureuse ?

— Là, tout de suite ?

— Non, dans ta vie en général. Te considères-tu comme une femme comblée ?

— Qui peut prétendre une chose pareille ? dit Judie. Toi ?

— A bien des égards, oui. Par exemple, en ce moment même, je suis parfaitement heureux et comblé.

Tout en riant de plaisir, elle le laissa la retourner pour l'allonger de tout son long sur lui.

124

— Mais par d'autres côtés, tu n'es pas heureux ?

Elle posa la tête sur son torse, l'oreille contre les battements de son cœur, se délectant de la sensation de ses bras autour d'elle, s'accrochant au sentiment exquis d'être protégée et adorée — même si ce n'était qu'au sens charnel.

— Parfois, le travail ressemble à une prison.

— Quel genre de trav…, oups, excuse-moi ! dit Judie.

Le petit rire rassurant de son amant la traversa des pieds à la tête. Elle l'embrassa dans le cou.

— Il s'agit d'une entreprise, avec tous les inconvénients que cela suppose : beaucoup de pression, beaucoup de décisions, de choses à traiter en même temps. Et, jusqu'à très récemment, aucune opportunité pour faire passionnément l'amour avec une femme incroyable dans le noir.

— Mon œil !

— Je suis très sérieux, protesta-t-il.

— Alors, change de job.

Il soupira.

— Ce n'est pas si simple !

— Parce que tu dois entretenir trois ex-femmes et sept enfants de l'amour éparpillés dans tout le pays ?

— Comment as-tu deviné ? ironisa-t-il.

Avec un sourire moqueur, Judie lui mordilla le cou.

— Dis-m'en plus.

— Il n'y a pas grand-chose à ajouter, dit-il en lui caressant doucement les épaules, le dos. Simplement, je ne peux pas quitter ce poste, en tout cas, pas pour le moment.

— Et que ferais-tu, si tu le pouvais ?

La main dans son dos ralentit, s'arrêta. Judie se surprit à désirer vivement la réponse, et espéra de toutes ses forces qu'il n'éluderait pas la question, ou ne s'en sortirait pas avec une plaisanterie.

— Après mes études, j'ai beaucoup voyagé. Pendant plus d'un an, expliqua-t-il. Ça ne devait pas durer aussi longtemps, mais j'ai attrapé le virus. Comme j'avais de l'argent, une voiture, eh bien, j'ai continué. Je me posais dans un endroit, je travaillais un peu, puis je repartais.

Judie l'écoutait, imaginait qu'il choisissait ses mots avec soin afin de ne pas trop révéler de sa vie, à la fois captivée et enthousiasmée qu'il accepte de lui en faire partager un pan.

— J'ai grandi dans de drôles de conditions, poursuivait-il. Pas mauvaises, mais… pas banales. J'ai eu envie de sortir de tout ça pour aller voir comment vivait le reste du monde.

— Et alors ? l'encouragea Judie.

— Et alors, c'est difficile de connaître vraiment la vie des autres quand on a la sienne à vivre. Mais

126

j'ai vu bien des endroits et rencontré beaucoup de gens intéressants.

— Raconte.

Durant quelques secondes, il garda le silence. Sa main jouait avec la chevelure de Judie, et il y prenait un plaisir évident. Plaisir qu'elle partageait pleinement, d'ailleurs.

— Près de Santa Fe, au Nouveau Mexique, j'ai connu une femme qui vivait dans une minuscule maison, avec une vue extraordinaire sur les montagnes et le désert. Elle fabriquait des foulards de batik, vendus une bouchée de pain à des catalogues de luxe. Des foulards magnifiques. Sa maison sentait la cire, tous les murs, les meubles, étaient recouverts de coupons de soie à divers stades d'exécution, pleins de couleurs. Elle vivait seule là-dedans. Je doute qu'elle ait eu d'autres revenus que ceux de ses foulards. Mais elle pouvait cueillir des pommes délicieuses dans un verger abandonné à deux pas de chez elle.

Il se tut, enroula une mèche de cheveux autour de son doigt. Judie osait à peine respirer. En l'écoutant parler, quelque chose remuait en elle. Il y avait une telle poésie dans ses mots, dans les images qu'il décrivait… Cet homme était bien plus qu'un amant virtuose.

— Continue, murmura-t-elle.

— Elle m'a montré les catalogues qui vendaient ses œuvres. Photos léchées, sophistiquées, où s'étalait une tonne d'accessoires très haut de gamme pour le bureau, la maison, le jardin, des objets et des trucs dont personne n'a besoin, tu vois le genre. Et au milieu, ses sublimes foulards. Avec une telle histoire derrière, cette petite maison, cette femme. Qui prendra jamais la peine de les regarder en pensant à la façon dont ils sont faits, à celle qui les dessine, pour gagner sa croûte, au cœur d'un désert magnifique ?

— Personne, tu as raison, dit Judie, le cœur battant.

Cet homme aurait pu lui dicter ses billets pour *Soyons réalistes !* Il exprimait précisément ce qu'elle ressentait au fond de son âme.

— Parle-moi encore des gens que tu as rencontrés, reprit-elle d'une voix émue.

— Voyons. J'ai aussi connu une petite grand-mère qui tenait une boulangerie dans le Montana. Elle faisait les meilleures tartes aux mûres que j'aie jamais goûtées de ma vie. Ses enfants et ses petits-enfants la tannaient pour qu'elle vende sa recette, mais elle refusait. Elle disait que sa recette mourrait avec elle parce que c'était un cadeau de Dieu, et qu'elle ne laisserait personne en tirer du profit. Je suis resté là-bas une bonne semaine, et j'ai dû prendre trois kilos !

Judie se força à rire, sans y parvenir tout à fait. Ecouter ce genre d'histoire, allongée sur ce corps magnifique, la mettait aux anges. Elle pouvait passer la nuit entière ainsi.

— Où es-tu resté le plus longtemps ? demanda-t-elle.

— Dans le Maine. J'ai connu un homme qui s'appelait Hank, un pêcheur de homards à la retraite, veuf. Il vivait dans une petite ville nommée Harrington, dans le nord de Washington County. Je faisais route vers Campobello Island, et je me suis arrêté là pour dîner. J'ai rencontré le bonhomme dans un boui-boui, et à la fin du repas, il m'a proposé de m'héberger pour la nuit. Je suis resté tout l'été. Je l'ai aidé à retaper sa maison, à bricoler des trucs qu'il ne pouvait plus faire. Il m'a raconté comment l'autoroute avait tué la ville. Combien la pêche au homard avait changé depuis qu'il l'avait enseignée à ses fils.

— Je veux bien le croire, concéda Judie, qui buvait littéralement ses paroles, si différentes des discours habituels des autres hommes — moto, base-ball, Angelina Jolie. Dis-m'en plus sur lui.

— Je parle trop.

— Non, ça me plaît. Continue.

— Alors, après c'est à ton tour.

— D'accord, acquiesça Judie en embrassant son épaule musclée et lisse. Raconte-moi encore Hank.

Comme il mettait sa main libre derrière sa nuque, elle devina qu'il rassemblait ses souvenirs, cherchant à les résumer de manière cohérente.

— Eh bien... Hank n'avait pour ainsi dire rien vu du monde en dehors de Harrington, mais il avait cette sagesse, ce calme en lui. C'était un type très actif, et pourtant, il me donnait l'impression d'être totalement zen, sans même savoir ce que cela signifiait. Un sale caractère, parfois, sacrément râleur, mais au fond de lui, une des personnes les plus sereines que j'aie rencontrées. Il lisait tout. Savait tout. Je suis sûr qu'il aurait mieux fait mon boulot que moi. Il connaissait les gens, l'âme humaine, la comprenait. Il m'a donné l'impression d'être tombé, là où je m'y attendais le moins, sur une sorte de guide spirituel.

— Où te serais-tu attendu à en trouver ? demanda Judie.

— Bonne question.

— Chez tes parents ? Ou dans l'Eglise ?

— Certainement pas, affirma-t-il d'un ton sec, signe que le sujet était clos.

Respectant le message muet, elle reprit :

— Es-tu resté en contact avec Hank ?

— J'ai essayé de le joindre il y a quelques mois. Il est mort.

— Je suis désolée, dit Judie, le cœur serré malgré elle.

— Il ne faut pas, répliqua-t-il en haussant les épaules. J'étais reparti vers une autre vie. Il était prêt à en faire autant.

Ils demeurèrent un moment silencieux. Judie, toujours allongée sur lui, caressait doucement son torse. La gêne avait disparu entre eux. Jamais elle n'avait entendu un homme parler avec autant de passion, de sensibilité, d'ouverture d'esprit. Non qu'elle en crût les hommes incapables, mais elle n'était encore jamais tombée sur un spécimen de ce genre. Peut-être Lucy avait-elle raison de dire qu'elle avait toujours chassé les mauvaises proies…

— Cette vie te manque, remarqua-t-elle.

— Sur bien des aspects, oui. C'était sympa, varié, intéressant. Un défi permanent. Et surtout, très enrichissant.

— Alors, pourquoi rejoindre l'entreprise ?

— L'appel du devoir, répondit-il du même ton bref que lorsqu'elle l'avait interrogé sur ses parents. Maintenant, à ton tour. Parle-moi un peu de ton travail.

— Moi, j'adore mon boulot.

— Veinarde.

— Oui, je sais, admit Judie. Je travaille chez moi, à mon rythme. Malheureusement, je suis mon propre patron — et je suis une sacrée garce, dans le genre.

— Ah oui ? répliqua-t-il en se tortillant sous elle.

— Je suis trop lourde ?

— Non. Je t'imaginais en sacrée garce blonde et sexy.

Aussitôt, Judie se renfrogna.

— Comment sais-tu que je suis blonde ?

— Je ne le sais pas, Jane Doe. Mais je le devine, maintenant, vu ta réaction.

Soulagée, elle le taquina :

— Cela dit, tu ne prends pas beaucoup de risques. Une femme sur cinq est blonde, non ?

— Petite, menue, sexy en diable, aimant être dans le noir avec un inconnu — je te trouve plutôt unique, Jane Doe.

— C'est un compliment ? insista Judie, aussitôt honteuse de sa question.

Qu'il l'appréciât ou non n'avait aucune importance, compte tenu de leur relation sans avenir : deux corps profitant au maximum l'un de l'autre. Point final.

— Oui, c'est un compliment, déclara-t-il en riant.

Elle s'efforça de ne pas sursauter de joie. Pas question qu'elle commence à espérer quoi que ce soit. Pas question qu'elle commence à lui mettre la pression. Pas question qu'elle fasse de ceci un nouveau désastre.

— Ainsi, tu aimes l'image de moi en garce blonde et sexy ? reprit-elle pour continuer sur le mode coquin.

— Assez, oui.

— Avec une guêpière noire, des bottines pointues et une casquette de cuir ? Dans le genre dominatrice ?

Il suivit des mains la courbe de ses fesses, la pressa

contre son membre de nouveau impérieusement tendu.

— Mmm. Ordonnez, maîtresse, je vous obéirai.

Elle éclata de rire, tant elle devinait en lui un caractère des plus fermes. Il ne devait pas être le genre d'homme à se laisser dominer. Mais n'étaient-ils pas là pour jouer, après tout ? Se mettant à genoux, elle s'avança au-dessus de lui, jusqu'à ce que son sexe frôle sa bouche.

— Donne-moi du plaisir, dit-elle. Maintenant.

Il émit un petit grognement rauque, puis obéit sans discuter, suscitant en elle les plus exquises sensations.

Lorsqu'elle se mit à trembler sous la montée inexorable du plaisir, il la renversa doucement sur le matelas, et, alors qu'elle s'attendait à ce qu'il vienne en elle, alors qu'elle mourait d'envie qu'il vienne en elle, il lui prit les poignets et la maintint immobile. Puis elle devina qu'il s'agenouillait entre ses cuisses. Elle pouvait sentir son souffle chaud sur son intimité, mais il ne la toucha pas.

— John ?

— Oui ?

— Tu essayes de me rendre folle ?

— Oui, chuchota-t-il. Ne bouge pas, poursuivit-il.

— Mais pourquoi ? John, je vais mourir si tu ne…

133

— Chut, l'interrompit-il, ne parle pas. Contente-toi d'écouter.

Comme il lui immobilisait plus fort les poignets, Judie songea soudain qu'elle était totalement à sa merci. Elle devrait avoir peur, non ? Après tout, cet homme était un inconnu, et elle était nue, sans défense, dans une chambre d'hôtel, où personne ne savait qu'elle se trouvait.

N'importe qui possédant un semblant de bon sens serait déjà en train de se débattre, de s'échapper, de se ruer sur le téléphone ou la sortie.

Tandis qu'elle, étrangement, était de plus en plus excitée.

Stupide, irresponsable, et perverse, maintenant. Bravo.

— Ecouter quoi ? demanda-t-elle, l'oreille tendue vers le couloir. Je n'entends rien.

Un rire déposa un nouveau souffle chaud entre ses cuisses, l'incitant à soulever ses hanches vers sa bouche.

— Reste tranquille et écoute ton corps.

— Je sais très bien ce que dit mon corps, gémit Judie. Il supplie « Fais-moi jouir. *Tout de suite.* »

Un autre petit rire.

— Ecoute. Détends-toi et écoute.

Après une profonde inspiration, Judie s'obligea à relâcher les muscles de son corps, l'un après l'autre, des orteils au sommet du crâne. Vide ton esprit,

134

s'enjoignit-elle, entre en toi-même. Inspiration, expiration. Encore. Inspiration, expiration. Lentement, profondément, comme l'enseignait sa cassette de yoga. Elle essaya de chasser toute pensée — ce qu'elle ne parvenait pas à faire plus de trente secondes lors de son rituel du soir…

Inspiration, expiration. Inspiration, expiration.

Quelque temps plus tard, sans qu'elle sache combien exactement — deux, cinq, dix minutes ? — quelque chose se produisit. Elle se sentait parfaitement éveillée, consciente, et pourtant, son esprit paraissait avoir atteint un stade d'apaisement, assez proche du sommeil, tandis que ses autres sens prenaient progressivement le dessus. Son ouïe entendait le ronronnement du chauffage, des bruits assourdis venant d'une autre pièce à l'étage. Sa peau ressentait la surface lisse de la couverture sous elle, la chaleur de celle de son amant aux endroits où ses bras et ses mains la touchaient, ainsi que la légère moiteur de leurs épidermes accolés.

Et enfin, de nouveau, la pression brûlante de sa langue sur sa chair palpitante. Judie gémit sourdement.

— Chut. Ne bouge pas. Ne fais pas de bruit.

Malgré le désir irrépressible de se cambrer vers lui, de poser ses mains sur lui, de saisir ses cheveux, elle s'obligea à rester immobile, à ramener son esprit à l'état de douce quiétude dans lequel il se trouvait.

A coup de longues caresses minutieuses, profondes,

étudiées, suivies de légers frôlements rapides et à la limite du supportable, il la conduisit sur le chemin d'un plaisir au cours duquel elle crut perdre la raison.

Sauf que… la quiétude de son esprit était si intense, l'acuité de ses sensations si aiguë, que ce plaisir semblait ne jamais finir de croître. La conscience qu'elle avait de son corps semblait se fondre dans celle qu'elle avait de celui de l'homme, comme si tous deux n'en habitaient qu'un.

Jamais elle n'avait vécu quelque chose de semblable.

Enfin, sa jouissance éclata comme un feu qui couvait et jaillissait soudain à l'air en une flamme intense, brillante, vigoureuse, traversant son corps qu'elle s'obligea à maintenir coi, étonnée qu'il fût capable de rassembler une telle puissance silencieuse, presque effrayée que cette force l'emporte dans des sphères d'où elle ne reviendrait jamais.

Longtemps, contenant ses cris entre ses lèvres, elle demeura ainsi, attendant que les spasmes furieux décroissent, que les vagues se retirent.

Alors seulement, son amant releva la tête.

— Jane Doe, murmura-t-il d'une voix comme chargé de regrets.

Judie était incapable d'articuler une parole. Ni de former une pensée cohérente. En dépit des nombreux orgasmes qu'elle avait connus, jamais son âme et son cœur ne s'étaient pour ainsi dire mêlés avec une telle force. Elle se sentait fragile, presque vierge, face à l'expérience démultipliée de cet homme.

— Tu sais ce qui vient de se produire ? lui demanda-t-il.

— Je viens de connaître le plus grand plaisir du monde ? répondit-elle, tentant de masquer son émotion par l'humour.

— Mieux que ça, Jane Doe. Tu viens de t'abandonner à moi, de la façon la plus complète qui soit.

Il savait. Il l'avait deviné, en l'accompagnant ainsi dans la volupté. Soudain affolée d'être mise à nu, elle lutta contre l'impulsion de se lever, et de s'enfuir à toutes jambes.

Car Judie Marlow, la prêtresse de la réalité, était, de manière inattendue et plutôt irrationnelle, en train de tomber amoureuse d'un fantasme.

8.

— Les femmes ne sont pas compliquées, déclara le père de Seth en faisant un large geste de sa canne — qu'il portait surtout pour le style, depuis que sa santé s'améliorait. Il suffit de comprendre ce qu'elles veulent, et le leur donner, enchaîna-t-il. Du coup, elles se taisent, et tout le monde est content.

Seth leva les yeux au ciel. Il accompagnait son père dans sa promenade quotidienne : Joy Street, Boston Common, Public Garden, puis retour à l'appartement qu'il partageait avec sa seconde femme, la mère d'Emma.

— Selon toi, cela n'a aucune importance qu'Emma vende deux millions d'exemplaires de Dieu sait quelle bêtise elle va nous pondre, tout en représentant notre chaîne de magasins ?

— Emma est jeune, rétorqua son père. Elle s'amuse. Si elle veut écrire un livre, laisse-la faire. Crois-moi, tenter de se mettre en travers de son chemin ne peut t'attirer que des ennuis. Cela fait longtemps que sa mère et moi l'avons compris.

« Parce que sa mère et toi ne vous êtes jamais embêtés avec la discipline » compléta Seth dans son for intérieur.

— Peut-être, répliqua-t-il à voix haute, mais je n'ai pas envie que tout cela me retombe dessus. Je me suis battu avec le conseil d'administration pour leur imposer Emma. La plupart des membres étaient déjà réticents avant cette ridicule affaire de roman.

— Les membres du conseil sont une bande de vieux schnoques, déclara son père en lui décochant un clin d'œil. Je le sais, parce que je suis l'un d'eux.

Seth sourit, puis marmonna une remarque forcée sur l'allure jeune et vigoureuse de Seth Wellington III.

— Eh bien, merci, mon garçon !

Il semblait si agréablement surpris par le compliment de son fils, que Seth s'en voulut de son irrévérence. Après tout, son père portait encore beau, avec sa silhouette mince et sa chevelure fournie. Il avait récupéré presque tout son côté gauche, paralysé à la suite de sa crise cardiaque, et marchait désormais d'un pas soutenu ses deux kilomètres chaque jour, ne s'appuyant qu'occasionnellement sur sa canne, laquelle lui servait surtout pour souligner ses propos. Jusqu'à présent, il n'avait pas évoqué son retour à la direction de Wellington, mais Seth espérait que ce jour viendrait bientôt.

— Alors, pour toi, ce bouquin ne nuira pas à l'image des Magasins ? insista-t-il.

— Tu voulais du jeune et du branché, tu en as.

Seth préféra ignorer le ton un peu acide de son père.

— En effet. Mais je ne voulais pas du jeune et du branché qui soit la risée de tout le monde, rétorqua-t-il.

— Emma ne sera pas la risée de tout le monde. Même si…

Son père adorait laisser ses phrases en suspens, attirant les questions de ses interlocuteurs. Seth rongea son frein.

— Même si quoi, papa ?

— Jusqu'ici, les gamineries d'Emma se sont jouées sur la scène locale — cet horrible disque qu'elle a sorti, ce rôle dans cette comédie musicale — donc, elle est restée un phénomène purement bostonien. Devenir porte-parole des Magasins Wellington la mènera dans toute la Nouvelle Angleterre, voire plus loin. Cela signifie qu'une certaine critique qui l'a prise pour cible gagnera une audience bien plus large, surtout après la conférence de presse de demain.

Seth s'arma mentalement contre la suite, pressentant qu'il n'allait pas tarder à recevoir de plein fouet un train qui fonçait à toute allure — de toute évidence, le conseil avait informé son père sur le sujet Judie.

— Tu connais cette Marlow ?

140

— J'en ai entendu parler, répondit Seth d'une voix aussi égale que possible, feignant d'admirer les vitrines de Noël sur Tremont Street.

— A force de jacasser à tous vents, elle est écoutée par trop de gens, attaqua son père. La presse locale est une chose, mais le monde entier accède à Internet. Je ne veux pas que ses grossièretés fichent en l'air l'annonce de notre nouvelle campagne de pub. Je me moque qu'elle critique les talents discutables d'Emma en matière de théâtre, de chant ou d'écriture, mais il est hors de question que j'entende ou lise un seul mot de cette garce contre nos magasins.

Seth ouvrit la bouche pour protester. L'énervement l'avait instantanément envahi ; prêt à sortir l'épée pour défendre l'honneur de Judie, il se ressaisit très vite. Pour l'heure, il valait mieux approuver son père, et réfléchir ensuite à ce qu'il pouvait faire.

Refermant la bouche, il attendit que sa colère s'apaise.

— En règle générale, papa, plaida-t-il enfin, je dirais que plus il y a de publicité, mieux c'est. Même un peu de polémique peut nous aider.

Comme leurs pas les conduisaient à l'angle de Boylston Street et d'Arlington, où se trouvait le Ritz-Carlton, Seth ne put s'empêcher de sourire. Certains moments particuliers parmi les heures passionnantes vécues là avec Judie la semaine précédente, lui revenaient à la mémoire...

— Selon toi, tant que les langues vont bon train, le nom de Wellington reste dans l'esprit des gens ? suggéra son père.

— Tout à fait, approuva Seth, l'esprit à la dérive.

A sa grande surprise, il se remémorait plus leur conversation que leurs joutes sexuelles. Depuis quand n'avait-il pas discuté de la sorte avec une femme ? Ou avec n'importe qui d'autre, depuis cet été avec Hank dans le Maine, deux ans plus tôt ? Voilà qui en disait long sur le choix de ses maîtresses ou de ses amis. Entre Mary et lui, tout tournait autour du sexe. Quant aux autres femmes, aucune ne l'avait réellement marqué — au moins sur le plan intellectuel. Par ailleurs, au cours de ses voyages, puis de retour à sa vie dans l'entreprise familiale, il n'avait guère eu d'opportunités pour forger des amitiés durables.

A moins qu'il les ait laissées passer…

— Tant qu'elle évite de cracher son venin sur nos magasins et le nom de Wellington en général, admit son père après quelques secondes de réflexion.

Seth hocha la tête. Tandis qu'ils dépassaient le Ritz, il stoppa le fil de ses pensées. Bon sang, pourquoi se mettait-il à envisager une relation durable avec Judie ? Certes, il avait réussi deux formidables rencontres dans le noir complet sans se faire reconnaître. Mais les choses se corsaient déjà. Au moment de se quitter l'autre jour au Ritz, la question « Te reverrai-je ? » était restée lourdement suspendue entre eux.

La réponse était « Non ». Devait être « Non ». Pourtant, sous l'emprise de leur rencontre, il n'avait pu se retenir de lui demander comment la contacter. Elle lui avait donc donné une adresse e-mail qu'elle utilisait quand elle voulait rester anonyme, sans lien de nom.

Parfait. Sauf que l'idée de la recontacter n'aurait même pas dû lui effleurer l'esprit, bon sang.

Pourtant, à la seconde où elle l'avait quitté, toute la vie, toute la magie, toute l'énergie de la chambre étaient parties avec elle. Allumer la lumière et éclairer le luxe impersonnel de la pièce avait achevé de le désarçonner.

A ce moment-là, perdu dans le gouffre sombre de son absence, le petit morceau de papier sur lequel elle avait à tâtons griffonné son adresse avait paru un talisman réconfortant. Un peu comme la pantoufle de verre que le prince charmant avait ramassée au bal après la fuite de Cendrillon. A défaut d'un soulier, Seth tenait dans sa main un moyen de la retrouver.

D'accord, mais ensuite ?

— La vérité, c'est que les gens sont idiots, reprit son père en chassant une volée de pigeons avec sa canne. C'est malheureux à dire, mais il ne fait aucun doute qu'ils aimeront le bouquin d'Emma, peu importe ce qu'en diront les critiques ou si mauvais soit-il.

— Tu as sans doute raison, reconnut Seth.

De l'adresse e-mail, il n'y avait qu'un petit pas

jusqu'au numéro de téléphone. Judie Marlow n'était pas Mary. Impossible de l'évacuer de son esprit dès qu'elle quittait la pièce. Ce n'était pas ce genre de femme. En acceptant de s'abandonner comme elle l'avait fait à ses caresses, si parfaitement calme et tranquille, lui ouvrant en toute confiance son corps et son âme, elle avait porté leur union très loin, très haut, au-delà du plan sexuel. Et Judie, il le savait, avait été aussi ébranlée que lui, tiraillée entre l'envie de partir et celle de rester. Tout comme lui. Puis tous deux avaient fini par choisir de rester encore, enfouis sous les draps, à parler, jusqu'à ce que son corps si proche, son odeur si grisante, le poussent à lui faire de nouveau l'amour, lentement, intensément. Ensuite, il s'était senti deux fois plus ébranlé.

Car Judie n'était pas le type de femme dont il se lasserait après quelques rendez-vous coquins. Au contraire, plus ils s'écriraient, plus ils se retrouveraient, plus il aurait envie de la revoir. Et plus ce serait difficile d'y mettre un terme, ou de dévoiler son identité — ce qui finirait par revenir au même.

Or, très égoïstement, il n'avait aucune envie de la laisser tomber. Mais comment s'y prendre ? Se retenir de tout lui révéler semblait une mauvaise idée. S'y lancer, également. Et rester sans rien faire n'était pas son style.

— ... mais cette Judie Marlow...

La voix de son père arracha Seth à ses pensées. Il s'obligea à lui reporter son attention.

— … quelque chose à son sujet me déplaît vraiment, poursuivait Seth III. Je trouve que le sarcasme ne va pas aux femmes. Cela les enlaidit. Le commérage aussi.

Il se retourna vers son fils, lui lança un regard solennel sous ses sourcils grisonnants avant d'ajouter :

— Voilà une chose qu'il faut reconnaître à ta mère, mon garçon. Jamais elle n'a eu un mot cruel pour personne.

Seth accepta le compliment d'un hochement de tête, soulagé que son père n'ait pas été là pour entendre ce que sa mère disait de lui lorsqu'il l'avait quittée pour une bimbo sans cervelle mais très décorative.

— Qu'a donc cette femme contre Emma ? reprit son père.

Cette fois, Seth haussa les épaules.

— Sans doute la même chose que la plupart des gens, papa, répliqua-t-il. Le fait qu'Emma ait le monde entier à ses pieds sans le mériter.

Son père fronça les sourcils, affichant l'expression courroucée qui donnait aux petits garçons comme aux grandes personnes l'envie de fuir à toutes jambes. Puis il se tourna vers Seth pour le regarder droit dans les yeux.

— Je pense qu'une petite déculottée ferait du bien à cette Marlow, déclara-t-il.

145

Par miracle, Seth parvint à réduire le rire que provoqua en lui cette image à double sens, à un simple gloussement.

— Il faut que tu découvres où est son problème, reprit Seth Wellington III, ponctuant ses paroles de petits coups vigoureux sur le trottoir.

— Moi ?

— Toi ou moi ou n'importe qui. Trouver le problème qu'elle a avec Emma. Avec la vie. Avec ses hormones. Quel qu'il soit. Demain, nous annoncerons qu'Emma sera notre porte-parole. Il faut que Marlow nous fiche la paix avant la réouverture des magasins et le lancement de cette campagne publicitaire. Les médias ne vont pas nous lâcher.

— Je doute qu'elle se laisse faire, objecta Seth. A mon avis, il vaut mieux ne pas s'en mêler.

— Il faut parfois se salir les mains, mon garçon.

— Que veux-tu dire ? demanda Seth, intrigué.

— Que tu dois, toi aussi, mettre la main à la pâte, quitte à ce qu'elle te colle un peu aux doigts, pour voir de quoi elle est faite. Tu t'es toujours contenté d'être un observateur.

Sur le coup, Seth se figea. Bon sang, il avait abandonné la vie qu'il aimait pour la passion et le rêve de son père, et celui-ci avait le culot de critiquer sa façon de faire ?

— Si nous la contactons, nous risquons de nous

la mettre encore plus à dos, répliqua-t-il, le regard sombre.

— Impossible. Au-delà, elle tomberait dans la calomnie, objecta son père. Auquel cas nous pourrions la poursuivre en justice pour diffamation. Je vais me renseigner.

Seth secoua la tête.

— Non, cela me semble une mauvaise idée. Elle rendrait publiques nos tentatives pour lui clouer le bec. Et alors, notre conseil d'administration paraîtra aussi stupide qu'Emma.

Ils atteignaient enfin l'immeuble de Joy Street. S'arrêtant devant le porche, le père de Seth se tourna vers lui.

— J'en doute, Seth. Tout le monde a un prix. Tu dois découvrir celui de cette femme, quel est son vœu le plus cher. Ensuite, mon fils, dit-il en posant la main sur l'épaule de Seth, tout ce qu'il te restera à faire, c'est trouver le moyen soit de le lui donner, soit de la convaincre qu'elle sera bien plus heureuse en s'en passant.

9.

15 décembre.

Oh mon Dieu ! Je déborde de joie, aujourd'hui. Par pitié, que quelqu'un me retienne avant que je fasse des cabrioles dans tout mon appartement.

Emma Wellington va écrire un roman !

Nous allons enfin, chers admirateurs, enfin pouvoir lire — je cite — « genre... ma vie, mais pas tout à fait. »

Génial ! Merveilleux ! Tous les amateurs de bonne lecture se réjouissent déjà à l'idée de découvrir bientôt le roman de genre... sa vie, mais pas tout à fait. Nous allons enfin cesser de souffrir sur la prose assommante des maîtres de la littérature, et être en mesure de lire le chef-d'œuvre de cette femme brillante qui, la preuve en est, manie les mots comme personne.

Pour vous faire saliver d'avance, permettez-moi de vous citer d'ores et déjà quelques perles : « Il y aura pas mal de, genre, des aventures et autres, voyez, du danger... et aussi, si si, peut-être même du sexe. »

Suivi d'un gloussement de petite fille, et d'un grand mouvement de cheveux.

Suivi d'un ricanement de votre bloggeuse, et d'une grande montée de bile.

148

Mais attendez ! Ce n'est pas tout ! Ceux parmi vous qui ont bêtement passé des diplômes d'université, et/ou ont dépensé du temps et de l'argent en ridicules ateliers d'écriture, qui se sont épuisés, desséchés sur leurs brillants travaux pour n'obtenir en échange que refus après refus, ou des ventes médiocres qui ne rapportent guère plus qu'une chiche avance, réjouissez-vous ! Car voilà encore de quoi alimenter votre rage !

Il paraît que l'avance versée à Mlle Wellington serait de… tenez-vous bien…

Seigneur, c'est tellement scandaleux que je n'arrive même pas à l'écrire.

Beaucoup, beaucoup trop élevée.

Un dollar cinquante aurait déjà été trop. Mais le monde de l'édition lui accorde une avance à six — comptez-les bien et fondez en larmes, chers lecteurs — six bons gros zéros, qui feraient tant de bien au monde si on les donnait aux écoles pour enseigner aux gamins à ne pas lire des torchons comme le livre d'Emma Wellington.

Torchon qu'elle voulait d'ailleurs intituler « Emma aimée », rendez-vous compte, pendant que je retourne vomir dans les toilettes.

FLASH INFO : Grâce à un arrangement exclusif et totalement fictif avec son éditeur, nous pouvons présenter des extraits de son roman, ici, tout de suite, pour ceux dont la curiosité dévorante ne peut attendre qu'il soit en rayon.

Chapitre 1

Dans lequel je nais, et tout ça.

Mais suis-je complètement née le 19 juin ?

Bon, ç'a été genre très dur, tellement que vous ne voulez même pas en entendre parler.

Après, ma mère m'a habillée dans cette tenue vraiment trop mignonne. Et j'étais genre tellement, tellement adorable, même que je le sais parce que j'ai tout plein de photos qui le prouvent. Et même que j'ai déjà la cuiller en argent dans ma bouche, aussi, parce que papa me l'a mise pour ma toute première photo, genre. C'est chou, non ?

Bon, ça y est, je suis fatiguée, c'était drôlement du travail, tout ça, je peux aller faire du shopping, maintenant ?

Chapitre 2 la prochaine fois.
D'ici là, soyons réalistes ! »

Judie entra d'un pas alerte dans le petit supermarché de son quartier, et se dirigea vers l'allée du petit déjeuner. Parvenue devant le rayon abondamment fourni, elle se pencha pour prendre un paquet de céréales pour enfants sur l'étagère la plus basse. Les cochonneries les plus sucrées étaient toujours là, juste au niveau des yeux des petits têtus qui traînaient dans le sillage de leurs mamans débordées.

Elle comptait proposer à *Woman's Magazine* une rubrique de la « consommatrice râleuse », prétexte à dénoncer les turpitudes des gérants de magasins. Quel meilleur endroit pour commencer que le rayon des céréales pour petit déjeuner ? Une petite portion de ces cochonneries contenait l'équivalent d'une cuiller à soupe de sucre, presque la moitié des calories du repas. Pourquoi ne pas carrément vendre des morceaux

150

de sucre enrichis en vitamine ? Ce serait plus simple, et dans le fond, plus honnête.

Elle mit néanmoins le paquet de céréales dans son panier, et s'apprêtait à partir en quête d'autres merveilles diététiques quand, du coin de l'œil, elle enregistra une présence dans la même allée qu'elle.

Un homme très, très grand, très, très fort, tout habillé de cuir noir, se tenait près d'elle, beaucoup trop près, immobile, et elle eut la certitude qu'il l'observait.

Cela ne lui disait rien qui vaille.

Outre le fait que l'individu était trop grand pour être John Smith, sa vision déclenchait une valeur négative sur le baromètre de l'attirance, contrairement à John.

Judie se déplaça d'un pas sur la droite, juste devant des céréales promettant une saveur de biscuits. Quelle mère saine d'esprit inciterait ses enfants à confondre repas et friandises ? se demanda-t-elle instinctivement.

L'homme se déplaça également d'un pas sur la droite. Puis resta là. Toujours aussi près. Toujours aussi immobile. Toujours aussi silencieux. Sans la quitter des yeux.

Cette fois, c'était le baromètre de la frayeur qui afficha une valeur très positive.

Pivotant sur ses talons, Judie brandit le paquet de céréales vers l'inconnu, le regardant droit dans les yeux. A sa grande surprise, son visage barbu lui parut avenant et doux, ses yeux sombres pétillaient d'intel-

151

ligence. Le genre de brave gars à qui l'on demandait de se déguiser en Père Noël au moment des fêtes.

— Vous aimez celles-ci ? lança-t-elle.

L'homme hocha la tête d'un air méprisant.

— Beaucoup trop sucrées.

Judie pointa le rayon suivant en souriant.

— Les All-Bran au blé complet sont par là.

— Pas assez sucrées, riposta l'homme.

Bon. Après lui avoir grimacé un autre sourire, Judie fit trois nouveaux pas sur la droite, puis attrapa un paquet de céréales prétendant avoir un goût de beignets.

La haute masse de l'homme fit également trois pas sur la droite. Maintenant, Père Noël ou pas, Judie avait franchement peur. Faisant volte-face, elle s'avança vers lui.

— Vous me suivez ?

— Eh oui, admit le géant.

— Pour quelle raison ?

— Vous êtes Judie Marlow ?

Le regard rétréci, elle prétendit que non.

— Qu'avez-vous contre Emma Wellington ? reprit le type en posant ses immenses mains sur ses très larges hanches, ce qui lui donnait une carrure encore plus impressionnante.

Juste ciel ! gémit Judie en son for intérieur. Un admirateur fanatique d'Emma. Comme si elle avait du temps à perdre avec ce genre de cinglé. Ou envie de finir ses jours affalée derrière un rayon, les mains agrippées sur des boîtes de céréales qu'elle n'aurait pas achetées pour tout l'or du monde en d'autres circonstances que cet article à écrire.

— Contre Emma Wellington ? Rien du tout. Pourquoi ?

— Alors pourquoi écrivez-vous toutes ces horreurs sur elle dans votre site ? poursuivit le colosse d'une voix que Judie trouva dangereusement douce.

— Quel site ?

Par pitié, va-t'en, géant vert ! implora-t-elle en silence.

Comme il s'approchait encore, elle sentit ses genoux trembler, et s'accrocha à ses paquets de céréales comme à des boucliers.

— Ne jouez pas les idiotes avec moi, insista-t-il. Pourquoi vous acharnez-vous à ce point sur elle ?

Une maman avec ses enfants s'engagea dans l'allée, et Judie sentit son courage revenir. Les pires voyous avaient eux aussi un code d'honneur vis-à-vis des mères de famille, n'est-ce pas ? Jamais celui-ci ne la tuerait devant eux.

— Parce que Emma Wellington est à peu près aussi indispensable à notre bien-être intellectuel et culturel que ces céréales à un enfant en pleine croissance.

L'homme hocha la tête, et Judie fut de nouveau frappée par la douceur qu'il dégageait, en dépit de sa masse terrifiante. En fait, il ne donnait nullement l'impression d'être énervé ni de vouloir user de ses poings.

— Elle n'est qu'une enfant, déclara-t-il d'une voix douce.

— Alors elle ferait mieux de laisser les choses de grandes personnes aux grandes personnes.

Le géant haussa un sourcil ironique vers les boîtes de céréales dans les mains de Judie.

Celle-ci réprima un soupir, sachant d'avance que ses arguments paraîtraient aussi crédibles que ceux d'un type prétendant acheter une revue coquine pour les photos de paysage.

— Il s'agit d'une étude comparative, pour une rubrique.

— Ah bon, dit-il d'un ton placide.

— Pour expliquer comment les gens perdent le goût des aliments sains et de qualité, à force d'ingurgiter ce que leur imposent le marketing et la machinerie publicitaire.

Le regard de l'inconnu s'aiguisa. Il suivait son raisonnement. Ce type était visiblement intelligent.

— Emma s'amuse. Elle ne fait de mal à personne.

— Mettez-vous un peu à la place des gens qui méritent grâce à leur talent ou des années de travail opiniâtre ce qu'elle obtient d'un claquement de doigts ? objecta Judie.

L'expression du géant s'illumina soudain.

— Ah, voilà ce qui vous pousse ? Vous connaissez quelqu'un dans ce cas, n'est-ce pas ?

154

Dans le mille. Judie haussa les épaules, trahie par son enthousiasme. Encore que si ce type avait su la trouver dans une épicerie, c'était sans doute qu'il en savait beaucoup sur elle. Et sur Lucy, compléta-t-elle avec un frisson.

— Ecoutez, reprit le colosse. Je sais qu'Emma semble décrocher un maximum de choses très facilement. Mais pour d'autres choses, c'est beaucoup plus dur. L'argent n'est pas tout. Elle…

L'expression de l'homme s'adoucit avant qu'il reprenne :

— Elle se cherche, vous comprenez ? Elle cherche à savoir qui elle est, à part être une Wellington. Et c'est difficile, parce que étant une Wellington, cette recherche que nous faisons tous — tenter des trucs, se tromper, essayer autre chose — elle doit la faire en public, devant tout le monde.

— Rien ne l'oblige à la faire en public, protesta Judie.

Le géant secoua la tête, comme abasourdi devant la bêtise de son interlocutrice. Judie regretta de ne pouvoir être en mesure de lui coller une paire de claques.

— Vous est-il arrivé de jouer un rôle dans un spectacle au lycée ? En fac ? demanda-t-il. Forcément. Quel est le dernier que vous ayez tenu ?

Judie dut réfléchir avant de répondre.

— Anita, dans *West Side Story*.

— Vous étiez bonne ? insista l'homme.

— Juste acceptable, admit Judie. Mais c'est bien ce que je veux dire. Le théâtre à l'école est la scène idéale pour ce niveau d'expérimentation, mais ensuite…

— Vous essayez de me dire que si un gros producteur était venu vous voir à ce moment-là en disant « hé, vous êtes géniale, on vous veut dans la prochaine comédie à Broadway ! », vous lui auriez répondu « non merci, désolée, mais je dois travailler encore quelques années pour perfectionner mon talent » ? A dix-huit, dix-neuf ans ? A vingt et un ans ?

S'imaginant parfaitement son exaltation si cela s'était produit, Judie soupira.

— Non, probablement pas.

— Pourtant, Emma est censée avoir ce type de point de vue, elle, déclara le géant avec une moue. Réfléchissez à ça. Et fichez un peu la paix à cette pauvre gosse. Tous les soirs, elle pleure à cause des horreurs que vous dites à son sujet.

Sur ces mots, il tourna les talons, prit au passage un paquet de flocons de Wheat'n Bran, se retourna vers Judie et ses céréales gavées de sucres en lançant :

— Son et blé complet. Celles *qu'elle* aime.

Puis il disparut au bout de l'allée.

Eberluée, Judie attendit sans bouger jusqu'à être certaine que le colosse était parti.

Ensuite, elle reposa ses propres boîtes de céréales sur

156

les rayons, quitta à son tour le petit supermarché, puis redescendit la rue en direction de son appartement.

Il faisait froid, gris, humide. Son moral dégringolait pour arriver au même niveau maussade. Le temps qu'elle arrive chez elle, une sorte de neige fondue, glacée et cinglante, commençait à tomber.

A peu près aussi massacrante que son humeur.

L'appartement lui parut sombre et étouffant. Impossible de sortir de son esprit l'image d'Emma Wellington en train de pleurer. A cause de *ses* propos sur elle.

Soudain désabusée, Judie interrogea sa messagerie. Un e-mail du rédacteur en chef du *Sentinel*. Un autre de Lucy.

Ensuite, elle vérifia son autre compte, l'adresse qu'elle avait donnée à John Smith.

Rien. Trois interminables jours depuis leur rendez-vous au Ritz le lundi précédent, et pas un mot de lui.

Super. Vraiment épatant. Avec lui, sa vie était passée des frissons de l'angoisse à ceux d'un plaisir grisant, et menaçait maintenant de sombrer dans la solitude d'une existence dont il serait absent. Mais finalement, qu'attendait-elle d'un amant fantasmatique ? Un e-mail toutes les deux heures ?

En fait, oui, après leur extraordinaire rencontre dans cette chambre d'hôtel, l'incroyable aisance et l'intimité de leur conversation, leur passion en faisant l'amour, elle s'était attendue à avoir de ses nouvelles.

Jusqu'ici, elle en était réduite aux hypothèses. Peut-être était-il trop occupé. Peut-être n'était-il pas là. Peut-être avait-il égaré son adresse.

Peut-être voulait-il sortir de cette histoire.

Somme toute, elle serait bien mieux sans lui et sans ces souvenirs qui la rendaient folle, la tenaient éveillée la nuit. Certes, la douleur subsisterait. Mais les sentiments qu'elle éprouvait n'étaient pas réels, ils se fondaient seulement sur l'idéalisation qu'elle se faisait de lui. N'est-ce pas ?

Et tant pis si elle avait ressenti avec John un lien bien plus réel qu'avec n'importe quel autre homme.

S'armant d'un sachet de chips de maïs bio, Judie alluma la télévision, puis s'effondra sur le canapé-lit.

Rien d'intéressant. Des feuilletons débiles, les informations nationales, les informations régionales, et...

L'attention soudain en éveil, elle se redressa, le regard fixé sur l'écran. Cette bonne vieille Emma Wellington. A une conférence de presse. Drôle de journée pour Judie, non ?

Au côté d'Emma se tenait un homme à l'allure extrêmement familière. Il venait juste de lâcher le micro — où avait-elle vu ce visage auparavant ?

Emma prit place devant le micro. Tout en croquant pensivement ses chips, Judie étudia la jeune femme. Jeune, oui, elle l'était assurément. Très jeune. Elle lisait un discours préparé où elle affirmait son bonheur de représenter la chaîne familiale de magasins. Tout en ayant l'air aussi heureuse que si elle avait des épines plantées dans tout le corps.

Intéressant. Judie n'en était pas encore à compatir, mais elle trouvait ceci vraiment… intéressant.

Puis Emma rendit le micro au superbe type près d'elle. Celui-ci commença à parler, mais le commentaire du journaliste recouvrit aussitôt sa voix, présentant à sa place l'annonce de l'entreprise : nouvelle image de marque, nouvel agencement des magasins, bla-bla-bla.

Judie ne quittait pas des yeux l'homme qui continuait de parler sous le débit mécanique du journaliste. Il lui semblait tellement familier. Elle l'avait déjà rencontré, ou alors quelqu'un qui lui ressemblait… mais où ?

Juste avant la fin du reportage, il se tourna vers la caméra et Judie eut alors un aperçu de son visage sous un angle différent. Et le reconnut aussitôt.

Elle recula d'un bond sur le canapé, une chips à mi-chemin de sa bouche. Non. Impossible. Impossible ! Il devait s'agir d'un autre, qui lui ressemblait. D'une manière totalement stupéfiante.

Néanmoins, l'espace d'une ahurissante seconde, elle avait cru reconnaître l'homme qui avait renversé son verre d'eau au Banquet Thaï, quand elle y déjeunait avec Lucy, deux semaines plus tôt. L'homme qui l'avait troublée d'un simple regard. Qui s'était enfui du restaurant dès qu'elle l'avait remarqué. Seth Wellington, le demi-frère d'Emma.

Seth Wellington, assis à la table derrière la sienne, pendant qu'elle discutait avec Lucy de leurs relations amoureuses, de Noël…, et du fantasme sexuel secret de Judie. Quelle horreur ! Impensable.

Sans cesser de réfléchir, Judie croqua lentement sa chips. Une autre, tout aussi lentement. Revit le géant dans le supermarché, tout à l'heure… Ça commençait à faire beaucoup. Tout ceci était très, très désagréable. Y avait-il eu d'autres personnes derrière elle, ailleurs ? Combien de fois ?

Elle avala sa bouchée, referma le sachet de chips, tout appétit envolé.

Soit elle devenait complètement paranoïaque, soit le clan Wellington tenait Judie Marlow drôlement à l'œil.

10.

Judie remit un sablé au fromage de brebis dans le paquet, puis essuya ses doigts pleins de miettes à son vieux sweat-shirt favori. Trois mots en tout et pour tout s'affichaient sur son blog du jour : *Bonjour à tous*. Les taper lui avait pris deux secondes.

Ensuite, elle était restée assise devant l'écran de son ordinateur. Longuement. Très longuement. A dire vrai, elle avait tapé quelques mots de plus, aussitôt effacés.

Ce genre de chose ne lui arrivait jamais, à moins d'être en panne de sujet, mais ce n'était pas le cas aujourd'hui. Elle avait promis à ses lecteurs le chapitre 2 de son pastiche du livre d'Emma Wellington et…, ma foi, rien ne venait.

Enfin, si. Beaucoup, même. Ses sarcasmes habituels, car, pour être honnête, cette Emma avait *Moquez-vous de moi* tatoué sur le front, non ?

Mais, pour être encore plus honnête, la rencontre du Colosse de Cuir au supermarché avait eu deux conséquences : tout d'abord, un petit rappel que oui, Emma était une personne. Une personne très jeune. Qui n'avait sans doute pas eu la chance de grandir dans le même contexte d'attention et d'amour que Judie et Lucy.

Et aussi, le sentiment bizarre et sans doute paranoïaque qu'on l'avait mise en garde. Presque menacée. Car enfin, pourquoi M. Géant ne lui avait-il pas juste envoyé un message sur son site ? Voire sur son répondeur téléphonique au *Sentinel* ? Pourquoi la suivre dans sa vie privée, la guetter dans l'allée des céréales de petit déjeuner ? Bien sûr, il pouvait s'agir d'une coïncidence ; ce type était entré par hasard dans le même magasin pour aller acheter le même produit en même temps qu'elle, et l'avait reconnue. Non, c'était tiré par les cheveux. Judie n'était pas une célébrité que les gens arrêtaient dans la rue. Il avait même dû prendre la peine de trouver une photo d'elle pour étudier son visage. Sans parler de la façon dont il se tenait là, en la suivant pas à pas avant qu'elle ne lui adresse la parole…

On la traquait. Ajoutons à cela l'autre « coïncidence », Seth Wellington allant dans le même restaurant qu'elle, le même jour, s'installant dans le box voisin, seul, d'où il pouvait écouter facilement la conversation de Judie et de sa sœur. Ajoutons encore le fait qu'il ait bondi sur ses pieds à l'instant où elle l'avait assez vu pour enregistrer les traits de son visage, et donc, pour autant qu'il sache, son identité. S'il n'était pas aussi célèbre qu'Emma, la famille Wellington était depuis des décennies au premier rang de la vie publique de Boston, et n'importe qui un tant soit peu au fait des mondanités l'aurait reconnu.

Dans un éclair de brusque désespoir, Judie regretta la présence tranquille, rassurante et forte de John Smith. Puis tout aussi brusquement, secoua la tête. Croyait-elle vraiment pouvoir compter sur cet homme, qui disparaissait et reparaissait pour mieux redisparaître à sa guise ? Certes, il s'était donné du mal pour calmer ses craintes, ce fameux soir dans le Maine, mais à ce moment-là, il cherchait à la séduire. Certes, les moments qu'ils avaient partagés étaient d'une telle intensité qu'elle avait eu la bêtise de développer des sentiments — ou du moins, de penser qu'elle développait des sentiments pour lui. Et la bêtise de souffrir à ce point de sa perte, en tout cas beaucoup plus qu'après bien des relations plus longues qu'elle avait vécues auparavant.

Pourquoi, se demanda-t-elle alors, dans une telle situation, ne regrettait-elle pas plutôt le soutien de Lucy, ou celui de ses parents, ou même de ses vieux amis de fac ?

Elle ne connaissait même pas le nom de cet homme... Ne l'avait même jamais vu...

Mais cela ne changeait rien à l'affaire. C'était lui

qu'elle voulait, avec tant de passion, de détermination, qu'elle n'en revenait pas.

Comme le téléphone se mettait à sonner, Judie inspira et expira à fond, luttant contre une brusque montée d'angoisse, puis décrocha en disant d'une voix ferme :

— Allô !

— Judie, c'est Lucy.

— Lucy, que se passe-t-il ? demanda Judie, soudain inquiète, car sa sœur appelait rarement dans la journée, et semblait plutôt nerveuse.

— Deux choses. Ecoute-moi. D'abord, j'ai trouvé une super idée de cadeau pour papa et maman. Un dîner et une nuit au Copley Plaza. Qu'en penses-tu ?

— Oh, ça me semble une idée géniale, Lucy ! s'exclama Judie avec sincérité : elle avait beau y réfléchir toute l'année, jamais elle n'égalerait sa sœur pour trouver des idées riches en amour mais peu onéreuses — même si celle-ci, en l'occurrence, était affreusement chère, mais parfois, l'amour n'avait pas de prix, n'est-ce pas ? Je participe, bien entendu, reprit-elle. Tu as raison. Ils ne se font pas assez plaisir.

— Ça va être une véritable fête pour eux. Ensuite... Oh, Judie, tu ne vas pas me croire, enchaîna Lucy dont la voix baissa jusqu'au murmure.

— Quoi donc ? Parle plus fort, je t'entends à peine.

— Non, je ne peux pas, je suis au bureau, mais je

164

ne pouvais pas attendre pour te le dire. Judie, je vais avoir une liaison ! Avec…

— Doux Jésus ! s'écria Judie, médusée.

Curieusement, au premier choc de surprise suivit un vif élan de sympathie protectrice à l'égard de Link, celui-là même qu'elle pressait d'habitude sa sœur de quitter.

— Tu es sûre que Josh en vaut la peine, Lucy ? Ne devrais-tu pas d'abord…

— Non, il ne s'agit pas de Josh, l'interrompit Lucy.

— Quoi ? Il y a un autre homme ?

Seigneur, Lucy perdait la raison — et en aucun cas, Link ne méritait cela…

— Mais non ! protesta Lucy. Si tu m'écoutais, plutôt ?

— Je ne fais que ça.

Cessant ses allées et venues nerveuses, Judie se planta devant sa fenêtre et étudia les façades de Charles Street.

— Je vais avoir une liaison avec Link !

— Qui ? Quoi ? Link ?

— Oui, c'est fou, non ? acquiesça Lucy d'une voix enthousiaste. C'est ton histoire dans le Maine qui m'a donné l'idée. Je lui ai envoyé un e-mail au bureau, pour lui proposer de le tromper avec lui, et lui, de me tromper avec moi. Tu me suis ? Au début, il ne comprenait pas, bien sûr, mais ensuite il a joué le jeu, et accepté — Lucy gloussa de manière un peu hystérique, l'air mille fois plus heureux que depuis des mois, voire des années. Nous quittons le bureau plus tôt pour nous retrouver au Cambridge Motel. Je suis si excitée, si tu savais ! C'est comme si nous allions de nouveau à notre premier rendez-vous !

Stupéfaite, Judie ouvrit la bouche et resta un instant ainsi avant de partir dans un grand éclat de rire. Un rire néanmoins un peu jaune, car une soudaine jalousie lui nouait la gorge. Décidément, la famille au grand complet se donnait des rendez-vous galants à l'hôtel. Sauf que ses parents et sa sœur restaient dans un contexte de relations réelles, saines. Tandis qu'elle… Secouant la tête, Judie chassa ce vilain sentiment. Cela n'avait rien à voir avec elle.

— Lucy, c'est dingue, mais génial ! Fabuleux. Tu es formidable !

— Merci, je croise vraiment les doigts pour que ça marche, répliqua Lucy d'une voix émue. J'ai beaucoup réfléchi, tu sais, grâce à toi. J'aime cet homme, pour de bon. Et je dois le reconquérir, lui, et pas un autre. Ce qui m'attire chez Josh n'est qu'une histoire d'hormones, un fantasme, comme quand on a un béguin pour une star de cinéma ou le joli nouveau voisin qu'on ne connaît pas encore.

Tandis que le vilain sentiment revenait à la charge, Judie se détourna de la fenêtre. Oui, elle comprenait ce que sa sœur voulait dire. Trop bien, même. Pour

166

l'heure, sa vie amoureuse tout entière consistait en un béguin — bien que cela lui semblât plus fort, mais probablement était-ce aussi un fantasme — pour quelqu'un qu'elle ne connaissait pas.

— Ça va marcher, Lucy. Si Link a accepté de tenter le coup, c'est qu'il a envie de te retrouver.

— Je le pense aussi. Je suis dans un état, si tu savais ! Cela ne m'est pas arrivé depuis… Oh, je te laisse, voilà mon chef. Je te rappellerai. Salut !

Après avoir raccroché, Judie fit les cent pas dans son petit appartement. Sur une étagère, elle prit une photo de sa famille en vacances à Washington, lorsque Lucy et elle étaient encore adolescentes. Son père et sa mère les enlaçaient toutes deux, un large sourire aux lèvres. Lucy et elle souriaient aussi à la personne qui avait proposé de photographier la famille — une parfaite famille américaine, soudée par l'amour et l'attention mutuelle.

Elle reposa le cadre d'argent, éprouvant soudain une ridicule solitude. Et aussi, tout compte fait, un vague envie de pleurer, ce qui n'était pourtant pas son genre. Car elle était une femme d'action. Oui, mais pour l'heure, elle ne savait comment agir. Ce qu'elle détestait plus que tout.

Lucy s'apprêtait à vivre une aventure érotique de son côté. Avec un homme en qui elle avait toute confiance. Un homme qu'elle connaissait par cœur. Un homme qu'elle aimait au point de préférer patauger dans la boue pour rester près de lui plutôt que de faire un pas de côté et se mettre au sec, seule ou auprès d'un autre.

Tandis que Judie — voilà pourquoi les larmes pointaient —, si la chance lui souriait, pouvait encore espérer une nuit, voire deux, de folie sexy et anonyme avec un homme qui ne voulait pas qu'elle sache qui il était, pour des raisons qu'il ne voulait pas lui dire.

Sans parler du fait que, si elle persistait à tourner Emma Wellington en ridicule, le Costaud de Cuir risquait de venir lui briser les rotules, très probablement sur les ordres du grand manitou lui-même, Seth Wellington.

Comme les images de la conférence de presse lui revenaient fort à propos, la lumière jaillit dans son esprit. Bien sûr ! Maintenant que Wellington avait dévoilé la nouvelle direction de son empire, avec Emma en point de mire, ni la famille, ni les gros bonnets de l'entreprise ne toléreraient de publicité négative à son sujet.

Ce qui mettait Judie dans une position plus que délicate. Car, en continuant d'attaquer Emma à boulets rouges, elle se ferait des ennemis très puissants. Mais en se rétractant, elle se soumettrait implicitement à des règles qu'elle haïssait de toute son âme.

Son ordinateur lui signalant l'arrivée d'un e-mail l'interrompit dans ses pensées. C'était Lucy, qui s'excusait de lui avoir presque raccroché au nez.

Judie sourit à l'excitation de sa sœur, puis, sous une impulsion, interrogea son autre messagerie.

Oh, Seigneur.

Un e-mail de John. Qui était arrivé la veille au soir, mais puisqu'elle avait décidé de cesser de vérifier frénétiquement ses messages, elle ne le voyait que maintenant.

Salut !
J'ai été plutôt débordé ces derniers jours, mais tu occupes toujours autant mes pensées. Quoi de neuf ?

Une onde de plaisir se propagea lentement dans tout son corps. Ce n'était pas terminé. Il pensait à elle. *Toujours autant.* Elle allait le revoir...

Non. Pas le *revoir.*

Sourcils froncés, elle fixa l'écran. Quoi de neuf ? Elle mourait d'envie de lui dire. De tout lui dire, puis d'entendre sa réaction, de sentir ses bras puissants autour d'elle. Et bien entendu, de monter avec lui au septième ciel, autant de fois que possible.

Bien, mais tout compte fait, où cela les menait-il ? Que feraient-ils de plus que l'amour anonyme dans le noir ?

Or elle voulait plus.

L'idée explosa dans son esprit, comme lancée par son inconscient à travers le tunnel du déni.

Judie se releva pour arpenter la pièce. En repassant devant la fenêtre, elle remarqua que le ciel s'éclaircissait. Un coup d'œil à sa montre lui indiqua qu'il était près de quatorze heures. Bientôt, Lucy se préparerait à rejoindre Link pour leur rendez-vous amoureux. Et John Smith, que faisait-il, en ce moment ? Travaillait-il dans son bureau ? S'apprêtait-il à rentrer auprès de sa femme et de ses enfants ? Dans une belle résidence ? Une merveilleuse maison en banlieue ? Ou dans un appartement solitaire ?

Elle voulait le savoir.

Mue par une brusque impulsion, Judie revint s'asseoir devant l'ordinateur, et, avant de changer d'avis, ouvrit l'option « Répondre » du message de John, tapa le numéro de son téléphone portable, puis cliqua sur « Envoyer ».

Voilà. S'il était sincère et célibataire, il appellerait. Sinon, il disparaîtrait.

Elle n'avait plus qu'à attendre.

Facile, non ?

Pas tant que ça, en fait.

Une demi-heure plus tard, son blog n'avait pas avancé d'une ligne, ses ongles s'étaient considérablement raccourcis, et elle se demandait si une bonne promenade tonique ne serait pas une meilleure idée, malgré le froid hivernal. En emportant son téléphone, évidemment.

Après cinq minutes de promenade tonique, cela n'allait pas mieux. Aussi allongea-t-elle sa foulée pour courir, dans l'espoir de libérer sa tension nerveuse.

Elle fit le tour de Public Garden, puis traversa le pont piéton avant de longer Charles River, toujours à grandes enjambées énergiques.

Cela se produisit comme elle approchait du Harvard Bridge. Son téléphone sonna. Numéro caché.

— Allô ! haleta-t-elle en ralentissant le pas.

Mon Dieu, je vous en supplie…

— Tu sembles à bout de souffle, dit une voix profonde et sexy qu'elle reconnaissait si bien.

Merci, mon Dieu, merci.

— Salut !

— Je tombe à un mauvais moment ?

Débordant de joie, Judie éclata d'un rire trop aigu, soufflant de petits nuages d'air chaud. Seigneur, le soleil lui-même se mettait de la partie en pointant son nez.

— Oh, non, je suis en plein jogging, répliqua-t-elle.

— Veux-tu que je te rappelle ?

— Non ! s'exclama-t-elle d'un ton frisant la panique. C'est parfait, maintenant. Vraiment, tu ne me déranges pas.

— Tant mieux. Tu as passé une bonne semaine ?

— Euh, oui, plus ou moins. A part…, enfin, non, tout va bien, se reprit Judie en se giflant intérieurement.

L'incohérence de ses propos résumait assez bien ses sentiments. Elle mourait d'envie de tout lui dire, de

171

se confier ; mais, si elle lui avait donné son numéro, lui gardait le sien masqué. Comment faire ?

— J'ai l'impression que tu éludes l'histoire, là, remarqua-t-il. Je me trompe ?

Elle eut un petit rire embarrassé.

— Oh, c'est un peu compliqué...

— J'ai du temps, Jane Doe. On se retrouve dans une heure, tu veux ?

Judie pila net sur le trottoir, manquant heurter la poussette qu'elle venait de dépasser. Il voulait la rencontrer de nouveau ? Afin qu'elle lui raconte sa mauvaise semaine ? Se retrouveraient-ils dans un lieu public, cette fois ? Autour d'un verre, par exemple ?

— Où cela ? demanda-t-elle, le cœur battant.

— Au Ritz.

Son enthousiasme reflua une fraction de seconde. Encore dans une chambre d'hôtel. Et encore dans le noir.

— Tu y as un abonnement ? ironisa-t-elle.

Il rit avant de répliquer :

— Non. Mais si tu acceptes, j'obtiendrai une réservation, même si l'hôtel est archiplein.

Judie s'obligea à rire, mais sans réelle conviction. Au contraire, elle s'effraya de constater combien elle aurait voulu que leur rendez-vous eût lieu dans un café de Quincy Market, au su et au vu d'autres gens, où elle se serait épanchée, certaine qu'il lui prêterait une oreille attentive. Bien sûr, faire l'amour était formidable, elle adorait ça, surtout avec lui. Mais…

Les choses se compliquaient, songea-t-elle.

— Je pense que je ferais bien d'accepter.

Sa voix — un murmure rauque — reflétait plus de déception que de promesse érotique.

— Je te laisserai le numéro de la chambre à la réception, conclut-il en baissant le ton, lui aussi, mais Judie doutait que ce fût pour les mêmes raisons.

— Au nom de Jane Doe ?

La question lui arracha une grimace. Pourquoi ne pas carrément se marquer « maîtresse » sur le front ?

— Tu as raison. Je te rappelle dès que j'ai réservé.

— D'accord, acquiesça Judie qui attendit qu'il conclue la conversation, mais en vain. Bon, eh bien, je…

— Quelque chose ne va pas ?

Elle ferma les yeux, luttant contre une brusque montée de larmes. Cet homme lisait dans ses pensées, même à travers le téléphone. Pourquoi gâchaient-ils une magie pareille en restant dans l'ombre ? Après une profonde inspiration, elle s'efforça de retrouver un ton plus enthousiaste.

— Non, au contraire, c'est chouette. A tout à l'heure.

— Parfait, Jane Doe. A tout à l'heure.

Puis Judie raccrocha, démoralisée. Voilà pour son

fantasme idéal. Elle aurait mieux fait de le laisser à l'état de chimère — peut-être aurait-elle dû laisser John partir cette nuit-là, à l'auberge des Sapins. Peut-être aurait-elle dû obéir à son instinct, qui lui conseillait de fuir, devant la porte de la chambre au Ritz, la semaine passée.

Son fantasme idéal pouvait pourtant être tellement plus que cela pour elle...

Mais pour lui ?

La réceptionniste du Ritz salua Seth avec amabilité. Il s'apprêta à réserver, hésita une seconde, puis hocha la tête.

— Excusez-moi, je me suis trompé de numéro, marmonna-t-il avant de raccrocher.

Repoussant son siège, il arpenta l'épaisse moquette grise de son bureau, les mains dans les poches, maussade. Il se sentait agité, coincé. L'expérience de la vie lui avait appris à suivre ses instincts, et ceux-ci lui soufflaient que, quand bien même le Ritz-Carlton était l'un des meilleurs hôtels de Boston, ce n'était pas là qu'il voulait retrouver Judie ce soir.

Où donc, en ce cas ? Voulait-il vraiment la rencontrer, tout compte fait ? Hésitait-il parce que sa conscience le rappelait à l'ordre, lui demandant combien de temps encore il comptait tromper Judie ? Ou bien parce que le jeu avait assez duré, et qu'il était temps de passer à une autre ?

Certainement pas la dernière option. L'idée d'être avec Judie l'excitait toujours autant. Le *consumait* toujours autant, plutôt. Mais celle de la voir...

Non, c'était l'idée de ne *pas* la voir qui ne lui plaisait plus. Certes, il raffolait de sa peau, de son odeur, de sa voix, de sa saveur. Mais le sens restant, la vue, voulait aussi participer à la fête.

Il préférait ne pas s'interroger sur ce que cela signifiait. C'était tellement plus simple de prétendre à une envie égoïste de la regarder pendant qu'il la comblait de plaisir. Tellement plus simple de refouler l'inquiétude qu'il avait éprouvée en pressentant que sa mauvaise semaine l'avait laissée démoralisée, soudain un peu vulnérable, comme perdue. En fait, Seth n'avait pas programmé de la retrouver ce soir ; il lui avait juste envoyé un message pour prendre de ses nouvelles, et en voyant sa réponse avec son numéro de téléphone...

Les poings sur les hanches, Seth s'arrêta devant la fenêtre, regardant le reflet du soleil quitter peu à peu la façade de l'immeuble en face. Simplement prendre de ses nouvelles, sans intention de la voir ? De qui croyait-il se moquer ?

Plus de lui-même, en tout cas.

Comme le téléphone retentissait, il soupira. Quand

donc ces fastidieuses affaires le laisseraient-elles réfléchir en paix à ses obsessions ? Il décrocha.

— Seth, c'est Mary. As-tu regardé le blog de Judie Marlow aujourd'hui ?

— Non, répondit-il, sentant l'appréhension le gagner.

— Il n'y a rien, rien hormis les messages de ses lecteurs se demandant où elle est passée. Pas de chapitre 2.

Le mauvais pressentiment de Seth s'intensifia. Il se rassit dans son siège, sourcils froncés.

— Ah bon. Tu as une idée de ce qu'il lui arrive ?

— Aucune, affirma Mary. Elle avait le vent en poupe avec la parodie du bouquin d'Emma. Les gens en raffolaient, et réclamaient la suite. Je n'ai jamais vu autant de réactions. Elle est peut-être malade ? D'habitude, lorsqu'elle part en reportage, elle prévient ses lecteurs.

— Tu la suis de si près que ça ? s'étonna Seth.

— J'avoue compter parmi ses fans les plus fidèles, avoua Mary en gloussant. Elle me fait mourir de rire. Et, au risque de paraître trahir, je trouve qu'elle a souvent raison.

— A qui le dis-tu...

Sentant une légère nausée monter, Seth prit une lente inspiration. Quelque chose clochait, le mettait mal à l'aise, sans qu'il en sût précisément la raison.

Pourquoi Judie cessait-elle soudain sa croisade ? Et pourquoi avait-elle paru si bouleversée au téléphone, tout à l'heure ?

Deux possibilités le frappèrent en même temps : d'une part, une raison nommée Emma, d'autre part, une autre nommée Seth Wellington III, ce cher vieux papa.

Emma avait déjà lancé Jerry aux trousses de Judie. Son père, de son côté, avait parlé d'avocats et de procès, mots que Seth avait préféré ignorer. Car s'il n'aimait pas que le blog de Judie risquât de nuire aux Wellington, elle n'en avait pas moins le droit à exprimer son opinion.

Alors, Emma avait de nouveau piqué sa crise ? Ou bien son père avait-il frappé avec un quelconque moyen d'intimidation ?

Le sentiment confus de malaise se mua en vive colère, et Seth tapa du poing sur le bureau. Il ne devrait pas avoir une liaison aussi poussée avec une femme qui avait toutes les raisons de se méfier de lui.

Mais pour reprendre les mots de Judie : *Sois réaliste, Seth !* Il était trop tard, hélas.

— Merci de m'avoir prévenu, Mary, dit-il. Espérons qu'elle va laisser tomber ses critiques, maintenant.

— Si c'est le cas, ça me manquera. Mais bon, Wellington passe d'abord, bien entendu. Je te rappelle dès qu'il y a du nouveau, d'accord ?

Après l'avoir remerciée, Seth raccrocha. Puis se

rua vers la porte de son bureau, laissant des piles de dossiers et de courrier en souffrance.

— Sheila, annonça-t-il au passage. Je m'en vais tôt, aujourd'hui. Je ne suis joignable pour personne.

— Bien, monsieur, répliqua Sheila en levant un sourcil interrogateur, mais s'abstenant de poser la question.

Sa parfaite discrétion amusa Seth, qui expliqua :

— Je prends un peu de temps pour moi.

— A la bonne heure !

Un sourire sincère illumina son visage encore ravissant. Elle prit aussitôt une feuille de papier qu'elle lui tendit.

— Avant que vous ne partiez, voici la liste des cadeaux pour votre famille. Voulez-vous l'examiner, ou dois-je m'en occuper sans attendre votre avis ?

Seth saisit la liste et la parcourut. Des objets chers. De bon goût. Impersonnels.

D'un geste impulsif, il lui rendit la feuille.

— Attendez encore un peu, Sheila. Je voudrais étudier ça de plus près. Peut-être y réfléchir moi-même, y ajouter quelques idées.

— Pas de problème, affirma Sheila dont le sourire se teinta d'approbation. A demain, monsieur.

Rasséréné et satisfait, Seth prit congé. Il avait le sentiment que son cœur s'était un peu ouvert.

Puis il traversa les couloirs des locaux, répondant avec froideur aux saluts des employés pour décourager toute tentative de conversation. Enfin dans sa voiture, il composa le numéro de Judie sur son portable, sans savoir précisément quoi lui dire, ni comment elle réagirait.

La seule chose dont il était sûr, c'était qu'il voulait être avec elle, entendre sa voix, comprendre ce qui la perturbait, et vérifier ces étranges sentiments qu'il avait la bêtise de développer à son égard.

Ce qui signifiait qu'il était hors de question qu'ils se retrouvent au Ritz.

Ni peut-être dans le noir.

11.

Judie se tenait à l'angle de Park et de Beacon Street, tournant le dos à la coupole dorée de l'hôtel de ville. Elle frissonna un peu sous la brise du soir, moins de froid que de nervosité, ne sachant pas du tout à quoi s'attendre. Le second appel de John Smith avait été bref et crypté. Pas de Ritz. Ni de chambre d'hôtel. Attendre à cet angle. Une voiture viendrait. Y monter et se laisser conduire.

Un frisson la parcourut. Ça faisait un peu mafia, non ?

Elle avait eu la présence d'esprit de demander quel type de voiture — non qu'il arrivât souvent que des hommes l'invitent ainsi dans leurs véhicules, mais juste pour savoir. Histoire d'avoir l'impression de mieux maîtriser la situation. Avec un petit rire, John avait répondu qu'elle risquait d'être surprise.

Ce qui ne l'avançait guère. Elle attendait donc, repoussant l'impression d'être un agneau en route pour l'abattoir, autant physiquement — même si elle ne percevait toujours aucune notion de danger en lui — qu'émotionnellement. Sauf que sur ce plan-là, elle était vraiment en danger.

Si ce soir, elle ne réussissait pas à le voir…

Pour écarter de ses pensées un ultimatum dont les conséquences lui déplairaient à coup sûr, Judie s'efforça de trouver quel genre de voiture elle imaginait le moins que John Smith conduise. Encore qu'il n'avait pas précisé qu'il serait au volant, mais qui d'autre, hein ? Tout le monde n'avait pas un chauffeur, bien que, s'il pouvait s'offrir le Ritz, c'était qu'il avait sans doute peu de soucis financiers.

Allait-il enfin se montrer en pleine lumière, dissipant d'un coup leur anonymat ? Une part de Judie l'espérait de tout cœur. La part qui était prête à l'étape suivante, prête à vérifier si ce qu'elle ressentait pour lui s'intensifierait lorsqu'ils sortiraient de l'obscurité.

Mais une autre part craignait qu'en le voyant, son beau fantasme ne vole en éclats, révélant la triste vérité : John Smith n'était qu'un type de plus. *Type* sous-entendait de nouveau déception, chagrin, et perte de ses illusions.

Or, Judie n'avait pas envie, mais alors pas du tout, que John Smith s'avère n'être qu'un type de plus. Seigneur, elle préférait encore le rencontrer jusqu'à la fin des temps dans le noir, plutôt que perdre la magie qu'ils avaient connue !

Sans qu'elle ait eu à attendre très longtemps, une

voiture vint se garer le long du trottoir, un très ancien modèle de Lincoln Town — le genre de véhicule qu'elle aurait imaginé conduit par le grand-père de John Smith, plutôt que par lui.

Voilà, le moment était peut-être venu. Judie retint son souffle. Même si elle devinait à travers les vitres teintées qu'un homme était au volant, elle ne pouvait en dire plus.

La portière du conducteur s'ouvrit. Un homme sortit…

Sa respiration se relâcha en même temps que sa tension. Ce n'était pas John Smith. Celui-ci était bien plus âgé.

— Jane Doe ?

Elle hocha la tête, trouvant soudain ridicule d'être appelée ainsi en public. Mais le conducteur se contenta d'un léger sourire, comme si ce nom bizarre ou le fait qu'elle attendait qu'un étranger vienne la prendre en voiture ne le choquait pas outre mesure.

D'un geste courtois, il lui ouvrit la portière arrière.

— M. Smith m'envoie vous chercher. Je suis Franck.

— Merci, Franck.

Judie se glissa dans l'habitacle chauffé et confortable, réprimant un fou rire à l'idée d'être conduite par un chauffeur. Si ce type était un ami de John, il jouait son rôle à la perfection. S'il *était* le chauffeur de John, et bien…, le Ritz avait déjà été un indice.

En bouclant sa ceinture, elle aperçut quelques piétons curieux qui regardaient Franck refermer sa portière avant de faire le tour de la Lincoln et regagner le volant. « Laissons-les s'interroger ! » songea-t-elle avec un soupir ravi en se coulant sur la banquette de cuir souple et odorant. Sa grand-mère maternelle disait qu'on tombait aussi facilement amoureuse d'un homme riche que d'un pauvre. Certaines de ses amies, elles aussi, avaient des… critères bien arrêtés sur les hommes qu'elles voulaient. Certes, l'argent était agréable, pensait Judie, mais elle avait toujours privilégié l'amour. Même si cela n'avait pas donné grand-chose jusqu'ici…

Avant de remettre le contact, Franck prit un objet sur le siège du passager, qu'il lui tendit. Un bandeau pour les yeux. Comme ces masques que les gens utilisaient afin de dormir dans le noir complet. La réponse de John Smith à leur rencontre en plein jour.

De nouveau, Judie ressentit la morsure de la déception. Toujours le mystère. Toujours l'anonymat.

Aussitôt suivie d'une vague de soulagement. Toujours le mystère. Toujours l'anonymat.

De plus en plus déroutant, tout ceci…

Elle installa le masque sur ses yeux, puis se laissa aller contre le dossier. Lucy rirait de la voir réduite à un tel conflit intérieur. Mais rien n'allait de soi dans cette situation, pas de ligne droite, rien de concret à quoi elle pût s'accrocher. Au fond, les choses n'étaient pas toujours ou blanches ou noires. Sans doute avait-elle jugé Lucy et ses atermoiements avec trop de sévérité ? Lucy, et peut-être d'autres, non ?

La Lincoln démarra en douceur, puis prit de la vitesse. Judie se crispa, plus nerveuse qu'elle n'aurait cru à la sensation de rouler, de prendre des virages sans voir où on allait, ni ce qu'il y avait en face.

Enfin, après ce qui lui parut une vingtaine de minutes, la voiture s'arrêta. Franck sortit pour lui ouvrir la portière.

— Donnez-moi votre main, mademoiselle Doe.

Soupirant à cette pompeuse appellation, Judie tâtonna jusqu'à trouver la main du chauffeur, priant le ciel qu'une foule de badauds ne fût pas en train de s'amasser pour voir qui était la femme masquée qui se faisait ainsi véhiculer. Lorsqu'elle émergea de la Lincoln, elle sentit l'odeur de la mer, la fraîcheur de la brise, entendit le cri des mouettes. Se trouvaient-ils près du port ?

Franck saisit son coude. Ensuite, consciente du ridicule, elle suivit ses indications pour avancer, monter des marches, marcher encore, jusqu'à ce que ses sens enregistrent l'arrêt du vent et l'impression d'être devant un immeuble.

Un bruit de clés signala que Franck possédait ses entrées de l'endroit. Elle sentit ensuite une porte s'ouvrir devant elle : la main sur son coude la pressa d'entrer. Où donc ?

Prise d'une soudaine panique, Judie recula.

— Où sommes-nous ?

— Devant l'immeuble de M. Smith, répondit Franck.

— C'est chez lui, n'est-ce pas ? Pas un entrepôt abandonné peuplé de brutes armées de chaînes ?

Le chauffeur éclata d'un petit rire.

— Non, mademoiselle. Ici, les appartements démarrent à un million de dollars. Rien de désagréable n'arrive jamais dans cette résidence de luxe, les gens paient pour l'éviter. Vous y êtes en sécurité.

Juste ciel. John Smith s'appelait-il prince charmant dans la réalité ? Etait-il propriétaire d'un petit pays quelque part ? Si elle la voyait, sa grand-mère en aurait l'eau à la bouche.

— Par ici, s'il vous plaît, reprit Franck.

Judie suivit son guide dans la chaleur du hall d'entrée, ses talons résonnant sur un sol lisse. Ils s'arrêtèrent, attendirent un moment. Pourvu qu'il n'y ait personne pour la voir ! songea-t-elle tandis que les portes d'un ascenseur s'ouvraient. Ils y entrèrent, elle entendit de nouveau le maniement des clés, puis la cabine s'éleva.

Elle compta le cliquetis des étages, son excitation parvenant à son comble lorsqu'ils atteignirent ce qui devait être le cinquième. Les portes s'ouvrirent dans un son étouffé.

— Nous y sommes. Après vous.

Toujours guidée par Franck, Judie prit pied sur une nouvelle surface dure et sonore, puis s'avança dans ce qu'elle devina être un immense espace — un loft ? — talons claquant, puis silencieux sur d'épais tapis, puis de nouveau claquant. Pendant tout ce temps, ses oreilles guettaient la voix de John, ou ses mouvements. Rien.

Où était-il ? La violence de son impatience la médusa. Elle brûlait d'être avec lui. De lui parler, de l'entendre, de le sentir… et de le voir ?

Une autre porte coulissa, et une brise glaciale trancha sur la chaleur de l'endroit. Le temps ne se prêtait pourtant pas vraiment à se prélasser sur une terrasse…

Franck lui fit traverser un balcon, puis plaça ses mains sur la rambarde. « Attendez ici. »

Après un hochement de tête, Judie s'exhorta au calme. Malgré la tentation de relever son bandeau, elle refusait de faire comme ces femmes de la mythologie qui sabotaient leurs fabuleux destins en regardant là où elles n'auraient pas dû. Pandora, Psyché…

Les pas du chauffeur s'éloignèrent ; la porte se referma dans son dos, et Judie eut tout à coup la certitude qu'elle n'était pas seule sur le balcon.

Un long frisson la parcourut, et il n'était pas dû à la température hivernale.

— Bonjour, Jane.

Judie sourit, incapable de dominer sa joie de le retrouver. La voix de John lui prodigua les mêmes sensations qu'à l'accoutumée, mais ce soir, il lui semblait un peu fatigué, comme abattu. Alors, aux habituels papillons qui voletaient dans son ventre, s'ajouta un flot de tendresse, ainsi que le désir de chasser tout ce qui le préoccupait.

— Salut, John.

Elle hésita avant de se retourner vers lui. Portait-il également un masque ? Ou bien la voyait-il ? Cette pensée l'emplit d'une angoisse béante. Soudain fragilisée, elle se demanda s'il était déçu de ce qu'il voyait.

Il s'approcha derrière elle, et elle sentit qu'il enroulait un gros édredon autour de ses épaules. Puis il l'enlaça, et ils se tinrent ainsi, dans l'abri douillet et chaud au milieu de l'air glacé.

— Oh, merci. Comme c'est bon…

— Tu peux retirer ton bandeau, dit-il en pressant son dos contre lui.

L'incrédulité figea un instant Judie.

— Je peux te regarder ? demanda-t-elle, le cœur battant.

— Tu peux regarder la vue. Je resterai derrière toi.

— D'accord, acquiesça Judie, luttant contre sa déception — rien n'allait gâcher cette soirée avec lui, chaque rencontre pouvait être la dernière, et elle entendait profiter du moindre instant. Tu n'en portes pas ?

— Non. Mais il fait sombre.

Ainsi, John l'avait aperçue entrer, marcher. C'était déjà un progrès en direction de ce qu'elle espérait.

Elle ôta le masque, puis laissa échapper un petit cri de pur ravissement. Le soleil couchant peignait la lumière d'oranges éclatants. L'immense port de Boston miroitait en bleu foncé, parsemé d'îles, de bateaux, de bouées et de quelques embarcations plus petites.

— Quelle vue splendide ! s'exclama-t-elle.

— Je pensais bien qu'elle te plairait.

Il contempla le paysage avec elle, la tenant serrée contre lui sous l'édredon, ne semblant guère pressé de brusquer les choses.

Cela convenait parfaitement à Judie. C'était parfait d'être ainsi avec lui, comme deux amis, ou de vieux amants, rassasiés de la frénésie initiale du plaisir.

Mais cette agréable pensée s'évanouit aussitôt, lui laissant une douleur sourde au fond de l'âme. Amis, vieux amants ? Hélas, non. John Smith demeurait un inconnu. Elle aurait tant voulu se retourner et le regarder, découvrir enfin celui qui la troublait tant. Mais cela n'entrait pas dans le jeu. Du moins, pas encore.

188

Alors, à la place de son visage, elle regarda l'étendue d'eau, loin après le dernier point de civilisation, là où l'océan rejoignait l'horizon. Regarder la mer lui donna un sentiment doux-amer d'inassouvissement, comme si sa minuscule existence nécessitait un plus large but, comme s'il lui restait trop de choses qu'elle ne serait jamais capable de conquérir. Son esprit s'agitait comme sous la houle des vagues.

— John ? l'interpella-t-elle sans réfléchir, supposant que sa question plutôt folle ne le surprendrait pas outre mesure. L'océan te donne-t-il parfois l'impression que tu ne fais pas assez, que tu ne vis pas assez intensément ?

— Oui, chaque jour.

Il comprenait, se dit Judie, dont le cœur se gonfla à bloc. D'instinct, elle se retourna pour étudier l'expression de son visage, mais les bras puissants de John la retinrent. Elle parvint néanmoins à apercevoir une chevelure brune, indice d'identification qui la remplit de joie.

— Tu le penses vraiment ? insista-t-elle, tout excitée.

— Oui, je le pense vraiment. Maintenant, dis-moi pourquoi tu me l'as demandé. Que ne fais-tu pas assez ? C'est cela qui a gâché ta semaine ?

— Si on veut, murmura Judie, pour une fois désarçonnée de parler de sa passion. Je… j'essaye de changer la façon de penser des gens.

189

Il éclata d'un rire dénué de toute méchanceté.

— Voilà qui ne manque pas d'ambition !

— Oui, je sais. Je voudrais qu'ils apprécient…
les choses authentiques. De petites choses. Mais des
choses qui ont une vraie valeur, une vraie qualité.
Qu'ils ne se contentent pas de médiocrité. Nous
sommes une société de consommation, et c'est notre
argent qui est en jeu.

Elle s'interrompit, espérant qu'il n'allait pas regarder
sa montre et annoncer qu'il devait partir, comme
c'était souvent le cas lorsqu'elle se lançait dans ses
diatribes.

— Ne pas se contenter de clinquant sans substance,
compléta-t-il d'un ton songeur, calme. Ni soutenir un
exploit qui ne soit porté par le talent.

— Exactement, approuva Judie. Mon père réalise
de superbes impressions à des prix compétitifs, mais
ce sont les boutiques franchisées de photocopies et
d'offset qui marchent, parce qu'ils font de la pub.
Ma mère s'est vu refuser un poste à responsabilité
au profit d'une personne moins compétente mais qui
se mettait mieux en avant. Quant à ma sœur, elle a
perdu un rôle dans un spectacle qui a été confié à une
bimbo sans cervelle qui sait à peine chanter.

Elle arrêta là avant d'être emportée par sa fougue.
D'habitude, à ce stade de son discours, ses autres
amoureux ricanaient et allaient fouiller dans ses
placards pour trouver de quoi grignoter.

— Tu dois me trouver désespérément naïve. Ou dingue, reprit-elle d'une petite voix.

— Bien au contraire. Tu me sembles tout à fait saine d'esprit. Et très sage. Je parie que tu détestes tout ce bazar autour de Noël, juste après Halloween, et toutes ces pubs qui assimilent des produits au bonheur.

— Oh oui, absolument, s'emballa Judie. Je suis lasse que les gens tolèrent que tout soit médiocre. Je voudrais que les expériences, la nourriture, le travail, les pensées, les gens eux-mêmes, soient rares, particuliers, uniques, précieux. Afin que notre vie, si courte, soit vécue comme une aventure riche de sens, pleine d'attentions. Parfois, j'ai le sentiment de crier dans le vide, mais j'essaye quand même.

— Moi, je t'entends — il la serra un peu plus fort avant de demander : Alors, qu'est-il arrivé cette semaine ?

En suivant des yeux le sillage mousseux d'un remorqueur qui se fondait dans le bleu de la mer, Judie chercha ses mots.

— T'est-il déjà arrivé que quelque chose te tienne vraiment, passionnément à cœur, au point de friser parfois l'aveuglement, quand soudain, tu découvres en gros plan un autre point de vue, qui te semble tout aussi sincère ?

— Oui, c'est effectivement très déconcertant.

— Tu trouves aussi ? Eh bien, voilà ce qui m'est

arrivé cette semaine, déclara Judie, tandis que la tension commençait enfin à se dénouer en elle.

— Mais cela ne signifie pas que tu aies tort de croire en tes convictions.

— Non, bien sûr. Mais peut-être suis-je trop… sévère.

— Le monde a besoin de gens passionnés, Jane. Ils obligent les autres à réfléchir.

— Et toi, demanda Judie. Qu'est-ce qui te passionne ?

— En dehors de toi ?

Elle ne put s'empêcher de rougir.

— Oui, en, dehors de moi, dit-elle en posant sa tête en arrière contre son épaule, toute souriante. A quoi te pousse la vision de l'océan ?

— A explorer, répondit-il de sa belle voix grave. J'ai choisi de vivre devant une vue comme celle-ci pour me rappeler que le reste du monde existe toujours.

— Je comprends, répliqua Judie dont le sourire s'évanouit. Ça te donne envie de reprendre ta vie de nomade.

— Oui. De quitter ce costume, de ramasser mon sac à dos et aller d'un pas hardi là où aucun cadre supérieur n'a le temps d'aller. Découvrir autant de personnes, de bouts de monde et de paysages que je peux.

Sans entraves, libre de toute responsabilité… et de

192

toute relation sentimentale, compléta Judie en son for intérieur avant de demander :

— Sans jamais te fixer nulle part ?

— Il y a toujours des lieux qu'il me resterait encore à voir.

Le cœur de Judie se mit à battre douloureusement, sensation qu'elle se somma d'ignorer. Tout compte fait, elle commençait à comprendre pourquoi il tenait à garder leur relation anonyme. Puisqu'il n'était ni marié, ni psychopathe, elle pariait que John Smith était un phobique de l'engagement. Auquel cas leurs méthodes particulières de rencontres lui allaient comme un gant. Sexe et excitation à volonté, sans les ennuis d'une relation compliquée. Quelle revendication pouvait-elle lui présenter, si elle ne savait même pas comment le contacter pour un rendez-vous ?

Sauf erreur, son rêve tout neuf à propos d'eux deux était sur le point de voler en éclats…

— Lorsque tu voyageais, John, quand décidais-tu que le moment était venu de changer d'endroit ?

— Bonne question. Je n'y ai jamais réfléchi.

— Je crois deviner, suggéra Judie.

— Ah oui ?

Il maintint l'édredon autour d'eux d'une seule main, tandis que l'autre descendait le long du flanc de Judie, puis se glissait sous la ceinture de sa jupe. Ses doigts se nichèrent de manière possessive sur la peau nue de son ventre.

— A mon avis, dès que tu te sentais trop à ton aise, comme chez toi. Non ?

Elle attendait sa réponse, l'estomac serré.

— Hmm, marmonna-t-il en la caressant du pouce. Il faut que j'étudie la question.

Elle avait vu juste, songea Judie avec un sourire amer. Phobie de l'engagement. Etudier la question ? Tu parles ! En tant qu'homme, il n'y accorderait pas la moindre pensée.

— A ton tour, Jane Doe, reprit-il. Pourquoi une relation aveugle t'attire-t-elle ?

Le sourire de Judie s'effaça. Cela ne l'attirait plus du tout. Mais il lui en coûtait encore de l'avouer.

— Oh, euh…, bredouilla-t-elle. Parce que c'est… excitant.

— Excitant parce que cela reste anonyme ? Parce que ainsi, tu ne risques pas d'être… réaliste ?

Une sonnette d'alarme se déclencha dans la tête de Judie.

— Tu as dit « être réaliste » ?

— Mmm, oui, murmura-t-il dans son oreille tandis que sa main s'aventurait plus bas — il semblait parfaitement détendu, maître de lui-même. Je n'aurais pas dû ?

— Oh, c'est que… Non, ce n'est rien.

Décidément, elle devenait paranoïaque. Après tout, cette expression était très courante.

194

— Donc, tu trouves excitant de ne pas savoir qui je suis ?

— Oui, affirma Judie d'un ton aussi égal que possible, tout en se levant sur la pointe des pieds pour mieux caler ses fesses contre lui. D'ailleurs, je pense instaurer cela avec tous mes amants, désormais.

Il interrompit tout à coup ses caresses.

— Combien as-tu l'intention d'en avoir ?

Sa voix était si sombre que Judie ne put empêcher une lueur d'espoir de s'allumer dans son cœur.

— Aucun, répondit-elle. Je veux dire, pour le moment. Enfin, pas avant que… pas tant que…

Puis elle se tut, se sentant parfaitement idiote. Son désir quasi désespéré de compter pour lui la poussait à dire n'importe quoi.

— Allez, dis-le, l'encouragea-t-il d'une voix douce tandis que sa main enserrait sa hanche. Peu importe de quoi il s'agit, je veux l'entendre.

Seigneur, pourvu que ce fût vrai !

— Tout ceci est-il… plus qu'une simple aventure érotique pour toi ? osa-t-elle enfin lancer.

— A ton avis ? demanda-t-il. Logiquement ? Tu ne sais pas qui je suis. Tu ne m'as jamais vu.

Elle lâcha un rire bref, cherchant à comprendre, à savoir où tout ceci les menait.

— Tu as dit « logiquement ». Mais qu'en est-il en dehors de ce raisonnement ?

Il recommença son exploration ; ses mains suivirent la courbe de ses hanches, tandis qu'il se pressait contre elle.

— Etre avec toi est devenu plus… plus important que je ne pensais, déclara-t-il en accentuant la pression.

Bien sûr, elle ferait mieux de s'en contenter, profiter de cette grisante alchimie physique, et cesser d'insister. Mais il fallait qu'elle sache. A tout prix.

— Plus que tu ne le voudrais ?

— Plus que de raison, à certains égards, mais pas plus que je ne voudrais. Plus maintenant, en tout cas, admit-il d'une voix grave, posée, en cessant de bouger contre elle. Et toi ?

— Pas plus que je ne voudrais non plus, murmura Judie, dont la tension cédait la place à une autre émotion, teintée d'espérance.

Moins, même, compléta-t-elle en silence.

— Comment vois-tu la relation amoureuse idéale ? l'interrogea-t-il alors.

Facile. Debout devant une vue sublime, le nez gelé, chaudement enveloppée dans un édredon entre les bras du meilleur amant qu'elle ait jamais eu, qui la touchait plus que n'importe qui d'autre en aussi peu de temps, qui…

— Un homme avec lequel je me sente bien, avec qui je puisse partager tout et n'importe quoi, quelqu'un qui sache autant m'entendre que m'écouter. Avec qui le plaisir soit souvent au rendez-vous, tant qu'à faire.

196

— Je ne discuterais pas ce point, dit-il en riant. Quoi d'autre ?

— Un homme qui se moque que je prenne un ou deux kilos, même trois, ou que je sois hideuse, parfois…

— Tu ne peux pas être hideuse, la coupa-t-il.

Stupéfaite, Judie se retourna à demi.

— Jane Doe, pour moi, tu ne peux être que belle.

Un nouveau sourire aux lèvres, Judie plongea son regard sur le port. Elle détestait que ces mots la fassent fondre, elle détestait qu'ils rendent le crépuscule plus flamboyant. Elle ignorait si ce n'étaient que des paroles lancées en l'air, mais elle les adorait tout de même.

— A ton tour de me dire quelle est ta relation idéale, John.

— Je n'en sais rien, Jane Doe, répliqua-t-il d'une voix sourde. C'est une idée en pleine évolution.

— C'est-à-dire ? insista Judie.

— C'est-à-dire que mon idée d'une relation parfaite est en train de changer. A changé.

— Mais encore ?

Judie ne bougeait plus du tout, aussi immobile que si un gigantesque insecte s'était posé sur elle, et qu'elle attendait de savoir s'il allait s'envoler sans dommage, ou s'il allait la piquer à mort.

— Avant, je pensais qu'il me fallait une bonne

cheminée, un pack de bières et deux jumelles blondes. Enfin, presque.

Judie s'obligea à pouffer.

— Et maintenant ?

— Maintenant, je crois que... Je crois qu'une seule blonde me suffirait.

— De deux jumelles à une seule ? Tu parles d'un progrès !

Il éclata de rire et reposa la main sur sa hanche.

— Une blonde au tempérament chaud avec laquelle je puisse parler de tout, poursuivit-il. Qui comprenne ce que je dis, qui m'incite à réfléchir, qui me motive, qui rende ma vie et moi-même meilleurs.

Le cœur battant à tout rompre, Judie demanda alors :

— Et qu'est-ce qui t'a fait changer d'avis ?

— Tu ne serais pas en train de me tendre un hameçon, Jane Doe ?

— Si, et sans vergogne.

— Alors tu connais déjà la réponse.

Puis il l'enlaça au plus près. Judie entoura ses bras des siens, heureuse d'être ainsi emprisonnée, la gorge nouée d'émotion, l'esprit presque étourdi.

— C'est la réponse que j'espérais, murmura-t-elle, grisée.

— Ferme les yeux.

Elle obéit, tourna la tête vers lui, trouva sa bouche,

comme elle s'y attendait, tandis que les larmes montaient.

Il l'embrassa longuement, passionnément, jusqu'à ce que le souffle leur manquât. Puis il la tourna tout à fait vers lui, l'embrassa encore, et encore, avant de poser la tête dans le creux de son cou.

— Donne-moi un autre nom pour t'appeler, murmura-t-il. Je n'ai jamais aimé Jane Doe.

Durant quelques secondes fugaces, Judie hésita. Puis se dit qu'elle voulait lui offrir au moins une part de son identité. Pour voir quelle impression cela ferait. A l'un et à l'autre.

— Judie.

En brisant ainsi leurs règles muettes, elle sentit qu'un violent frisson la traversa. Qui se renouvela lorsqu'il répéta son prénom, lequel lui sembla plus sexy, plus intime, tout neuf sur sa langue, que s'il l'avait utilisé depuis le tout début de leur aventure, lorsqu'il n'était qu'un étranger surgi en pleine nuit.

Elle se mit sur la pointe des pieds, paupières toujours closes, et lui offrit de nouveau ses lèvres. Ils échangèrent un baiser fiévreux, tandis que le désir embrasait leurs corps. Il ajusta l'édredon au-dessus d'eux, glissa ses doigts sous l'élastique de sa culotte de dentelles, repoussa la fragile barrière et pressa ses hanches contre son membre tendu.

Non, songea Judie en s'écartant. Lui d'abord. Elle s'agenouilla, libéra son sexe qu'elle prit dans sa bouche, à l'abri de la tente de plumes, obscure, protectrice, anonyme...

Ce soir, cette pensée, loin de l'exciter, la figea. Elle interrompit sa caresse.

Ce n'était pas ce qu'elle voulait. Ce n'était plus ce qu'elle voulait. Le plaisir qu'elle s'apprêtait à lui donner, n'importe quelle femme pouvait le lui offrir. Mais elle n'était même pas une personne pour lui, pas entièrement. Elle était un corps qui se donnait et lui donnait du plaisir dans le noir.

Tant qu'ils resteraient des étrangers l'un pour l'autre, tout ce qu'ils partageaient, sur le plan émotionnel ou juste verbal, quelle qu'en fût l'intensité, serait totalement déconnecté de leur relation physique.

Deux moitiés de relation, en fait. Mais pour les relier et que cela en vaille la peine — et Judie croyait de tout son cœur que cela en valait la peine, elle devait savoir qui il était.

Mais lui, le voudrait-il ?

— Judie ? Quelque chose ne va pas ?

— Eh bien, oui.

Aussitôt, il s'agenouilla auprès d'elle, gardant l'édredon au-dessus de leurs têtes.

— De quoi s'agit-il ?

— Simplement que tout ça..., commença Judie.

— Ne suffit plus, compléta-t-il.

— Voilà, acquiesça-t-elle dans un murmure avant de chercher ses lèvres à tâtons, si rassurantes, si

200

douces, si chaudes — mais toujours dans l'obscurité. Il nous faut soit avancer, soit… arrêter, conclut-elle après le baiser.

— Je suis d'accord avec toi.

Il l'aida à se relever, et, toujours à l'abri obscur de l'édredon, ils rajustèrent leurs vêtements, éprouvant le besoin instinctif de se couvrir, comme pour se protéger de l'appréhension soudaine qui les envahissait.

Se rhabillaient-ils parce que l'heure de la séparation avait sonné, et qu'elle allait partir aussi anonymement qu'elle était venue ? Ou bien — et cela semblait absurde pour des gens qui avaient autant fait l'amour — se sentaient-ils gênés de se montrer l'un à l'autre à demi-nus ?

Cette idée était trop douloureuse, elle bafouait en quelque sorte l'extrême intimité qu'ils avaient partagée. Il n'en était que plus temps pour eux deux de partir sur des bases réelles, songea Judie avec conviction.

Elle attendit, étonnée qu'il la prenne encore une fois — une dernière fois ? — dans ses bras, pour l'embrasser longuement, passionnément, merveilleusement. Elle ferma les yeux.

Pourvu que ce baiser fût le prélude d'un vrai renouveau, implora-t-elle en silence.

L'édredon tomba à leurs pieds. Le monde devint glacé, piquant ses paupières. Son cœur battait à tout rompre. Ils émergeaient de l'obscurité. Leur histoire continuait. Ils allaient écrire le premier chapitre d'un nouveau tome de leur relation. Un tome qui promettait d'être très beau.

John Smith termina son baiser, son dernier baiser. Dorénavant, il l'embrasserait en étant un autre. Quelqu'un de vrai, de réel.

Judie inspira à fond puis ouvrit les yeux.

Et les plongea dans le regard brun, envoûtant, du demi-frère d'Emma.

Seth Wellington.

12.

Seth observa l'expression de Judie passer de l'impatience joyeuse à ce qu'il redoutait le plus : le choc de le reconnaître. De là, la suite était facile à prévoir. Suspicion, puis colère.

Il était seul responsable de ce gâchis. Sans doute déjà depuis le tout début, mais aussi à mesure de chaque étape. Pour commencer, il n'aurait jamais dû rester dans son chalet à l'auberge des Sapins. Ensuite, il n'aurait pas dû la contacter après son retour. Enfin, il n'aurait pas dû la relancer après le Ritz. D'accord, elle l'attirait plus qu'aucune autre femme avant elle. Mais cela ne justifiait pas qu'il l'ait abusée, car cela revenait à ça.

Aujourd'hui — avant que Judie en ait parlé elle-même — il avait compris que cette situation ne pouvait plus durer. Car contre toute logique et en dépit de tout sens commun, pour la première fois depuis sa première petite amie, il ressentait pour une femme plus que du désir teinté d'affection superficielle. Après seulement quelques rendez-vous. Bien qu'ils aient été intenses, il ne comprenait toujours pas comment cela s'était enchaîné si vite tout en restant anonyme. Or, ses sentiments, comme ceux qu'il soupçonnait en Judie, rendaient impossible — et déshonorante — la poursuite de cette mascarade. Depuis un certain temps, sa conscience lui signalait sans ménagement qu'il ne pouvait continuer à prétendre ne pas la connaître.

Ce soir, debout sur le balcon glacé, devant l'univers qui s'étendait de tous côtés par-delà l'horizon, baigné de la lumière du crépuscule, avec les cheveux blonds de Judie soulevés par le vent et la vision tentante de sa peau douce, avoir seulement envisagé de retourner avec elle dans l'obscurité et des espaces clos lui avait paru deux fois plus ridicule. Au contraire, il s'était d'un coup pris à imaginer de l'emmener parcourir le vaste monde avec lui.

Par une ironie cruelle, franchir cette nouvelle étape, les libérer de cette cécité, lui garantissait presque de ne jamais la revoir. Lorsqu'il fut enfin en mesure de regarder ses yeux magnifiques, si pleins d'horreur et d'accusation, l'idée le heurta de plein fouet, plus fort qu'il ne l'avait cru.

— Tu es... Seth Wellington.

Il acquiesça d'une voix blanche, sans timbre, à l'image de ce qu'il commençait à ressentir en la perdant. Comment cette femme était-elle parvenue à compter autant ?

— Et tu…, enchaîna-t-elle avant de s'interrompre, reculant d'un pas, l'air si dégoûté qu'il dut se faire violence pour ne pas la retenir. C'était toi à la table derrière nous, au Banquet Thaï, n'est-ce pas ?

— Oui.

Cela aussi, elle s'en souvenait. Bêtement, il avait espéré que leur premier échange de regards au restaurant n'avait frappé que lui. A présent, l'issue était inéluctable. Judie commençait déjà à constituer un portrait de lui si peu flatteur qu'il risquait de ne pas s'y reconnaître. Et à coup sûr, très éloigné de l'image qu'elle s'était représentée jusqu'ici…

— Et tu m'as aussi *suivie* ? Dans le *Maine* ?

— Oui.

Que répondre d'autre ? N'ayant pas prévu d'avance cette discussion, il n'avait pas d'histoire toute prête à lui servir, ni inventé des moyens de l'enjôler afin d'atténuer sa réaction. Et pour une raison quelconque, pas non plus le cran — ni l'envie — d'essayer maintenant.

C'était juste qu'en la voyant s'avancer ce soir sur le balcon — si menue, si vulnérable avec ce masque sur les yeux, ignorant où elle se trouvait, mais supportant tout cela juste pour être avec lui — il s'était rendu compte qu'il ne pouvait plus continuer à lui mentir.

— C'est… ça me donne la chair de poule, conclut Judie, le souffle court, les yeux emplis de terreur, les joues empourprées de colère autant que de froid.

— Emma t'avait envoyé son garde du corps, afin de t'intimider. Je lui courais après, pour l'arrêter, dit Seth.

L'absurdité de son explication lui donna envie de hurler.

— Son garde du corps ? Pour m'intimider ? répéta-t-elle. On dirait le pire épisode d'une mauvaise série. Ta sœur regarde trop la télé, non ?

Seth approuva en silence, même s'il n'en savait rien.

— Mais comment a-t-elle su que j'allais dans le Maine, grands dieux ? poursuivit Judie. Vous m'espionniez ?

— Je t'ai entendu le dire à ta sœur.

— Tu nous écoutais.

— Oui.

— Alors…, reprit-elle en reculant d'un nouveau pas, soudain livide, la mâchoire tendue. Alors tu m'as entendue raconter à Lucy mon fantasme de coucher avec un inconnu ?

Bon Dieu. Bon Dieu. Bon Dieu.

— Oui.

— Donc tu m'as suivie pour…

— Je t'ai dit pourquoi je suis allé là-bas, l'interrompit Seth. Je suivais Jerry, son garde du corps, pas toi. Si les gens de l'hôtel n'avaient pas mélangé nos clés, tu n'aurais jamais su que j'étais dans l'auberge.

Judie le regarda comme s'il était un monstre, les

206

poings serrés, le visage blême, les lèvres pincées, et l'ultime lueur d'espoir qu'une explication logique puisse l'apaiser disparut.

— Ce Jerry, c'est un type gigantesque, habillé de cuir noir avec une voix très douce ? demanda-t-elle.

Le mauvais pressentiment de Seth s'accrut de façon très nette.

— Tu l'as vu ?

— Il m'a mise en garde contre ta sœur dans l'allée des céréales de mon supermarché, dit Judie en croisant les bras. Hier. Tu peux imaginer comme tout ceci devient angoissant ?

Seth se sentit pris de nausée. Il aurait voulu cogner Jerry. Et Emma. Il soupira.

— Ma sœur est allée trop loin.

— Trop loin ? Tu veux dire plus loin que vous n'aviez prévu ? fulmina Judie.

— Non.

— Depuis le début, tu savais qui j'étais ! explosa-t-elle. Tu m'as séduite pour pouvoir me contrôler, m'empêcher de vous nuire ?

Il la regarda droit dans les yeux, avec détermination.

— Judie, je t'ai séduite parce que j'avais envie de toi.

Elle parut stupéfaite ; ses lèvres s'entrouvrirent légèrement, et Seth fut si tenté de l'embrasser qu'il s'étonna de parvenir à s'en empêcher. Il n'aurait pas cru que son désir pour elle se décuplerait simplement en voyant son visage, simplement en la regardant dans les yeux. Ni que l'idée de la perdre le ferait souffrir à ce point.

Ressentait-elle aussi le renforcement du lien qui les unissait, maintenant qu'elle le voyait en pleine lumière ?

Comme si elle avait deviné son interrogation, l'étincelle de joie s'éteignit dans ses yeux.

— Le but de tout ceci était de me maintenir à l'écart du changement d'image des Magasins Wellington, c'est ça ?

Tellement choqué et frustré qu'elle y crût, Seth secoua la tête.

— Non, pas du tout.

— Je n'aime pas ça, déclara Judie avec amertume. Je déteste le fait que tu m'aies menti depuis le début.

— Je ne m'attendais pas à ce que tu l'apprécies, grommela-t-il, se demandant comment sortir de cette affreuse et impossible situation.

Sans perdre Judie…

Celle-ci prit une longue inspiration, débuta une phrase, puis s'arrêta et le fixa en silence.

Il devait à tout prix la distraire de ses pensées, remettre les choses dans leur contexte. La prendre dans ses bras, l'embrasser, tenter de lui rappeler comme ils étaient bien tous les deux, de quoi il en retournait vraiment entre eux.

Mais pourquoi n'y parvenait-il pas ? Depuis quand avait-il des difficultés pour trouver ses mots ?

La réponse, aussitôt trouvée, lui déplut.

Il avait peur, voilà pourquoi. Lui qui entrait sans hésitation dans le moindre bar bizarre de n'importe quelle petite ville, et se liait sur-le-champ avec les autochtones les plus hostiles, se retrouvait presque sans voix devant une petite blonde en colère qu'il pouvait soulever d'une seule main.

— Tu comptais finir par me dire qui tu étais, si je n'avais soulevé la question ? Ou te serais-tu contenté de coucher le plus possible avec moi jusqu'à ce je le découvre moi-même ?

Le ton sarcastique de Judie le fit grimacer.

— Il ne s'agissait pas de ça du tout, plaida-t-il.

— Ah bon ? De quoi, alors ? rugit-elle presque en levant les bras au ciel, tandis que le vent se levait soudain avec violence. D'attendrir Judie Marlow afin qu'elle cesse de s'en prendre à Emma, et ne gâche pas votre nouvelle campagne publicitaire ?

— Non, protesta Seth. Je te l'ai dit, ce n'est…

— C'est ça, ta nouvelle stratégie, ici, ce soir ? Insinuer que tu as des sentiments pour moi, puis révéler ton identité afin que je n'ose plus rien dire sur ta sœur parce que maintenant, je suis très certainement tombée amoureuse de toi, ainsi que tu l'avais prévu ?

Cette hypothèse stupéfia Seth, qui ouvrit de grands yeux.

— Grands dieux, tu me crois vraiment capable d'échafauder une combine aussi tordue ?

— Comment veux-tu que je le sache, bon sang ? répliqua Judie en faisant quelques pas, comme si elle sentait qu'elle perdait du terrain. Tu ne peux pas nier que j'ignorais qui tu étais !

— C'est entendu, mais…

— Alors, réfléchis un peu, dit-elle en cessant ses allées et venues. Je l'ignore toujours autant.

— Tu me connais bien mieux que la plupart des gens, objecta Seth, la voix de nouveau blanche, tendue, tant la crainte de la perdre le paralysait.

Elle lui lança une œillade assassine.

— Sauf pour le plus important : que tu m'aies utilisée ! Une grande partie de rigolade pour tous les Wellington, hein ?

Comme elle tentait de passer devant lui, Seth la retint par le bras, la gorge serrée, retrouvant enfin sa voix.

— Non, Judie, personne ne s'est moqué de toi. Et tout ce que tu as ressenti depuis notre première rencontre, je l'ai ressenti aussi. Le reste n'est que détails et contexte. Plutôt complexes, je te l'accorde, mais qui n'ont rien du tout à voir avec ce qui s'est passé entre nous.

— Et il faudrait que je te croie maintenant, que je te fasse confiance ? Pourquoi ?

Ses yeux brillaient d'un bleu intense, reflétant le

dernier rayon du soleil, le foudroyant en plein cœur. Il la relâcha.

— C'est vrai. Je ne t'ai donné aucune raison de me croire.

Sans un mot de plus, Judie le dépassa, puis franchit les portes coulissantes pour entrer dans son immense salon.

Seth fit un mouvement vers elle, son prénom sur les lèvres. Puis s'arrêta sur le seuil. Elle partait. Du diable s'il allait montrer le mal que cela lui faisait. Elle avait toutes les raisons de le prendre pour un sale type. Comme il avait eu toutes les raisons de la laisser dans l'ignorance de son identité. Et lorsque ces raisons n'avaient plus tenu la route, il avait mis fin au jeu qu'elle avait apprécié autant que lui.

Pour l'heure, il n'avait aucun pouvoir sur ce qu'elle ressentait à ce sujet.

Il ne pouvait que la laisser s'en aller.

Il entendit la porte d'entrée claquer. Par-dessus son épaule, le soleil disparut à l'horizon, et la morsure du vent se fit plus vive. Seth entra dans son loft hors de prix et vide, referma la porte coulissante du balcon, se coupant de l'air, de la fraîcheur, de la lumière, de nouveau dans le dernier endroit où il souhaitait se trouver.

Dans l'obscurité.

*
* *

Lucy se préparait à partir chanter au cabaret lorsque le téléphone sonna le lendemain soir. Judie, à cette heure-ci ? se demanda-t-elle en identifiant l'appel.

— Que se passe-t-il ?

— Oh, des trucs…

Judie semblait au bord des larmes. Pourtant, ce n'était pas son genre. Lucy s'alarma aussitôt.

— Mais dis-moi, ma chérie.

— Tu sais, ce type que je voyais ?

— Que tu ne voyais *pas*, tu veux dire.

— Oui, bon, s'énerva Judie. Eh bien, je l'ai vu, hier.

— Vu, *vu* ?

— Oui, *vu*.

— Et alors, la taquina Lucy, tu es déçue parce qu'il ressemble à un ogre ?

— Non, il ressemble à Seth Wellington et ça m'affole.

— Tu t'affoles parce qu'il ressemble à…

— Lucy, la coupa Judie. *C'est* Seth Wellington.

Interloquée, Lucy s'effondra sur la chaise la plus proche.

— Mon Dieu, Judie, j'ai du mal à y croire !

— Et ce n'est pas fini. Tu te souviens, quand nous déjeunions au Thaï, le type qui avait renversé son eau ?

— Non ! Ne me dis pas que c'était lui !

— Si. Il a écouté notre conversation, il savait donc

que j'allais dans le Maine et que mon fantasme était de coucher avec un parfait inconnu.

— Seigneur ! s'exclama Lucy. Et tu l'as obligé à te dire qui il était ?

— Non, il l'a fait de lui-même après que nous avons décidé ensemble que nous le souhaitions.

Fort intéressant qu'il ait été d'accord, songea Lucy. La situation semblait plutôt complexe. Et connaissant sa sœur, Judie essayait de la peindre en noir et blanc…

— Pourquoi a-t-il accepté de se dévoiler, à ton avis ?

— *J'ai cru* que c'était parce qu'il avait des sentiments pour moi, répondit Judie.

— Et pourquoi ne le crois-tu plus ?

— Parce que c'est Seth Wellington ! Il savait dès le début qui j'étais, et il a profité de moi.

— D'après ce que tu m'as raconté, Judie, c'est toi qui l'as provoqué, dans le chalet, objecta Lucy. Et jusqu'à maintenant, tu donnais l'impression d'être plus heureuse avec lui qu'avec n'importe qui d'autre.

— Lucy, tout ceci n'était pas *réel*.

Lucy ne put réprimer un rire. C'était le monde à l'envers.

— Si, Judie, ce que vous avez vécu l'était, n'est-ce pas ?

Lucy entendit sa sœur soupirer à l'autre bout du fil.

— Je ne sais plus, reprit Judie d'une voix pleine de désespoir. J'ai cru, j'ai espéré que le plaisir que nous avions sous couvert de fantasme resterait intact, voire se renforcerait, en émergeant dans la réalité de nos vies.

— Et pourquoi ne serait-ce pas le cas ? demanda Lucy.

— Parce qu'il est Seth Wellington.

— Raison de plus, Judie. Il savait donc forcément ce que révéler son identité risquait de faire à votre relation.

— Un bon moyen d'y mettre fin, par exemple, dit Judie.

— Ou, au contraire, celui de repartir sur des bases saines, suggéra Lucy, ravie d'inverser les rôles en matière de conseil amoureux, pour une fois. A mon avis, il voulait se montrer en plein jour parce qu'il tient à toi.

— Alors que j'ai harcelé sa sœur toute l'année ? s'exclama sa sœur. Non, ce type m'a menti, voilà tout. Pourquoi le croirais-je ?

— Parce que tu es follement amoureuse de lui, Judie, répliqua Lucy, ignorant les protestations de sa sœur. Si tu n'avais pas de sentiments pour lui, tu hocherais la tête en le méprisant, puis tu partirais comme tu l'as fait cent fois avec tous ceux qui s'avéraient des sales types.

214

Un silence suivit. Lucy en profita pour enfoncer le clou.

— Ecoute-moi, Judie, jusqu'ici, tu n'as jamais douté de la véracité de ses propos, n'est-ce pas ?

— Eh bien, non, mais...

— Alors, tâche de calmer ta peur, et...

— Peur ? Je n'ai pas peur, protesta Judie.

— Si, tu es terrorisée par l'idée de le perdre. Calme-toi, et ensuite, repense à votre discussion. Rappelle-toi tous ses arguments, ses expressions, le ton de sa voix, essaye en toute objectivité de sentir s'ils paraissent raisonnables, cohérents. Mets-toi à sa place, lui aussi est pris dans cette étrange situation que vous avez fabriquée vous-mêmes, tous les deux. Ouvre ton esprit, écoute ton cœur, il te dira la vérité.

Un sanglot se fit entendre au bout du fil. Lucy sourit.

— Tout ira bien, tu verras, ajouta-t-elle. Promis.

— Merci, marmonna Judie. Je suis complètement perdue.

— Chacune son tour. Pense à ce que je t'ai dit, d'accord ?

— D'accord, Lucy. Tu seras à la maison pour le réveillon de Noël avec papa et maman, n'est-ce pas ?

— L'ai-je jamais raté ? railla Lucy. Bonne nuit, Judie.

— Non, bien sûr. Au revoir, Lucy.

13.

Sur sa terrasse, le regard perdu sur le port de Boston, Seth tenait une tasse de café qui lui réchauffait autant la main que l'intérieur du corps. L'air lourd et glacé annonçait la neige.

Veille de Noël.

La grande réouverture des Magasins Wellington avait eu lieu trois jours plus tôt. Saint Nicolas, lutins, distribution de jouets, petits spectacles, offres spéciales, oui, il avait, Dieu sait comment, tout mené à bien. Certes, il aurait préféré pouvoir fixer l'événement bien avant les fêtes, mais il devait admettre que la proximité de Noël avait apporté une magie certaine au lancement.

Maintenant, il restait à voir si la nouvelle image des magasins aurait un impact sur les résultats financiers, mais, quoi qu'il en soit, le choix hardi des couleurs, le mobilier de présentation bien dessiné, l'éclairage spectaculaire, avaient produit un effet impeccable. Branché mais pas intimidant, chic mais pas glaçant.

Emma s'était tenue de façon exemplaire, et les membres du conseil d'administration eux-mêmes avaient été ravis, donnant de grandes tapes dans le dos de Seth et se félicitant les uns les autres comme s'ils avaient été partants pour l'aventure dès le début.

Son père s'était tenu à son côté, fier et heureux, émotions que Seth était lui aussi fier et heureux d'avoir suscité. Tout en priant pour que son père reprenne vite les rênes et Seth, sa liberté.

Son regard se perdit sur l'horizon, y guettant l'appel du large, les chants des sirènes qui le conviaient à de grandes aventures sur des terres lointaines, à la recherche de nouveaux amis, de nouveaux endroits. En vain. Au lieu de l'attirer comme il l'attendait, cet après-midi, l'océan lui parut vide, froid, inerte. Sa vision ne lui évoqua que les images de ce qu'il laisserait derrière lui. Les Magasins Wellington. Son père. Emma, aussi.

Et Judie.

Une bourrasque de vent glaciale balaya le balcon, le renvoyant dans son salon meublé avec goût, comme d'habitude impeccablement rangé. Une fois de plus, il déplora que Judie fût entrée dans cette pièce, regretta d'y avoir vu son joli corps mince et ferme. Cela faisait presque deux ans qu'il habitait cet appartement, et il avait suffi qu'elle y posât un seul regard pour que l'endroit paraisse tout à coup froid, vide, hanté.

La sonnette retentit, déclenchant une montée d'adrénaline que Seth refoula aussitôt. Depuis huit jours, il avait été cent fois tenté d'appeler Judie. Mais pour lui dire quoi de plus ?

Je t'aime ? Il hocha la tête en se dirigeant vers l'Interphone. Pas le courage d'essuyer ce genre de refus. Il appuya sur le bouton sans éviter une pointe d'espoir.

— Seth, c'est Emma. Il faut que je te parle.

Que venait faire Emma ? Elle n'avait pas mis un pied ici depuis son emménagement. Ils ne se voyaient que lors des rares dîners auxquels leur père les conviait tous les deux.

— Papa va bien ? demanda-t-il, soudain alarmé.

— Oui. Il s'agit de moi.

Seth fronça les sourcils, intrigué, un peu inquiet, tout en déclenchant l'ouverture de la porte d'entrée. Qu'allait encore lui annoncer sa sœur ? Le lancement de son propre show télévisé ? Sa candidature à la présidence du pays ? Quoi qu'il en soit, il préférait d'avance ne pas le savoir.

L'ascenseur s'ouvrait sur son vestibule, et Emma en déboula avant d'entrer dans le salon, apportant une bouffée d'air frais lourdement parfumé, les yeux trop maquillés, les cheveux entortillés de rubans dorés.

— Salut, Emma, dit Seth. Qu'est-ce qui t'amène ?

— Oh, des bricoles, répondit-elle en ôtant son manteau rose vif bordé de fausse fourrure, qu'elle

218

jeta sur le sofa. Hé, c'est sinistre ici. Pourquoi n'as-tu fait aucune déco ?

— J'ai été trop occupé.

— Dis donc, mon vieux, c'est Noël, rétorqua Emma en lui boxant le bras, ce qu'il détestait. Tu devrais décorer ton salon, ton entrée, je ne sais pas, moi, mettre un sapin !

Seth serra les dents.

— Quelles sont les nouvelles, Emma ?

— Oh, Seth, attends une seconde, je ne peux pas me lancer comme ça. Offre-moi un verre, par exemple.

— D'accord, concéda-t-il avec un soupir. Tu veux quoi ?

— Un sirop d'airelles ? suggéra Emma en fronçant le nez.

Radouci, Seth sourit devant son expression et son choix encore si enfantins, lui ébouriffa les cheveux, ce qu'elle détestait, puis aller fouiller les placards de sa cuisine.

Emma le suivit tout en bavardant à propos de ses derniers achats et de la façon dont elle avait décoré son appartement de Beacon Hill, juste au-dessus de celui de ses parents.

— Un peu de glace ? coupa Seth sans attendre sa réponse.

— Bien sûr, répondit-elle en passant la main sur sa plaque de cuisson et son plan de travail impeccables.

Dis-moi, tu ne manges jamais ici ? Est-ce que tu *vis* seulement ici ?

— Je ne suis pas un très bon cuisinier.

— Mouais, grommela Emma. Alors ?

— Alors quoi, Emma ? demanda Seth, qui, après lui avoir tendu le verre de sirop, la dévisagea, les mains sur les hanches, tiraillé par les mêmes envies que d'habitude : à la fois de l'étrangler et celle de la prendre dans ses bras comme la petite fille qu'elle était encore peu longtemps auparavant. C'est toi qui avais quelque chose à m'annoncer, non ?

— Oui, bon, d'accord. Donc, euh… Papa a décidé de retourner travailler d'ici à un an, il te l'a dit ?

Seth inspira profondément. Encore un an, et il serait libre. En rêvait-il encore ? Tant de choses avaient changé…

— Non, il ne m'en a pas parlé.

— Oups, s'exclama Emma avec une grimace de gamine. Bon, je suis sûre qu'il va le faire. Il l'a juste dit comme ça, en passant, quand on dînait hier soir dans ce fabuleux…

— C'est ça, ta nouvelle ? l'interrompit encore Seth.

— Euh non, avoua-t-elle, soudain très occupée à boire.

— Allez, Emma, crache le morceau.

Il avait un mauvais pressentiment. Si elle avait

décidé de renier son contrat avec les Magasins Wellington…

— D'accord. Tu sais quoi ? Je… je vais me marier.

Etouffant un gémissement, Seth se réfugia sur un des hauts tabourets de cuisine, puis tenta de paraître enthousiaste.

— Super. Vraiment ? Et qui est l'heureux élu ?

— Jerry, répondit Emma.

— *Jerry ?* répéta-t-il, la stupéfaction le remettant debout. Comment un garde du corps peut-il proposer le mariage à…

— En fait, il ne me l'a pas vraiment demandé.

— Ah bon, murmura Seth en retombant sur son tabouret.

— Non, dit Emma avec un sourire hésitant. C'est *moi* qui ai l'intention de le lui demander. Mais je suis certaine qu'il acceptera. Je sais qu'il m'aime. Ensuite, nous…

— Emma, commença Seth, puis il posa une main sur son front, ferma les yeux, s'efforçant au calme.

Après tout, si elle voulait se marier, ça la regardait, non ? songea-t-il. Elle était majeure. Il ne pouvait s'y opposer.

Oui, mais *mariée ?* Bon sang, voilà qui dépassait un disque ou une comédie musicale ou l'écriture d'un roman !

— Cela fait combien de temps que vous êtes ensemble ?

— Eh bien, ensemble vraiment, vingt-huit jours, répondit Emma. Si on prend le premier baiser comme point de départ, bien sûr. Mais je le connais depuis plus longtemps.

Seth descendit de son tabouret pour arpenter la cuisine.

— Mais enfin, Emma, un garde du corps ne doit pas tomber amoureux comme ça de sa...

— Je sais que ça semble rapide, Seth, mais c'est le véritable amour, un amour pour toute la vie.

Pour toute la vie ? Et c'était la Princesse Papillon qui affirmait cela ? On croyait rêver !

— Comment peux-tu en être si sûre ?

Emma lui jeta un regard un peu méprisant.

— Je le sais, voilà tout. Tout le monde dit que ces choses-là se sentent, voyons.

— Comme tu savais que tu voulais être institutrice, star de rock, astronaute, danseuse...

— J'étais une gamine, à l'époque, objecta Emma.

— Tu es encore une gamine.

— J'ai vingt et un ans.

Seth inspira de nouveau. Elle avait raison. Il n'y avait pas lieu de discuter. Pourquoi ne la laissait-il pas se débrouiller, qu'elle apprenne de ses propres erreurs ?

Mais la voix de Sheila, sa secrétaire, résonna dans sa tête, affirmant que les actes d'Emma étaient autant de demandes d'attention. Elle venait le voir avant de proposer le mariage à Jerry. Peut-être espérait-elle qu'il la fasse changer d'avis ?

Non, c'était idiot. Si elle savait qu'épouser Jerry était une mauvaise idée, elle pouvait très bien l'admettre toute seule, et agir en conséquence, bon sang !

Puis la voix de son père suivit celle de Sheila, lui disant qu'il n'était qu'un observateur, qui restait toujours en retrait, de peur de se salir les mains.

Et enfin, plus douloureuse, celle de Judie, suggérant qu'il quittait un endroit dès qu'il s'y sentait trop chez lui.

Seth soupira, et se versa un verre de sirop d'airelles pour gagner du temps. Derrière lui, Emma s'agitait, comme toujours incapable de rester tranquille.

D'accord, il était plutôt mauvais dans son rôle de grand frère, mais pourquoi ne pas essayer quand même ?

— Tu es trop jeune pour te marier, Emma.

— Plein de gens se marient à vingt et un ans, plaida-t-elle.

— Et autant divorcent ensuite.

— Je sais ce que je fais, insista Emma de la même petite voix boudeuse qu'elle prenait si souvent au téléphone.

La raison de Seth lui dicta de ne pas s'impliquer

davantage, de la laisser sombrer dans son propre naufrage. Puis, comme il se tournait vers elle, il vit la prière muette dans son regard enfantin, et il comprit qu'il ne le pourrait pas. Sa sœur était venue jusqu'ici pour chercher son aide. Il n'allait pas la laisser tomber une fois de plus.

Reposant son verre, Seth alla chercher le manteau d'Emma dans le salon, prit le sien dans le placard de l'entrée, puis pressa le bouton de l'ascenseur.

— Allez, viens, ordonna-t-il.

Les bras croisés sur sa poitrine, elle le défiait, maussade.

— Pourquoi ?

— C'est la veille de Noël, allons faire des courses, répondit Seth en lui tendant son affreux manteau rose.

— Des courses ? Tu veux faire des courses ? Avec moi ?

— Oui, j'ai quelques cadeaux à faire, dit-il en souriant. Toi, pour commencer, que veux-tu pour Noël ?

Emma lui jeta un regard soupçonneux, mais au fond duquel il crut apercevoir une lueur de plaisir.

— Je croyais que ta secrétaire s'en occupait, d'habitude.

— Pas cette année, expliqua Seth. Et je voudrais aussi te parler de cette histoire de mariage. Je ne crois pas que ce soit une bonne idée, pour le moment.

Attendez de mieux vous connaître, tous les deux. Et pendant que tu y es, pourquoi ne pas envisager d'aller en fac, étudier l'anglais et prendre des cours d'écriture créative, comme ça, tu pourras écrire un livre dont tu serais vraiment fière.

Emma restait immobile, le manteau dans les bras, une moue sur les lèvres. Seth soupira. Il était nul dans ce rôle.

Puis les larmes emplirent les yeux de sa sœur, prouvant que la moue était réelle. Il s'arma contre la crise de nerfs, encore que, sans qu'il sût pourquoi, ceci semblait différent.

— Qu'est-ce qu'il y a ?

— Je ne sais pas, hoqueta Emma en s'essuyant les yeux, étalant au passage toute l'horrible peinture qui les recouvrait, ce qui lui donna l'air fragile et encore plus jeune d'une enfant qui avait joué avec le maquillage de sa maman. Quand tu parles comme ça, reprit-elle, on dirait un père.

— On dirait papa, tu veux dire ?

— Non, objecta Emma. Un père comme à la télévision, qui fait un petit cours de morale, tu sais, pour mon bien.

Elle haussa les épaules, fit une nouvelle moue, plus dédaigneuse, cette fois, puis prétendit se concentrer sur la fermeture de son vilain manteau.

— Mais je me sens vraiment concerné, déclara

225

Seth, lui-même surpris de le penser aussi sincèrement. Tu es ma sœur.

— Ah, Seth, par pitié, gémit-elle tandis que ses larmes redoublaient, contemplant avec horreur ses doigts maculés de noir. Tu fais couler tout mon mascara !

Il mima l'étranglement en gargouillant, moqueur :

— C'est pire que la mort !

Emma le foudroya du regard avant de s'engouffrer dans l'ascenseur. Il lui emboîta le pas en souriant, l'esprit en ébullition. Au lieu de laisser tomber, il s'était impliqué, et, même si la tentative restait incertaine, Emma avait réagi.

Intéressant, non ? Il poussa la Princesse Rose au fond de la cabine et appuya sur le bouton du rez-de-chaussée.

— Cap sur les magasins Wellington, annonça-t-il.

Un plan se forma dans sa tête — s'il survivait à sa séance de shopping avec Emma. Après lui avoir plus longuement parlé de la fac et du report de ses projets de mariage, il passerait un coup de téléphone, pour voir s'il pouvait se convaincre de s'impliquer encore un peu plus.

Avec Judie, cette fois.

Veille de Noël.
Qu'est-ce qui est réel ?
Comment le savoir ?
Mettons que vous passez la nuit avec quelqu'un, une

*nuit parfaite, tant sur le plan physique qu'intellectuel.
La nuit dont vous avez toujours rêvé. Le lendemain
matin, en vous réveillant, vous comprenez que vous ne
savez rien de cette personne. Et vous affrontez le fait
que toute cette formidable magie, toute cette puissante
passion, cette connexion profonde entre vous deux,
tout cela n'était fondé que sur votre fantasme, l'idée
que vous vous étiez faite de cette personne.*

*Vous avez beau vous dire « soyons réaliste ! », le
matin suivant vous semble moins réel que la nuit
précédente.*

Alors quoi ?

*Et si le livre d'Emma Wellington était un best-seller
qui rende plein de gens vraiment plus heureux ?*

*Et si on admettait tous que les céréales Yum-Kake
au chocolat et à la crème n'ont goût ni de chocolat, ni
de crème, mais qu'on les aime quand même ?*

*Tout, les choses comme les gens, devrait porter des
étiquettes. Ingrédients cent pour cent artificiels. Cent
pour cent naturels. Cinquante pour cent artificiels, mais
compensés par autant de plaisir rajouté. Quatre-vingt
dix-neuf virgule neuf pour cent de cochonneries.*

Mais qui déciderait du taux d'authenticité ?

*J'ai cru que c'était moi. Maintenant, je n'en suis plus
si certaine. Je serai en vacances pendant une quinzaine
de jours. Peut-être l'un de vous pourra-t-il m'apporter
une réponse à mon retour.*

Joyeux Noël.

Judie jeta un regard mélancolique à son blog. Ses
lecteurs seraient furieux. Ils attendaient d'elle qu'elle
sache, qu'elle prenne position, qu'elle critique sans
états d'âme s'il le fallait.

Mais pour l'heure, c'était elle qui méritait les critiques.

Elle avait semblé croire que coucher dans le noir avec un chouette gars ferait un fantasme du tonnerre. Elle s'était même imaginée tomber amoureuse de lui. Soyons réalistes, n'est-ce pas ? Tout compte fait, en quoi était-elle si différente d'Emma Wellington, pour se lancer ainsi tête baissée dans ce qui se présentait à elle, sans prendre le temps d'y jeter un œil, ni d'y réfléchir, ou au moins d'être sûre qu'elle savait ce qu'elle faisait ?

Pire, après avoir retrouvé sa raison, après avoir compris quelle idiote elle avait été, elle persistait malgré tout à vouloir le retrouver — non, à vouloir retrouver son fantasme, nuance. Alors qu'en théorie, elle ferait mieux de dénicher un autre homme sur lequel reporter l'excitation d'être désirée, l'attrait de la nouveauté, un homme pour qui elle serait Judie Marlow dès le début, et non Jane Doe.

Sauf qu'elle avait été Judie Marlow dès le début avec Seth, et pas seulement parce qu'il connaissait son identité. Elle s'était donnée à lui telle qu'elle était *réellement*, cette nuit-là, dans le chalet. Et il avait voulu en apprendre plus sur elle, mieux la comprendre, contrairement à la plupart des hommes qui ne recherchaient que leur plaisir et ne parlaient que d'eux-mêmes — et de leurs exploits, quels qu'ils soient.

Non, John — Seth, plutôt — n'avait pas roulé des mécaniques, ne s'était pas mis en avant. En outre, par une singulière ironie du sort, et si son instinct pour discerner la sincérité ne la trahissait pas, il n'avait pas tenté de cacher quoi que ce soit de lui... hormis son nom.

Cela rendait-il ce qu'ils avaient partagé plus réel ? Ou moins, au contraire, compte tenu de qui il était, et de ses motivations probables pour la séduire ?

Judie n'en savait rien. Elle avait retourné la situation dans tous les sens au cours de la semaine passée, au point d'en hurler presque. Pourtant, elle s'était abondamment occupé l'esprit : elle avait rendu son article sur les escapades amoureuses à *Budget Voyage Magazine*, terminé celui sur les céréales accompagné de la proposition d'une rubrique de « consommatrice râleuse » à *Woman's Week* ; soumis un papier rigolo sur les raisons qui poussent les gens à tomber fou amoureux des stars à *Today's Girl*.

Ensuite, elle s'était concentrée sur son sujet favori — cabines de bronzage, coloration de cheveux, chirurgie plastique —, essayant de faire des papiers sarcastiques à propos des gens qui refusaient de ressembler à eux-mêmes. Pourquoi ne pas accepter ce que la nature vous avait offert ?

Mais elle-même faisait régulièrement de la musculation — n'était-ce pas une manière de garder sa ligne pour compenser ses excès de nourriture ? Elle se faisait aussi épiler — n'était-ce pas là une autre forme d'artifice ? Tout compte fait, c'était un peu la paille et la poutre, non ?

En tout cas, c'était l'heure des remises en question.

La veille, son rédacteur en chef lui avait confirmé qu'un poste à plein-temps se libérerait au cours de l'année. Pour la première fois depuis qu'il lui en parlait, la perspective avait intéressé Judie. Celle d'un travail fixe, d'une carrière à construire au sein d'un seul journal. Et de cesser cette vie somme toute dispersée. Si elle avait été une version un peu altérée du nomade façon Seth, aujourd'hui elle était prête à se poser. Il ne lui restait plus qu'à trouver un moyen de concilier son rêve de se poser sans lui.

Après leur scène du balcon — Roméo et Juliette devenant lord et lady Macbeth — le sentiment de trahison l'avait mise hors d'elle. Seth Wellington n'était qu'un manipulateur menteur indigne de confiance. Judie Marlow, une victime.

Résumée ainsi, la situation était claire comme de l'eau de roche — et pas moins douloureuse. Aussi sa conversation téléphonique avec Lucy, qui avait presque pris la défense de Seth, l'avait-elle replongée dans la confusion. Qu'aurait-elle fait à la place de Seth ? Et si ses sentiments pour elle étaient devenus aussi réels que les siens pour lui ?

Comme le téléphone sonnait, Judie bondit sur son

siège, puis se rua sur l'appareil, s'efforçant de ne pas espérer qu'il s'agisse de Seth, car c'était impossible, évidemment.

— Salut, Judie.

La voix chaleureuse de sa sœur faillit la faire fondre en larmes.

— Salut, Lucy.

— Eh bien, on dirait que le moral n'est pas à la fête ?

— Juste un peu de… fatigue. Je faisais une petite sieste, et je m'apprêtais à aller chez papa et maman.

— C'est pour ça que je t'appelais, Judie. Link et moi n'y allons pas, cette année. Ils sont déjà au courant. Nous nous faisons un réveillon privé, ajouta Lucy avec un rire heureux.

— Quoi ? Il t'a acheté une bague ? Enfin ?

— Oui. Et nous nous marions le mois prochain !

— Ça alors ! s'écria Judie. Je n'arrive pas à y croire, Lucy. C'est formidable ! Ton idée de liaison avec lui a marché ? Link s'est enfin décidé ? Je suis ravie pour vous.

— Je te parie que la prochaine sur la liste sera toi.

— Tu parles…

Le sourire de Judie s'évanouit. Elle s'approcha de la fenêtre, observant avec amertume les couples et les familles qui se hâtaient joyeusement dans la rue qui brillait de mille décorations.

231

— Tu ne l'as pas appelé, n'est-ce pas ? demanda Lucy.

— Lucy...

— Puisque nous ne venons pas, papa et maman voudraient sortir, ce soir. Je leur ai déjà donné notre cadeau, et réussi à leur trouver une réservation au Copley. Soit tu vas avec eux faire la cinquième roue du carrosse, soit tu prends le téléphone et tu essayes d'obtenir ce que tu désires vraiment.

— Ce n'est pas aussi simple, Lucy. Je ne sais même pas de quel homme je suis amoureuse ou...

— Non mais, écoute-toi ! gloussa Lucy. Tu sais quoi, Judie ? *C'est* aussi simple que ça. Noir ou blanc, comme tu aimes. Qu'est-ce qui te semblait réel ? Au plus profond de ton cœur, là où ça compte vraiment ?

Judie ferma les yeux, oublia les passants, se remémorant les moments passés avec John Smith. Au plus profond de cœur ? Dès leur première rencontre, elle n'avait ressenti aucun danger, aucune appréhension. Au Ritz, elle avait fini par vider totalement son esprit, jusqu'à atteindre un état qui lui avait paru plus réel, plus proche de l'essence même de son existence, que tout ce qu'elle avait vécu avant. Et dans cet état si particulier, il avait été près d'elle. Enfin, sur le balcon, elle avait eu l'impression qu'il la comprenait, et qu'il comprenait ses passions, mieux que quiconque.

232

Pareille affinité entre deux personnes, c'était de l'amour ?

— Tout me semblait réel avec lui, admit Judie dans un murmure.

— Alors, qu'est-ce que tu attends ? Que je vienne te botter les fesses pour que tu oses prendre ta vie en main ?

Durant encore quelques minutes, Judie écouta les encouragements affectueux de sa sœur, soudain si confiante, si forte — bien qu'en somme, elle l'ait toujours été concernant Link, même lorsque leur relation menaçait de sombrer.

Suffisait-il vraiment de prendre le téléphone, et de lancer : « Salut, ça va, et si on réfléchissait à ce que tout cela signifiait pour nous ? »

Elle ouvrit les yeux. La vie affluait de nouveau dans ses veines, pour la première fois depuis des jours. Sauf que…

— C'est la veille de Noël. Aucune chance qu'il soit libre.

— Judie, soupira Lucy. Tu ne connais décidément rien à l'amour ! Fais-moi confiance. Si tu l'appelles pour le voir, il sera libre. Vas-y, fonce. Si ton téléphone ne sonne pas occupé dans deux minutes, je l'appelle moi-même.

— Tu n'oserais pas.

— Tu paries ? Allez, bonne chance, ma chérie. Et surtout, joyeux Noël.

Judie raccrocha, l'esprit en ébullition, tremblant de nervosité autant que d'excitation. Non, ce n'était pas si simple que ça !

Elle composa le numéro de Seth, raccrocha à la première sonnerie. Fit quelques pas dans la pièce, Recommença. Laissa passer deux sonneries. Raccrocha encore.

La troisième fois, le regard plongé sur Noël au-dehors, elle attendit, le récepteur contre l'oreille, le cœur battant.

14.

Au pied de la très luxueuse résidence dans laquelle vivait Seth, Judie frissonnait de tous ses membres. Certes, il faisait froid ; de gros flocons de neige paisibles commençaient à tomber du ciel, parant la terre d'un décor parfait, comme souhaité par Dieu pour Noël. Mais ses tremblements n'étaient pas seulement dus à la température, ni à la beauté du crépuscule, ni à l'émotion de la nuit de Noël.

Lorsqu'elle avait téléphoné à Seth un peu plus tôt, il n'avait pas répondu, l'obligeant à laisser un message nerveux sur son répondeur. Vingt minutes plus tard, il la rappelait. Certaine que c'était lui, elle avait décroché, et en entendant sa voix, riche, profonde, maintenant si familière, une violente vague de plaisir l'avait traversée, la faisant vaciller sur place.

— Judie ?

La même voix répétait maintenant son nom, déformée par l'Interphone, mais néanmoins la sienne.

La lourde porte s'ouvrit. Ses frissons augmentèrent

encore malgré la chaleur tranquille du hall où elle pénétra, tout de marbre et de colonnes, élégamment décoré pour les fêtes de vases dorés ornés de verdure, de branches givrées de blanc et de grappes de baies rouges.

L'ascenseur attendait ; Judie y entra, ses talons claquant trop fort à son goût sur le sol brillant, les doigts serrés sur le cadeau idiot mais de circonstance qu'elle avait acheté en chemin, ne voulant pas se présenter un soir de réveillon les mains vides.

Elle avait eu raison de décider de venir, songea-t-elle. Si elle était sortie avec ses parents, elle aurait passé la soirée à se ronger les sangs. D'une façon ou d'une autre, elle devait éclaircir ses sentiments. Autant en avoir le cœur net.

Comme l'ascenseur ralentissait au cinquième étage, Judie inspira à fond, se composa un sourire poli, n'ayant aucune idée de ce qui l'attendait derrière les parois coulissantes.

Seth se tenait dans le vestibule, grand, beau, sexy en diable dans son pantalon anthracite et sa chemise blanche à rayures grises et vertes, qui faisaient ressortir l'éclat noisette de ses yeux. Sexy en diable, mais néanmoins un étranger. Un homme qu'elle avait vu à la télévision, le brillant héritier d'une entreprise plus que florissante.

— Joyeux Noël, dit-il.

Il semblait grave, un peu inquiet, hésitant, comme

s'il ne savait pas s'il devait la prendre dans ses bras, lui serrer la main ou brandir un bouclier défensif.

— Joyeux Noël, répliqua Judie en sortant de la cabine d'un pas maladroit, se sentant soudain aussi empotée qu'une adolescente à son premier rendez-vous.

— Entre, poursuivit Seth en l'invitant d'un geste vers le salon aux élégants tons noirs, gris et bordeaux, qu'un sapin et un feu de cheminée adoucissaient et réchauffaient.

— Oh, tu as mis des décorations ?

— Oui, Emma a beaucoup insisté, mais tant mieux, en fait, déclara-t-il en jetant un regard circulaire. Je trouve ça très joli.

— Ça l'est.

Puis Judie s'avança dans la pièce et fit mine d'admirer les décorations, agrippée à son paquet cadeau, s'interrogeant sur ses capacités à supporter la tension de la soirée.

— Je peux prendre ton manteau ? demanda Seth.

Il vint derrière elle, bien trop près, les mains posées sur ses épaules, et soudain, il fut de nouveau John Smith. Elle ferma les yeux, laissa le désir la submerger, brûlant de se presser contre lui, de sentir ses mains sur elle, son corps…

— Judie ?

— Oui ?

— Ton manteau.

237

— Ah, oui. Excuse-moi.

Elle déglutit et posa le cadeau sur une table de verre. Puis, toujours dos tourné, laissa Seth faire glisser son manteau de ses épaules. Puis elle entendit le tissu tomber sur un sofa.

Sans que Seth reculât pour autant.

— Retourne-toi, dit-il.

A contrecœur, Judie s'exécuta, essayant de le voir tel qu'elle l'avait imaginé, et, bien entendu, y échouant.

— Je veux que nous nous donnions une nouvelle chance, déclara-t-il sans la lâcher du regard. Si tu acceptes, reprenons tout de zéro, soit comme des étrangers...

— Nous sommes des étrangers, l'interrompit-elle.

— Uniquement de vue.

Baissant les yeux, Judie étudia la pointe vernie de ses escarpins noirs sur le tapis d'Orient. Seth n'avait jamais vu ses pieds. Malgré toute l'intimité qu'ils avaient partagée, il ne savait pas à quoi son corps ressemblait.

— Soit comme des étrangers, soit... ?

— Comme des amants, compléta-t-il d'un ton si grave qu'elle releva la tête vers lui.

Vers Seth Wellington. Or, elle ne voulait pas voir Seth Wellington. Elle voulait voir John Smith. Même si elle ne savait pas à quoi ressemblait John Smith, puisqu'il n'existait pas… ce qui ne l'empêchait pas de le désirer malgré tout.

Elle soupira, tant son esprit était soudain si confus.

— Tu as besoin de temps pour y réfléchir ? demanda Seth.

— C'est peut-être une bonne idée, oui.

— D'accord.

Judie s'attendait à ce qu'il recule enfin, qu'il lui laisse de l'espace, au sens propre comme au figuré. Au lieu de quoi, il lui releva le menton et s'empara par surprise de sa bouche. Elle ferma les yeux — autant ne pas le voir, hein — et alors, oh Seigneur, elle ne put s'empêcher de lui rendre son baiser, retrouvant le goût de ses lèvres, l'odeur de son eau de toilette, la pression grisante de son corps ferme.

Seth l'attira tout contre lui, l'embrassa comme si elle lui appartenait, l'enferma dans ses bras comme pour lui interdire de s'échapper si elle l'avait voulu.

Elle ne le voulait pas. Les paupières toujours closes, les sens en feu, elle laissa échapper un gémissement rauque, puis se dressa sur les orteils pour se serrer contre lui.

— Tu m'as manqué, Judie, murmura-t-il sur sa tempe, avant de dessiner un chemin de baisers jusqu'à sa bouche.

Le son de son vrai prénom sur ses lèvres la ravit.

La sensation de ses mains sur ses hanches, bien plus encore.

Les yeux obstinément fermés, Judie glissa ses doigts sous sa chemise, et entreprit d'explorer les courbes chaudes de son large dos, si familières, ainsi dans le noir.

— Toi aussi, tu m'as manqué, humm…

Elle s'interrompit soudain. Elle ne pouvait quand même pas l'appeler avec son nom d'emprunt ?

Il ôta ses mains, s'écarta d'elle, puis demeura immobile et silencieux jusqu'à ce qu'elle ouvre les yeux. Il l'observait, d'un air calme, mais empreint d'une certaine gravité.

— C'est Seth, Judie.

— Je sais, dit-elle, de nouveau plongée dans la contemplation de ses escarpins. Je suis désolée… Je ne crois pas que ça va marcher.

Comme il se taisait, Judie abandonna ses souliers pour le regarder. Il souriait. Un large sourire désarmant. Elle essaya de se l'imaginer dans l'obscurité toutes les fois où elle avait deviné qu'il souriait.

— Qu'est-ce qu'il y a de si drôle ?

— Ça va marcher, Judie. Simplement, nous sommes allés un peu trop vite. Mais j'avoue que j'ai du mal à rester loin de toi, dit-il en lui tendant la main, accompagnée d'un nouveau sourire ravageur. Viens avec moi.

Attrapant au passage le petit paquet sur la table

240

basse, sans savoir au juste pourquoi, d'ailleurs — un peu comme si c'était un talisman protecteur —, Judie traversa le salon à sa suite, vers un splendide escalier de bois à rampe de fer forgé, qui menait sans doute vers sa chambre, à l'étage du loft.

Parvenue devant la porte fermée, elle hésita un instant.

— Tu crois que faire l'amour pourra guérir ce qui ne va pas entre nous ?

Seth sourit de nouveau.

— J'y compte bien !

— Je ne sais pas si…, hésita Judie.

— Fais-moi confiance, dit-il en prenant son visage entre ses mains. Encore que je pense que c'est déjà le cas, sinon tu ne serais pas ici. Je me trompe ?

Réprimant une moue narquoise, Judie acquiesça.

— Oui, j'ai confiance en toi, même si cela m'agace.

Après un petit rire, Seth ouvrit la porte de sa chambre, et la poussa à l'intérieur… et dans l'obscurité. Une fois de plus.

— Est-ce que nous… ça va continuer… pourquoi ne…

— Chut !

Il se tint là devant elle, la dominant de tout son corps sexy. John Smith. Puis il la guida sans qu'elle résiste vers le lit, l'y allongea avec douceur, s'étendant à son côté, sa présence familière et forte enfin retrouvée. Judie posa la main sur son torse, sentit son cœur battre sous sa paume, mécontente de sa faiblesse qui le lui rendait si irrésistible.

Mais comment persister dans cette mise en scène allait-il résoudre quoi que ce soit ?

— Alors nous serons dorénavant comme des taupes ? s'insurgea-t-elle. C'est ça, la solution, à ton avis ?

Comme Seth éclatait de rire, elle l'imita avec nervosité.

— Non, rétorqua-t-il. J'ai un plan, qui n'a rien à voir avec les taupes. D'accord ?

Judie déglutit.

— D'accord.

Alors il se leva du lit, alla vers le fond de la pièce. Quelques secondes après, un morceau de soft jazz s'éleva.

— Mmm, j'adore cette musique, murmura Judie qui se détendit, disposée à tout ce qu'il aurait en tête.

Elle n'attendit pas longtemps. Il revint aussitôt s'allonger, puis elle sentit son pull remonter doucement, et lui être ôté.

— Il était temps que je voie ce que tu portes avant de te l'enlever, murmura Seth.

Après un petit rire, elle tâtonna à son tour vers les boutons de sa chemise, grisée d'excitation. Cela la frappa soudain. Oui, grisée d'être revenue au pays des fantasmes. N'importe quoi ! Tout ceci ne pouvait qu'empirer les choses.

Bien que, là, tout de suite, ça rendait tout plus facile…

Seth embrassa sa peau nue, puis fit ensuite glisser son pantalon, en prenant tout son temps, le long de chaque jambe. Judie lui retourna le service, tout aussi lentement, reconnaissant que la sensation du tissu sous les doigts était plus émoustillante après l'avoir vu sur lui.

A demi nue, le corps en feu, alors qu'elle attendait avec impatience l'étape suivante, Seth s'éloigna vers l'extrémité du lit, pour… faire quelque chose d'impossible à deviner.

Un bruit de friction, puis la flamme d'une allumette qui diminua jusqu'à la lueur vacillante — d'une bougie ?

Seth revint sur le lit, haute silhouette à peine éclairée. Maintenant, elle voyait ses mains, des ombres qui bougeaient sur sa peau, lui retirant lentement son soutien-gorge et son slip. En retour, elle fit glisser son boxer sur ses longues jambes musclées, puis le jeta au sol, prenant garde qu'il tombe loin de la petite flamme au pied du lit.

Ensuite, il s'éloigna de nouveau, craqua une autre allumette, et une lueur plus ardente brilla. Cette fois, Judie apercevait ses traits, la ligne vigoureuse de son nez et de sa mâchoire, le dessin sombre de ses sourcils.

Elle ferma les yeux lorsqu'il l'embrassa, mais les

rouvrit tandis qu'il descendait vers ses seins, afin de voir ses lèvres entourer son mamelon. Son corps le reconnut aussitôt — il n'était pas un étranger — et le désir déferla en une vague brûlante, aussi bienvenue que le contact de sa bouche sur sa peau frémissante.

Une nouvelle bougie s'enflamma, puis la bouche de Seth s'aventura au creux de ses cuisses. De nouveau, Judie ferma les paupières ; de nouveau, elle ne put s'empêcher de les rouvrir, fascinée par son visage qui peu à peu se dessinait avec plus de netteté. Une bosse presque imperceptible accusait l'arête de son nez, son grand front lisse contrastait avec son épaisse chevelure brune.

Comme sa langue explorait en douceur le siège secret de sa féminité, Judie rejeta la tête en arrière, regardant les ombres danser sur le plafond pendant que les sensations l'envahissaient, lui arrachant un gémissement rauque.

Seth s'écarta encore. La chambre s'éclaira. En revenant vers elle, il tenait un préservatif. Non, pas encore, décida Judie en le repoussant doucement. Elle s'agenouilla devant lui, étudiant son corps. Il avait de grands pieds, des jambes recouvertes de poils clairs, de longues cuisses musclées, un grain de beauté sur la hanche gauche. Au centre d'un nid de boucles soyeuses, se dressait son sexe dressé par le désir.

Elle referma la bouche sur ce membre érigé, incapable de lâcher son visage du regard. Il émit le soupir qu'elle avait si souvent entendu dans le noir, à son tour les yeux clos de plaisir. Elle prolongea sa caresse, attentive à son expression.

Puis Seth l'attira contre lui… et la lâcha pour aller allumer une dernière bougie, qui baigna la chambre d'un doux éclairage de crépuscule. Il enfila le préservatif, puis se rallongea près de Judie, l'enlaçant, la caressant, retrouvant son corps au travers de ses yeux.

Seth Wellington IV. Une petite cicatrice blanche gâtait la forme parfaite de sa lèvre inférieure ; il avait oublié quelques poils au coin de sa bouche en se rasant.

Il s'étendit sur elle, et, lorsque leurs regards se croisèrent, le sien était tendre, chaleureux. Judie l'accueillit dans son corps, se demandant comment elle avait pu lui faire l'amour avant sans être en mesure de voir ce qu'il ressentait pour elle.

Seth Wellington IV.

Il se mit à bouger en elle, un lent, merveilleux mouvement de va-et-vient, accélérant peu à peu la cadence à mesure que leur plaisir conjugué croissait, jusqu'à l'explosion finale, durant laquelle ils ne se quittèrent pas des yeux, à la fois intimidés et respectueux de l'autre, voyant enfin ce que chacun avait ressenti durant tout ce temps.

Ensuite, Judie toucha le visage de Seth, toucha son front, toucha sa mâchoire, toucha ses lèvres, et murmura son nom. Seth.

Il sourit.

Alors elle effleura les fines rides aux coins de sa bouche.

— Merci.

— De quoi ? demanda-t-il.

— Ce que tu as fait, avec les bougies. C'était parfait. Cela m'a aidée à… te fusionner avec… lui.

Elle souligna l'allusion d'un geste impuissant, étonnée d'avoir autant hésité à réunir les deux personnages.

— Si tu savais combien j'en suis heureux, murmura Seth en roulant sur le côté, pour lui faire face dans la chaude lumière des flammes. Cette semaine sans toi a été un enfer.

Judie opina, remarquant pour la première fois le petit épi dans ses cheveux, qu'elle toucha aussitôt, enthousiasmée du moindre détail physique.

— Oui, pour moi aussi, avoua-t-elle.

— Emma m'a dit que mon père compte reprendre ses activités en janvier prochain, d'ici à un an. Après quoi, je n'aurai plus à diriger les Magasins Wellington.

En entendant cela, Judie se figea, le cœur au ralenti. Libéré de ses obligations dans l'entreprise, Seth reprendrait la route. Sans aucun doute. Comme les larmes perlaient à ses paupières, elle se redressa, refusant de lui montrer qu'elle souffrait à ce point qu'il ait débuté cette nouvelle relation avec elle pour l'abandonner si vite ensuite.

— Ça me fait penser…

Tendant le bras vers la table de chevet, elle saisit le petit paquet qu'elle lui avait apporté.

— Tiens, ouvre-le, maintenant. Ce n'est rien, juste une bricole pour rire.

Après lui avoir jeté un coup d'œil intrigué, Seth déballa le cadeau, et en sortit une petite mappemonde suspendue entre deux aimants qui la repoussaient avec une force égale.

— Je t'ai acheté ça en pensant t'offrir le monde, puisque j'ignorais si tu pourrais le retrouver si vite, expliqua Judie.

Souriant en silence, Seth fit tournoyer le petit globe terrestre, puis releva la tête pour l'inclure dans son sourire.

— Merci, Judie. Ce cadeau est incomparable.

Un an. Elle avait encore un an pour tomber encore plus amoureuse de lui, ensuite il s'en irait.

— Mais je suppose que maintenant, tu vas pouvoir repartir pour de vrai, dit-elle, le ventre noué.

— En effet, j'ai bien l'intention de faire un grand voyage, admit Seth en faisant de nouveau tournoyer la mappemonde, toujours souriant. Pour ma lune de miel.

Judie manqua s'étrangler.

— Ta lune de miel ?

— Tu m'accompagneras ? poursuivit Seth.

— Dans ta lune de…

Elle s'interrompit, plongea le regard dans les yeux

noisette, dont la flamme des bougies ravivait l'éclat. Et soudain, à la place d'une année, elle vit sa vie tout entière.

— Tu... tu me demandes de t'épouser ?

— Pas tout de suite. Mais je le ferai. Très bientôt, déclara Seth en posant le globe, pour la prendre dans ses bras et l'embrasser avec tendresse. Depuis que je t'ai trouvée dans le noir, Judie, mon monde tout entier s'est éclairé.

Les larmes jaillirent, qu'elle ne chercha pas à cacher, cette fois. Un nouveau fantasme parfait — cet homme cesserait-il jamais de les rendre réels ?

— Ce jour-là, je dirai oui. Je t'aime, Seth.

— Moi aussi, je t'aime, Judie, dit-il en effleurant son nez. Et Dieu soit loué que tu acceptes. J'avais peur que tu me dises *Soyons réalistes !*

Elle éclata de rire, avant de l'embrasser avec fougue.

Puis un léger carillon parvint de l'étage du dessous.

— Minuit, dit Seth. Joyeux Noël.

— Joyeux Noël, Seth.

— Je ne t'ai rien offert, répliqua-t-il en se renfrognant. L'idée de ne pouvoir te le donner si tu ne venais pas me paraissait insupportable. Ça attendra l'année prochaine ?

— Oh, oublie ça, rétorqua Judie. Au cas où tu ne l'aurais pas remarqué, le côté matériel de la vie ne m'intéresse guère. Noël porte surtout sur l'amour, tu sais bien. D'ailleurs, ajouta-t-elle, embrassant encore et encore l'homme qu'elle aimait, les yeux grands ouverts plongés dans les siens, tout ce que je veux pour Noël, c'est toi.

KATHERINE GARBERA

Un jeu si troublant

Collection *Passion*

editions**Harlequin**

Cet ouvrage a été publié en langue anglaise
sous le titre :
MISTRESS MINDED

Traduction française de
PATRICIA RADISSON

Originally published by SILHOUETTE BOOKS,
division of Harlequin Enterprises Ltd.
Toronto, Canada

1.

Adam Powell ravala un juron et, dans un mouvement d'humeur, lança son téléphone portable sur le siège en cuir mitoyen. Quel contretemps ! Ses invités allaient arriver à bord d'un instant à l'autre et, comme par hasard, c'était le moment qu'avait trouvé Isabella pour le couvrir de récriminations et lui annoncer, par téléphone, la fin de leur liaison. Mademoiselle n'était pas satisfaite de lui !

C'était un peu fort de café, tout de même ! Qu'aurait-il pu lui donner de plus ? Il la couvrait déjà de cadeaux. Eh bien, tant pis ! Si diamants, fourrures et Jaguar flambant neuve ne lui suffisaient pas, qu'elle aille chercher ailleurs !

En temps ordinaire, se retrouver sans maîtresse ne lui aurait posé aucun problème. Il était adulte et passer quelque temps sans relations sexuelles ne l'effrayait pas. Toutefois, les deux semaines qui l'attendaient revêtaient une importance particulière pour lui et son entreprise.

Depuis plus de cinq ans, il cherchait à acquérir la station balnéaire La Perla Negra, située dans une petite île des Caraïbes. En vain. Ray Angelini, le propriétaire, ne voulait pas entendre parler de vendre. Puis, tout à coup, la semaine précédente, changement de situation : Adam avait reçu de l'hôtelier un coup de fil lui indiquant qu'il arriverait à La Nouvelle-Orléans pour le rencontrer, puis qu'il l'inviterait à se rendre sur place, afin de discuter des conditions d'achat. Autant dire qu'Adam n'avait pas hésité une seconde !

Le problème, c'est qu'Angelini avait posé une condition : il devait venir à La Perla Negra accompagné de son épouse, requête qui avait donné lieu à une difficile conversation. En effet, le propriétaire était un homme un peu extravagant, qui n'acceptait de vendre sa propriété qu'à un couple. Un couple uni, avait-il précisé. Comme sa propre femme et lui-même l'étaient depuis vingt ans.

Adam se montrait toujours prêt à tout pour conclure une affaire intéressante. Mais faire semblant d'être marié ? Cela dépassait les bornes ! Il avait négocié un compromis : il viendrait en compagnie de la femme avec laquelle il sortait en ce moment. Angelini y avait trouvé à redire et s'était déclaré formel : il ne vendrait son établissement à Adam que s'il partageait ses propres vues sur l'amour et les relations humaines. Quel hurluberlu ! avait conclu Adam en son for intérieur, tout en raccrochant le combiné.

De méchante humeur, il se leva et sortit de l'avion. D'abord, il faudrait de toute urgence inventer une excuse plausible à l'absence de dernière minute d'Isabella. Par ailleurs, il consulterait Jayne Montrose, son assistante. Astucieuse et débrouillarde comme elle l'était, elle lui dénicherait bien une autre femme pour l'accompagner aux Caraïbes. Qui ? Comment ? Il ne voulait pas le savoir ! Qu'elle se débrouille ! Seul comptait le résultat.

A l'extérieur, la température élevée lui tomba sur les épaules. La Nouvelle-Orléans l'été, ce n'était décidément pas une sinécure. L'humidité de l'air lui trempa la chemise en moins de temps qu'il n'en faut pour le dire. Rejetant la tête en arrière, il respira l'air ambiant. Cela lui rappelait l'époque lointaine où il sillonnait les bayous sur le vieux bateau de son oncle, l'époque où il faisait découvrir aux touristes les alligators et la flore de Louisiane.

Il en avait parcouru, du chemin, depuis ! songeat-il. Il ne comptait d'ailleurs pas s'arrêter là. Et il ne permettrait à aucune femme, aussi agréable soit-elle, de se mettre en travers de ses ambitions.

— Qu'il a l'air contrarié ! s'exclama Jayne dans son dos.

Adam ne put réprimer un sourire. Voilà pourquoi j'ai engagé cette assistante, se dit-il. Pour son culot, son intelligence et son efficacité sans faille. Avec elle, la vie au bureau fonctionnait comme sur des roulettes.

Et en plus, cette femme le faisait rire. En un mot, c'était la collaboratrice idéale. Ce qui ne l'empêcha pas de rétorquer avec humeur :

— Ne me cherchez pas, Montrose ! Je suis dans le pétrin. Isabella refuse de m'accompagner et les Angelini seront là dans un quart d'heure.

— Désolée. Mais je vous avais prévenu : ce n'était pas une femme de confiance.

Tout en parlant, elle plongea une main dans sa sacoche et en retira une liasse de documents.

— Il me faut votre signature avant mon départ en congé.

— Votre départ en congé ! Vous plaisantez ? Vous ne partirez pas avant de m'avoir trouvé une compagne pour venir avec moi aux Caraïbes !

— Ecoutez, nous avons déjà parlé de ça. Je refuse de vous procurer des… des maîtresses. Je croyais le sujet clos une bonne fois pour toutes.

Les yeux étrécis, elle lui tendit un Mont Blanc.

Jayne n'était pas très grande, songea Adam. Et pourtant, elle avait des allures d'amazone. Nombre de chevaliers d'industrie de l'hôtellerie pliaient l'échine devant elle, en raison de sa fermeté professionnelle, de sa classe naturelle et de sa compétence. Le jour où il l'avait recrutée était à marquer d'une pierre blanche ! se félicita-t-il une nouvelle fois. D'ailleurs, depuis son embauche, il n'avait qu'une crainte à son sujet : qu'elle se lasse de travailler pour lui et postule ailleurs.

— Vous exagérez ! Je ne vous ai demandé qu'une seule fois de me trouver le numéro de téléphone d'une femme, protesta-t-il.

Erreur grave, à ne plus commettre ! reconnut Adam en son for intérieur. Ce jour-là, refusant le rôle qu'il voulait lui faire jouer, Jayne avait failli lui présenter sa démission. Pour qu'elle reste, il avait dû déployer des trésors de diplomatie. Cette femme était un modèle de moralité et d'intégrité, en avait-il conclu. Corvéable à merci, d'accord ! Mais à condition qu'on ne lui demande pas de bafouer ses propres valeurs.

— C'était une fois de trop ! répliqua-t-elle d'un ton sec.

Adam soupira. Depuis huit mois qu'elle travaillait pour lui, il n'avait eu qu'à louer les précieux services de Jayne. Sans répondre, il entreprit de signer les documents qu'elle lui présentait un à un.

Il lui lança un regard en biais. Très séduisante, jugea-t-il. Cheveux noirs, soyeux et ondulés, qui encadraient un joli visage en forme de cœur. Yeux bleu ciel, brillant d'intelligence et d'humour. Quant à sa bouche pulpeuse, elle faisait rêver de baisers langoureux.

Depuis la création de Powell International, la politique interne de l'entreprise d'Adam n'avait jamais varié : elle interdisait toute intimité sur le lieu de travail. Fort de cette règle, qu'il avait lui-même instaurée de longue date, il s'efforça de ne pas apesantir son regard sur la bouche de Jayne. En vain.

— Pour quelle raison me fixez-vous ainsi ? demanda-t-elle sans ambages.

— Mais... je ne vous fixe pas, protesta-t-il en paraphant le dernier document.

La défection d'Isabella le contrariait au plus haut point. Sans une solution de dernière minute, il serait acculé à annuler son voyage et à laisser repartir seuls les Angelini, à bord de son propre jet privé ! Eh bien, tant pis ! rumina-t-il. Après tout, les stations balnéaires ne manquaient pas aux Caraïbes, même si aucune ne revêtait à ses yeux l'importance de La Perla Negra ! Pourquoi se ronger les sangs ? Il achèterait autre chose, voilà tout.

Et cependant, renoncer à conclure cette affaire lui coûtait.

— Ecoutez, Jayne... j'annule vos congés. Sans Isabella, je n'ai aucune chance auprès des Angelini.

Les yeux de Jayne lancèrent des éclairs.

— Je n'ai pas pris une seule journée de vacances depuis que je travaille pour vous ! protesta-t-elle d'un ton glacial.

— Dans deux jours, vous pourrez partir tout le temps que vous voudrez.

Elle leva les yeux au ciel.

— Sortez plutôt votre petit carnet rose, suggéra-t-elle, et appelez un numéro au hasard.

258

— Je n'ai pas de petit carnet rose !

C'était vrai. Jamais il n'avait eu la moindre difficulté à mémoriser un numéro de téléphone. En théorie, l'assistante avait raison : il lui suffirait de composer deux ou trois numéros pour dénicher une femme qui se ferait un plaisir de lui servir de compagne.

En cet instant crucial, pourtant, il rechignait à le faire. A vrai dire, les petits jeux de la séduction ne l'amusaient plus. Avec Isabella, il avait, au début, nourri le secret espoir qu'elle se révélerait différente des autres. Qu'elle comblerait le vide qui le minait depuis si longtemps. Alors, à présent…

De toute façon, à première vue, aucune des femmes de sa connaissance ne possédait le profil requis pour cette escapade aux Caraïbes. Angelini serait à manier avec précaution et rien ne devrait être laissé au hasard. Adam avait donc besoin d'une personne capable de comprendre tout l'enjeu de la situation.

Soudain, une idée germa dans son esprit. Une idée qui, en quelques secondes, prit même des allures de solution idéale : et s'il emmenait Jayne avec lui ?

— Jayne ? lança-t-il.

— Oui ?

D'une main preste, elle enfouit les documents signés dans sa sacoche. De l'autre, elle repoussa une mèche de cheveux derrière son oreille.

— Acceptez-vous de m'accompagner ? De tenir le rôle de… de compagne à mes côtés ?

Les joues de Jayne s'empourprèrent. Ses lèvres s'entrouvrirent. Pour la première fois, Adam remarqua qu'elle avait une peau laiteuse.

La jeune femme secoua la tête.

— Non, répondit-elle.

— Pourquoi ? s'enquit-il.

Depuis l'incident du numéro de téléphone, jamais Jayne ne lui avait refusé un service.

— Mais… je ne peux pas devenir votre maîtresse ! Et la politique de refus de toute intimité au sein de Powell International, qu'en faites-vous ?

— Nous ferions semblant, bien entendu ! Il s'agit simplement de ne pas manquer une affaire. Rien d'autre.

— Ça ne marchera pas. Je n'aime pas jouer la comédie. Et puis, j'ai réservé un billet d'avion non remboursable pour Little Rock.

— Je vous le paie. Et en plus, je vous offre le billet en première classe pour la destination de votre choix dans deux semaines, répliqua Adam du tac au tac.

— Ecoutez…

Fouillant dans sa sacoche, Jayne en exhuma une paire de lunettes noires, qu'elle posa sur son nez, avant de reprendre :

— Désolée, mais je ne peux pas repousser mon voyage dans l'Arkansas.

— Jayne… vous êtes mon seul espoir ! plaida

Adam. Voilà cinq ans que j'attends de pouvoir enfin négocier avec Angelini…

Deux heures plus tard, Jayne se demandait encore pourquoi elle se retrouvait assise à bord du jet privé d'Adam. En fait, elle préférait éluder cette question embarrassante. Selon son patron, ils décideraient plus tard de l'attitude à adopter. En arrivant à la station balnéaire, avait-il précisé. Mais cette perspective mettait Jayne sur des charbons ardents. Depuis toujours, elle détestait les surprises, les décisions de dernière minute. Au contraire, elle aimait tout planifier, mettre au point les plus infimes détails d'un projet avant d'entrer en action. Cela évitait bien des désagréments.

Au début de leur conversation, elle avait opposé un refus catégorique à Adam. Cependant, elle s'était révélée incapable de lui tenir tête bien longtemps. Voilà pourquoi elle volait à présent vers les Caraïbes et allait bientôt devoir manger du caviar — qu'elle détestait — et boire du champagne en compagnie des Angelini.

Par le passé, elle avait déjà accompagné Adam Powell deux fois dans le jet privé, afin d'assurer son confort personnel et professionnel. Et si ce matin-là encore, elle s'était trouvée à son bord, c'était pour installer les effets personnels d'Isabella dans la chambre à coucher, à l'arrière de l'appareil, et s'assurer que rien ne manquait au bien-être de son patron.

Les Angelini formaient un couple pas comme les autres. Didi était une femme entre deux âges, mince et aux traits réguliers, desservie par un tailleur un peu démodé, de couleur terne. Quant à Ray, c'était un petit homme dodu au crâne dégarni, dont le sourire permanent avait mis Jayne à l'aise dès les premières minutes. Mari et femme avaient insisté pour être appelés par leurs prénoms.

Ray et Didi avaient fait le déplacement à La Nouvelle-Orléans pour étudier de près la proposition d'Adam Powell. Jayne leur avait fait découvrir la ville, le quartier français, le jazz et le Mississippi. Elle s'était même livrée à une séance de shopping avec Didi, pendant que les hommes parlaient affaires.

Comme souvent, Adam avait fait des merveilles, parvenant à convaincre Ray de tous les avantages qu'offrirait la fusion avec Powell International. Désormais, il ne restait plus qu'à conclure l'affaire. Tout cela était bien beau ! pestait Jayne en son for intérieur. Mais au fond d'elle-même, elle savait une chose ; elle avait commis l'erreur de sa vie en acceptant d'accompagner son patron. Pour une raison bien simple : depuis le début de leur collaboration, et sans que cela ne transpire dans son attitude, elle était amoureuse de lui. Et cet épisode aux Caraïbes n'allait rien arranger…

Chaque fois qu'elle pensait aux sentiments qu'il lui inspirait, les mêmes questions l'assaillaient. Qu'est-ce qui lui plaisait tant chez Adam Powell ? Sa beauté ? Ce n'était pas ce qui l'attirait le plus, même si elle éprouvait la tentation constante de fourrager dans la masse de ses cheveux noirs ondulés. Sa richesse ? Malgré les convictions profondes de sa propre famille, pour laquelle l'argent faisait le bonheur, elle ne s'intéressait pas non plus à la fortune de son patron. Son intelligence, alors ? Elle l'appréciait, bien sûr. Mais cela ne l'épatait pas ; ayant fait ses études à Harvard, elle comptait parmi ses amis les plus brillants esprits de l'époque.

Non, ce qui l'émouvait le plus, c'était tout autre chose. Sa façon de toujours se tenir à l'écart, par exemple. Dans le secret de son cœur, elle reconnaissait en lui une âme solitaire qui faisait écho à la sienne.

Bien sûr, malgré cette attirance, elle n'avait jamais rien tenté. Elle avait cloisonné vies affective et professionnelle de manière étanche. En secret, elle rêvait de son patron. Dans les faits, elle se contentait de travailler pour lui le mieux possible.

Hélas, ce fichu voyage changeait complètement la donne ! J'aurais dû dire non ! fulminait-elle. D'ailleurs, tout autre homme qu'Adam Powell aurait essuyé un refus. Si elle s'était montrée ferme, elle serait, en ce moment même, en route pour l'Arkansas, pour un séjour d'une semaine. Cela aurait été une façon agréable de faire progresser son projet de visiter les uns après les autres tous les Etats des Etats-Unis.

Assis côte à côte en face d'elle, les Angelini bavardaient entre eux. Soudain, Adam passa un bras autour des épaules de Jayne et l'attira contre lui d'un geste naturel. La jeune femme tressaillit. Mais quand il déposa un léger baiser sur sa tempe, elle crut défaillir. Jamais elle ne survivrait à deux semaines de ce régime, songea-t-elle avec effroi. Sa main trembla, de sorte qu'elle renversa sur son ensemble quelques gouttes de champagne.

— Détendez-vous, lui murmura Adam à l'oreille.

Lui ôtant la coupe de champagne des mains, il la déposa sur la table près de lui. Puis il porta la paume de Jayne à ses lèvres, et lécha le liquide qui avait coulé sur sa peau. En même temps, les yeux gris décochèrent à la jeune femme un regard pénétrant.

Un long frisson brûlant parcourut l'échine de Jayne. Etonnée, elle crut déceler, au fond de ces yeux couleur d'orage, une lueur de désir. Un désir qui correspondait à son propre émoi. Ressentait-il quelque chose à son égard ? se demanda-t-elle pour la première fois. Et dans l'affirmative, comment réagir ? Prendrait-elle le risque de partir à la découverte des émotions de son patron ?

Pas sûr ! D'une manière générale, elle fuyait le risque comme la peste. Tout ce qu'elle entreprenait était planifié avec soin. Elle poursuivait ses objectifs avec méthode, sans laisser la moindre part au hasard.

Cependant, elle atteindrait bientôt la trentaine. Parfois, le temps qui passait prenait à ses yeux une autre allure. Le mariage, auquel elle n'avait guère songé jusqu'à présent, devenait un sujet d'importance. Une fois, elle avait failli franchir le pas, mais le projet avait échoué.

Et voilà que, soudain, le destin se déclenchait. Même si elle devait le regretter un jour ou l'autre, elle tenait peut-être l'occasion d'explorer ses fantasmes envers Adam. Et pourquoi ceux-ci n'aboutiraient-ils pas, après tout ? Ne suffisait-il pas de s'y mettre, d'agir une fois de plus avec méthode, pour parvenir à ses fins ?

Sa décision prise, elle abandonna sa tête contre l'épaule de son patron. Comment s'y prendre avec lui ? se demandait-elle. Il ne ressemblait à aucun des hommes qu'elle avait fréquentés. Ses relations amoureuses avaient toujours été fondées sur des intérêts communs et une sexualité souvent réussie. Mais aucun partenaire n'avait soulevé en elle l'intense émotion que les lèvres d'Adam sur sa tempe venaient de lui procurer.

Il relâcha un peu son étreinte. Jayne ferma les yeux et fit mine de se reposer. En réalité, Adam occupait son attention tout entière. Son corps dur scellé contre le sien. Sa main sur son épaule. Son odeur ambrée, virile.

Vite dégrisée, Jayne rouvrit les yeux et se redressa. Aucun plan ne lui paraissait assez sûr pour séduire Adam. Jamais elle n'y parviendrait. Ses fantasmes n'empêchaient pas la lucidité : si son patron et elle sombraient dans une histoire sentimentale, cette liaison s'achèverait à leur retour à La Nouvelle-Orléans. Résultat des courses, elle y perdrait son cœur, et son emploi.

Elle jeta autour d'elle un regard plein de détresse. La carlingue de l'avion semblait se rétrécir autour d'elle, jusqu'à l'étouffer. Assis en face d'elle, Didi et Ray lui souriaient avec chaleur.

Elle décida de se lever et, devant l'étonnement d'Adam, commença :

— Je dois…

— Te changer ? l'interrompit-il. Bien sûr !

Il se tourna vers les Angelini pour ajouter :

— Excusez-nous. Jayne n'a pas eu le temps de se changer depuis qu'elle a quitté le bureau.

— Prenez votre temps, répondit Ray avec un sourire.

Se changer ? songea Jayne. Pour mettre quoi ? Isabella la dépassait de trois bons centimètres ! Quant à son tour de poitrine… Aucun des vêtements de cette femme ne lui irait !

Adam, une main posée au creux de ses reins, la

266

guida vers la cabine. Dès la porte refermée derrière lui, il se passa une main nerveuse dans les cheveux.

— Nous sommes dans le pétrin ! s'exclama-t-il. Je ne crois pas que les Angelini croient en notre couple.

— Et ce sera encore pire quand je vais ressortir, affublée des vêtements d'Isabella ! ironisa Jayne.

— Aucun problème de ce côté-là. J'ai fait livrer une garde-robe à vos mesures.

Jayne jeta un regard sur le lit. Celui-ci était jonché de sacs et de cartons. Elle se sentit touchée. Bien entendu, elle le savait, il faisait la même chose pour chacune de ses maîtresses. Mais qu'importe ! Aucun homme ne lui avait jamais offert de vêtements. En outre, Adam avait le coup d'œil pour le corps des femmes. Une fois, il s'était même vanté devant elle de deviner leurs mensurations au simple jugé.

— Je vous laisse vous changer, dit-il.

— Adam ?

Comme il lui lançait un regard interrogateur, elle poursuivit :

— Ne vous inquiétez pas. Je vais faire de mon mieux pour que votre stratagème fonctionne.

— Je n'en doute pas… mon trésor.

La voix profonde d'Adam fit battre plus vite le cœur de Jayne.

— Pourquoi m'appelez-vous mon trésor ?

— Nous sommes censés être amoureux l'un de

l'autre, non ? D'ailleurs, je pense qu'il serait bon de passer au tutoiement, même lorsque nous sommes seuls. Cela nous évitera les bévues.

Tout en parlant, il franchit la distance qui les séparait. Une nouvelle fois, la proximité du corps masculin submergea la jeune femme d'émotion. Sa chaleur. Son parfum. Quand il se pencha vers elle, elle sentit son haleine lui effleurer les lèvres. Au même moment, l'avion entra dans une zone de turbulences. Pour garder l'équilibre, elle s'accrocha aux épaules d'Adam.

Celui-ci referma ses bras sur elle et la tint serrée contre lui jusqu'au retour au calme. Jayne se lova contre son buste ferme, dans ces bras masculins qui l'enveloppaient avec force. L'espace d'un instant, elle eut envie de franchir la ligne invisible qui sépare le rêve de la réalité. Appuyant sa tête contre lui, elle écouta les sourds battements de son cœur.

— Tout va bien, trésor ? demanda-t-il.

Incapable de répondre, elle hocha la tête. Comme il lui prenait le visage entre les mains et la fixait intensément, elle se sentit nue sous son regard. Elle cilla, tenta de reprendre pied dans la réalité. Tout cela n'était que fantasmes de sa part, se dit-elle. Pur fantasme !

Et pourtant...

De tout son être, elle ne souhaitait qu'une chose : toucher cet homme. Enfouir ses doigts dans les épais cheveux noirs. Attirer plus près du sien ce visage aimé. L'embrasser avec passion. Pour être honnête, elle en mourait d'envie depuis le premier jour.

Penché vers elle, il murmura d'une voix rauque :

— Je ne t'ai pas encore remerciée…

Il pencha la tête encore davantage et elle sentit son souffle sur sa joue. Allait-il l'embrasser ? se demanda-t-elle avec un effroi mêlé d'attente. Pour se rapprocher encore de lui, elle se dressa sur la pointe des pieds.

Il eut un petit gémissement, mais, une seconde plus tard, laissa retomber ses mains et quitta la cabine sans se retourner.

Un instant, Jayne demeura désemparée. Ensuite, elle reporta d'instinct toute son attention sur les paquets disposés sur le lit.

Non ! se martela-t-elle en son for intérieur pour se rassurer. Ce n'était pas le désir pour Adam qui faisait battre son cœur si vite. Si son cœur cognait dans sa poitrine, c'était seulement l'excitation, en vue du rôle qu'elle avait à jouer face aux Angelini.

2.

Adam referma la porte derrière lui et marqua une pause. Depuis des mois, il prétendait ne pas remarquer la bouche pulpeuse de Jayne. Et tout d'un coup, patatras ! Il devenait presque impossible d'y résister. A présent, il le sentait dans toutes les fibres de son être, ce n'était plus qu'une question d'heures. Il allait céder, s'offrir ce baiser dont il rêvait depuis trop longtemps.

Il était stupéfait. S'apprêtait-il vraiment à outrepasser la règle qu'il avait lui-même instaurée au sein de son entreprise ? Règle qui bannissait toute relation sentimentale ou sexuelle entre les membres du personnel. Sa raison se révoltait. Ne tirerait-il donc jamais les leçons des fautes commises dans le passé ? Il s'était pourtant bien juré de ne pas les oublier ! Une résolution monta en lui : Jayne Montrose, malgré sa jolie bouche et son pouvoir de séduction, ne le contraindrait à aucun compromis avec ses décisions vitales !

Il l'avait échappé belle ! Encore un peu et il

embrassait sa propre assistante ! La proximité du lit aidant, il se serait retrouvé, vite fait bien fait, perdu à l'intérieur de ce joli corps tout en rondeurs ! Cette bouche à damner un saint avait presque eu raison de sa philosophie de la vie.

Ayant repris ses esprits, il analysa la situation avec lucidité. Jayne était une assistante parfaite. Elle s'occupait de tout avec une confondante efficacité. Si elle n'était pas là pour veiller au moindre détail, jamais le bureau ne fonctionnerait avec cette perfection huilée. Permettre à de bas instincts de mettre tout cela en péril serait de la folie. Il était bien placé pour le savoir, les hormones ne font pas bon ménage avec une pensée rationnelle, des actes considérés, des décisions importantes.

Du point de vue professionnel, maintenant qu'Isabella lui faisait faux bond au travers d'un ultimatum inacceptable, il ne lui restait qu'une option : faire triompher le subterfuge mis au point avec Jayne. Il voulait à tout prix acquérir La Perla Negra. Pour des tas de raisons. Par exemple, se divertir de l'échec de sa vie personnelle. Y remédier par un nouveau succès professionnel.

Au moment où il pénétrait dans la cabine du jet, les Angelini se disputaient. Adam croisa le regard de Ray, qui leva les yeux au ciel. Ah, les femmes ! semblait-il dire. Adam lui adressa un petit clin d'œil et reprit place dans son siège. Avec détermination, il chassa de son esprit les images de Jayne en train de se changer dans la cabine du fond.

— Pourquoi vous intéressez-vous tant à La Perla Negra ? lui demanda Ray à brûle-pourpoint.

Les raisons d'Adam étaient on ne peut plus personnelles. Elles appartenaient à sa sphère privée, et jamais, il ne les confierait à quiconque. Encore moins aux Angelini, avec qui il n'entretiendrait que des relations d'affaires.

En fait, son projet officiel était simple : transformer La Perla Negra de fond en comble. En faire une destination touristique de luxe. Avec une rentabilité maximale. Mais derrière cette intention commerciale avouable, se dissimulait une motivation plus secrète : mettre un terme à ce qui l'empêchait de vivre depuis des années. Apaiser les démons qui hantaient sa vie. Tirer un trait définitif sur ce qu'il n'arrivait toujours pas à oublier. Car, au temps de son adolescence, c'était à La Perla Negra que son père était tombé amoureux de sa secrétaire. A cause de cet amour extra-conjugal, il les avait abandonnés, sa mère et lui, à leur triste sort. Et ça, il n'avait jamais pu l'avaler.

— Je cherche à étendre la présence de Powell International jusqu'aux Caraïbes, répondit-il simplement.

— Notre séjour dans votre hôtel Le Rouge Mansion, dans le quartier français de La Nouvelle-Orléans, nous a beaucoup plu, affirma Ray avec un sourire.

— J'en suis heureux. Le Rouge a été mon premier hôtel.

La porte de la cabine s'ouvrit derrière eux et Adam jeta un coup d'œil par-dessus son épaule. Aussitôt, un long frémissement le parcourut. Il avait commandé à Jean-Pierre la garde-robe habituelle, mais le résultat dépassait tout ce qu'il avait pu imaginer. Pour rester maître de lui, il minimisa son émoi : il avait l'habitude de voir Jayne vêtue de tailleurs austères et de talons plats, voilà tout.

Alors que là… l'étoffe de la robe estivale moulait ses formes, et son décolleté échancré dévoilait le renflement voluptueux de ses seins. Sans parler de ses jambes superbes !

Adam serra les poings. Cette femme était sa secrétaire, bon sang ! Pas une femme fatale que l'on pouvait s'offrir pour quelques jours !

Jayne se racla la gorge et, d'un geste maladroit, croisa les bras sur sa poitrine. Adam lut dans ses yeux une vulnérabilité inattendue. Aussitôt, s'éveillèrent en lui ses instincts protecteurs et il eut envie de lui promettre soutien et dévouement, à jamais.

A cette pensée saugrenue, il tressaillit intérieurement. Seuls les hommes faibles font des promesses aux femmes ! s'admonesta-t-il. Et lui, il n'était pas faible ! Pour se prouver le peu d'impact qu'elle possédait sur lui, il détourna la tête avec nonchalance.

Ray contempla Jayne de la tête aux pieds.

— Eh bien ! s'exclama-t-il, visiblement ravi. Maintenant, vous avez vraiment l'air de partir en vacances !

Jayne se laissa tomber dans son siège et répondit avec entrain :

— Je me sens fin prête, en effet ! Dites-moi... je n'ai pas eu le temps de me plonger dans le dossier de La Perla Negra. Cela signifie « la perle noire », n'est-ce pas ?

Quel parfum portait-elle ? se demanda Adam. Pas un Chanel, en tout cas. Ni aucun de ceux auxquels il était habitué. Pour mieux l'analyser, Adam se pencha un peu vers elle.

— C'est ça, répliqua Ray. Voulez-vous connaître la légende de la perle noire ?

Jayne sourit.

— Bien sûr...

Enivré, Adam ferma les yeux et détourna la tête. Une fois de plus, il se fit la leçon : Jayne était son employée. Tous deux jouaient un rôle, dans le but bien précis d'abuser les Angelini et de signer le contrat de vente. Point final. Tout au long de son existence, il s'était montré maître dans l'art de faire semblant ! Pourquoi ce petit stratagème de quelques jours poserait-il le moindre problème ?

Les yeux de Didi s'éclairèrent. Elle se pencha vers Jayne et expliqua :

— La légende comporte un pirate, une sirène et un trésor perdu en mer.

— C'est alléchant, fit remarquer Jayne.

Adam ne parvenait pas à se concentrer sur la conversation. Pour la première fois de sa vie, une femme prenait le pas sur ses affaires. Pour la première fois en huit mois, Jayne ne se présentait pas comme une employée corvéable à merci, mais comme une femme. Une femme ô combien désirable.

Toutefois, il existait entre eux un obstacle de taille : leur collaboration professionnelle. Son poste d'assistante était très important pour Jayne, il le savait. Pour rien au monde, il ne se permettrait de l'en priver. Il fallait donc garder envers elle la distance nécessaire. Car s'il mettait Jayne dans son lit, il en découlerait une conséquence obligatoire ; elle devrait quitter l'équipe, puisque la maintenir à son poste irait à l'encontre du règlement intérieur de son entreprise, qu'il avait lui-même rédigé. Un règlement que lui avait inspiré la fuite de son père au bras de sa secrétaire, des années auparavant. Règlement respecté à la lettre jusqu'à ce jour.

Adam émergea de ses pensées. Il prit en cours de route l'histoire d'amour interdit et de piraterie que racontaient Didi et Ray. Il l'avait déjà lue dans les archives du village de vacances.

La Perla Negra, nom qui désignait un collier de perles fines, avait été dérobée dans une abbaye franciscaine par le pirate Antonio Mantegna. En même temps que les perles, Antonio avait enlevé Maria Boviar, fille unique d'un riche gentilhomme. La rumeur voulait que Maria et Antonio se soient perdus en mer.

Mais les Angelini avaient mis au point, et répandaient, une autre version de La Perla Negra. Selon eux, Antonio et sa bien-aimée s'étaient réfugiés sur la petite île des Caraïbes qui abritait à présent leur hôtel. Et le collier de perles fines y demeurait caché.

— Incroyable ! s'exclama Jayne. Et vous organisez des séjours pour retrouver le collier ?

— Rien de vraiment organisé… mais nous proposons, dans chaque chambre, une carte de tous les chemins de l'île, expliqua Ray. Avec des allusions et des indices. Pour une sorte de chasse au trésor. Un jeu de piste, en somme.

Didi prit la parole :

— Le véritable trésor, ce ne sont pas les perles. Notre but, c'est de faire découvrir aux gens ce qu'ils désirent le plus au monde, dans le secret de leur cœur. Cette découverte, c'est le vrai trésor.

Jayne posa la main sur le bras d'Adam. Tournant la tête vers lui, elle commenta :

— Excitant, tu ne trouves pas, mon chou ?

Une lueur malicieuse brilla au fond de ses yeux azur. Adam en fut remué. Tendant la main, il repoussa une mèche de cheveux de la jeune femme pour la lui placer derrière l'oreille. Comme Jayne semblait retenir sa respiration, il frémit de triomphe. Un triomphe presque animal, où le bon sens n'avait pas sa part.

— Je suis d'accord avec toi, trésor. Ce collier, nous allons le retrouver ensemble !

Ray hocha la tête d'un air ravi et s'adressa à Didi :

— Je te l'avais bien dit, que nous avions déniché le couple idéal…

Adam sourit en lui-même. D'où provenait cette certitude, de la part d'un total inconnu ? Il l'ignorait et, après tout, n'en avait cure. Si cet homme se prenait pour un fin psychologue et un arrangeur de couples, tant mieux pour lui ! En ce qui le concernait, une seule chose comptait : grâce à l'entente de façade qu'il jouait avec son assistante, la signature de l'acte d'achat de La Perla Negra ne semblait désormais plus poser de problème.

Un seul hic assombrissait le tableau : Jayne, et le désir irraisonné qu'elle éveillait en lui.

La Perla Negra se dressait comme une reine au milieu de la végétation tropicale. Le bâtiment principal ressemblait à une mission mexicaine. Les tuiles rouges sud-américaines rutilaient sous le soleil. Quatorze petits bungalows étaient dispersés dans la verdure. Les Angelini avaient attribué à Jayne et Adam une suite agrémentée d'une terrasse surplombant l'océan.

Une vaste baie vitrée donnait sur une crique, qui abritait une marina.

Jayne fit valser ses talons aiguilles et enfonça les pieds dans l'épaisse moquette. Puis elle regarda en direction d'Adam. Il avait enlevé sa veste et relâché son nœud de cravate. A force de se passer les doigts dans les cheveux, ceux-ci étaient un peu en broussaille. Quand il travaillait, c'était toujours comme ça ! s'amusa-t-elle. Il était séduisant, sans aucun doute. Mais toujours concentré sur ses affaires. Sauf que, durant ce séjour sur l'île, il n'aurait rien de spécial à accomplir. Cela changerait beaucoup de choses.

Elle jeta un regard d'envie à la plage. Une idée lui trottait dans la tête ; se glisser dans des vêtements plus confortables et aller marcher sur le sable. C'était sa première visite aux Caraïbes. En matière de voyages, son objectif actuel, et pour les prochaines années, se limitait à découvrir les cinquante Etats d'Amérique.

Cependant, elle se retrouvait à présent aux Caraïbes, et même si c'était pour raisons professionnelles, elle entendait bien profiter de l'île au maximum. Parviendrait-elle à convaincre Adam de lui tenir compagnie ? Là était la question.

Et pourquoi ne pas essayer de découvrir le trésor caché quelque part sur cette île magnifique ? Cela fournirait au moins un prétexte d'excursion.

Le silence, dans la pièce, était palpable. Jayne

contemplait l'homme dont elle rêvait depuis si long-temps et ne trouvait pas un mot à lui dire. Enfin, elle se décida pour une boutade.

— Alors, mon lapin, à quoi penses-tu ?

Adam arqua un sourcil.

— Je pense que vous devriez renoncer à m'appeler « mon lapin ».

— Pourquoi, ça ne vous plaît pas ? Je croyais que nous devions avoir l'air amoureux. Et tu sembles oublier que nous avons opté pour le tutoiement.

— Certes, mais je suis encore le patron, dans cette histoire. Et je te demande de ne pas m'appeler « mon lapin ».

— Tu me renverrais si je m'obstinais à t'affubler de ce doux surnom ? plaisanta-t-elle.

— Tu y renoncerais, si je te menaçais de le faire ?

— Pas le moins du monde !

Adam éclata de rire à ces mots.

Elle adorait le faire rire. En règle générale, il ne riait pas assez. Ses affaires occupaient le plus clair de son temps et lui laissaient peu d'occasions de s'amuser.

D'un regard circulaire, elle embrassa la scène. Leur suite comportait une partie salon et un bureau. Elle n'avait pas encore exploré le reste. Sans doute la porte du fond menait-elle à la chambre ? Une chambre à deux grands lits, espérait-elle. De la sorte, la tentation

279

serait moins inhumaine. La nuit venue, elle pourrait s'enfouir sous ses propres draps et se réfugier dans le sommeil.

— Quel est le programme ? s'enquit-elle d'un ton léger.

— Je dois rédiger quelques notes et les envoyer au bureau. Vous avez… Tu as pris ton ordinateur ?

De toute évidence, la plage était exclue dans l'immédiat ! se résigna Jayne. Pour de vraies vacances, il faudrait attendre une autre occasion.

— Non, répondit-elle. Je te rappelle que je n'avais pas prévu cette escapade.

— Utilise le mien, dans ce cas, dit-il. J'ai quelques idées. Ça ne t'ennuie pas que je te les dicte ?

— Pas de problème, patron.

Elle sortit le portable d'Adam de son attaché-case. Elle installa d'abord un bureau mobile sur la longue table en acajou, puis brancha l'imprimante et le fax.

De son côté, Adam prépara les chaises et sortit des amuse-gueules du réfrigérateur. Ensuite, il s'assit et étendit ses longues jambes devant lui.

— Parle-moi de toi, Jayne, dit-il.

— De moi ? Quelle idée !

— Il me faut quelque chose que je pourrai ressortir au cours du repas avec les Angelini.

— Quoi, par exemple ?

— Des choses que seul ton amant pourrait connaître à ton sujet.

280

Rechignant à répondre à une telle indiscrétion, elle biaisa.

— Donne l'exemple, et parle-moi d'abord de toi !

Ses amants ? songea-t-elle. Pour commencer, elle en avait eu peu. Et jamais elle ne leur avait dévoilé ses pensées ou ses émotions intimes. Lorsqu'ils parlaient d'elle, les hommes qu'elle avait connus se rappelaient son intelligence et son humour. Mais aucun n'aurait pu se prévaloir de la connaître vraiment.

Adam laissa passer quelques secondes. Puis il obtempéra avec une sorte de pudeur.

— Disons que je suis… généreux.

— Ça, je le savais déjà, convint Jayne.

— Comment ça ?

— Eh bien… en général, je suis l'ordonnatrice de ta générosité !

— L'ordonnatrice ?

— N'est-ce pas moi qui fais la plupart de tes courses pour tes… tes petites amies ?

Adam adressa à Jayne l'un des demi-sourires dont il avait le secret et qui la faisaient fondre. Pour cacher son trouble, elle reporta son attention sur l'écran de l'ordinateur et créa un fichier, qu'elle nomma « La Perla Negra ».

— A ton tour, dit Adam.

« Une chose que seul un amant saurait à mon sujet » ? se répéta Jayne en son for intérieur. En fait, elle ne souhaitait pas dévoiler quoi que ce soit de personnel à Adam. Pour survivre à ce séjour aux Caraïbes, il fallait maintenir entre eux deux une cloison solide. Il était le patron, elle était l'assistante. Ensemble, ils jouaient une comédie qui ne les engageait à rien. Point final.

— Eh bien… disons que j'adore être à l'extérieur, lâcha-t-elle enfin.

Même à Ben, qui avait pourtant été son fiancé, elle n'avait jamais révélé cette vérité anodine. Mais avec Adam, tout paraissait différent.

— Pourquoi ? s'enquit-il.

— J'aime sentir le vent dans mes cheveux, le soleil sur mon visage. Nous passons tous tant de temps dans nos bâtiments climatisés… Eh bien, moi, j'aime la chaleur de La Nouvelle-Orléans en été. La façon dont elle pénètre ma peau… je ne sais pas… ça me donne le sentiment de faire corps avec la ville.

Comme Adam la regardait avec attention, elle cilla et détourna la tête. Elle en avait trop dit, finalement. Quelle mouche l'avait piquée, pour qu'elle se mette à parler ainsi de sa peau, de son corps, de ses sensations ?

— Et toi, mon lapin ? demanda-t-elle. Tu aimes la chaleur ?

Il ne releva pas la familiarité ironique du ton et, après un temps de réflexion, répliqua :

282

— Elle a de l'importance pour moi, oui… elle me rappelle mon enfance.

— Je ne connais pas grand-chose de cette période de ta vie…

En fait, personne ne savait grand-chose de la vie d'Adam Powell. Dans le monde de l'hôtellerie, il devenait peu à peu une sorte de légende vivante. Il avait bâti son succès de ses propres mains, à la force du poignet. Parti de rien, il avait acheté un vieil hôtel délabré, avec l'argent gagné dans des concours de stock-car, dans de petites villes des Etats du Sud. Il l'avait transformé en palace et avait utilisé les bénéfices pour lancer une chaîne d'hôtellerie internationale.

Il détourna la tête et haussa les épaules, avant de rétorquer :

— Je n'aime pas ressasser le passé.

— Réponds au moins sur un point : pourquoi aimes-tu la chaleur ?

Pour le séduire, songeait-elle, elle devait connaître un de ses points faibles.

— J'ai seulement dit que la chaleur était importante pour moi.

— Pour quelle raison ?

— C'est un secret, trésor.

— Tu es toujours aussi évasif, dans tes relations… personnelles ?

— En quoi cela t'intéresse-t-il ?

— C'est toi qui as commencé à poser des questions !

Si je suis censée être ta petite amie, il faut bien que je te connaisse un peu !

— Tu as raison. Discutons des détails de notre stratagème. Je dois dire, ajouta-t-il, que tu ne ressembles pas aux autres femmes que j'ai connues. Je n'ai pas de repères, avec toi.

Il la regardait avec une intensité telle que Jayne sentit une chaleur inconnue envahir son corps. Pour se protéger, elle plaisanta.

— Mes mensurations sont plus modestes, tu veux dire ?

— Je ne pense pas, dit-il avec un sourire entendu.

Les yeux de Jayne s'agrandirent. En fait, Adam la déshabillait du regard. Il contemplait ouvertement son corps ! Alors qu'elle craignait par-dessus tout de le montrer. Cela datait de son enfance. Depuis le moment où elle s'était mise à vouloir différer de sa mère. Sa mère qui usait et abusait de son physique pour ouvrir les portes fermées et se rendre la vie plus facile.

— Comment te traitent tes amants ? demanda Adam.

Avec un air de sous-entendu, elle répondit du tac au tac :

— Ils me traitent en amie, et non en objet.

— Je ne te traite pas en objet !

— A voir les vêtements que tu me destines, si !

— En général, tu t'habilles de façon un peu trop neutre. Pourquoi ?

— Tu détournes la conversation ! protesta Jayne. C'est de toi dont nous parlions !

— Ah oui !… Parler de moi ? Disons que… j'aime les formes féminines.

Jayne laissa s'écouler quelques secondes.

— Je n'aime pas beaucoup les miennes, avoua-t-elle enfin.

— Ah, les femmes…, grommela Adam.

— Que veux-tu dire ?

— Vous faites toujours des manières ! Vous n'êtes pas assez ceci, vous êtes trop cela. Toutes les mêmes. Moi, j'ai envie de ta bouche depuis des mois. Et la robe que tu portes te va comme un gant. Elle ne te transforme pas du tout en objet.

« Ma bouche ? Qu'a-t-elle d'extraordinaire ? » s'étonna Jayne en son for intérieur. A ses yeux, elle n'était qu'un élément banal de son physique banal.

— Que trouves-tu à ma bouche ? s'enhardit-elle à demander.

— Elle appelle le baiser.

Prise au dépourvu, Jayne déglutit avec difficulté. Adam profita de son trouble pour franchir l'espace qui les séparait encore. Son haleine exhalait un parfum de menthe, remarqua-t-elle. Elle ferma un instant les yeux. Allait-il l'embrasser ?

D'ailleurs, le souhaitait-elle vraiment ? se reprit-elle aussitôt. Se ressaisissant, elle recula de manière délibérée. Elle ne voyait pas d'autre issue à cette situation que d'adopter sur-le-champ une attitude professionnelle ! Adam se révélait un homme plus complexe que prévu et leur relation prenait un tour beaucoup trop intime. Car pour elle, l'enjeu était de taille. Il se résumait à une alternative : sachant que les deux étaient incompatibles, préférait-elle devenir la maîtresse d'Adam ou conserver son emploi ?

D'un accord tacite, Jayne et Adam mirent fin à ce petit jeu de questions-réponses. La suite de la session de travail se déroula de façon studieuse. Tout en tapant sur son clavier, Jayne sentit faiblir le désir physique qui l'avait tenaillée. Dans son cerveau, chaque fois qu'elle pensait à Adam, une sonnette d'alarme se déclenchait. Le mot « danger » clignotait en lettres de feu.

Ce retour à la routine du travail rasséréna Adam. Il avait connu un moment d'aberration dans l'avion, songea-t-il. Et tout à l'heure, comment avait-il pu parler à Jayne de but en blanc de l'attrait irrésistible qu'il éprouvait pour sa bouche ? C'était bien simple, il ne se reconnaissait pas ! Jusqu'ici, il avait toujours su se tenir vis-à-vis de ses collaboratrices !

Malgré cet apparent retour à la normale, une chose l'inquiétait : tandis qu'il dictait le courrier, il avait encore plus de mal que d'habitude à ne pas fixer cette bouche, justement. Quand elle tapait sur son clavier, l'assistante se mordait la lèvre inférieure d'une manière terriblement érotique.

Cette bouche était devenue pour lui une obsession. Il rêvait à présent d'en goûter la saveur. En fait, il ne fallait pas se leurrer. Il ne connaîtrait de repos que lorsqu'il l'aurait embrassée.

Après la séance de travail, Jayne suivit Adam dans la chambre et s'arrêta net en apercevant le lit. Il était immense, recouvert d'un jeté de lit bleu profond. Le reste de la chambre conjuguait d'ailleurs toute la gamme des bleus en un camaïeu très réussi. Depuis le canapé jusqu'au profond fauteuil ottoman, en passant par les voilages aériens, qu'une brise légère soulevait. Au plafond, un ventilateur à l'ancienne brassait l'air avec une majestueuse lenteur.

La tension qui crispait les muscles d'Adam depuis La Nouvelle-Orléans se dissipa comme par magie. Cette chambre invitait à se mettre à l'aise, à chasser les soucis, à se détendre. A oublier règles et obligations, pour se laisser aller. Et avec Jayne à ses côtés, il savait parfaitement de quelle façon il rêvait de se laisser aller…

Ses pensées dérivèrent. D'abord, il la déposerait au centre de ce vaste lit. Puis il lui ôterait un à un les vêtements qui dissimulaient son corps voluptueux… jusqu'à ce qu'elle se retrouve nue. Alors, il commencerait par picorer sa bouche. Cette bouche qu'il rêvait de goûter, d'explorer.

— Il est temps de songer à la manière dont nous allons nous organiser pour dormir, mon lapin ! lança soudain Jayne.

Pour la première fois, Adam analysa le ton de la jeune femme. Quand elle était tendue, songea-t-il, elle adoptait envers lui des manières insolentes, une voix taquine. Une manière bien à elle de garder le contrôle d'elle-même et de la situation.

Aussitôt, il se rebiffa. Jayne n'était pas sa maîtresse ! Elle en jouait seulement le rôle. Et il demeurait le patron. C'était donc à lui de fixer les limites à ne pas franchir. Pour son bien à elle d'abord, mais aussi pour respecter ses propres principes. Parce que, sur ce point, il demeurait inflexible : depuis la création de Powell International, les membres de l'équipe qui ne savaient pas se cantonner à une attitude professionnelle ne conservaient pas leur place dans l'entreprise. Sans discussion possible.

— Je dormirai sur le canapé, annonça-t-il d'un ton bourru.

Le son de sa propre voix le surprit. Il était en contradiction totale avec ce qu'il éprouvait. Ce qu'il voulait par-dessus tout, en cet instant, c'était prendre Jayne sur ce canapé. Pour être honnête, n'importe où ferait l'affaire, d'ailleurs. Cette constatation le mit dans tous ses états. Bon sang ! Mais pourquoi cette femme l'excitait-elle à ce point ?

Tandis que ce cruel dilemme agitait Adam, Jayne fit quelques pas vers la porte-fenêtre et l'ouvrit. Il la suivit sur la terrasse. A l'horizon, un orage tropical s'annonçait.

La tête renversée en arrière, il laissa aller son imagination : le monde réel s'évanouissait, Jayne et lui demeuraient seuls au monde. Un instant, il étudia du coin de l'œil le visage de l'assistante. Elle fixait l'horizon. En quête de réponses, comme lui ?

Une idée sombre le frappa soudain. Dans sa volonté têtue de faire passer la réussite professionnelle avant toute chose, ne commettait-il pas une erreur fatale ? Une erreur dont il se mordrait longtemps les doigts ?

Dans l'urgence, et pour les sacro-saints besoins de son entreprise, il avait entraîné Jayne dans une familiarité déplacée qu'il avait toujours su éviter jusqu'alors. Ses plans trop hâtifs l'avaient conduit à omettre un détail essentiel : l'effet que produirait sur lui son assistante lorsqu'il la fréquenterait en dehors du bureau. A présent, il fallait se rendre à l'évidence ; transportée dans ce paradis tropical, elle l'attirait comme Eve avait subjugué Adam. Et — au fond de lui, il le savait — il succomberait à la tentation sous peu.

Cependant, il ne voulait rien perdre de son Eden. Un Eden qui, pour lui, était ce monde qu'il s'était façonné avec un soin obstiné. Un monde professionnel, dénué d'émotions dangereuses, exempt de désir déplacé, de plaisir débridé, de tentations inavouables.

Tout ce que Jayne suscitait tout à coup en lui, sans même s'en apercevoir ! Comment avait-il pu tomber dans ce piège ? La vie s'était pourtant chargée à tout jamais de le dégoûter des émotions et des sentiments. Son père, d'abord, lui avait asséné la leçon la plus magistrale : brisant le cœur de son épouse et de son fils, il s'était enfui avec sa secrétaire. Ensuite, alors que lui-même venait d'atteindre l'âge de vingt ans, une femme l'avait trahi, une femme qu'il aimait de tout son cœur. Enfin, pour couronner le tout, au début de sa vie active, il avait observé avec dégoût certains couples mariés se tromper allègrement les uns les autres avec des collègues de travail.

Mais à son grand dam, rien n'y faisait ! Malgré toutes les bonnes raisons qu'il invoquait à la rescousse, il persistait à désirer Jayne. Il la voulait sienne, coûte que coûte. Au diable les conséquences ! Ses hormones ne voulaient rien entendre. Seule, une petite parcelle de bon sens tirait la sonnette d'alarme dans sa tête : le prix à payer pour deux semaines de volupté avec Jayne ne serait-il pas trop élevé ?

— Mon trésor ? lança-t-il.

Jayne tourna la tête vers lui. Au fond de ses yeux, Adam aperçut une lueur qu'il se révéla incapable d'interpréter. Le vent soufflait dans les cheveux de la jeune femme et une mèche soyeuse lui barrait la joue. Elle la repoussa d'un revers de main.

— Nous allons devoir partager le même lit, dit-elle enfin. Sans ça, les femmes de ménage s'en apercevront. Elles le diront aux Angelini, et votre stratagème tombera à l'eau.

C'était l'évidence ! Adam y avait d'ailleurs déjà songé. Cependant, avec Jayne dans son lit, comment parviendrait-il à dormir ? Il se demandait même s'il serait capable de respirer, capable de faire autre chose que l'attirer contre lui et s'emparer de sa bouche de rêve.

Une mèche de cheveux effleura de nouveau le visage de Jayne. Cette fois-ci, ce fut Adam qui tendit la main pour la remettre en place. Puis, du pouce, il lui caressa la lèvre inférieure.

— Je..., commença-t-elle.

D'une main posée sur sa bouche, il l'empêcha de poursuivre.

— Par ma faute, dit-il, nous nous retrouvons dans une situation intenable, n'est-ce pas ?

— Pourquoi intenable ?

La jeune femme avait légèrement rejeté la tête en arrière. Enivré par la proximité de sa bouche, Adam se pencha vers elle. A chaque exhalaison, il sentait son souffle chaud lui caresser le visage. Alors, soudain, toute sagesse le déserta.

— Parce que j'ai envie de toi, lâcha-t-il.

Les pupilles de Jayne se dilatèrent, sa respiration s'accéléra. Elle le regardait avec une intensité qui le mit mal à l'aise. Pourrait-il jamais répondre à ses attentes ? se demanda-t-il. Il en doutait. Même ses maîtresses, des femmes intéressées en général, avides de choses matérielles, finissaient tôt ou tard par devenir sentimentales. Elles exigeaient de lui des émotions qu'il refusait de leur offrir. Alors Jayne...

La jeune femme se dégagea et recula.

— Je vais vérifier si le fax a bien été envoyé, déclara-t-elle.

Bonne idée, songea-t-il. C'était mieux comme ça.

Il devait la laisser partir, c'était une question de bon sens. Et pourtant, tout en lui s'y refusait. Pour une raison qu'il ne parvenait pas à analyser, cette femme réveillait quelque chose d'enfoui au plus profond de son être. Quelque chose qu'il avait cru mort à jamais, depuis l'âge de vingt ans.

— Jayne ?

Elle pivota sur elle-même, le questionnant du regard. Elle avait rosi. Adam sentit son désir grandir. Tout son corps exigeait que cessent entre eux ces propos convenus. Il avait besoin de prendre cette femme sur-le-champ.

— Nous sommes-nous mal compris ? demanda-t-il.

Jayne secoua la tête, puis tourna les talons et s'éloigna sans hâte.

Cette fois, Adam la laissa partir. Il avait trop peur de commettre un faux pas. En raison de la vulnérabilité qu'il avait lue dans les yeux de son assistante. Mais surtout, à cause de l'instinct de protection qui renaissait en lui de minute en minute.

Un instinct de protection qu'il dissimulait depuis des années sous une épaisse carapace de cynisme.

Et cet instinct, il n'avait pas la moindre intention de le dévoiler à qui que ce soit. Jamais.

Surtout pas à Jayne.

293

3.

— Jayne ?

La voix d'Adam retentit, profonde, impérieuse.
Jayne lutta contre l'ascendant que sa tonalité exerçait
sur elle. Avant de tourner la tête, elle se contraignit
à avancer d'encore un pas.

Que dire ? se demanda-t-elle. Rêver d'avoir une
liaison avec cet homme était une chose. Concrétiser ce
rêve en était une autre. Au fond des yeux de son patron,
elle lisait un feu intense. Un feu jamais rencontré chez
les hommes qui l'avaient courtisée jusqu'ici.

Sous ce seul regard, elle sentit, une fois de plus,
grimper la température de son corps et s'accélérer les
battements de son cœur. Le souffle court, elle s'aperçut
que le centre de son intimité devenait moite. Qu'Adam
s'avise seulement de claquer des doigts et elle se
jetterait dans ses bras sans la moindre retenue ! Elle
se dénuderait, prendrait tout ce qu'il avait à donner.
Faisant fi de toute sagesse, elle laisserait libre cours

à cette part d'elle-même demeurée si longtemps au repos, dans la solitude.

Elle se mordit la lèvre inférieure pour mieux dompter ses élans, refusant de céder à l'appel tapi au fond des yeux d'Adam. Cela ne l'empêcha pas, toutefois, de faire encore un pas en avant. Mais un seul.

Elle avait beau se présenter au monde extérieur comme une femme courageuse et libérée, elle se connaissait mieux que quiconque ; elle éprouvait un besoin impérieux d'ordre et de sérénité. Régie par un sens pratique très développé, elle ne prenait jamais de risques inconsidérés.

Or, coucher avec Adam Powell représenterait le pire des risques. Sur le plan professionnel, cela crevait les yeux. Sur celui des émotions, cela serait encore plus fatal. Depuis huit mois, elle fantasmait sur son patron en toute impunité. Pour une raison bien simple : il restait inaccessible, n'était pas pour elle, ne lui appartiendrait jamais. Penser à lui ne présentait donc aucun danger et n'ébranlait pas son équilibre intérieur. Quant aux quelques liaisons qu'elle avait eues, elle avait toujours veillé à ce qu'elles soient structurées, destinées avant tout à lui procurer ce sentiment de sécurité dont elle avait besoin dans l'existence. Et vivre en sécurité impliquait de ne pas investir d'émotions dans une relation. La boucle était bouclée.

— Qu'y a-t-il ? répondit-elle enfin.

Adam s'appuyait à la rambarde. Sa chemise

moulait son torse musclé. Jayne détourna les yeux. Se voiler la face au sujet des choses qui l'effrayaient ou l'excitaient ne lui réussissait jamais. Mais dans le cas présent, comment faire autrement ? C'était une question de survie.

— Aurais-je mieux fait de me taire ? demanda-t-il.

Oui ! voulut-elle crier.

Optant pour plus de retenue, elle répondit avec sobriété :

— Cela aurait sans doute facilité les deux semaines que nous allons passer ensemble.

— Pas si sûr, contra-t-il en se croisant les bras sur le torse.

Jayne aurait aimé adopter elle aussi une pose nonchalante, mais elle s'en sentait incapable. Elle ne possédait ni le charme ni l'expérience de son patron. Pour dissimuler ses émotions, elle ne disposait que de parades maladroites : les commentaires ironiques, ou encore la dérobade pure et simple. Et dans la situation présente, aucune de ces deux ruses ne lui serait d'un quelconque secours.

Adam avait raison, songea-t-elle. Garder le silence sur le désir qui les attirait l'un vers l'autre n'aurait rien facilité. Toutefois, elle rechignait à le reconnaître de vive voix. Toute sa vie, elle avait servi d'exutoire aux émotions d'autrui. A celles de sa mère, par exemple, à qui l'amour véritable avait fait si cruellement défaut,

296

et qui l'accablait donc du récit de ses vicissitudes sentimentales. Quant à Ben, son ancien fiancé, elle n'avait représenté pour lui qu'un substitut à Karine, la femme qu'il aimait vraiment. Dès que celle-ci était réapparue, il était retourné vers elle à tire-d'aile. Et Jayne, pour sa part, s'était retrouvée plantée là sans autre forme de procès.

Et voilà qu'avec Adam, l'histoire recommençait ! Elle jouait, pour le pur profit de son patron, le rôle de la petite amie indispensable, mais provisoire. Bien sûr, cela exaltait au passage sa féminité et, d'une certaine manière, elle trouverait son compte à ce petit jeu. Mais le voulait-elle vraiment ?

La réponse ne se fit pas attendre. Elle l'aveugla même sans la moindre ambiguïté : elle mourait d'envie de se glisser dans le lit de cet homme !

Des idées iconoclastes lui vinrent à l'esprit. Pourquoi ne pas céder à la spontanéité, pour une fois ? La tentation était grande de prendre ce dont elle rêvait. Et au diable les conséquences ! Exactement comme sa mère l'avait fait tant de fois, en somme. A cette pensée, elle se ravisa ; quelque chose en elle rechignait à s'abandonner à une telle liberté.

Comme souvent, elle eut recours au ton léger qui lui réussissait si bien dans les situations épineuses.

— Mon lapin, commença-t-elle, je…

Elle s'interrompit. Au fond, elle en avait par-dessus

la tête de jouer les seconds rôles. Pour une fois, elle voulait s'octroyer le rôle principal. Avec Adam.

— Ne te fatigue pas à jouer les impertinentes, mon trésor, déclara celui-ci. Fais-moi la grâce de m'accorder juste un peu de sincérité.

Le sang de Jayne se glaça dans ses veines. Aucun de ses partenaires précédents n'en avait jamais appelé à sa sincérité. Sur la défensive, elle croisa les bras et les serra contre sa poitrine.

— Tu me demandes plus que je ne veux te donner, affirma-t-elle.

— Vraiment ? Et pourquoi ?

Il avait parlé d'une voix de miel, qui manqua de faire craquer Jayne. Comme il s'approchait d'elle à pas mesurés, elle se cabra, combattant l'instinct qui la poussait vers lui.

— Ce que tu donnes à tes maîtresses habituelles ne me suffit pas, expliqua-t-elle.

Adam s'immobilisa à quelques centimètres à peine.

— Sache que je ne te mets pas dans le même sac que les autres.

Un frisson parcourut Jayne. Puis, quand il lui prit le visage entre les mains et capta son regard, un flot de questions surgit à son esprit. Que cherchait-il lorsqu'il fouillait ainsi ses yeux ? Et ce qu'il cherchait, le trouvait-il ? En tout cas, songea-t-elle, il avait éludé sa question.

298

— Je parle sérieusement, insista-t-elle. Je ne peux m'engager dans une relation si je sais qu'elle n'est pas durable. Je n'aime pas les choses éphémères.

— Moi non plus.

Adam avait laissé retomber ses mains le long de son corps, et Jayne comprit ce qu'il voulait dire. Peu de gens se lancent dans une liaison avec l'intention avouée d'y mettre un terme rapidement. Cependant, tous deux se trouvaient dans une situation inédite. Bien sûr, ils disposaient de deux semaines aux Caraïbes pour jouir l'un de l'autre. Mais comment continuer, ensuite, à travailler ensemble après avoir eu des relations intimes ? Elle ne s'en jugeait pas capable. De plus, c'était contraire aux principes que prônait Adam depuis des années.

— Pourtant, on ne peut pas dire que tu gardes tes petites amies très longtemps, fit-elle remarquer.

— Et toi, tu es seule, si je ne m'abuse.

D'accord, il mettait le doigt sur un point sensible, songea Jayne. Mais si elle était seule, c'était pour une raison bien précise : elle recherchait la pièce manquante du puzzle de sa vie et n'avait aucune envie de se tromper. L'homme qu'elle élirait répondrait à un nombre précis de critères. En toute objectivité, Adam ne remplissait pas toutes les conditions.

La sonnerie du téléphone interrompit leur conversation. Adam se dirigea vers la chambre.

— Attends-moi ici, commanda-t-il. Nous n'avons pas terminé.

Jayne enroula les bras autour de ses épaules. Elle se sentait décontenancée, seule face à une décision difficile à prendre. Adam s'apprêtait à lui offrir ce dont elle rêvait depuis des mois, mais elle avait à présent un sérieux dilemme sur les bras : était-elle capable de céder à la tentation sans y laisser des plumes ? Quand Ben l'avait quittée, elle en avait éprouvé du chagrin. Mais sans excès, car jamais elle ne lui avait dévoilé son véritable moi, celui qui se dissimulait derrière la façade. Envers Adam, il en allait tout autrement. Si elle se livrait, il lirait en elle à livre ouvert.

Soudain, elle eut besoin de prendre du recul. Avant de céder aux pulsions qui lui enflammaient le sang, elle devait exercer sa raison en toute tranquillité. D'un geste hâtif, elle ouvrit le portillon séparant la terrasse de l'escalier qui menait à la plage et descendit les marches en courant.

Elle ne fuyait pas... Ou, du moins, pas exactement, songea-t-elle. A un moment ou à un autre, elle retrouverait Adam. Il exigerait alors une réponse à la question restée en suspens entre eux. Elle devait y réfléchir, adopter un plan d'ensemble. Car si elle devenait sa maîtresse, des conséquences se profilaient à l'horizon ; après le séjour dans l'île, il la quitterait. Et elle se retrouverait de nouveau seule.

— Jayne ?

Elle s'arrêta au bas de l'escalier.

— Pas maintenant, lança-t-elle sans se retourner. J'ai besoin de m'éclaircir les idées.

Le coup de téléphone avait été bref. Le bureau de La Nouvelle-Orléans accusait simplement bonne réception du fax envoyé.

— Attends, je viens avec toi.

— Pourquoi ? Au cas où les Angelini nous apercevraient ?

Adam n'y avait pas songé. Cependant, le prétexte lui parut parfait.

— C'est ça, acquiesça-t-il.

A cette réponse, un son étranglé monta de la gorge de Jayne. D'un pas raide, elle se remit en marche. Adam dut se hâter pour la rejoindre. Jamais il n'avait vu son assistante dans un tel état d'agitation.

— Que t'arrive-t-il ? interrogea-t-il une fois parvenu à sa hauteur.

— Oh, je t'en prie, épargne-moi ta sollicitude.

Sans se formaliser, il la prit par le bras. Elle avait la peau lisse et douce, constata-t-il. Contre le dos de sa main, il sentit la courbe de son sein voluptueux. Soudain, il aurait donné son royaume pour un après-midi seul avec Jayne. Le danger de ses pulsions incontrôlées l'atterra.

L'espace d'un instant, plus rien ne compta. La brise

marine lui emplissait les narines, le rugissement des vagues l'assourdissait. Ils étaient seuls au monde, un homme et une femme. Tout le reste avait disparu.

Jayne avait entrouvert la bouche. Adam perçut son trouble. Il se pencha vers elle, avide de ses lèvres. Jamais il n'avait désiré quoi que ce fût avec une telle force. Ou, tout au moins, depuis l'époque lointaine où il avait choisi de vivre en solitaire.

En solitaire… Il laissa retomber sa main le long de son corps.

Dans les yeux de Jayne, il vit alors briller des larmes refoulées et il eut honte de lui-même. Ce n'était pas la première fois qu'il faisait pleurer une femme. Certaines d'entre elles l'avaient même traité de goujat, se souvint-il. Pour la première fois cependant, il avait vraiment l'impression d'en être un.

Jurant entre ses dents, il pivota sur lui-même et contempla l'immensité de l'océan. Si seulement il était différent ! Il enlèverait Jayne sur un yacht et disparaîtrait avec elle. Il oublierait sa chaîne d'hôtels, et surtout les promesses qu'il s'était faites trop tôt dans la vie, à un âge où l'on ne comprend pas encore que même les adultes raisonnables ne maîtrisent pas toujours leurs émotions.

Un silence tendu s'était instauré entre eux. Comment le rompre ? se demanda-t-il. Il ne savait que dire. Jayne se révélait plus fragile et plus vulnérable qu'il ne l'avait cru. Il regrettait d'avoir tout gâché. Il aurait

302

voulu demander pardon, mais aucun son ne franchissait ses lèvres.

A court de mots justes, il revint au challenge professionnel qui les réunissait.

— Nous devons tout faire pour réussir auprès des Angelini, décréta-t-il.

— Je suis d'accord pour faire mon travail...

— Il faut que ce soit davantage qu'un travail. Sinon, ils n'y croiront pas un instant.

— Mais cela ne peut être autre chose qu'un travail.

— Pas de problème ! Pour ma part, je me sens tout à fait capable de bien jouer mon rôle. S'il ne tient qu'à moi, jamais les Angelini ne douteront que je te suis dédié corps et âme.

— Je ne veux pas que tu fasses semblant de t'intéresser à moi. Cela risque de m'inciter à oublier que tout cela n'est qu'une mascarade. Et si je me mettais à prendre la situation au sérieux, nous serions dans le pétrin, toi et moi.

Sur ces mots, Jayne fit demi-tour. Adam suivit des yeux sa silhouette solitaire qui s'éloignait du rivage. Des instincts qu'il ne soupçonnait pas s'éveillaient en lui. Le désir de la protéger, entre autres.

La protéger ? Même contre lui-même, alors ?

Cette question le prit au dépourvu et il préféra la chasser de son esprit. Il n'avait pas la moindre intention de blesser la jeune femme. Il voulait seulement...

Sa pensée s'arrêta net. Que voulait-il donc, au juste ? Ne s'apprêtait-il pas à reproduire le comportement impardonnable de son père, qui s'était réfugié ici avec Martha, de nombreuses années auparavant ?

Furieux contre lui-même, il jura de nouveau entre ses dents. Puis il prit la direction opposée à celle de Jayne. Pour la première fois, il entrevoyait de l'intérieur les raisons qui avaient motivé l'adultère de son père. Et elles lui déplaisaient profondément.

Tout à l'heure, il avait joué avec l'idée de faire de Jayne sa maîtresse pour quelque temps. A présent, cette idée lui paraissait odieuse. Comment se jugerait-il, s'il s'octroyait le droit de satisfaire ses propres désirs, au détriment des sentiments et des aspirations de Jayne ? Dans les yeux de la jeune femme, il avait lu une innocence, une vulnérabilité qui l'avaient ému. En comparaison, il s'était senti cynique. Cynique et odieux.

Quand Jayne rejoignit la suite, Adam ne s'y trouvait pas. Elle en fut soulagée. Elle en profita pour prendre une douche et se laver les cheveux, puis elle s'observa dans le miroir de la salle de bains. Pendant sa promenade, elle avait pris d'importantes décisions.

A vingt-huit ans, elle découvrait sur elle-même des vérités cruelles : elle avait passé sa vie à courir et à fuir. Deux fois dans son existence, elle avait tenté d'affronter les événements, mais n'y était pas parvenue.

Tout d'abord, à l'âge de douze ans, pour la première apparition de son père dans sa vie. Envoûtée par cette rencontre, elle avait ressenti le violent besoin de se rapprocher de lui. Elle aurait voulu, entre autres, lui demander la permission de l'appeler papa. Elle avait tant besoin de la présence chaleureuse et ferme d'un père... Mais au lieu de cela, que s'était-il passé ? Paralysée par les rancœurs et l'incompréhension, elle s'était bloquée. Elle avait couru se réfugier dans sa chambre et s'y était enfermée. Ainsi avait-elle renoncé à parler à cet inconnu qui lui avait pourtant donné la moitié de ses gènes. Il n'était plus jamais revenu. Aujourd'hui encore, elle en éprouvait un cuisant regret.

La deuxième fois, c'était avec Ben. Quand elle l'avait senti lui filer peu à peu entre les doigts, elle avait eu envie de parler avec lui. Elle lui aurait demandé s'il était prêt à l'épouser et, dans le cas contraire, quelles étaient les raisons qui le rendaient soudain hésitant. Cela lui aurait peut-être évité le désastre ? Mais non. Là encore, elle avait préféré se murer dans le silence.

Forte de ces deux expériences ratées, elle résolut d'agir différemment, cette fois-ci. Elle voulait Adam dans sa vie. Et pour davantage que deux semaines. Elle avait pris la mesure du risque, mais décidé de franchir le pas et de s'en donner les moyens. Sous la douche, elle avait fomenté un plan encore un peu vague. En premier lieu, elle devrait changer d'emploi. Car travailler avec Adam deviendrait… difficile.

Elle enfila un peignoir moelleux. Puis, se souvenant des gestes adroits de sa mère, elle se maquilla avec davantage de soin que de coutume. Comme le lui soufflait une petite voix dans sa tête, trop se maquiller n'était pas conforme à sa personnalité, mais elle ignora l'objection. Jusqu'ici, à quoi l'avait menée sa personnalité réservée ? A un emploi très bien payé, certes. Mais aussi, à une maison solitaire et vide.

Il était grand temps de changer de cap ! Elle se sourit dans la glace, sans s'attarder sur l'air un peu apprêté que lui donnait le fond de teint.

Perdue dans ses pensées, elle sortit de la salle de bains… pour se retrouver nez à nez avec Adam, qui enfilait une chemise. Elle rougit et porta la main à sa gorge. Elle qui s'était crue capable de l'affronter en toute sérénité ! songea-t-elle avec dérision. Elle s'était encore trompée sur toute la ligne !

Il avait un torse large et musclé, recouvert d'une toison bouclée qui allait en s'amenuisant et disparaissait sous la ceinture de son pantalon. Une petite cicatrice au-dessus du sein gauche l'intrigua. Cet homme était suberbe, tout simplement ! Jayne ne parvenait pas à en détourner son regard.

— Je… je ne savais pas que vous étiez de retour, bégaya-t-elle enfin.

Il fallait sortir tout de suite de cet état hypnotique, songea-t-elle. Sinon, Adam Powell allait la trouver complètement stupide.

— Que *tu* étais de retour…, rectifia celui-ci. Tu sais, nous devons parler avant le dîner, ajouta-t-il.

Parler ? C'était bien la dernière chose que Jayne souhaitait. Elle n'avait déjà que trop parlé cet après-midi. Ce faisant, elle avait levé un coin du voile qui cachait sa vraie personnalité, au lieu de demeurer la bonne petite assistante sans histoires, celle qu'on ne remarquait pas. Plus jamais, elle ne voulait se retrouver dans cet état de vulnérabilité.

— Inutile, répliqua-t-elle. J'avais juste besoin d'un peu de temps pour m'adapter au rôle de maîtresse. Maintenant, c'est fait.

— Ça, ce n'est qu'une partie du problème…

L'idée de reprendre cette conversation insupportait Jayne. Pour faire diversion, elle se dirigea vers l'armoire où étaient pendus ses nouveaux vêtements. En général, elle s'habillait en noir, beige et blanc, parce que ces couleurs s'harmonisaient facilement. De toute évidence, les goûts d'Adam étaient tout autres. L'éventail de la garde-robe qui s'étalait sous ses yeux recouvrait toute la gamme de l'arc-en-ciel.

— Quel problème ? s'enquit-elle d'une voix qu'elle voulait légère.

— Faire semblant… franchement, ce n'est pas ton fort.

— En effet, répliqua-t-elle avec un petit sourire. Mais je pense y parvenir, à partir d'aujourd'hui.

Jayne s'empara d'une jupe colorée et du chemisier en taffetas à manches courtes qui l'accompagnait. Elle plaqua l'ensemble sur son corps et se jaugea dans le miroir de la penderie. Puis elle prit une profonde inspiration. Elle s'apprêtait à plonger dans le vide, songea-t-elle. Sans filet, qui plus est. Autant se préparer à la chute libre…

Elle se tourna vers Adam et, virevoltant devant lui, elle se lança.

— Comment me trouves-tu ? Aussi bien qu'Isabella ?

Adam leva un sourcil.

— Avec le peignoir, je ne peux pas juger.

— Isabella ne portait pas de peignoir ?

— Si, mais de soie plutôt qu'en éponge. Et il ne lui cachait jamais entièrement le corps.

Un instant, Jayne ferma les yeux. Puis elle regarda de nouveau Adam. Il paraissait tendu et concentré. Avec une lenteur étudiée, elle déposa les vêtements sur le canapé, puis porta la main à la ceinture de son peignoir, qu'elle dénoua. Par chance, les deux pans demeurèrent en place.

Soudain, son courage l'abandonna. Où trouver l'audace d'aller plus loin ? Quel accès d'impudeur lui avait permis d'arriver jusque-là ? Elle se sentait

308

comme le rat des champs sur lequel un aigle s'apprête à fondre.

— Mon trésor ? Que se passe-t-il ? demanda Adam.

Rassemblant ses forces, elle pencha la tête sur le côté et le déshabilla du regard.

— Toi, tu es très à ton avantage, mon lapin, dit-elle.

Elle s'attendait à le voir rejeter la tête en arrière et éclater de rire. Au lieu de cela, il s'avança vers elle et entreprit de lui caresser le visage du bout des doigts. Elle mourait d'envie de le toucher, elle aussi. Cependant, une longue habitude de pudeur la retint. Elle garda les mains le long du corps.

— Je ne t'avais jamais vue maquillée, fit-il remarquer d'une voix douce.

Le pouce d'Adam le long de sa joue provoquait en Jayne une réaction érotique en chaîne. Une chaleur intense se propagea le long de son cou et descendit dans sa poitrine. Ses seins se gonflèrent de sève, le centre de son intimité devint moite et brûlant. Elle ferma les yeux. Chaque sensation s'en trouva amplifiée au centuple.

Alors, Adam fit glisser sa main le long de la mâchoire de Jayne, lui emprisonna le menton entre le pouce et l'index et lui souleva la tête.

Au fond de ses yeux, elle lut un million de messages, mais ne sut en interpréter aucun. Quand il lui effleura les lèvres de sa bouche, elle ferma encore les yeux, censurant la petite voix qui l'avertissait : elle était en passe de se noyer en eaux profondes, et nul sauveteur ne viendrait à sa rescousse.

Sans rien écouter, elle s'abandonna au baiser de l'homme qui s'immisçait dans son âme tranquille.

4.

En amour, Adam se considérait comme un expert.
Avec Jayne, pourtant, il se sentait aussi maladroit
qu'un jeune homme vivant sa première expérience
sexuelle. Au lieu d'agir en amant expérimenté, il
haletait, sous le coup d'une faim insatiable. Il fouillait
la bouche de sa compagne avec fougue, tel un explo-
rateur novice.

Au bout d'un moment, il glissa une main vers
l'entrebâillement du peignoir. Caressant avec délice
la peau ivoire qui frémissait sous ses doigts, il sentit
des seins qui palpitaient, tout proches de sa paume.

Quand Jayne se mit à gémir, quelque chose de
sauvage se déclencha en Adam. Toute la distance
qu'il cultivait depuis des années, le raffinement qui le
protégeait des émotions trop fortes le lâchèrent d'un
coup. A la place, s'installa en lui un désir élémentaire,
crû et exigeant.

Cette sensation neuve et brutale ne le retint pas. Pas
maintenant, alors que la bouche sensuelle de Jayne se

retrouvait enfin contre la sienne. Elle avait exactement le goût auquel il s'attendait. Doux et fruité.

Enivré, il but à ses lèvres. Il ne s'arrêta qu'en percevant soudain les gémissements qui montaient de la gorge féminine. Il releva alors la tête et admira la femme qu'il tenait entre ses bras. Elle avait les yeux mi-clos, sa merveilleuse bouche était humide et gonflée, ses lèvres plus rouges que de coutume. Et ses mamelons ? se demanda-t-il. S'étaient-ils, eux aussi, assombris ?

Ecartant les pans du peignoir, il contempla le corps de Jayne. Elle portait un soutien-gorge en dentelle vert pâle, qui contenait à peine ses seins. A chacune de ses inspirations, ceux-ci se gonflaient, chair ivoire et vivante.

A cette vue, le corps d'Adam se durcit. Son regard s'attarda sur le doux renflement du ventre féminin, s'arrêta sur la petite culotte vert pâle qui cachait un précieux trésor. Il ravala sa salive avec difficulté et parcourut de la main ce corps magnifique.

— Ai-je bien l'air d'être ta maîtresse, à présent ? demanda-t-elle.

Il n'avait pas envie de parler. Ni de penser à quoi que ce soit. Et surtout pas au fait qu'il se trouvait en présence de son assistante, et non d'une femme à laquelle il concédait une petite place passagère dans sa vie.

312

Mais justement parce que c'était Jayne, et non une autre, répondre lui sembla légitime.

— Pas encore tout à fait, répliqua-t-il.

— Pas encore ?

Reculant d'un pas, elle s'enhardit jusqu'à découvrir ses épaules. Puis elle se déhancha avec lenteur et prit une pose de mannequin de calendrier.

— Et maintenant ? demanda-t-elle.

Désarmé, Adam franchit le court espace qui le séparait encore de Jayne. Il détacha l'agrafe frontale du soutien-gorge, en fit glisser les deux bonnets sur les côtés, et se reput du spectacle de ses seins. Les mamelons avaient la même couleur que la bouche. Ils se dressaient sous son regard, rouges et exigeants.

— Et maintenant ? répéta-t-elle d'une voix plus rauque.

Toutefois, elle avait perdu de sa superbe. A la place, pointait la Jayne timide qu'Adam avait toujours perçue sous ses airs bravaches.

— Pas encore, affirma-t-il en lui écartant les bras.

Avec une science retrouvée, il frotta le tissu éponge rugueux du peignoir sur les mamelons de Jayne. Jusqu'à ce qu'elle se morde les lèvres, pour retenir les gémissements qui se bousculaient dans sa gorge. Alors, il se pencha de nouveau vers sa bouche. Plus jamais je ne pourrai m'en passer, songea-t-il en l'emportant dans un baiser profond. Au moment où elle s'arquait contre lui, il détacha ses lèvres de celles de la jeune femme et recula d'un pas.

— Maintenant, oui, dit-il.

Elle se tenait devant lui, le peignoir ouvert, le soutien-gorge de côté. En cet instant, à moitié nue, elle aurait dû lui paraître vulnérable. Mais ce qui frappa Adam comme un coup de poing en pleine figure, ce fut sa propre faiblesse. Il contempla Jayne sans un mot. Que valait une vie entière de scrupules et de censure, face à la tentation vertigineuse que représentait cette femme-ci ?

Pour lutter contre les émotions nouvelles qui l'envahissaient, il se jeta à corps perdu dans ce qu'il connaissait bien : le plaisir charnel.

Il l'attira de nouveau contre lui, cueillit ses lèvres et enfonça profondément la langue dans sa bouche. Leurs langues se mêlèrent en un tourbillon de baisers d'une étourdissante sensualité.

Les hanches de Jayne se soulevaient à présent à la rencontre de celles d'Adam. La jeune femme dégageait une chaleur telle qu'il la percevait à travers l'étoffe du slip de dentelle et de son propre pantalon. Sa virilité se dressa jusqu'à l'insoutenable.

Glissant les mains sous le peignoir, il lui caressa le dos, s'attarda le long de sa colonne vertébrale, lui pétrit les hanches. Puis la tenant par la taille, il l'immobilisa et se frotta contre elle. Le mouvement circulaire de son entrejambe mit son contrôle de soi à rude épreuve. Il gémit et rejeta la tête en arrière. S'emparer de ce corps merveilleux dépassait en volupté toutes ses espérances.

— Adam ?

— Oui, mon trésor, nous y voilà…

Il la sentait ondoyer contre lui, adopter un rythme qui la mènerait tôt ou tard au plaisir suprême. De son torse, il lui effleura les mamelons. Leurs pointes dures, dressées, le stimulèrent au point de lui faire perdre toute maîtrise.

Elle murmura son nom une nouvelle fois.

Au comble de l'excitation, il glissa la main entre les cuisses de Jayne. Sous la dentelle du slip, il la découvrit chaude et humide. Enivré de la sentir prête, il immisça un doigt en elle. Puis deux. Enfin, il plaça son pouce sur le bouton de sa corolle. Galvanisée par ses caresses, Jayne ondoya de plus belle contre lui et bientôt, elle se perdit en convulsions sous ses doigts.

Baissant la tête vers elle, Adam but les sourds gémissements qui s'échappaient de sa bouche. Il la tint serrée contre lui, endiguant les palpitations de son propre sexe.

Ce qu'ils venaient d'accomplir était sans retour, songea-t-il. Ils avaient tous les deux franchi une étape ineffaçable.

*
* *

315

Etourdie, Jayne s'accrochait aux épaules d'Adam. Son corps tremblait encore des caresses expertes qu'il lui avait prodiguées. La peau moirée de sueur, elle savourait son plaisir. Mais en même temps, elle souhaitait davantage. Qu'il la pénètre. Qu'il la possède tout entière.

Toutes ces sensations la plongeaient en pleine confusion. Que penser ? Jamais encore, elle n'avait ainsi perdu le contrôle d'elle-même avec un homme. Avec Adam, tout était différent. Il venait de faire valser par-dessus bord le monde soigneusement ordonné qu'elle s'était construit. A présent, elle pataugeait en pleine incertitude.

Adam lui souleva le menton et plongea son regard gris au fond de ses yeux clairs. Elle y lut plus de tendresse que nul autre homme ne lui en avait jamais témoigné. En aucune occasion. Il se pencha vers elle et, la soulevant dans ses bras, la porta jusqu'au lit.

— Mon trésor…, commença-t-il.

A cet instant précis, l'agenda électronique d'Adam se mit à sonner. Pourquoi cette machine se manifestait-elle en un moment aussi importun ? se demanda Jayne dans la brume de son désir. Puis cela lui revint : elle avait elle-même programmé un pense-bête pour une réunion téléphonique avec Sam Johnson, le vice-président de la chaîne d'hôtels Powell. Sur-le-champ, cela fit figure de test dans son esprit : comment Adam allait-il réagir ? Ignorerait-il l'appel ? Poursuivrait-il ce qu'il avait entrepris avec elle ?

La réponse ne tarda pas. Dès le deuxième bip, il se détacha de la jeune femme. Pour que son visage ne trahisse pas sa déception, Jayne se barda d'indifférence.

Adam s'éloigna de quelques pas et, sans la quitter d'un regard toujours plein de tendresse, décrocha le téléphone. Puis il se détourna et attrapa un bloc-notes. Alors, sans plus prêter la moindre attention à Jayne, il revint s'affaler sur le lit et se mit à prendre des notes sur le papier. Il parlait dans le combiné d'une voix brève, forte et empreinte de colère.

Ulcérée, Jayne se sentit humiliée. Voilà comment on traite les maîtresses ! songea-t-elle. On les utilise, puis on les jette. Furieuse, elle fut tentée d'interrompre son patron. Ce serait bon de l'affronter, de lui jeter au visage ce qu'elle pensait de ses manières. Toutefois, elle n'en fit rien.

Avec une calme dignité, elle prit sur le canapé les vêtements qu'elle y avait déposés et s'enferma dans la salle de bains. Elle ne se reconnut pas dans le reflet que lui renvoya le miroir. Ses lèvres étaient gonflées, rouge carmin à force de baisers. Ses cheveux en désordre lui encadraient le visage. Ses mamelons se dressaient encore, sa peau était rosie des caresses reçues.

Faisant taire ses espoirs déçus, elle ragrafa son soutien-gorge avec une lenteur calculée, enfila jupe et chemisier et se regarda de nouveau. Mis à part le décolleté plus échancré qu'elle ne l'aurait souhaité, la tenue lui convenait. Elle aurait pu la choisir elle-même.

Elle s'arrangea les cheveux, retoucha son rouge à lèvres, et suspendit le peignoir. Quand elle émergea de la salle de bains, Adam était toujours au téléphone. Il ne leva pas les yeux de ses notes. Jayne fit mine de ne pas s'en formaliser. C'est bien connu, les maîtresses passent après le travail. Ne sont-elles pas le repos du guerrier ? Mais au fond d'elle-même, elle enrageait.

Elle trouva des chaussures en harmonie avec sa tenue et, fin prête, sortit de la chambre. Que faire, à présent ? Etait-elle censée s'asseoir dans le salon et l'attendre ? Sa mère, elle, aurait su comment se comporter en une pareille occasion. Elle-même, en revanche…

Pour tuer le temps, elle se mit en quête de la carte au trésor dont avaient parlé les Angelini. Sur une table basse, traînait une note explicative tapée à la machine. Elle lut les instructions, se dirigea vers la gravure accrochée au mur et la souleva. La carte se trouvait au dos. Elle s'assit et relut la légende. Didi lui en avait donné un bon aperçu, mais la version longue était plus élaborée.

La perspective de voir se réaliser son désir le plus cher avait quelque chose de chimérique, songea Jayne. Combien de gens se connaissent assez pour savoir avec précision ce qu'ils souhaitent le plus au monde ? Pour sa part, en cet instant précis, deux choses contradictoires la combleraient d'aise : recevoir la tête d'Adam sur un plateau. Et faire l'amour avec lui jusqu'au bout.

Ces émotions opposées divisaient son cœur. Elle oscillait entre la frustration sexuelle et une rage qu'elle avait du mal à enrayer.

Dans la chambre, elle entendit Adam raccrocher. Allait-il la rejoindre ? se demanda-t-elle. Il n'en fit rien. Au lieu de cela, elle entendit bientôt l'eau couler dans la salle de bains. Il se préparait pour le dîner, en conclut-elle.

Elle se leva du canapé, quitta le salon et retourna dans la chambre. Là, elle consulta les notes qui gisaient sur le lit. Ecrites d'une main ferme, elles se terminaient par des instructions qui lui étaient destinées. Pendant quelques secondes, elle se perdit en conjectures : Adam considérait-il ce qui venait de se passer entre eux comme un événement banal ? Une affaire classée ? Ou bien maîtrisait-il mieux qu'elle-même ses émotions ? La vie lui ayant appris à ne pas se faire d'illusions, elle opta pour la première hypothèse.

— Bien, tu as trouvé mes notes, déclara Adam au sortir de la salle de bains. Tu as quelques e-mails à envoyer. Nous avons le temps, avant le dîner avec les Angelini.

Il avait boutonné sa chemise et se détourna pour

la glisser dans son pantalon. Une étrange sensation s'empara de Jayne. Comme si elle avait rêvé l'intermède sensuel vécu une demi-heure plus tôt.

Une petite voix en elle lui murmura d'abandonner, mais elle ne put s'y résoudre. Elle avait mis du cœur dans leur échange physique. Maintenant, mille questions lui trottaient dans la tête. Pourquoi Adam n'était-il pas aussi troublé qu'elle ? Leurs baisers le laissaient-ils indifférent ? Ne songeait-il déjà plus au plaisir qu'il lui avait offert ? Avait-il découvert l'émotivité qu'elle cachait d'habitude derrière un humour distancié ? Cette émotivité lui avait-elle déplu ?

— Ça va, mon chou ? demanda soudain Adam.

— Ne me parle pas comme ça.

Elle serra contre elle le bloc-notes et se dirigea vers le salon. Elle se sentait en colère. Elle allait envoyer ses satanés courriels, décida-t-elle. Elle était payée pour ça, après tout ! Ensuite, elle se remettrait les idées en place. Bien sûr, elle aurait avec lui une explication. Mais pas maintenant. Pour le moment, son sang bouillait encore trop dans ses veines. Sa méchante humeur prévalait trop sur son bon sens.

Passant près d'Adam, elle huma sa lotion après-rasage. Susciter le désir de cet homme avait été un jeu d'enfant. Tout à fait à sa portée. Le rendre amoureux d'elle était une autre paire de manches.

*
* *

Adam suivit Jayne des yeux et serra les poings. Bon sang ! L'envie le prit de donner des coups de pied dans un meuble, mais il se domina. Il ne voulait pas dévoiler à son assistante l'état dans lequel elle le mettait.

Planté au milieu de la chambre, il fourragea dans ses cheveux. Une demi-heure plus tôt, son agenda électronique l'avait ramené au bon sens. D'extrême justesse… mais le danger demeurait. Qu'elle lui lance encore une seule fois ce regard de biche blessée, et il ne répondait plus de lui-même. Dans ce cas, tant pis ! Il enverrait au diable ses affaires, la conduirait au lit tout de go et lui ferait l'amour de mille façons différentes tout au long du séjour.

Pour l'instant, grâce au ciel, la conversation téléphonique avec Sam l'avait remis dans le droit chemin. Ce baiser, et la scène torride qui s'était ensuivie, étaient des aberrations ! Des entorses au contrat, qu'il ne faudrait renouveler à aucun prix. Plus tôt dans la journée, n'avait-il pas décidé de renoncer à faire de Jayne sa maîtresse ? Eh bien, il comptait tenir cette résolution.

Il se redressa, mit de l'ordre dans ses cheveux, serra le nœud de sa cravate et enfila sa veste. Il s'était aspergé de lotion après-rasage pour supplanter le parfum entêtant de Jayne. D'ailleurs, dans la salle de bains, il n'avait pu s'empêcher de plonger le visage dans le peignoir de la jeune femme, pour en respirer les effluves. Cette odeur exerçait sur lui un pouvoir irrésistible.

Adam marqua un temps d'arrêt en parvenant sur le seuil de la chambre. Assise à la table du salon, Jayne tapait sur le clavier de son ordinateur. La colère transparaissait dans chacun de ses mouvements. La tenue qu'elle portait lui allait à ravir, remarqua-t-il aussi. Elle soulignait à souhait ses formes très féminines.

— Terminé ? demanda-t-il.

— Presque, mon lapin, rétorqua-t-elle.

Malgré le terme moqueur, la voix de Jayne ne trahissait pas la taquinerie habituelle, se dit Adam. Si elle continuait ainsi, au dîner, les Angelini s'apercevraient tout de suite de la supercherie.

— Tu travailles trop, lança-t-il d'un ton léger.

Se plaçant derrière elle, il posa les mains sur ses épaules, et entreprit de la masser. Sur-le-champ, il sentit son propre corps se durcir. Pour se ressaisir, il ferma les yeux et rejeta un instant la tête en arrière.

— Tu es le patron…

Adam laissa retomber ses mains le long du corps, puis s'affala sur la chaise, à côté de Jayne, pour la regarder travailler. Elle acheva son courriel et l'envoya. Une fois de plus, l'incomparable efficacité de l'assistante le frappa. Celle-ci avait déjà accompli plusieurs des tâches répertoriées sur le bloc-notes et en avait coché d'autres comme prioritaires. Enfin, elle avait relevé des numéros de téléphone à contacter. De fait, pendant qu'il se changeait pour la soirée, elle avait mis en branle toute une organisation, méthodique et sans faille.

Après avoir éteint l'ordinateur, Jayne se tourna vers lui.

— Comment t'y prends-tu ? demanda-t-elle.

— Pour faire quoi ?

— Pour faire abstraction de tes émotions. Moi, je n'y arrive pas.

— Moi non plus.

— Oh si ! Mais cela n'a aucune importance, après tout… Seulement, je suis en colère contre toi.

— Je sais, acquiesça-t-il.

Etait-ce la frustration sexuelle ? se demanda-t-il. Le bref orgasme qu'il lui avait procuré ne pouvait la satisfaire tout à fait. Sous son apparence calme, elle était bien trop passionnée pour cela. D'ailleurs, il n'avait pas eu la moindre intention de s'en tenir à ces caresses. Bien au contraire, il avait résolu de la posséder à satiété.

— Tu m'as traitée comme… comme une vulgaire maîtresse, reprit Jayne. Cela ne me plaît pas.

Adam fut tenté de protester. A ses yeux, Jayne était unique, parce que, pendant des mois, il s'était senti en sécurité auprès d'elle. Cependant, peu à peu, usant de son humour, elle avait grignoté la distance habituelle qu'il conservait envers ses employés. Maintenant, il le regrettait.

— Je…, commença-t-il.

— Je n'aime pas ça du tout, Adam, je t'assure. Passe encore de faire semblant d'avoir une relation avec toi. Mais je ne suis pas de ces femmes qu'un homme peut prendre et délaisser au gré de ses humeurs. Je ne veux pas être reléguée à l'arrière-plan ou ignorée, dès l'instant où le travail reprend ses droits.

Adam se passa une main dans les cheveux, puis saisit Jayne par l'épaule. Cette fois, la jeune femme eut un mouvement de recul. Il s'aperçut alors, avec une conscience aiguë, de l'égoïsme dont il avait fait preuve. Se cuirasser contre les sentiments qui l'effrayaient depuis des années ? Il en avait le droit légitime. Mais pouvait-il le faire au prix de l'équilibre de Jayne ? Non ! Cent fois non !

Pour elle, il se sentait prêt à affronter des dragons. Il voulait la protéger. Etre son preux chevalier. D'où lui venait ce soudain esprit chevaleresque ? Il n'en avait pas la moindre idée. Il ne savait qu'une chose : il y avait bien longtemps qu'il n'avait pas éprouvé émotion aussi profonde, aussi vraie.

Dans ce cas, pourquoi cherchait-il à dissimuler à Jayne un sentiment aussi authentique ? Pour une raison très simple : un tel aveu le rendrait trop vulnérable. Il ne pouvait s'y résoudre.

— Je ne sais pas agir autrement, affirma-t-il.

— Quoi ! Pour toi, les femmes se classent donc

en deux catégories ? Les maîtresses et les collaboratrices ?

— Parfaitement. Et ne le dis pas avec autant de dédain. Toi aussi, tu privilégies la vie professionnelle. Tu ne vis pas avec un homme, que je sache !

— J'ai des liaisons.

— Sans doute. Mais tu ne les inclus pas dans ta vie. Tu les confines dans une catégorie à part, en somme.

— Jamais je ne me serais permis ce que tu as fait avec moi… Comment parviens-tu à désamorcer ton corps comme ça ?

Adam la contempla. Ne comprenait-elle donc pas ? C'était juste une affaire de technique ! Une technique chèrement acquise, à l'époque où il n'était pas immunisé contre les faiblesses auxquelles avait succombé son père. Cette époque où il avait découvert le surprenant pouvoir des femmes. Même si beaucoup d'entre elles en étaient à peine conscientes. Jayne, en particulier, d'ailleurs. Et pourtant… Pourtant, elle possédait à l'extrême la faculté de le mettre sens dessus dessous. Elle lui faisait perdre la concentration qu'il dédiait en général aux affaires.

— Question d'entraînement, répondit-il enfin.

Il consulta sa montre. L'heure du dîner approchait. Il se leva. Jayne l'imita.

— Quelle sorte d'entraînement ? insista-t-elle.

— Crois-moi, ce n'est pas intéressant.

— J'ai besoin d'une explication. Parce que… si ce qui vient de se passer ne représente rien pour toi…

Sans un mot, Adam contempla les émotions qui agitaient le visage de Jayne. Un visage dans lequel il lisait à livre ouvert et que ne bardait aucune protection.

— Au contraire, cela représentait beaucoup trop. Tu devrais donc te réjouir que nous ayons été interrompus. Dans le domaine des relations intimes, je ne sème que la destruction sur mon passage.

Sur ces mots, il ouvrit la porte de la suite et sortit.

— Adam ?

Sans se retourner, Adam s'immobilisa. Jayne arriva à sa hauteur et lui prit le bras. Sous ses doigts, elle sentit ses muscles se tendre et un sourd regret s'insinua en elle. Celui de ne pas avoir eu le temps d'explorer ce corps si tentant.

— Quoi ? interrogea-t-il.

— Tu ne peux pas dire une chose pareille et t'en aller sans une explication.

— Je n'ai pas le choix. Sache simplement ne pas te laisser trop gagner par l'espoir.

— Quel espoir ?

— Celui que ce que nous vivons ici ait encore un sens quand nous retournerons dans la vraie vie.

Tandis qu'il parlait, une douceur infinie avait envahi ses traits. Il prit alors le menton de Jayne dans sa main et lui souleva le visage. Puis il effleura ses lèvres d'un baiser léger, qui plongea Jayne dans une grande perplexité, une confusion mentale intenable. Etait-ce un au revoir ? Un encouragement ?

Adam laissa retomber sa main et, sans un mot de plus, s'engagea dans le chemin. Tout en le suivant des yeux, Jayne se caressa les lèvres d'un doigt tremblant.

Contre toute attente, une joie sauvage succéda dans son cœur à l'incertitude. Quelle qu'en soit la raison, il l'avait embrassée ! songea-t-elle.

Très vite, pourtant, elle revint à plus de réalisme. Qu'elle était naïve d'accorder tant d'importance au moindre propos, au moindre geste d'Adam ! Ne vaudrait-il pas mieux s'endurcir le cœur ? S'habituer à le regarder s'éloigner, comme il le faisait en ce moment ? Tout le reste n'était que rêve et illusion. Temps perdu.

Sa colère était retombée comme un soufflé. A sa place, une série d'émotions conflictuelles avait envahi son cœur. Adam Powell avait toujours été beaucoup plus qu'un patron pour elle. Il se révélait à présent un homme plus complexe que prévu. Les mots qu'il avait prononcés laissaient entrevoir un petit garçon blessé dans son enfance. Depuis le début de leur collaboration professionnelle, elle était amoureuse de lui. Mais désormais, devant tant de vulnérabilité cachée, elle ressentait à son égard une profonde compassion.

Il avait dû vivre des périodes d'ombre, se dit-elle. Des périodes qui l'avaient poussé, par compensation, vers la réussite matérielle. Il ne parlait jamais de ses parents. Souvent, elle s'était laissée aller à imaginer l'enfance d'Adam comme similaire à la sienne. Cependant, de plus en plus, elle entrevoyait la triste vérité : l'homme qu'elle aimait avait fait l'expérience *inverse* de la sienne. Son père avait sûrement quitté son épouse et son fils pour une femme comme sa mère à elle. Sa mère, cette briseuse de ménages.

Une douleur se raviva dans un coin secret de son cœur. Un coin d'elle-même encore immature, où se nichait le chagrin d'avoir épié son père par une fente de sa chambre à coucher, en refusant de lui parler. Un coin qui saignait encore du départ de Ben. Un endroit où elle avait pris la résolution de ne plus laisser un homme la faire souffrir.

Elle verrouilla derrière elle la porte de la suite et se dirigea vers le bâtiment qui abritait le bar et l'un des restaurants de l'hôtel. Trêve de considérations personnelles ! résolut-elle. Dorénavant, elle se recentrerait sur le travail. Bien entendu, il lui serait presque impossible d'ignorer Adam. Mais le professionnalisme serait néanmoins la seule façon de survivre à ces quinze jours aux Caraïbes.

Le chemin pavé serpentait entre des buissons odorants. Elle cueillit une fleur d'hibiscus rouge vif et la cala derrière son oreille. Elle en avait assez d'être une fleur qui ne trouve jamais son soleil, songea-t-elle. Assez de ne vivre que dans les contre-allées de la vie.

Assez de ne pas saisir au vol les risques qui font une existence bien remplie.

Dans sa tête, elle élabora une ébauche de plan pour son retour à La Nouvelle-Orléans. En tête de liste, trouver un nouvel emploi. Préparer Adam à la perspective de changer d'assistante.

Elle pénétra dans le hall de l'hôtel. Dès l'entrée, elle aperçut Adam, assis seul au bar. Demeurant un instant dans l'ombre, elle l'observa. Il avait le visage tendu. Il traversait une mauvaise passe, conclut-elle. En partie à cause d'elle. Une remarque de Ben vint soudain la troubler. Selon ce dernier, le simple fait de la regarder dans les yeux, en certaines occasions, donnait un fort sentiment de culpabilité. Pour quelle raison ? Elle ne l'avait jamais compris. Mais… était-ce ce qui arrivait à Adam, dans leur situation particulière ? Lui donnait-elle mauvaise conscience ?

Pour une raison ou une autre, son code de valeurs personnelles rayonnait autour d'elle. A cause de cela, beaucoup de gens avaient du mal à lui mentir, par exemple. En ce qui concernait Adam, elle ne lui avait pas rendu la tâche facile, tout à l'heure, reconnut-elle en son for intérieur. Elle l'avait contraint à s'exprimer, à partager une partie du chagrin et de l'indécision qu'elle ressentait.

Adam rejeta la tête en arrière et but d'un trait son whisky.

Un single malt, son favori, nota Jayne. En fait, elle

330

croyait savoir beaucoup de choses au sujet de son patron. Depuis quelques mois, elle se targuait de bien le connaître, et même de l'aimer. Maintenant seulement, elle réalisait l'ampleur de ce qu'il lui restait à découvrir.

— Alors, amica, comment trouvez-vous mon île ?

Jayne se retourna. Ray Angelini, un cigare à la main, portait un costume bien coupé. Il semblait bien plus à l'aise que dans l'avion. A sa vue, une pensée saisit Jayne : ce séjour sur l'île de cet homme se transformait pour elle en heure de vérité. Finis, les petits jeux de cache-cache envers soi-même. Il était temps de se regarder en face et de prendre des décisions radicales.

— Très agréable ! Adam a commencé à travailler sur le village de vacances. Il est très excité à l'idée que vous le lui vendiez.

— Ce n'est pas votre opinion professionnelle qui m'intéresse. Que pensez-vous du romantisme des lieux ? Didi considère que certains couples ont besoin d'être stimulés. Moi, je suis d'avis que chaque relation possède son propre rythme.

Jayne eut l'impression de se retrouver sur le grill. Qu'elle dise un mot de travers et elle compromettrait les objectifs d'Adam. Et Dieu sait à quel point La Perla Negra semblait importante pour lui.

331

— Vous avez raison. Adam et moi avons commencé par travailler ensemble, avant de nous lier.

— Je sens que vous êtes très proches l'un de l'autre… Mais allons plutôt rejoindre votre homme.

Le cœur de Jayne s'accéléra à ce dernier mot. Adam n'était pas *son* homme, rectifia-t-elle en son for intérieur. Cependant, qu'il le devienne était son plus cher désir. Le véritable amour représentait la grande aventure qu'elle recherchait depuis longtemps. Et Adam était l'homme entre tous qui pouvait le lui offrir.

Adam contemplait Jayne comme un drogué. Il avala une nouvelle gorgée de vin. Il buvait beaucoup trop, ce soir. Seul au bar, il avait avalé trois verres de whisky coup sur coup.

A table, il avait continué à boire plus qu'il ne mangeait. Qu'elle était jolie ! se répétait-il. Avec cette fleur d'hibiscus plantée derrière l'oreille, elle rayonnait de l'intérieur. D'où venaient cette lumière, cet éclat ? Quand il l'avait quittée, dans la suite, elle paraissait pourtant secouée et furieuse.

De nouveau, cette impression lui pesa. Machinalement, il tendit la main en direction du verre de vin, mais se ravisa. S'enivrer ne résoudrait pas le problème, reconnut-il. A la place, il se versa une rasade d'eau, qu'il vida d'une traite.

La table était recouverte de produits de la mer, tous

plus délicieux les uns que les autres. Le chef de La Perla Negra était sans conteste un maître.

Et pourtant, Adam touchait à peine aux mets. Il ne songeait qu'à Jayne. Quelque chose en elle avait changé ce soir. Mais quoi ? Il n'aurait de cesse de le découvrir, en tout cas.

Comme un silence s'instaurait à table, Jayne reprit la parole.

— J'ai regardé la carte au trésor, cet après-midi. Elle semble très facile à suivre…

Au lieu de se morfondre comme Adam s'y attendait un peu, Jayne avait tenu les rênes de la conversation toute la soirée. Cela le rendait perplexe. Que cherchait-elle à démontrer par cet entrain ? Qu'il avait beaucoup à perdre à ne plus jouer avec elle au jeu de la séduction ? Dans ce cas, elle avait réussi ! A l'idée de la voir s'éloigner, ses tripes se serraient.

Il tenta de réagir. Ce n'était qu'une femme parmi des millions d'autres, se martela-t-il avec rage. Mais à cette pensée, son esprit se rebella. Non ! Jayne était au contraire une personne unique. Il n'en existait pas deux comme elle.

Ray répliqua :

— Nous avons placé quelques embûches en cours de route. Mais notre but ultime est que nos clients trouvent le trésor. Pas qu'ils se perdent dans l'île !

Au début du repas, Adam avait perçu une tension entre Didi et Ray. Mais, par la grâce de sa conversation,

Jayne y avait remédié. Elle possédait un réel talent pour détendre les gens, les rendre heureux.

Sauf lui ! Plus elle brillait et rayonnait, plus il se sentait mal. Il n'arrivait pas à entrer de plain-pied dans ce dîner à quatre. Plus tôt dans l'après-midi, ressassa-t-il, il s'était comporté comme un goujat. Un homme meilleur que lui aurait présenté des excuses. Lui, il n'en avait rien fait. Et en plus, il n'en avait toujours pas l'intention.

Se tournant vers lui, Ray l'apostropha :

— Et vous, Powell… que souhaitez-vous plus que tout au monde, dans la vie ?

Jayne ! fut tenté de répondre Adam. Toutefois, il adopta son sourire commercial pour répliquer :

— La Perla Negra.

Ray éclata de rire.

— Soyez sincère ! Le mois dernier, nous avons reçu un couple qui ne souhaitait que la richesse matérielle. Au moins le reconnaissaient-ils en face.

Cela ne surprenait pas Adam. Beaucoup de gens couraient après l'argent, comme si celui-ci constituait l'unique réponse aux problèmes du monde. Lui-même, du temps de sa jeunesse, avait appris cette rude leçon : si l'on ne travaille que pour s'enrichir, le monde paraît creux et vide.

— Adam ? lança Jayne.

Elle semblait guetter sa réponse avec intérêt.

Chassant la dérive de ses pensées, il tendit le bras vers son verre d'eau.

— Je suis déjà riche, répondit-il. Je n'ai pas besoin d'un « trésor » pour m'offrir ce que je désire.

Sous la table, il sentit soudain la main de Jayne lui pincer la cuisse. Pour le prévenir que ses propos desservaient ses intérêts économiques ? Quand elle voulut retirer sa main, il la retint. C'était bien la première fois de la soirée qu'elle faisait attention à lui, se réjouit-il. Jusque-là, elle avait brillé de tous ses feux, le laissant croupir dans l'ombre.

— Dans ce cas, vous obtiendrez La Perla Negra par le travail, et non par la chasse au trésor, intervint Didi. Mais n'existe-t-il pas une chose que vous aimeriez avoir, et qui soit un peu hors de votre portée ?

Adam frotta la main de Jayne contre sa cuisse et tourna la tête vers elle. Dans les yeux bleus posés sur lui, il lut une attente telle, que les battements de son cœur redoublèrent. Presque malgré lui, il s'entendit répliquer :

— Si. Jayne.

La bouche pulpeuse de son assistante s'entrouvrit. De la pointe de sa langue rose, elle s'humecta les lèvres. La tête penchée sur le côté, elle demeura sans voix, mais il vit son pouls s'accélérer à la base du cou. Incapable de résister, il toucha du bout des doigts cette petite veine palpitante, par où la vie se diffusait dans son corps.

335

La peau douce de Jayne se hérissa de chair de poule sous ses doigts. Découvrant cette sensibilité exquise, il sentit une brusque volte-face s'opérer en lui. Comme une girouette sous l'effet du vent, il changea de direction du tout au tout. Il prit une décision subite, contraire à son choix précédent : il ferait de Jayne sa maîtresse, après tout.

— Elle est déjà à vous, objecta Ray.

La magie du moment se brisa net. Adam se tourna vers les autres convives.

— Jayne est la seule part d'incertitude dans ma vie, expliqua-t-il.

Didi sourit et s'adressa à la jeune femme :

— Et vous ? Que souhaitez-vous plus que tout ?

Jayne haussa les épaules. Malgré son visage direct et franc, elle demeurait pour Adam une énigme. Une femme déroutante et complexe.

— Je ne suis pas aussi riche que toi, mon chéri, répliqua-t-elle. Gagner beaucoup d'argent me comblerait donc. Si j'en possédais en quantité, je pourrais me lever tard le matin, par exemple. Mais…

Les yeux fixés sur Jayne, Adam la regarda se mordre les lèvres et fermer un instant les yeux. Un peu tendu, il attendit. Qu'allait-elle dire ? Ce qu'elle pensait vraiment ? Ce que les Angelini voulaient entendre ?

Elle rouvrit les yeux et lâcha d'une traite :

— En fait, j'ai toujours voulu une vraie famille.

— Des enfants ? s'étonna Adam.

Jayne acquiesça d'un signe de tête.

— A dire vrai, je veux le grand jeu : un mari, des enfants, des beaux-parents, poursuivit-elle. Faire partie d'une grande famille.

— Moi, je suis enfant unique, enchaîna Adam.

Le sourire triste de Jayne le bouleversa. Mais pourquoi ? s'insurgea-t-il contre lui-même. Cela n'avait aucun sens ! Cette femme était son assistante, que diable ! S'il jouait bien les cartes qu'il avait en main, elle deviendrait peut-être sa maîtresse. Mais rien de plus. Alors, puisque c'était son choix d'homme libre, pourquoi tiquer à l'idée de ne jamais lui donner ce dont elle rêvait ?

Tourné vers Jayne, Ray suggéra :

— Alors, il faut vous mettre tout de suite au travail, pour les bébés !

Didi lui envoya un coup de coude qui se voulait discret et le menaça du regard.

— Chéri..., commença-t-elle.

Comme s'il comprenait sa bévue, Ray coupa :

— Oublions tout ça. Voulez-vous vous joindre à nous dans le salon, pour danser au son de notre orchestre de jazz ?

Adam intervint :

— Pas ce soir. J'ai promis à Jayne une promenade sur la plage. Elle adore être à l'extérieur. Nous passons tant de temps enfermés au bureau...

Didi approuva de la tête. Un sourire de satisfaction se peignit aussi sur les traits de Ray.

Sous la table, Adam enroula ses doigts autour de ceux de Jayne et s'y agrippa avec une force qui l'étonna lui-même.

La brise nocturne était tiède. Ils descendirent sur la plage par le tortueux petit escalier de pierres.

— Il aurait sans doute mieux valu rester avec les Angelini, remarqua Jayne en marchant.

— Je sais ce que je fais, mon chou. Voilà des années que je dirige mes affaires.

— Désolée. J'ai trop l'habitude d'être ton assistante ! Ce soir, Ray et Didi ont paru croire en notre couple. Je m'inquiétais, au début.

— Pas moi. J'avais confiance en toi.

— Pourquoi ? demanda-t-elle du tac au tac.

— Depuis le début de notre collaboration professionnelle, tu ne m'as jamais fait faux bond.
Jayne eut un bref sourire. Par sa question, elle avait cru pousser Adam dans ses retranchements. Mais il avait su demeurer évasif. Se cantonner aux réponses convenues.

— Pour souffler le chaud et le froid, tu t'y entends, souligna-t-elle avec une pointe de sècheresse.

— Avec toi, je ne suis pas froid...

— Eh bien, moi, j'ai l'intention de l'être.

Adam ne réagit pas. Jayne sentit aussitôt sa propre détermination flancher.

Arrivés au bas de l'escalier, ils s'assirent sur un banc. Adam enleva ses chaussures et retroussa le bas de son pantalon. Jayne ôta ses sandales. Sous ses pieds nus, le sable granuleux lui sembla délicieusement frais.

Adam lui prit alors la main et ils commencèrent à marcher le long de la grève. Seul le bruit du ressac emplissait le silence. C'était une nuit de rêve, hollywoodienne : un couple seul au monde, foulant le sable sous la clarté de la lune.

Cependant, aux yeux de Jayne, il manquait une chose à cette nuit parfaite. Une chose qu'elle n'aurait su analyser avec précision. La précarité de la situation l'obsédait. D'où cela venait-il ? De son enfance si incertaine, où rien n'était prévisible ? En tout cas, ce n'était pas pour rien qu'un instinct la poussait à tout contrôler dans sa vie d'adulte.

— Tu trouves vraiment que je souffle souvent le froid ? s'enquit Adam.

— Souvent, peut-être pas. Mais parfois…

Penchant la tête en arrière, il contempla la voûte étoilée.

— Je ne peux te donner davantage, affirma-t-il.

— Pourquoi ? A cause de la politique de la chaîne Powell ?

— En partie…

Elle attendit.

— Mon trésor…, reprit-il. J'ai vu tant de vies détruites à cause de personnes incapables de contrôler leurs émotions.

— C'est la deuxième fois que tu parles de destruction. Mais en fait, tu ne détruis rien. Au contraire, tu construis les hôtels les plus luxueux de la planète.

Adam lâcha la main de Jayne et fixa sur l'océan un regard sombre.

— Je suis très prudent dans ma vie privée, expliqua-t-il. Je ne choisis que des femmes qui…

— Qui se contentent de ce que tu leur donnes ?

— Oui.

— Tu vas te contenter d'une série infinie de maîtresses ?

— Oui.

Elle frissonna. Adam dut s'en apercevoir, car il retira sa veste et en enveloppa la jeune femme, avant de la serrer contre lui pour la réchauffer.

— Pourquoi avoir fait ce choix ? demanda-t-elle. C'est un peu triste, non ?

— On dirait que tu parles en connaissance de cause.

Jayne haussa les épaules. Elle n'avait aucune envie de disserter sur ce sujet. Ni de parler des maîtresses d'Adam et des autres. Et encore moins de celle que sa mère avait été pour tant d'hommes.

Adam resserra son étreinte.

— Cette nuit est très romantique, dit-il. Ne gaspillons pas notre temps à parler. Il y a mieux à faire…

Mais Jayne ne l'entendait pas de cette oreille. Tentant de se dégager des bras d'Adam, elle rétorqua :

— Je ne veux pas me laisser aveugler par le sexe.

Adam gloussa :

— Aveuglée par le sexe ?

Jayne eut elle aussi envie de rire de cette expression incongrue. Toutefois, elle voulait une réponse et poursuivit :

— Par un moyen ou un autre, tu tentes toujours de me détourner des questions que je me pose. Pourquoi ?

— Je ne sais pas trop…

Glissant de nouveau sa main dans celle de Jayne, il se leva et entraîna la jeune femme vers l'eau.

— Amusons-nous, suggéra-t-il.

— D'accord. Mais je veux quand même en savoir plus sur tes relations avec les femmes.

— Ce n'est pas un sujet de conversation à entamer entre nouveaux amants, objecta-t-il.

— Nous ne sommes pas de vrais amants.

— Nous allons le devenir.

Le cœur et le corps de Jayne perdirent de leur fermeté.

— Je le crois aussi, acquiesça-t-elle à mi-voix.

Les vagues leur léchaient les pieds. Ils se regardèrent dans les yeux. Enfin, Adam se pencha et effleura de ses lèvres la joue de Jayne. Puis il se décida à répondre à la question qu'elle lui avait posée.

— J'ai vu le mal que font à une famille le mensonge et l'infidélité. J'ai juré de ne jamais mettre une femme dans cette position. C'est pourquoi je ne m'engage pas.

— Tu es si droit... Je suis certaine que tu ne t'abaisserais pas à l'infidélité.

Adam recula de quelques pas. Avec une certaine amertume, il répliqua :

— Je suis au contraire le digne fils de mon père ! Juges-en plutôt ; j'ai quitté La Nouvelle-Orléans depuis un jour à peine et déjà, je songe à enfreindre l'une des règles de base de mon entreprise : ne pas avoir de liaisons avec les femmes que j'emploie.

Jayne le contempla. Pour une fois, elle lisait en lui à livre ouvert : les ombres de son passé hypothéquaient son avenir. Elles l'assombrissaient.

— Je pense que tu es bien meilleur que ce que tu crois, dit-elle.

— Prouve-le.

— De quelle manière ?

— Embrasse-moi. Fais-moi croire en moi-même.

— Comme tu veux.

Se hissant sur la pointe des pieds, elle attira le visage d'Adam entre ses mains et murmura contre ses lèvres :

— Mon lapin, prépare-toi à être épaté.

6.

Quand Jayne effleura ses lèvres, puis en lécha amoureusement les contours, Adam frissonna de la tête aux pieds et son désir s'amplifia avec une force inconnue jusqu'alors. Il sentit son corps se durcir. Alors, n'y tenant plus, il glissa les mains sous la veste de son assistante et lui balaya le dos de ses paumes.

Il n'était plus maître du jeu qu'il avait lui-même initié en quittant La Nouvelle-Orléans pour les Caraïbes. Au point où il en était, que faire d'autre que céder ? Cette femme incarnait tout ce qu'il souhaitait depuis toujours, sans jamais oser le prendre. Sauf que, ce soir, elle se trouvait à ses côtés. Et s'apprêtait à dormir dans le même lit que lui.

Il la sentait frêle entre ses bras. Sans ses hauts talons, et malgré ses airs bravaches, elle était toute menue. Cette femme apportait dans sa vie un rayon de soleil tout neuf et, même s'il devait s'en mordre les doigts, il ne lui tournerait pas le dos.

Bien au contraire, il lui rendit avec une flamme

particulière chacun de ses baisers. Les barrières psychologiques qu'il s'imposait depuis des années le réduisaient au silence. Il ne savait pas exprimer ses émotions, mais son corps parlerait à sa place, songea-t-il. Il se chargerait de suppléer aux mots qui ne franchiraient pas ses lèvres.

Prenant le visage d'Adam entre ses mains, Jayne le caressa. Puis elle noua les doigts derrière sa nuque et s'abandonna sans réserve au ballet de leurs langues.

Comme elle pressait ses seins contre lui, Adam sentit sa propre poitrine se gonfler. Il agrippa sa compagne aux hanches et la souleva contre lui avec une violence qui l'effraya lui-même. Une vague de désir fou le submergeait. S'il n'y prenait garde, ses pulsions bouillonnantes auraient raison de lui. Dans sa hâte, il la renverserait sur le sable tiède et la prendrait sans ménagement.

Conscient du danger, il desserra un peu son étreinte et releva la tête. Sans le quitter des yeux, Jayne lui sourit et, devant ce regard si bleu, il sentit son cœur fondre. Trop d'émotions l'étreignaient à la fois. Pour les reléguer au second plan, il fallait se soustraire à ces yeux limpides. Il serra donc la jeune femme contre lui et lui coinça la tête du menton pour l'empêcher de bouger.

— Tu me connais, patron, dit-elle. Quand je me mets quelque chose en tête, on ne peut plus m'arrêter.

— C'est moi que tu as en tête ?

Lui aussi parlait d'un ton léger, mais un vague espoir s'immisçait en lui. Un espoir inexplicable, qui le laissait sans défense.

Jayne acquiesça.

— Je n'ai guère le choix, en la matière, répondit-elle.

Les vagues leur léchaient les pieds.

— Je n'aime pas beaucoup l'océan, reprit-elle pour faire diversion. J'ai toujours détesté l'eau.

— Moi, je l'adore, au contraire ! murmura-t-il. Quand j'étais petit, je rêvais de m'enfuir sur un voilier. Tu sais nager, quand même ?

— Maintenant, oui. Mais j'ai appris très tard. Dans mon enfance, ma mère me laissait périodiquement en pension, pour partir en voilier au Mexique ou dans les Keys de Floride. De sorte que, pour moi, la mer est associée à ses départs et à ses absences.

Sans répondre, Adam lui prit la main et l'entraîna vers le haut de la plage. Là, il s'assit sur le sable et installa la jeune femme entre ses jambes avant de l'entourer de ses bras.

— Si tu me parlais de ton enfance ? suggéra-t-il.

— Pourquoi ?

— Parce que je veux te connaître de fond en comble.

Aux yeux d'Adam, assise sous la lune, Jayne ressemblait à une créature éthérée, surgie d'un

346

autre monde. Une femme quasi-irrésistible. Dans sa confusion mentale, il ne voyait qu'un moyen de se protéger d'elle, de ne pas s'y attacher davantage : il fallait exorciser le charme qu'elle exerçait sur lui. Lui ôter de son mystère. Apprendre à son sujet des détails qui la feraient tomber de ce piédestal sur lequel elle se trouvait.

— Délivre-moi d'un doute, demanda Jayne. Nous ne sommes pas en train de jouer la comédie au profit des Angelini, au moins ?

Une nouvelle fois, Adam sentit percer la vulnérabilité dans le ton de la jeune femme. Emu, il la serra plus fort contre lui, lui lécha le lobe de l'oreille, lui mordilla le creux du cou. Puis il l'enserra entre ses jambes. Enfin, se collant à elle, il appuya le renflement de son entrejambe contre le bas de ses reins.

— Je te veux pour maîtresse, Jayne, souffla-t-il. Finis les jeux et les faux-semblants. Je te veux pour de vrai.

L'impact de ce moment aurait des conséquences durables, songea-t-il. Mais qu'importe ! Le monde des affaires lui avait appris au moins une leçon : certaines actions sont inévitables. Et pour toute action, il existe un prix à payer. Alors…

— Moi aussi, je te veux, balbutia-t-elle. Mais je ne veux pas seulement ton corps.

— Bien.

— Bien ? Comment ça, bien ? Tu es conscient

que cela aura des retombées sur nos relations professionnelles.

— Nous verrons bien... En attendant, je veux connaître tous tes secrets.

— Si je te disais tout, je n'aurais plus de refuge où me cacher...

Adam caressa le visage de Jayne. D'un côté, il aurait beaucoup donné pour se débarrasser du désir qui fourmillait dans son corps. Cela simplifierait tant sa vie professionnelle ! Mais en fait, il le savait, il se mentait à lui-même. Bien sûr, il appréciait à sa juste valeur l'efficacité exemplaire de Jayne au bureau, mais, en fin de compte, il serait encore plus enchanté de l'avoir pour amante.

Durant les mois écoulés, il s'était félicité de demeurer insensible à la féminité de son assistante. En réalité, il s'était bel et bien leurré ; la vérité était beaucoup plus crue, plus prosaïque : depuis le début, il n'attendait qu'une bonne occasion de la courtiser. C'était aussi simple que cela.

— Tu ne crois pas que nous nous sommes assez cachés l'un de l'autre comme ça ? interrogea-t-il.

Les doigts de Jayne pétrirent les cuisses d'Adam.

— C'est ton avis ?

Au lieu de répondre, Adam l'enlaça de plus près encore. Ses mains balayèrent les côtes de Jayne, s'attardèrent sur la courbe renflée de ses seins. Puis il prit ceux-ci au creux de ses paumes et, du pouce, en attisa la pointe.

Le souffle court, la jeune femme changea de position pour mieux s'offrir à ses caresses. Sous ses doigts, il sentait les bourgeons de ses seins se dresser. Il enfouit la tête dans les cheveux de sa compagne et pressa contre elle la preuve érigée de son désir. S'il ne la prenait pas sur-le-champ, il en mourrait, songea-t-il, à l'agonie.

— Si nous retournions dans la chambre ? suggéra-t-il d'une voix rauque.

— Bonne idée.

Cessant de chercher à gouverner les événements, Jayne s'abandonna au plaisir d'être avec Adam. Parcourue de frissons de désir, elle avait peine à différer le moment de faire l'amour avec lui. Dans sa nouvelle garde-robe, elle avait remarqué un délicieux déshabillé vaporeux. Elle rêvait à présent de l'enfiler. Quel effet produirait-il sur Adam ? se demanda-t-elle avec une délectation toute neuve.

— Par une nuit comme celle-ci, j'imagine sans mal le pirate Antonio entrant au port avec sa belle captive vierge, commenta-t-elle.

Tout en remontant vers leur chambre, l'esprit de Jayne voguait. Elle ne connaissait Adam Powell que tendu et affairé. Ce soir, en revanche, sa démarche souple et décontractée la ravissait. Cela attisait son désir d'explorer les aspects cachés de sa personnalité. Avait-il ressenti, comme elle, la magie de ces moments sur la plage ?

— A mon avis, elle n'était plus vierge en arrivant ici, railla-t-il.

— Je suis sûre que si, au contraire ! A moins qu'elle ne soit tombée amoureuse d'Antonio au cours du voyage.

— N'accorde pas trop d'importance à l'amour, mon chou. Selon moi, la passion sexuelle aura eu raison de ses principes de vierge effarouchée.

Jayne songea à ce qu'Adam lui avait raconté de l'infidélité de son père, de l'abandon de sa famille. Etait-ce la raison pour laquelle il refusait de croire en l'amour ? En y réfléchissant de plus près, toutes ses conquêtes féminines avaient au moins un point en commun : elles étaient futiles, légères, un peu vénales, de sorte qu'il ne risquait pas d'en tomber amoureux.

Les pensées de Jayne s'attardèrent sur les anciennes maîtresses d'Adam. Qu'avaient-elles en commun ? Physiquement, elles étaient toutes grandes, possédaient de longues jambes et des seins voluptueux. Elles passaient des heures à se pomponner, à changer de tenue pour un oui pour un non. Suspendues à leur portable, elles dépensaient beaucoup de salive en propos sans profondeur.

Elle haussa les épaules et commenta :

— La passion est très surestimée. De quoi s'agit-il, en fait ? Quelques phéromones, des vêtements provocateurs et l'affaire est dans le sac...

— Ça, c'est le désir, objecta-t-il.

— Tu as fait une étude comparative sur le sujet ? se moqua-t-elle.

Pour elle, de toute façon, la sexualité incluait beaucoup plus que quelques phéromones. C'était d'ailleurs la raison pour laquelle elle avait eu si peu d'amants.

— Quel est le sens de ta question ? Tu me demandes des détails sur ma vie sentimentale ? s'enquit Adam.

— Je n'en ai pas besoin ! Je connais l'essentiel : ta chambre à coucher comporte une porte à l'arrière. Une porte par laquelle tes maîtresses doivent s'éclipser, le moment venu.

Adam ne répondit pas, mais il lâcha la main de Jayne. Il semblait ruminer des pensées.

D'un regard furtif, elle perçut sa colère.

— C'est toute l'estime que tu me portes ? lança-t-il enfin d'un ton revêche.

Oui et non, songea-t-elle. Le désir de comprendre cet homme la rendait maladroite et, en son for intérieur, elle le regrettait. Elle en devenait même indélicate, d'ailleurs. Mais comment faire autrement, quand on devait chercher des réponses à tâtons ?

— Excuse-moi, dit-elle. Mais… je ne comprends pas pourquoi tes liaisons sont toujours si brèves.

Une brise tiède soufflait. L'odeur de la mer se mêlait aux senteurs de jasmin. Pourquoi leur échange, qui avait commencé de façon si romantique, tournait-il de si détestable façon ? se demanda Jayne.

— Parce que c'est plus sûr, répondit-il à voix basse.

— Plus sûr ? Et tes histoires d'une nuit ?

— Contrairement à ce que tu crois, je peux vivre sans sexe plusieurs nuits d'affilée.

— On ne dirait pas…

Adam fit glisser l'un de ses doigts le long de la nuque de Jayne. Elle frissonna.

— Avec toi, c'est différent. J'ai du mal à m'en empêcher, parce que tu es un feu qui couve en moi depuis longtemps, avoua-t-il.

Un feu qui couve en lui ? Les mots vibrèrent dans la tête et le cœur de Jayne. Enhardie, elle s'arrêta, passa ses bras autour du cou d'Adam et l'embrassa.

Il la retint serrée contre lui.

— Merci, murmura-t-elle.

— C'est la vérité. N'en doute jamais, dit-il en la guidant le long du chemin qui ramenait à l'hôtel.

L'espace d'un instant, Jayne eut le sentiment que tous ses rêves, passés et présents, se fondaient dans la réalité. Oubliées, les souffrances causées par son père et par Ben. Avec Adam, elle connaîtrait enfin l'amour durable. Un amour qui s'épanouirait comme une fleur. Un amour vrai et solide. Une attente brûlait en elle, la faisant trembler de désir. L'impression folle que quelque chose de beau lui arrivait enfin.

Adam s'arrêta sous l'un des réverbères qui jalonnaient l'escalier et attira Jayne contre lui. Comme elle se hissait sur la pointe des pieds pour lui offrir sa bouche, il l'enlaça avec tendresse. Entre eux, un accord tacite se scellait, songea-t-il. Ils s'apprêtaient à faire l'amour. Et il se promettait de tirer toute la moelle de cet événement exceptionnel. Il accomplirait chaque geste avec un soin de gourmet, goûterait cette femme exquise comme on déguste un festin.

Il effleura lentement de ses lèvres la bouche sensuelle tendue vers lui. Puis, de sa langue, il la goûta, l'explora. Jayne répondait à ses baisers avec adresse, en tout abandon. Et lui-même sentait monter dans sa gorge des gémissements qu'il avait peine à retenir. Ses mains allaient et venaient le long du dos de sa compagne. Bientôt, elles glissèrent sous le fin chemisier, enserrèrent la taille féminine, caressèrent le ventre, les côtes, pour remonter lentement vers les seins.

Jayne sentait sa poitrine lourde dans les paumes d'Adam. Comme il effleurait le pourtour de chaque mamelon, sans en toucher la pointe gorgée de sève, elle ressentit le violent besoin de ses doigts, de sa bouche sur eux.

Les lèvres d'Adam glissèrent le long de la joue de la jeune femme, dans son cou et le long de sa gorge. Il mordilla la peau tendre au creux de l'épaule.

Elle arqua alors son corps contre lui. A travers l'étoffe de sa chemise, elle planta ses ongles dans le torse ferme.

— Mon chou, je ne peux plus attendre, murmura-t-il.

— Alors, n'attendons plus, souffla-t-elle en retour.

Posant une main au creux des reins de Jayne, il la poussa vers l'hôtel. A présent, ils se hâtaient.

Dans le hall de l'hôtel, un cigare à la main, Ray les apostropha avec bonne humeur :

— Ah ! Vous voilà !

— Oui, nous voilà ! répliqua Adam.

Cette rencontre déstabilisa Jayne. Une kyrielle de questions se pressait dans son cerveau. Angelini se trouvait-il depuis longtemps sous la véranda ? Les observait-il ? Adam l'avait-il remarqué ? Est-ce pour cette raison qu'il l'avait embrassée sur la plage ? Pour joindre l'utile à l'agréable ? Convaincre Ray qu'il vendait son hôtel à un vrai couple ?

Elle lança en direction de son compagnon un regard inquisiteur qui ne la renseigna pas. Le visage d'Adam n'exprimait rien de particulier. Il avait décidément une capacité innée à dissimuler ce qu'il ressentait, constata-t-elle avec dépit. Une sonnette d'alarme résonna dans la tête de la jeune femme. Elle réactiva dans son cœur sa batterie de méfiance.

— Notre orchestre de jazz entame la deuxième partie de la soirée, poursuivit Angelini. Je vous guettais pour voir si vous aviez changé d'avis. Accepteriez-vous de vous joindre à nous ?

— Avec plaisir, répondit Adam. Je m'intéresse beaucoup aux animations de votre hôtel. Quant à Jayne, elle adore danser.

— Pas ce soir, coupa-t-elle d'un ton sans réplique. J'ai mal à la tête. Le voyage sans doute… et la longue journée de travail.

— A partir de demain, vous n'aurez plus qu'à vous reposer, déclara Ray.

— Retourne à la chambre, ma chérie, proposa Adam. Je te rejoins plus tard.

L'orchestre entamait un air endiablé. Un sourire aux lèvres, Angelini se tenait à l'entrée du salon de l'hôtel, en face de Jayne. De toutes ses forces, la jeune femme tenta de ne pas accorder d'importance au choix qu'Adam venait de faire. Et quand son patron emboîta le pas à Ray et le suivit vers les fauteuils du salon, elle se persuada que cela ne la faisait pas souffrir.

Dès le départ de Jayne, Adam se sentit mal à l'aise. Que faisait-il avec Ray Angelini ? Il n'avait pas la moindre envie de passer la soirée au bar ! Il jeta un regard circulaire autour de lui. Un peu désuet, le décor du salon datait des années soixante. Les pales de plusieurs grands ventilateurs brassaient l'air chaud.

Que ressentait Jayne ? se demanda-t-il. D'où provenait ce soudain mal de tête ? Quelques minutes plus tôt, sur la plage, elle avait l'air en pleine forme. Sa décision fut vite prise : il resterait avec Angelini le temps de boire un verre. Ensuite, il trouverait une excuse pour s'éclipser.

Les deux hommes s'installèrent dans les larges fauteuils. Le trio de jazz était excellent. Pourtant Adam l'entendait à peine. Les grands yeux bleus de Jayne l'obsédaient. Au moment où elle se détournait pour rejoindre leur suite, il y avait lu une poignante tristesse. Il ne se savait pas capable d'infliger tant de peine à un être humain.

Didi les rejoignit bientôt. Elle portait une longue jupe informe vert olive. Adam s'en affligea en son for intérieur. Comment une femme en arrivait-elle à s'accoutrer de pareille façon ? se demanda-t-il. Cela ne pouvait pas durer ! Dès le lendemain, il y remédierait, en lui faisant parvenir quelques vêtements plus attrayants.

— Où est Jayne ? s'enquit-elle.

— Bonsoir, chérie ! lança Ray. Elle est dans sa chambre avec un bon mal de tête.

Sans un mot, Didi fustigea son mari du regard.

Quel couple étrange ! songea Adam. Ils n'irradiaient

ni harmonie ni passion. Ils semblaient même, par moments, éprouver une certaine hostilité l'un envers l'autre. Leur insistance à vendre l'hôtel à un couple vivant un grand amour en paraissait d'autant plus saugrenue.

Le regard toujours courroucé, Didi se releva presque aussitôt et annonça :

— Bon… je vous laisse parler affaires.

Elle s'éloigna sur ces mots. De son côté, Adam décida de ne pas s'éterniser en compagnie de Ray. Comme l'orchestre entonnait un vieil air de Miles Davis, il regretta encore davantage l'absence de Jayne. Elle aurait aimé ce trio de talent, il n'en doutait pas. Et lui, il l'aurait entraînée sur la petite piste de danse.

— Sacrée Didi… Elle veut toujours mettre son nez dans mes affaires, se plaignit Ray. Jayne est-elle comme ça ?

— Quelquefois. Si je lui demande de faire une chose qu'elle juge déraisonnable, elle me le dit.

Pourtant, les interventions de son assistante ne lui avaient jamais pesé. Au contraire, neuf fois sur dix, elle avait eu raison. Elle jetait toujours sur les choses et les êtres un regard lucide et sa vision très personnelle lui permettait parfois de percevoir des nuances que lui, pour sa part, n'avait pas saisies.

— Depuis combien de temps êtes-vous ensemble ? s'enquit Angelini en tirant sur son cigare.

— Elle travaille avec moi depuis huit mois, à peu près.

Ray le regarda d'homme à homme.

— Mais vous avez tout de suite voulu aller plus loin, non ?

— Vous vous prenez pour mon confesseur ? demanda Adam, mi-figue mi-raisin. Je sais que vous souhaitez voir un couple acheter votre hôtel, mais quand même...

— Pas seulement un couple, corrigea Ray. Un couple *amoureux*.

— Jayne et moi avons la ferme intention de conserver à La Perla Negra la place unique qu'elle occupe aux Caraïbes, affirma Adam. Cela devrait vous combler...

— Non, cela ne nous suffit pas. La Perla Negra n'est pas seulement une belle station balnéaire. C'est aussi une légende.

— Les légendes font vendre, commenta Adam.

— En effet, rétorqua Ray en avalant une gorgée de whisky. Mais La Perla Negra est surtout un endroit où les couples viennent par romantisme, pour resserrer les liens qui les unissent.

La Perla Negra... Ray en parlait d'une manière quasi mystique. Un endroit hors du monde, fait pour l'amour. Pour Adam, c'était un peu étrange. Tout cela n'avait rien à voir avec les affaires.

— Je ne voudrais pas vous décevoir, dit-il, mais

certains des couples qui viennent ici sont illégitimes.

Ray haussa les épaules et balaya l'objection d'un geste.

Adam hocha la tête avec amertume. Les gens s'accommodaient bien de l'adultère, il le savait ! D'ailleurs, s'il méprisait tant la tromperie au sein des couples, c'était seulement parce que sa mère et lui en avaient souffert. Sans cela, il serait sans doute, comme les autres, beaucoup plus indulgent. Mais on ne ré-écrit pas l'histoire. Pour lui, il en était ainsi. Blessé à tout jamais, il ne pardonnerait ni ne tolérerait jamais ce genre de trahison.

— Nous leur offrons un endroit où s'aimer, expliqua Angelini. Nous ne nous mettons jamais en travers de l'amour véritable. Légitime ou non, cela ne nous regarde pas.

— Sans considération pour les dégâts que l'adultère cause dans les familles ?

— Où voulez-vous en venir ?

Adam acheva son verre et se leva.

— Laissons tomber. Je vais rejoindre Jayne.

Ray l'imita avec un sourire.

— Entendu. Rendez-vous pour le petit déjeuner sous la véranda. Je vous ai organisé pour demain un tour de l'île en bateau.

— C'est très gentil. A propos, je sais piloter un

bateau. Inutile de prévoir un guide pour nous. Merci et bonne nuit.

— Buona notte, compare.

Adam longea le corridor d'un pas pressé. Sa hâte de retrouver Jayne croissait de minute en minute. Quelque chose n'allait pas, il le sentait. Il aurait dû réagir plus vite, au lieu de laisser son sens du commerce prendre le pas. Il ne se trouvait qu'une seule excuse : les affaires se gèrent plus aisément que la vie sentimentale. Dans ce dernier domaine, il manquait d'expérience.

Quand il pénétra dans la suite, seule une petite lampe posée sur un guéridon était allumée. Ses yeux s'arrêtèrent sur un dossier rouge placé sur le bureau. Jayne avait donc travaillé avant de se coucher ?

Soulagé de la savoir en meilleure forme, il jeta un rapide regard au dossier. Rien d'important, jugea-t-il aussitôt.

Il défit son nœud de cravate et ôta ses chaussures. Puis il gagna la chambre à pas feutrés. Même s'il n'avait pas encore mis tous les détails au point, sa décision était prise : en dépit de ses sacro-saints principes, il n'accepterait pas que Jayne quitte son emploi. Il ne pouvait se passer d'elle au bureau. Elle l'aidait à fonctionner à son maximum.

Ouvrant sans bruit, il passa la tête par l'embrasure de la porte. Le clair de lune éclairait la chambre. Il chercha des yeux dans le lit la forme menue de Jayne. Personne…

— Mon chou ? hasarda-t-il à mi-voix.

La voix de Jayne lui parvint de la terrasse.

— Je suis là.

Adam franchit la baie vitrée et s'apprêta à prendre la jeune femme dans ses bras. Ils allaient poursuivre ce qu'ils avaient si bien commencé sur la plage, songeait-il. Toutefois, un seul regard à Jayne suffit à le glacer : quelque chose clochait. Quelque chose qui n'avait rien à voir avec un quelconque mal de tête. Inutile d'être devin pour comprendre ; il avait commis une erreur et allait devoir en supporter les conséquences.

Soudain, une panique s'empara de lui. Douché, il se rappela pourquoi il avait banni de sa vie toute liaison sentimentale durable : avec les maîtresses de passage, au moins, on n'avait pas à se justifier. On évitait les reproches. Et surtout, on ignorait le tumulte des émotions qui affolaient le cœur et mettaient l'esprit en déroute.

7.

De retour dans leur suite, Jayne s'était jetée à corps perdu dans le travail. Plus question de jouer les séductrices dans le beau déshabillé sexy, évidemment ! A la place, elle avait enfilé un long T-shirt confortable. Peu à peu, installée devant un dossier, elle avait recouvré ses esprits. Ce soir, elle avait pris avec Adam des risques inconsidérés. En s'apprêtant à faire l'amour avec lui, elle avait sauté à pieds joints dans l'inconnu. Et sans filet, encore ! Mais à présent, grâce au ciel, elle retrouvait le contrôle d'elle-même et de sa vie. Pour justifier son attitude sur la plage aux yeux de son patron, elle invoquerait une folie passagère. L'effet de la douceur marine sur ses sens fatigués. Une aberration temporaire.

Plus que jamais, elle en était convaincue : Adam et elle ne formeraient jamais un couple heureux, pour la bonne raison que, dans la vie d'Adam Powell, rien ne pouvait rivaliser avec les affaires. Et surtout pas l'amour.

Sur la plage, bercée par la beauté de la nuit et le romanesque de la situation, elle avait caressé le rêve de lui apprendre à aimer. Mais pourquoi se leurrer ? L'attitude d'Adam tout à l'heure, sa décision de rester avec Ray plutôt que de venir faire l'amour avec elle en disaient long sur sa manière d'envisager sa vie personnelle. Dans ces conditions, mieux valait jeter l'éponge tout de suite.

— Toujours mal à la tête ? s'enquit Adam.

Il demeurait dans l'ombre. Seule sa voix chaude parvenait aux oreilles de Jayne. Une voix dans laquelle on pouvait déceler une certaine tension. Secouant la tête, la jeune femme répondit d'une voix brève :

— J'ai menti. Je n'avais pas mal à la tête.

Adam s'approcha pour venir s'accouder à la balustrade.

— Menti ? Pourquoi ? interrogea-t-il.

Cette dangereuse douceur avec laquelle il s'exprimait, Jayne la connaissait bien. C'était chez lui le ton qui précédait les accès de colère.

Mais elle s'en moquait pas mal ! Bien entendu, au sens strict de leur accord, elle aurait dû rester avec lui et jouer son rôle auprès de Didi et Ray. Seulement, cela s'était révélé trop difficile. Elle n'avait pas pu. Après la scène sur la plage, elle se sentait nue psychologiquement, vulnérable à l'extrême. Et si, au lieu de consacrer son attention à Angelini, Adam l'avait regardée un tant soit peu, il aurait lu en elle à cœur ouvert. Il aurait compris ce qu'elle ressentait et se serait gardé de la renvoyer seule dans sa chambre.

— J'avais besoin de prendre du recul, répondit-elle.

— Par rapport à moi ?

Elle acquiesça d'un signe de tête. Par rapport à lui, oui. Et à elle-même. En rejoignant la chambre, elle avait eu l'intention de faire le vide en elle. Cependant, elle n'était pas parvenue à échapper au cercle vicieux de ses pensées et de ses émotions et s'était donc plongée dans le travail. Un peu plus tard, elle avait tenté de joindre sa mère par téléphone. Pour une fois, elle avait eu envie de faire appel à la longue expérience que celle-ci avait des hommes. Cependant, comme d'habitude, elle n'était pas chez elle.

Adam la fixait avec intensité. Sous ce regard, des images de leurs caresses sur la plage resurgirent dans le cerveau de Jayne. Elle les chassa sans pitié.

— Je n'avais aucune envie de bavarder avec Angelini. Comme je te le dis depuis le début, je ne crois pas avoir l'étoffe nécessaire pour cette mascarade. J'ai horreur du mensonge.

Adam étouffa un juron. Les mains crispées sur la balustrade, il regardait à présent l'océan.

Au fond d'elle-même, Jayne se sentit déchirée. D'un côté, elle mourait d'envie de le prendre dans ses bras, de le réconforter, de l'aider. Sauf que le prix à payer pour deux semaines de bonheur avec lui serait trop élevé. Elle ne pouvait s'offrir un tel luxe.

— Bon sang, Jayne ! siffla-t-il. Que s'est-il passé ? Pourquoi ce soudain revirement ?

Elle aurait aimé s'expliquer. Mais comment le faire sans dévoiler à Adam sa vulnérabilité envers lui ?

— Tu as préféré passer la soirée avec Ray plutôt qu'avec moi, déclara-t-elle. J'ai pris ce choix comme un coup de semonce salutaire. Jusqu'à ce soir, l'île avait sur moi un effet magique. A chaque heure qui passait, je tombais un peu plus sous le charme de la légende de La Perla Negra. Et je te voyais dans la peau du héros.

Elle sentit Adam se raidir à ces mots et frissonna.

— Et je ne suis pas à la hauteur ? lança-t-il.

Elle l'avait blessé et le regretta aussitôt. Mais avait-elle les moyens de faire autrement ? Elle tenta néanmoins d'atténuer les choses.

— Si ! Tu ferais un merveilleux héros, Adam. Mais pas pour moi.

— Pourquoi ?

— J'ai besoin d'autre chose que ce que tu as à m'offrir.

— Jayne…

Pour l'empêcher de poursuivre, elle lui posa un doigt sur les lèvres.

— Ne dis rien. Je ne sais pas moi-même ce que

je veux au juste. Plus que ce que tu concèdes à tes maîtresses, en tout cas. Je croyais que tu l'avais compris.

Elle laissa retomber sa main et étudia le visage d'Adam au clair de lune.

— Mais qu'est-ce qui t'a fait changer d'avis ? interrogea Adam.

— Le baiser que tu m'as donné, sous les yeux de Ray Angelini. Je sais que tu me veux dans ton lit. Mais en même temps, tu joues un rôle pour nos hôtes, et cela me déplaît.

— Mais enfin ! Je ne t'ai pas embrassée pour donner le change à Angelini, je te l'assure ! J'étais à cent lieues de penser à lui !

Elle aurait tout donné pour le croire, mais elle n'y parvenait pas. Adam n'était pas un enfant de chœur. Au contraire, il était toujours conscient de ce qu'il faisait, de l'impact que son comportement pourrait avoir sur son entourage.

— Je ne t'en veux pas, assura-t-elle. Dans ta situation, j'aurais sans doute fait la même chose.

— Comme c'est gentil à toi ! Et si je commençais à te faire l'amour, là, sur cette terrasse ? Ce serait aussi pour Angelini ?

— Je refuserais. Comme je te l'ai dit, j'ai le plus grand mal à jouer cette comédie.

— Quel est le problème, au juste ? insista Adam.

366

Cette histoire de héros ? Tu as besoin d'un prince de contes de fées ?

— En effet.

— Il n'existe pas une autre femme au monde avec laquelle j'accepterais d'avoir une conversation comme celle-là ! affirma Adam d'un ton exaspéré.

Jayne se réfugia dans l'ironie.

— Dois-je me sentir flattée ?

— Parfaitement ! C'est la première fois que j'outre-passe le règlement de ma compagnie. Et c'est pour toi que je le fais.

— Je sais. Et j'apprécie. Mais ça ne me suffit pas. Je crois en l'amour, et en la famille. Pas toi.

— Tu préférerais que je te mente à ce sujet ?

— Certainement pas.

— Si nous nous retrouvons au lit tous les deux, il n'y aura plus de désaccord entre nous, crois-moi !

— Tu en es si sûr ?

— Lequel de nous deux est malhonnête, en ce moment ? souffla Adam.

L'argument ébranla Jayne. Elle déglutit avec diffi-culté. Pourquoi l'avait-elle attendu sur cette terrasse ? se demanda-t-elle. Pour le pousser dans ses retran-chements ? Pour s'obliger elle-même à prendre une décision ?

— Tu as raison, reconnut-elle à mi-voix.

— Mon chou, toi et moi, nous ne pouvons rien contre ce qui nous arrive…

Jayne soupira :

— C'est la magie de l'île, n'est-ce pas ?

Adam l'attira entre ses bras et pencha la tête vers elle.

— Ce n'est pas l'île qui est magique…, c'est toi, Jayne.

Adam souleva Jayne dans ses bras et la porta jusque dans la chambre. Les baisers de la jeune femme lui brûlaient le corps et l'âme au fer rouge.

Il la déposa près du lit et lui prit le visage entre les mains. Leurs langues se mêlèrent aussitôt en un ardent ballet. Son membre érigé avait durci jusqu'à l'insoutenable et le besoin d'entrer en elle le tenaillait. Mais auparavant, il mourait d'envie de la coucher nue sur le lit, de goûter chaque centimètre carré de sa peau, de la faire vibrer comme les cordes d'un violon. Ensuite seulement, il la ferait sienne avec passion.

Délaissant la bouche de Jayne, il fit glisser ses lèvres le long de la gorge gonflée. Puis il dénoua la ceinture du peignoir qu'elle portait et en écarta les pans, prêt à découvrir son corps mince et voluptueux. A la place, il tomba sur un large T-shirt dénué du moindre érotisme.

— Que portes-tu là ? demanda-t-il, étonné.

Elle haussa les épaules.

— Quelque chose pour dormir.

— Je sais très bien que j'ai fait choisir pour toi un déshabillé...

— Un déshabillé destiné à être porté avec un amant.

— Et pourquoi ne l'as-tu pas mis ?

Adam regretta aussitôt sa question. Au fond de son cœur, il connaissait la réponse : Jayne se sentait manipulée. Elle avait sans doute l'impression d'être traitée comme une marionnette dont il tirait les ficelles, afin que les Angelini les prennent tous deux pour des amants passionnés. De plus, elle le croyait capable de passer du désir le plus brûlant à la pire des indifférences, au gré de ses intérêts personnels. Comment cela aurait-il pu lui convenir ?

Cette vision que Jayne avait de lui blessa Adam, une réaction qui le surprit lui-même. Eh bien, d'accord ! Il allait lui montrer qui il était vraiment, résolut-il dans la foulée. Il mettrait tous ses talents d'amant expérimenté au service de la jeune femme, afin de s'amender et de lui faire oublier l'humiliation et le chagrin qu'il lui avait causés.

— Pourquoi fais-tu toute une histoire de ce déshabillé, mon lapin ? demanda-t-elle d'une voix soudain mutine.

Adam se détendit et sourit pour lui-même : il le savait, Jayne n'usait de ce ton humoristique que lorsqu'elle manquait d'assurance. Seulement, ce n'était pas le moment de le lui faire remarquer !

Sans plus attendre, il entreprit donc de la séduire dans les règles de l'art. Un art qu'il avait peaufiné au fil des ans. Cela lui avait d'abord servi à éviter la solitude. Plus tard, il avait utilisé ce talent afin que les femmes ne soient pour lui qu'une source de plaisir, et rien d'autre. Ces derniers temps, cela commençait d'ailleurs à lui peser. Mais ce soir, son talent le rendait heureux, car il ne souhaitait qu'une chose : donner à Jayne le maximum de plaisir.

Il se pencha, éraflant de la pointe de ses dents le cou de sa compagne, mordillant la tendre chair qui palpitait sous ses lèvres. Elle avait un goût merveilleux. Il s'en repaissait comme un affamé de longue date savoure chaque miette de nourriture qui se présente.

Jayne s'agrippa aux épaules d'Adam et enfonça ses ongles dans les muscles souples qui saillaient sous sa chemise. Puis elle en défit un à un les boutons, en écarta les pans, la laissa tomber par terre.

Comme elle contemplait avec admiration le torse dénudé, Adam demanda :

— Ce que tu vois te plaît ?

— Ce n'est pas trop mal, répondit-elle avec une modération feinte.

Devant la mimique menaçante de son compagnon, Jayne se mit à rire et, malgré le désir qui tendait tout son corps, Adam sentit son cœur s'alléger. Il souleva alors la jeune femme et la déposa sur le lit.

— Voyons si je peux te communiquer davantage d'enthousiasme, dit-il.

— Ça va te demander du travail…

Roulant sur le côté, elle posa la tête sur sa main.

— Je travaillerais plus dur si tu me montrais davantage de chair, suggéra Adam.

Se mordant la lèvre inférieure, Jayne souleva un peu le bas de son T-shirt, ce qui eut pour effet de découvrir ses cuisses.

— Comme ça ? interrogea-t-elle.

— Tu as des jambes magnifiques, mon chou, mais…

Elle attrapa son T-shirt, le souleva une seconde et le plaqua de nouveau contre son corps.

En un éclair, Adam entrevit l'entrelacs bouclé de la toison brune de Jayne, son ventre lisse et plat. Etait-ce une tâche de naissance, sur sa hanche droite ? se demanda-t-il. Il aventura une main sous le T-shirt et s'enquit :

— C'est quoi, ça ?

— Un tatouage.

— Montre-le-moi.

— Que me montreras-tu en échange ?

— Je suis déjà torse nu, argua-t-il.

— Alors, trouve un argument pour me convaincre de te montrer autre chose.

Adam s'assit sur le lit, ses hanches au niveau du ventre de Jayne. Il lui prit la main, embrassa le bout de chacun de ses doigts, puis déposa un baiser au creux de sa paume. Enfin, il guida la main de Jayne sur son propre torse et la fit glisser sur sa peau nue. Sous l'effet de ce simple contact, son corps se durcit encore davantage. Il tenta de changer de position, pour soulager le gonflement de son entrejambe et, dans un état second, songea qu'il aurait dû enlever son pantalon.

Tandis que la main de Jayne s'égarait vers le centre de son corps, Adam souleva le T-shirt de la jeune femme et examina le tatouage. Un joli bouton de fleur, avec une goutte de pluie suspendue à l'un des pétales. Que signifiait ce tatouage ? se demanda-t-il. Il renonça vite à obtenir une réponse. Plus tard, il s'y intéresserait. Pour l'heure, il n'était que désir. Rien d'autre ne comptait.

— Convaincue ? s'enquit-il d'une voix rauque.

Elle le regarda à travers ses paupières mi-closes et susurra :

— Moi, je suis nue sous mon T-shirt.

Chauffé à blanc, Adam cessa de jouer au petit jeu des faux-semblants. En hâte, il fit valser son pantalon et son slip dans la chambre. Puis il saisit le T-shirt de Jayne par l'ourlet, le fit glisser par-dessus la tête de la jeune femme et l'envoya rejoindre ses propres vêtements.

Le souffle court, il contempla alors le corps étendu sur les draps. Dans la lumière dorée de la

372

lampe, Jayne irradiait de beauté. Il la voulait tout à lui. Même si une petite voix lui rappelait, du fin fond de son esprit, une vérité tenace : au mieux, il ne partagerait que ces quelques moments au lit avec Jayne. Pas plus. Qu'importe ! Il allait vivre le présent jusqu'à satiété.

Adam commença par caresser Jayne du regard, puis murmura avec une émotion contenue :

— Tu es la plus belle femme que je connaisse.

Il la fixait d'une façon telle qu'elle le crut. Pour la première fois de sa vie, elle ne se vivait plus comme ordinaire et banale. Une rougeur infusa sa chair et elle sentit pointer ses seins.

— Ta peau est comme le lever de soleil, chaude et dorée. Mes doigts fourmillent à l'idée de te toucher.

— Et moi, je meurs d'impatience que tu me touches, répondit-elle dans un souffle.

Adam se pencha sur elle. De ses mains fiévreuses, il parcourut le corps offert, s'attardant un instant au bouton du nombril. Puis il se pencha encore davantage et, de sa langue, il parcourut le chemin qui séparait son nombril de la fourche des jambes. Mais quand il atteignit la toison brune, il dévia un peu la tête et se contenta d'embrasser tour à tour le haut de la cuisse droite, puis de la gauche.

Sentant le désir battre au creux de son intimité, Jayne haletait. Avec un art consommé, Adam évitait les parties les plus sensibles du corps féminin, celles qui exigeaient de toutes leurs forces le contact de ses lèvres. Les mamelons se dressaient dans l'attente, le fourreau aspirait aux caresses les plus douces. Mais lui ne touchait rien de tout cela. Et la jeune femme se tordait de désir sur les draps.

Poursuivant leur chemin vagabond, les lèvres d'Adam s'arrêtèrent sur le tatouage de Jayne. De la langue, il en traça de nouveau les contours.

Elle frissonna de plaisir. Pour elle, ce tatouage la symbolisait tout entière. Comme ce bouton de rose gravé dans sa chair, elle refusait d'éclore pour n'importe quel homme. A l'inverse de sa mère. Elle se l'était fait tatouer sur la cuisse à l'âge de dix-sept ans. Ça lui avait fait mal, mais elle ne l'avait jamais regretté.

Adam leva la tête et contempla de nouveau le corps offert à son admiration. Puis il empauma les deux seins de Jayne, les pétrit, en attisa les bouts avec un art consommé. Elle arqua son corps contre lui. Galvanisé, il explorait chaque centimètre de la peau satinée de son amante, qu'il picorait de baisers ardents.

Jayne s'offrait comme un festin aux délices d'Adam. Il se tenait au-dessus d'elle, semblable à un dieu antique. Un guerrier puissant et victorieux. Au bas de son ventre, elle remarqua une autre cicatrice, qui s'étirait jusqu'à sa cuisse droite.

Comme elle en suivait les contours d'un doigt léger, Adam l'interrompit et déplaça la main de Jayne vers ses pectoraux.

Elle obtempéra avec ferveur. Combien de fois, assise à son bureau, avait-elle rêvé d'ouvrir la chemise de son patron pour caresser sa peau ? Et voilà que le rêve devenait réalité ! Une réalité qui dépassait tout ce qu'elle avait pu imaginer.

La main d'Adam glissa vers le ventre de Jayne. Un instant, ses doigts s'emmêlèrent dans la toison bouclée, puis, peu à peu, il atteignit le centre de son intimité. Il y glissa l'index. Comme elle gémissait et lui griffait le buste de ses ongles, il plongea un second doigt dans son fourreau mouillé. Puis, changeant de position, il se pencha entre les cuisses de sa compagne, et de sa langue, attisa le bouton de sa corolle, qui palpita sous ses lèvres.

Les doigts bougeaient en elle, tandis que la langue poursuivait sa brûlante caresse. C'en était trop pour Jayne. Elle s'embrasa, arqua ses hanches, pour s'offrir davantage. Enfin, n'y tenant plus, elle prit la tête d'Adam entre ses mains, la pressa entre ses cuisses et se laissa aller en convulsions désordonnées.

La peau luisante de sueur, elle tremblait de la tête aux pieds. De longs frissons qui la secouaient tout entière. Elle tint Adam contre elle quelques instants, le temps pour elle de reprendre son souffle, puis lui murmura à l'oreille :

— A mon tour.

Se dressant sur un coude, elle fit rouler son amant sur le dos et s'agenouilla près de lui. Elle l'embrassa sans hâte, explorant sa bouche hardie et sensuelle. Puis, du bout de l'ongle, elle attisa l'un de ses mamelons. Il ferma les yeux et arqua le dos, comme pour la supplier de ne pas arrêter.

Laissant une main glisser sur le ventre plat d'Adam, Jayne contempla sa virilité triomphante, jaillissant du buisson noir qui l'entourait. Puis elle l'enserra de ses doigts amoureux. Il était long, dur, frémissant. Sa main à la fois douce et ferme se mit à aller et venir le long de cette colonne vibrante. En même temps, elle leva la tête vers lui.

Leurs regards se télescopèrent. Une lueur primitive s'était allumée au fond des yeux d'Adam. Il roula sur Jayne, la riva au lit de ses cuisses puissantes, puis la titilla de son sexe brûlant, sans la pénétrer. Elle gémit et s'arqua contre lui, s'offrant de nouveau tout entière. Elle le voulait en elle. Elle voulait tout.

Retrouvant tout à coup un semblant de raison, Adam réprima une exclamation et s'écarta un peu. D'une voix rauque, il lui souffla :

— Ferme les yeux un instant…

Jayne s'exécuta sans comprendre. Adam s'éloigna quelques instants, qui lui parurent une éternité.

— Reviens..., supplia-t-elle.

— Je suis là, répondit-il. Je suis fin prêt pour toi.

Elle comprit à ces mots les raisons de cette intolérable interruption. Il était allé chercher un préservatif.

Le reste se passa de mots. Il plongea en elle en un long coup profond. En même temps, il l'embrassait, au rythme de ses va-et-vient amples, soutenus.

Elle brûlait, se laissait emporter, instrument du plaisir d'Adam. Jamais de sa vie, elle n'avait joui deux fois de suite, aussi ne s'attendait-elle plus à rien. Le bonheur de s'offrir la comblait.

Mais, soudain, elle sentit monter en elle une nouvelle vague de volupté. Le rythme de leurs deux corps se précipita. Ils claquaient l'un contre l'autre. Elle s'accrocha aux épaules d'Adam, enfonça les ongles dans leur chair et ondoya sous lui dans une sorte de frénésie. Des lumières multicolores zébrèrent son cerveau et elle sombra corps et âme dans l'abîme du plaisir.

Adam rejeta la tête en arrière et se perdit en même temps qu'elle en soubresauts libérateurs. Puis il s'abattit sur elle en murmurant son nom. Quand il eut repris son souffle, il la serra contre lui et roula sur le côté.

Toute pensée avait déserté Jayne. Pantelante, elle haletait et gémissait, le cœur gonflé d'amour.

Au bout d'un moment, une pensée fulgurante lui

traversa l'esprit : comme elle s'était trompée au cours du dîner, en affirmant haut et fort que fonder une famille était son vœu le plus cher !

Non, son vœu le plus cher, c'était autre chose. C'était de vivre avec Adam le restant de ses jours.

8.

Au réveil, Adam était seul dans le lit. Les rayons du soleil inondaient la chambre, tandis que le bruit sourd du ressac montait de la plage. Pendant quelques secondes, il ne sut où il se trouvait. Puis la porte de la salle de bains s'entrouvrit et Jayne en sortit sur la pointe des pieds.

— Reviens te coucher, mon chou, suggéra-t-il.

— Dans un instant...

Elle se dirigea vers la penderie et fourra quelque chose dans un tiroir. Elle portait de nouveau l'épais peignoir en éponge, avait encore les lèvres gonflées de baisers et, dans ses beaux yeux, traînait une langueur amoureuse.

Le monde paraissait irréel à Adam. Il avait attiré Jayne dans son lit, partagé avec elle des moments inoubliables. A présent, il était trop tard pour revenir en arrière. D'ailleurs, il n'en avait pas la moindre intention.

Debout de son côté du lit, Jayne laissa retomber

le peignoir, révélant les courbes voluptueuses de son corps nu. Adam en fut émerveillé. Jamais il n'avait éprouvé autant de désir pour une femme.

Il leva la main et lui caressa l'épaule, le bras, la taille. Parvenu à la cuisse, il s'attarda sur le petit tatouage. Jamais, avant cette nuit, il n'aurait imaginé son assistante avec un tatouage. Bien trop sage pour ce genre de chose, aurait-il juré.

— Pourquoi ce tatouage ? demanda-t-il.

— Je te le dirai si tu te montres à moi ! Débarrasse-toi de ce drap !

Adam se sentait d'humeur joueuse. Il obtempéra.

— D'accord. Mais tu as intérêt à ce que cette histoire de tatouage vaille le coup…

Depuis qu'elle était sortie de la salle de bains, quelque chose en Jayne intriguait Adam. Elle irradiait de l'intérieur. Etait-ce l'effet du soleil qui illuminait la chambre ? En tout cas, son sourire étincelait. Serait-il présomptueux de croire que lui-même y était pour quelque chose ?

Posant ses mains sur les hanches de Jayne, il l'attira vers lui. De tout cœur, il espérait ne pas être néfaste à cette femme d'exception. S'il avait su prier, il l'aurait fait. Bien entendu, jamais il n'avait eu la moindre intention de blesser ses maîtresses successives. Simplement, toutes ses liaisons précédentes avaient été vouées à l'échec. Pour une raison ou pour une autre, il n'avait su trouver stabilité et bonheur avec aucune d'elles.

Se redressant, il enlaça Jayne et posa la tête contre sa poitrine. Il entendit alors le cœur de la jeune femme battre à grands coups contre son oreille.

— Raconte-moi, murmura-t-il contre sa chair.

Les mamelons de Jayne se durcirent. Ses doigts se perdirent dans les cheveux d'Adam.

— Je me suis fait tatouer cette fleur à l'âge de dix-sept ans.

Adam picora de baisers les seins de Jayne. Puis il prit la jeune femme par la taille et la fit rouler sur lui.

— Continue, l'encouragea-t-il.

— Je... je n'arrive plus à parler, souffla-t-elle d'une voix sourde.

Elle s'était mise à onduler sur lui. Sensuelle, pleine des réminiscences de la nuit, elle se frotta contre le sexe dressé, effleura le buste d'Adam de la pointe de ses seins gonflés de sève.

Au diable les paroles ! songea Adam. Il découvrirait plus tard la raison d'être de ce tatouage et de la lumière intérieure qui éclairait le visage de Jayne. Pour le moment, il n'avait qu'une envie en tête, qui tournait à l'idée fixe : la posséder. La prendre, encore et encore.

Les yeux fermés, la tête rejetée en arrière, la jeune femme se redressa sur ses coudes et se souleva un peu. Glissant une main rapide entre leurs deux corps, Adam se positionna entre ses cuisses.

Jayne rouvrit les yeux et les plongea dans ceux de son amant, avant de s'empaler lentement à sa virilité.

Adam frémit de tous ses membres. Plus jamais il ne serait le même homme, songea-t-il. Le fourreau humide et chaud de Jayne l'enserrait comme un gant de velours. Un gémissement rauque lui échappa.

Elle sourit. Son pouvoir tout neuf sur Adam l'emplissait d'une joie profonde.

Prenant les seins offerts entre ses mains, Adam les pétrit avec passion, puis en titilla les bouts avec une habileté confondante. Sous ses caresses expertes, Jayne gémissait, se balançait doucement au-dessus de lui, arquait son corps pour offrir plus de prise au plaisir.

Puis elle n'y tint plus. Elle prit appui des deux mains sur le torse d'Adam et imprima à ses hanches un mouvement de va-et-vient.

Pendant un temps, Adam la laissa mener la danse. Mais bientôt, il eut besoin de bien davantage. Un instinct primitif le poussait à apaiser une soif inextinguible. D'un mouvement brutal, il souleva les hanches, referma les bras autour de Jayne et la fit rouler sous lui.

Dépossédée de l'initiative, la jeune femme voulut protester, mais il ne lui en laissa pas le temps. Il se mit à aller et venir en elle, en coups longs et profonds. Elle ferma les yeux et s'abandonna. Ses mains couraient le long du dos d'Adam, elle le griffait, enfonçait ses ongles dans les muscles. Soudain, une onde de plaisir plus forte que les précédentes l'emporta. Des mots incohérents à la bouche, elle bascula dans un abîme de volupté.

L'intensité des convulsions de Jayne porta le désir d'Adam à son comble. La tension accumulée au creux de ses reins exigeait de se libérer. Le corps tendu jusqu'à la douleur, il sentit mille couleurs exploser dans son cerveau et se répandit en elle en longs jets puissants.

Puis, repu, le souffle court, il posa la tête sur la poitrine de Jayne et la serra contre lui. Elle lui rendit son étreinte sans mot dire.

Une évidence s'imposait désormais à Adam avec force : ils venaient de partager quelque chose d'unique. Plus rien ne serait jamais comme avant. Ni eux, ni le monde extérieur.

Tous deux sombrèrent dans le sommeil. Au milieu de la matinée, Adam réveilla Jayne d'un doux baiser. Puis il lui fit encore l'amour avec une force et une profondeur renouvelées.

Jayne se sentait marquée au fer rouge.

Quand les battements de leurs cœurs se furent

apaisés, Adam incita son amante à prendre une douche rapide, lui promettant une surprise.

Le hors-bord que Didi et Ray avaient mis à leur disposition était un vrai bolide. Adam se comportait comme un enfant à qui l'on venait d'offrir un nouveau jouet. Il franchit la barre et s'éloigna de l'île à toute allure. Il s'amusait comme un fou, prenait des virages serrés, faisait jaillir l'eau autour d'eux et criait dans le vent.

Jayne éprouvait une surprise ravie. Adam semblait avoir rajeuni. De toute évidence, l'océan était son élément. Vêtu d'un maillot de bain, une paire de lunettes de soleil sur le nez, il levait vers le soleil un visage heureux.

Pour sa part, Jayne portait un Bikini. D'entrée de jeu, Adam avait refusé le paréo dont elle voulait s'envelopper. Le visage offert au vent, elle laissait ses pensées dériver. Aucun des deux n'avait encore abordé la question de leur avenir commun ni celle de la situation de la jeune femme au sein de Powell International. Quel plan devait-elle adopter ? Elle n'en avait pas la moindre idée. Encore plus surprenant, elle rechignait à se projeter dans une action quelconque. Car, échafauder des projets, prévoir une démission, chercher un autre emploi, n'était-ce pas renoncer à l'espoir qu'Adam tombe vraiment amoureux d'elle ? Or, depuis la nuit dernière, c'était devenu son souhait le plus cher.

Elle contempla le corps musclé et puissant d'Adam. Les souvenirs de la nuit surgirent dans son esprit, et avec eux, un désir tout neuf.

— Pourquoi me regardes-tu ainsi ? interrogea-t-il soudain.

Prise en flagrant délit, Jayne rougit.

Adam leva un sourcil interrogateur et ralentit le bateau.

— Tu as l'air très à l'aise sur la mer, dit-elle pour faire diversion.

Puis, se souvenant des propos d'Adam la veille sur la plage, elle poursuivit :

— Tu rêves toujours de t'évader à bord d'un voilier ?

— Quelquefois...

— En ce moment, par exemple ?

— Avec toi à mes côtés, je ne songe à m'évader de rien. Tu veux essayer de piloter ce hors-bord ?

— Non, merci.

— Espèce de poule mouillée !

— Mais ce n'est pas parce que j'ai peur !

— Prouve-le...

— Je n'ai rien à prouver ! Je suis bien trop sereine pour mordre à ton hameçon.

— Et si quelque chose m'arrivait ? Comment ferais-tu pour rentrer au port ?

— J'ai mon téléphone portable.

Adam se mit à rire. Puis il coupa les gaz et jeta

l'ancre. Les bras étendus, il huma l'air à pleins poumons. Jayne l'admira sans réserve. Il lui faisait penser au dieu Poséidon.

— L'océan a quelque chose de fantastique, dit-il avec enthousiasme.

— Oui, ironisa Jayne. Il sent le poisson et provoque le mal de mer.

Appuyé au plat-bord du bateau, les jambes croisées, Adam remarqua :

— La prochaine fois qu'une femme me dit que je ne suis pas romantique…

Jayne essaya de rire. Mais l'évocation d'une autre femme dans la vie d'Adam lui serra le cœur. Chassant de son esprit cette pensée importune, elle se leva. Elle sourit à Adam d'un air ingénu, puis, le prenant par surprise, elle le poussa sans ménagement par-dessus bord.

Quand il refit surface, il s'esclaffa :

— Petite peste ! Tu vas me payer ça !

— Le bateau est-il en sécurité ? Je peux te rejoindre ?

— Oui, mademoiselle-esprit-pratique.

— Parfait !

Elle plongea et refit surface à côté d'Adam. Aussitôt, elle sentit la main de son amant sur sa cuisse. Puis des doigts fermes s'immiscèrent sous son slip et la caressèrent. Troublée, elle s'immobilisa un instant. Profitant de son inattention passagère, Adam lui sourit avec malice, puis d'une poussée sur les épaules, il la fit couler.

Le traître ! protesta Jayne en son for intérieur. Utiliser le sexe pour se venger de moi ! Ils se remirent à jouer. Ils se coulaient tour à tour, riant, crachant, bataillant des pieds et des mains.

Au bout d'une vingtaine de minutes de ce jeu bruyant, Jayne se colla contre Adam. A voix basse, elle lui murmura à l'oreille des propos hardis, délicieusement sensuels. Il n'y résista pas longtemps. Il l'attrapa par un poignet et l'entraîna à la nage jusqu'au bateau.

Une fois à bord, il hissa Jayne et l'étendit sur la banquette.

— Déshabille-toi, dit-il tout de go.

Lui-même se débarrassa de son maillot. Elle avait déjà ôté le haut quand il tendit le bras pour arracher le minuscule morceau de tissu du Bikini. Puis il l'emporta dans un long baiser et s'enfonça en elle d'un coup d'épée.

Elle noua les jambes autour de la taille d'Adam et se serra contre lui.

— Parle-moi encore de sexe, lui murmura-t-il à l'oreille.

D'une voix entrecoupée de halètements, elle osa. Elle lui décrivit ce qu'il était en train de lui faire et, surtout, ce qu'elle voulait qu'il lui fasse. Ses mots mirent le feu aux reins d'Adam. Leur union fut rapide et violente.

Après l'amour, reclus de fatigue et de soleil, ils demeurèrent dans les bras l'un de l'autre. Jayne éparpillait de petits baisers sur le buste d'Adam. La peau masculine avait un goût d'iode et de musc, remarqua-t-elle. Le bateau se balançait au gré d'une petite houle et la brise marine apaisait l'ardeur de leurs corps.

Peu après, Adam reprit la conversation.

— Je ne veux pas m'évader du tout. Je suis trop bien.

— Moi aussi, je suis bien, reconnut-elle.

Il laissa filer un doigt le long de la joue de Jayne. Puis il l'embrassa sur les lèvres. De minuscules baisers, légers comme le vent.

— Je suis content que ce soit réciproque, dit-il. Tu as pris la carte au trésor ?

— Ray m'en a donné une. Allons-nous partir à la recherche de notre souhait le plus profond ?

Au fond du regard d'Adam, était tapie une lueur brûlante.

Comment l'interpréter ? songea Jayne. Même si c'était déraisonnable, les battements de son cœur s'accélérèrent. Après tout, peut-être Adam trouverait-il en elle ce dont il avait besoin ?

Ils jetèrent l'ancre dans une petite crique. Adam transporta d'abord le pique-nique sur la plage, puis revint au bateau et porta Jayne jusqu'au sable sec.

En lui, la petite voix du professionnel s'élevait, un peu timide, mais obstinée : que faisait-il là, à s'amuser avec sa secrétaire ? Ne feraient-ils pas mieux de poursuivre le tour de l'île en bateau ? Il avait fait le voyage aux Caraïbes avec un seul objectif en tête : explorer la propriété des Angelini sous toutes ses coutures ! Il était temps de revenir aux affaires et de ne plus penser qu'à cela. Cependant, la petite voix avait beau dire, il n'éprouvait pas la moindre envie de l'écouter et la chassa sans peine.

— J'aurais pu marcher toute seule jusqu'au sable, fit remarquer Jayne.

— Je sais…

La vérité était simple : ses bras lui semblaient vides quand il n'enlaçait pas cette femme. Mais il se défendit de la formuler à haute voix. Jayne en savait déjà trop sur le désir qu'il éprouvait pour elle. Il la déposa à terre. Ensemble, ils étendirent la couverture et y disposèrent le pique-nique.

Dès lors, Jayne prit soin d'orienter la conversation sur des sujets anodins. Elle aborda les thèmes où leurs opinions convergeaient. Le cinéma, les livres… Adam adorait les romans fantastiques. Il lui parla longuement du *Seigneur des anneaux*.

— Moi aussi, j'aime beaucoup Tolkien, déclara Jayne. Ça nous fait au moins un goût en commun. Je désespérais d'en trouver un !

Puis, d'humeur lutine, elle se mit à chatouiller

Adam. Ils luttèrent quelques instants sur la couverture, jusqu'à ce qu'elle finisse par se retrouver au-dessous de lui. Alors, il ne put résister au désir de l'embrasser. Disposer à sa guise de cette merveilleuse bouche le remplissait d'aise.

Au bout d'un moment, il se redressa.

— J'ai envie de mieux te connaître, murmura-t-il.

A son tour, Jayne se dressa sur ses coudes.

— Que veux-tu savoir ?

Du doigt, il traça les contours du tatouage sur la cuisse de Jayne.

— Tu avais dix-sept ans quand tu t'es fait tatouer, m'as-tu dit. Mais pourquoi as-tu choisi ce motif-ci ?

Il prenait peu à peu conscience de la part de secret que Jayne gardait au fond d'elle. Il aurait beau lui faire l'amour de toutes les manières, une partie de la jeune femme lui échapperait toujours. Et cela le révoltait. *Elle* le marquait de par sa présence intime dans sa vie. Et il ne tolérerait pas que ce ne soit pas réciproque !

— Ma mère en porte un presque identique, expliqua Jayne. Mais sur sa cuisse à elle, au lieu d'un bouton clos, elle a fait tatouer une fleur pleinement épanouie.

— Pourquoi la tienne est-elle fermée ?

390

— J'ai toujours voulu être à l'opposé de ma mère. Je ne veux surtout pas lui ressembler.

— Parle-moi d'elle.

— C'est une femme très sophistiquée, très élégante. Elle roule toujours dans la voiture dernier cri, elle voyage beaucoup. Elle parle trois langues couramment.

— Elle est américaine ?

— Oui, mais son père était colombien. Elle a débuté dans une carrière de mannequin à l'âge de quatorze ans.

— Tu lui ressembles ?

— Nous avons les mêmes yeux, c'est tout. Elle est beaucoup plus grande que moi, et c'est une femme voluptueuse.

Adam prit les seins de Jayne en coupe et remarqua :

— C'est d'elle que tu tiens ça, donc…

Par jeu, Jayne lui tapa sur les mains.

— Sans doute, concéda-t-elle. Mais nous avons très peu de choses en commun.

— Pourquoi ?

— Elle est la maîtresse d'un homme fortuné.

— Peut-être s'aiment-ils ?

— Non. Elle va vivre avec lui pendant six mois. C'est sa norme. Pour ça, si elle ressemble à quelqu'un, c'est plutôt à toi !

— Moi, je ne fixe jamais de limites de temps à mes liaisons, objecta Adam.

Il réfléchit à la vie sentimentale de la mère de Jayne. Quelles conséquences cette légèreté avait-elle eu sur l'éducation et le développement intérieur d'une jeune fille aussi sensible ?

Pour se rapprocher encore de Jayne, Adam la plaça entre ses jambes. Puis il lui passa les bras autour de la taille et la serra contre lui.

— Et ton père ? s'enquit-il.

— Je ne le connais pas.

Le long cou gracile de Jayne tenta Adam. Il pencha la tête et en mordilla doucement la chair laiteuse.

— Il connaît ton existence ?

L'idée que l'on puisse avoir un enfant sans le savoir l'avait toujours révolté. C'est pourquoi il prenait tant de précautions avec ses maîtresses. Pour sa part, de manière générale, il ne souhaitait pas avoir d'enfants. Ces derniers avaient besoin d'un père aimant et présent, dédié corps et âme à sa famille. Or lui-même se consacrait aux affaires. Et à sa revanche acharnée sur son propre père décédé. Dans un tel scénario, il n'y avait pas de place pour un enfant.

— Ma mère l'a quitté avant ma naissance, répondit Jayne. Je ne l'ai rencontré qu'une fois.

Elle frissonna. Adam la serra plus fort contre lui. A son propre étonnement, il avait envie de la protéger de ces souvenirs douloureux.

392

— Comment s'est déroulée la rencontre ? s'enquit-il.

Jayne tenta d'éluder la question.

— Oh, c'est du passé. Cela n'a pas d'importance…

— Au contraire !

Pour une raison qu'il s'expliquait mal, il avait besoin de tout savoir sur Jayne.

— Je… je me suis cachée dans ma chambre. Il a essayé de me parler à travers la porte, mais j'ai refusé de sortir.

Un tremblement irrésistible secoua tout son corps.

— Je suis désolé, murmura Adam.

— Ne le sois pas. Je suis un accident. Une erreur que ni mon père ni ma mère n'avaient prévue.

Horrifié, Adam demanda :

— Quelqu'un t'a qualifiée d'erreur ?

— Pas exactement en ces termes. Mais c'est comme ça que je l'ai pris, tout au long de mon enfance.

Adam allongea Jayne sur la couverture. Collé à elle, il lui fit l'amour avec d'infinies précautions. Il voulait effacer par ses caresses les terribles souvenirs qui la hantaient. En même temps, une triste pensée s'insinuait en lui : Jayne n'accepterait jamais les arrangements sentimentaux qu'il lui proposerait. Elle les jugerait intolérables. Ce qu'il lui fallait, c'était un homme qui se dédierait à elle, lui offrirait un nom, ainsi que de l'amour et de la stabilité.

Sans s'attarder sur le désespoir qui s'emparait de lui, Adam amena Jayne à l'orgasme plusieurs fois. Quand son corps fut moiré de sueur, qu'elle cria son nom d'une voix rauque, il s'accorda enfin de la rejoindre dans la félicité.

Puis, le corps brisé, épuisé, il s'abattit sur elle et la serra contre lui.

Et dans son cœur, monta une prière sans mots. Ne pas la perdre…

9.

Ils rentrèrent au port en milieu d'après-midi. Ray, qui les attendait au bar de la marina, leur sourit en les apercevant et vint offrir un cigare à Adam.

— Reste tranquillement avec monsieur Angelini, Adam, dit Jayne. Je pars à la recherche du trésor. J'ai la carte.

— Je t'accompagne.

— Tu es sûr ?

Du plus loin qu'elle s'en souvienne, Jayne n'avait jamais vu Adam Powell négliger un client potentiel. Ce changement d'attitude avait-il un sens ?

— Certain, répliqua-t-il.

Le ton sans appel sur lequel il avait répondu ne laissait aucune place au doute. Jayne en eut chaud au cœur.

Ray agita gaiement le bras en les voyant s'éloigner.

Ils commencèrent par étudier la carte, puis Adam prit la jeune femme par la main et ensemble, ils empruntèrent un chemin qui menait à la grotte où était censé se trouver le trésor de La Perla Negra.

— Pourquoi n'es-tu pas resté discuter avec ton client ? interrogea Jayne. Je sais pertinemment que tu te moques pas mal du trésor !

— Tu ne me connais peut-être pas aussi bien que tu le penses…

— J'en doute fort ! Je supervise ton bureau et toutes tes activités depuis près d'un an, ne l'oublie pas ! Je sais quelle sorte d'homme tu es !

— Quelle sorte d'homme suis-je ?

Elle s'efforça de conserver un ton calme et léger. Et pourtant, tout ce qu'Adam et elle avaient fait aujourd'hui tenait du rêve éveillé. Non, pas du rêve, corrigea-t-elle en son for intérieur. Plutôt de la réalisation de ses désirs les plus intimes. Elle avait tout adoré pendant cette journée : le pique-nique romantique, leur façon de faire l'amour… Tout cela faisait naître en elle un espoir fou : et si l'amour qu'elle éprouvait pour Adam était réciproque ? Sans doute prenait-elle ses désirs pour des réalités, mais l'espace d'un instant, dans le secret de son cœur, elle se permettait d'imaginer un avenir ensemble.

Pour répondre à Adam, elle lança :

— Eh bien… tu aimes, en toutes choses, le plus beau, le plus luxueux.

— Dans le mille ! Quoi d'autre ?

— Tu es déterminé jusqu'à l'entêtement !

— Il me semble que tu partages avec moi ce trait de caractère !

— Tais-toi ! C'est moi qui parle !

— Excuse-moi, mon chou ! Quelque chose d'autre à ajouter pour me dépeindre ?

— Je pense que tu es un être solitaire, qui a trouvé un moyen de le dissimuler aux yeux du monde. Et toutes tes belles maîtresses te donnent l'illusion d'avoir réussi ta vie.

A ces mots, Adam s'arrêta et lâcha la main de Jayne.

Suis-je allée trop loin ? s'inquiéta-t-elle. Elle fut vite rassurée cependant. Adam lui prit le visage entre les mains et se pencha vers elle. Puis il s'abreuva à ses lèvres comme on déguste un bon vin.

— Tu dis vrai, murmura-t-il. Mais j'ai mes raisons.

— Lesquelles ?

— Je ne voudrais pas détruire tes illusions à mon sujet…

— Ce ne sera pas le cas, assura Jayne.

Rien ne pouvait en effet réduire l'intensité des sentiments qui la poussaient vers lui. Elle avait la sensation de vivre en plein conte de fées. Au moment où ils avaient quitté La Nouvelle-Orléans, Adam Powell était encore pour elle un fantasme hors de portée. A présent, ce fantasme avait pris corps. Tous les deux étaient devenus des amants bien réels.

Adam conduisit Jayne jusqu'à un banc en fer forgé placé face à l'océan.

— Quand j'avais quatorze ans, commença-t-il, mon père s'est enfui avec sa secrétaire. Il nous a abandonnés, ma mère et moi.

Tout s'expliquait enfin ! En particulier, l'aversion de l'entreprise Powell International pour les histoires d'amour et les liaisons au sein de l'entreprise. Adam, marqué par le malheur qu'il avait subi, tentait de protéger les familles de ses employés. Cela avait un côté touchant. Mais ne comprenait-il pas qu'il n'avait pas ce pouvoir ? Qu'on ne protégeait pas les gens contre eux-mêmes ?

— Cela a dû être très dur pour toi, dit-elle d'une voix douce.

Il haussa les épaules.

— Ma mère n'avait jamais travaillé de sa vie, poursuivit-il. Désespérée, elle s'est enfermée à double tour dans sa chambre et elle a pleuré pendant trois mois. Pour ma part, je me suis mis à travailler comme serveur dans un restaurant, pour subvenir à nos besoins. Et j'ai fait un vœu : ne jamais faire souffrir une femme comme ma mère a souffert.

Jayne passa son bras autour de la taille d'Adam et se serra contre lui.

— Et toi ? Tu as dû souffrir, toi aussi...

— Non. J'étais presque un homme dans ma tête. Assez fort, en tout cas, pour me débrouiller seul.

Mais Jayne en doutait. La peine de sa mère avait eu sur lui une influence décisive. Elle avait fait de lui un être sensible aux souffrances d'autrui. Même s'il exigeait beaucoup de travail de la part de ses employés, il se montrait un patron juste. Il les appréciait, prenait un intérêt particulier aux détails de leur vie, s'efforçait de bien comprendre ceux qui travaillaient dans son équipe.

— A quatorze ans, on est encore un enfant, affirma-t-elle avec conviction.

Adam l'enlaça à son tour.

— Que d'indignation dans ta voix ! s'exclamat-il en souriant. Tu ne vas quand même pas casser la figure à tous ceux qui m'ont fait souffrir dans l'existence ?

— Si je le pouvais...

— Oh, Jaynie... ne t'attache pas trop à moi. Je ne crois pas que je pourrais supporter de te faire du mal.

— Mais... tu ne m'en feras pas. Justement parce que je m'attache si fort à toi.

— Tu sais... je ne suis pas fait pour les histoires qui finissent bien.

— Quelle bêtise ! Tu as seulement peur, parce que l'amour de tes parents s'est mal terminé. Tout le monde est fait pour le bonheur !

— Tout le monde ? De ton côté, tu ne sembles pas avoir rencontré l'homme idéal.

Une bouffée de colère monta en elle et elle lui pinça les côtes. C'était *lui,* son homme idéal, ne le comprenait-il pas ? S'il daignait ouvrir les yeux, il s'en apercevrait !

— Ouille ! s'écria-t-il en se frottant les côtes.

Pour tenter de maîtriser son émotion, Jayne se leva d'un bond.

— Allez ! Assez bavardé ! Il faut chercher le trésor !

Adam la rattrapa par le bras.

— Je me suis mal exprimé... Tu sais, je... j'ai déjà fait l'expérience du mariage.

— Ah bon ? Je ne savais pas...

— Peu de gens sont au courant. Ma femme m'a quitté pour un homme avec lequel elle travaillait. Nous étions mariés depuis six mois à peine.

— Je suis désolée...

— Inutile d'avoir pitié de moi. En me mariant, je m'y attendais, et c'est ce qui s'est produit. Les gens de notre génération ne sont pas faits pour le mariage. C'est une institution démodée.

— Tu ne penses pas vraiment ce que tu dis ! Tu ne fais que te défendre.

— Tu joues à la psy ?

— Tu sais bien que j'ai raison. Moi aussi, j'ai des problèmes qui me viennent de l'enfance. J'ai du mal avec les hommes, à cause de ma mère. Et parce que

400

j'ai refusé de parler à mon père. Pourtant, crois-moi, j'en mourais d'envie.

— Alors, pourquoi ne l'as-tu pas fait ?

— Parce que j'avais peur. Je m'imaginais que s'il était parti avant ma naissance, c'était parce qu'il ne voulait pas de moi. Je croyais dur comme fer que si je me montrais, il n'aurait de nouveau qu'une idée en tête : repartir à tire-d'aile.

Adam la serra contre lui avec force et murmura entre ses dents quelques mots que Jayne ne comprit pas.

Qu'importe ! Jamais de sa vie, elle ne s'était sentie aussi en sécurité qu'en cet instant. Avec une certitude plus que jamais chevillée au corps : Adam et elle étaient faits l'un pour l'autre.

A l'intérieur de la grotte, ils découvrirent un coffre. Il contenait des pierres polies sur lesquelles était gravé le logo du complexe hôtelier. Sur l'une des parois de la grotte s'étalait une sorte d'incantation poétique. Selon les Angelini, pour voir se réaliser le vœu de son cœur, il fallait répéter au moins une fois ce petit poème au cours des trois jours qui suivraient la découverte du trésor.

Jayne choisit une pierre dans le coffre et demanda à Adam :

— Tu en prends une ?

— Je ne crois pas à ces balivernes !

— Et pourtant, tu as un objet vaudou sur ton bureau !

— C'est une plaisanterie de ma part, tu le sais très bien.

— Vraiment ? C'est pour ça que tu fais une crise dès que quiconque le change de place ? Tu me fais rire !

— Une crise ? Les hommes ne font pas de crises, mon chou !

— Ah bon ? Que font-ils donc ?

— Eh bien… ils ont un désir d'ordre ! Mon bureau, c'est mon domaine. Personne n'est censé toucher à quoi que ce soit.

Jayne se mit à rire.

— C'est un décret royal ? interrogea-t-elle. Dois-je envoyer un mémo à tout le personnel ?

— Inutile, Miss-j'ai-réponse-à-tout ! Tu es bien la seule à avoir des velléités de changer ne serait-ce qu'une virgule dans ma vie.

— Il faut bien que quelqu'un le fasse ! Sans ça, tu vas t'encroûter dans tes manies !

Mes manies ? songea Adam. Peut-être. En tout cas, qu'il s'en réjouisse ou le déplore, Jayne bouleversait son existence de fond en comble. Elle avait donné un sacré coup de pied dans sa routine.

— Quel vœu formules-tu ? demanda-t-il.

402

— C'est un secret. Personne ne doit le connaître...

Elle ferma les yeux et exprima son souhait en pensée. Puis, suivant les instructions, elle lut l'incantation inscrite sur le mur.

Adam la regarda faire en silence.

— Et maintenant ? demanda-t-il quand elle eut terminé, avec une ironie bienveillante. Tourner trois fois sur toi-même ? Cracher par terre ? Prononcer des mots magiques ? Que dirais-tu de « abracadabra » ?

— Ne te moque pas !

S'éloignant du coffre, elle rejoignit le fond de la grotte. Il s'y trouvait une table, deux fauteuils et un lit à baldaquin drapé de lourdes tentures de velours. Selon la légende, le pirate et sa bien-aimée avaient vécu dans cette grotte durant la construction de leur maison.

Pendant que Jayne lui tournait le dos, Adam s'empara d'une pierre et la fourra dans la poche de son pantalon d'un geste furtif. Il se sentait ridicule, mais n'avait pu s'en empêcher. Autant le reconnaître sans détour, il voulait Jayne dans sa vie à La Nouvelle-Orléans, dans le monde réel. Pour cela, il était prêt à n'importe quoi. Y compris à faire un vœu absurde en tenant une pierre prétendue magique au creux de sa main !

Demander à Jayne d'être sa maîtresse officielle était

voué à l'échec, il le savait. Jamais elle n'y consenti-rait. Alors que lui-même ne serait heureux que si elle occupait dans son existence une place permanente. Comment concilier ces deux positions ?

Il franchit soudain une étape importante ; et s'il lui demandait, non seulement de devenir sa maîtresse, mais de venir s'installer chez lui ? Jamais aucune femme n'avait vécu sous son toit depuis son divorce. A ses yeux, cela faisait une différence de taille. Ils vivraient ensemble. Et surtout, il proposerait à Jayne de continuer à travailler pour Powell International. Cela répondrait-il aux attentes de la jeune femme ?

— Je me demande à quoi cela ressemblait de vivre ici, à cette époque…, lança Jayne à haute voix.

— C'était humide et boueux.

— Quel romantisme ! ironisa Jayne. Franchement, j'attendais mieux de toi. Toi qui es connu pour être le roi des dîners aux chandelles !

— Dîner aux chandelles est une chose. Vivre dans une grotte en est une autre. Ne me dis pas que tu serais heureuse ici ?

— Si j'étais avec l'homme de ma vie, et s'il risquait toute son existence pour moi, je serais heureuse.

— Alors c'était ça, ton vœu ? demanda-t-il.

Dieu fasse que non, songea-t-il. Parce que l'amour avec un grand A, il ne se sentait pas capable de le lui offrir. D'ailleurs, il ne faisait plus confiance à l'amour. Autour de lui, qu'avait causé ce fameux grand sentiment ? Echec et dévastation. Rien d'autre.

Jayne détourna la tête pour cacher son émotion.

— Je ne suis pas censée le dire, répéta-t-elle.

Adam ne releva pas. Jayne changea de sujet.

— Je regrette de ne pas m'être intéressée davantage à la géologie, à l'école. Cette grotte est fascinante.

— Qu'aimerais-tu savoir ? lui demanda Adam en se rapprochant.

Il y avait un petit bassin au centre de la grotte. Les Angelini avaient bien fait les choses. La grotte ressemblait bel et bien à un endroit isolé, où un pirate aurait pu cacher son trésor. La flamme vacillante de jolis bougeoirs en éclairait l'intérieur. Le coffre était fait de bois précieux gravé avec délicatesse.

— Qu'est-ce que c'est ? s'enquit Jayne en désignant du doigt vers le plafond de la grotte.

— Des stalagmites, je crois.

— Toi non plus, tu n'étais pas un élève très attentif ?

— En général, je dormais au fond de la classe !

— Comment as-tu fait pour entrer à l'université ?

— J'ai travaillé dur. Au lycée, j'ai échoué sans gloire. Et là, j'ai pris conscience que je n'atteindrais jamais le succès auquel j'aspirais en restant garçon de café. Donc, j'ai suivi des cours de gestion. Quelques mois après le départ de mon père, ma mère a fini par sortir de sa torpeur. Elle et moi, nous nous sommes improvisés agents immobiliers. Ça a bien marché. Joint aux gains que je faisais en participant aux courses de voitures, ça nous a donné une base financière. Quand j'ai eu assez d'économies, je suis entré à la fac.

— Où vit ta mère, maintenant ?

Adam connaissait bien l'esprit pratique de Jayne. Il savait ce qui se passait dans sa tête ! Elle était en train d'organiser les faits, de se forger une opinion. Elle ne cessait de mener ses petites enquêtes !

— Elle vit à Tucson avec son deuxième mari. Ils y ont pris leur retraite il y a quatre ans.

— Tiens ! L'Arizona vient en tête de la liste des Etats des Etats-Unis que je veux visiter. Et ton père et sa secrétaire, où vivent-ils ?

Les pensées d'Adam dérivèrent. Au bureau, tout le monde connaissait le projet de Jayne de vouloir visiter les cinquante Etats des Etats-Unis. Au mur de son espace personnel, elle avait affiché une carte, que venaient consteller des autocollants souriants, indiquant les Etats qu'elle connaissait déjà.

Quant à la question sur son père, Adam ne la perdait pas de vue, mais il n'avait aucune envie d'y répondre. La pensée d'avoir un père lui déplaisait, même s'il gardait en tête quelques souvenirs émouvants : son père et lui jouant au football dans le grand jardin de leur maison de La Nouvelle-Orléans, par exemple.

— Et ton père ? répéta Jayne.

— Il est mort dans un accident d'avion.

— Je suis désolée…

Adam se tut. L'accident avait eu lieu au moment où son père revenait d'un de ses nombreux séjours à La Perla Negra avec sa secrétaire. Jayne ne saurait jamais le désespoir qui l'avait envahi en apprenant la nouvelle. Trois jours plus tard cependant, sa mère et lui avaient été écrasés par un choc encore plus dévastateur : une lettre posthume leur était parvenue, dans laquelle il leur annonçait sa volonté de divorcer pour épouser Martha, sa secrétaire.

Jayne lui prit la main. Il sentit la pierre qu'elle tenait encore au creux de sa paume chaude.

— Que fais-tu ? demanda-t-il.

Elle ferma les yeux un moment.

— Je partage le désir de mon cœur avec toi, répondit-elle dans un souffle.

— Même si je me suis moqué de toi ?

— Oui. Je ne veux pas être heureuse si tu ne l'es pas.

Adam sentit son cœur se serrer. Un profond mal-être s'était emparé de lui. En fin de compte, il avait bel et bien le pouvoir de faire souffrir Jayne ! Non seulement parce qu'il ne se sentait pas capable de s'engager vis-à-vis d'elle, mais surtout parce que, sous ses apparences désinvoltes et légères, l'assistante abritait en elle un point faible. Un point faible qu'elle avait accepté de lui dévoiler. A présent, elle se trouvait donc dans un état de grande vulnérabilité.

Une fois de retour dans leur suite, deux heures plus tard, Adam demanda :

— Je dois passer quelques coups de fil avant le dîner. Tu peux m'accorder une faveur ?

— Laquelle ?

Jayne ressentait une agréable lassitude à la suite de la promenade sur la plage.

— Une bonne œuvre ! Didi Angelini possède la pire garde-robe que je connaisse. Je pense que cela contribue aux problèmes qu'elle a avec son mari.

Ray posait toujours un regard gourmand sur la gente féminine en général, songea Jayne avec indulgence. Mais il avait raison : une tension palpable existait au sein du couple Angelini.

— J'ai remarqué qu'il avait du mal à ne pas lorgner sur toutes les femmes qui passent à sa portée ! renchérit-elle en souriant.

— Ça ne m'a pas échappé non plus !

Adam plongea sa main dans la poche de son pantalon et en exhuma son portefeuille. Il en tira sa carte de crédit et la tendit à Jayne.

— Achète-lui une garde-robe complète de ma part, s'il te plaît.

— Pourquoi fais-tu ça ?

Elle n'avait aucune objection à soulever. Elle voulait juste comprendre cette facette de la personnalité de l'homme qu'elle aimait. Il se montrait toujours d'une exquise politesse envers les femmes. Et sous cette politesse, pointait sans doute une sorte d'instinct protecteur, qui intriguait la jeune femme.

Se dirigeant vers le fax, Adam tria les papiers qui s'accumulaient et répliqua :

— Je ne supporte pas de voir une femme mal habillée.

— Allons ! Dis-moi la vérité !

Prenant, pour rire, l'attitude d'un homme poussé à bout, Adam plaisanta :

— Tant d'indiscrétion mérite une bonne fessée !

Sur ces mots, il s'approcha de Jayne et fit mine de joindre le geste à la parole. Elle eut envie de passer les bras autour de son cou et de s'abandonner contre lui. Mais la façon dont il fuyait la question l'intriguait et elle insista :

— Pour la fessée, on verra plus tard, monsieur le macho. Je veux d'abord savoir en quel honneur tu veux offrir cette garde-robe. Tu es coutumier du fait, avec tes maîtresses, avec moi. Cette attitude cache quelque chose que j'aimerais bien comprendre.

Adam fourra les mains dans ses poches. Ses yeux gris avaient pris la couleur de l'acier, froids et durs. Jayne perçut le danger : si elle manœuvrait mal, il se fermerait comme une huître.

— Je te préviens, je ne supporterai pas que tu te moques de moi, lâcha-t-il.

— Il n'en est pas question ! Je suis simplement curieuse. Je veux en savoir davantage sur ce qui motive les faits et gestes d'Adam Powell.

— Ce qui me motive ? La culpabilité, l'appât du gain et la luxure, dit-il sur le ton de l'autodérision.

— Il y a plus que ça...

Adam haussa les épaules.

— Pas toujours, hélas.

— Cesse d'essayer de noyer le poisson !

Enfin, il la regarda dans les yeux.

— Ecoute..., avoua-t-il. Ç'aura l'air idiot si je le dis à haute voix...

Jayne s'approcha encore de lui, l'enlaça, nicha la tête sur son cœur et en écouta les battements réguliers.

— Dans ce cas, murmure-le, suggéra-t-elle.

Adam mit ses mains sur les épaules de Jayne et lui déposa un long baiser sur les lèvres.

Aussitôt, la jeune femme sentit contre son ventre se dresser le désir masculin. Elle mourait d'envie d'y céder. Mais, plus encore, elle tenait à savoir ce que lui cachait Adam.

— Je te désire, moi aussi, mon macho. Mais je veux des réponses à mes questions.

— Si tu me traites de macho devant les gens, je vais vraiment être obligé de t'administrer une fessée !

— Des promesses, toujours des promesses !

Mais, sans se laisser distraire, elle ajouta :

— Allez ! Parle-moi plutôt de cette histoire de garde-robe.

Adam souleva Jayne dans ses bras et la transporta jusqu'au canapé. Il s'y laissa tomber et l'installa sur ses genoux. Puis il plaça la tête de sa compagne sous son menton, pour qu'elle ne le regarde pas.

— Ma mère avait des goûts vestimentaires exécrables, commença-t-il. Elle ne savait pas s'habiller. C'est d'ailleurs l'une des raisons pour lesquelles mon père l'a quittée : en société, le manque de style de son épouse l'embarrassait. Maman ne savait pas comment s'améliorer et, à cette époque-là, je ne savais pas lui donner de conseils. C'est alors que j'ai rencontré Susan. Elle était très élégante, avait un sens inné de la mode. Maman lui a demandé quelques tuyaux.

— Qui est Susan ? demanda Jayne.

Adam ne lui avait encore jamais parlé de cette époque de sa vie. Elle éprouvait les plus grandes difficultés à l'imaginer autrement qu'en P.-D.G. prospère.

— C'était ma femme.

Adam marié ? Certes, il le lui avait dit, mais cela dépassait l'imagination de Jayne. En tout cas, l'image ne collait pas avec l'homme qu'elle côtoyait depuis huit mois. D'ailleurs, même dans ses rêves les plus fous, elle ne s'imaginait pas elle-même mariée à Adam.

Une envie très forte de le serrer dans ses bras s'empara d'elle une fois de plus. Dans cette position, toutefois, c'était impossible.

— Quel âge avais-tu ? s'enquit-elle.

— Vingt ans au moment de notre mariage. Vingt et un quand elle m'a quitté. La seule bonne chose qu'elle ait faite, c'est aider maman à se trouver un style. C'est pour cela que, chaque fois que je vois une femme mal fagotée et dont le mariage me semble en péril, je ne peux m'empêcher de lui venir en aide.

— Tu ne vas tout de même pas sauver tous les ménages qui battent de l'aile !

— Je n'essaie même pas ! La tâche est trop ardue !

— Alors, que fais-tu ?

— Je tente de leur rendre le terrain de jeu praticable.

— C'est une des...

Adam l'interrompit d'un ton menaçant :

— Ne te moque pas, je t'avais prévenue !

— C'est une des métaphores les plus jolies que j'aie jamais entendues, acheva Jayne.

— Laisse tomber ! Je ne supporte pas non plus de voir une femme qui cache sa véritable sensualité.

— Pourquoi ne l'as-tu pas dit plus tôt ?

Adam lui souleva le menton et déposa sur ses lèvres un baiser langoureux. Avec une lenteur calculée, il goûta la tessiture de sa bouche.

Quand il releva la tête, Jayne lut dans ses yeux davantage que le simple désir. Mais quoi, au juste ? De l'affection ? De l'intérêt ? Un ensemble d'émotions confuses.

Adam rompit le charme en déclarant :

— Il faut que j'appelle Sam cet après-midi.

— D'accord. Quant à moi, j'ai des courses à faire, si je comprends bien, répliqua Jayne en se levant.

— J'aurai terminé dans une demi-heure.

— Oh, que non ! Avec Sam, on en a toujours pour trois quarts d'heure au téléphone !

— Si je suis motivé, je peux abréger !

— On verra, dit-elle en se dirigeant vers la porte.

Adam rattrapa Jayne à mi-chemin et l'embrassa de nouveau. Cette fois, l'étreinte n'avait rien de langoureux. Il lui empauma les fesses, la souleva et la plaqua contre lui. Leurs langues se mêlèrent en un ballet fougueux.

Quand il la reposa au sol, elle eut le sentiment d'avoir traversé un ouragan.

— Qu'est-ce que tu fais ! s'exclama-t-elle en remettant ses cheveux en place.

— Je me motive ! répondit-il avec un clin d'œil, tout en la poussant vers la porte.

Jayne quitta la chambre et s'arrêta un instant dans l'allée. Adam changeait, songea-t-elle. Il n'avait plus rien à voir avec l'homme de marbre qu'elle côtoyait depuis huit mois.

Etait-elle pour quelque chose dans ce changement ? Il était sans doute présomptueux de le croire. Il n'empêche, elle sentit son cœur battre la chamade.

10.

— Où sont les femmes ? demanda Ray.

Son cigare vissé entre les dents, il jeta autour de lui un regard circulaire, vérifia une nouvelle fois l'heure à sa montre et grommela quelques mots.

Adam ne partageait pas son agacement. Plus tôt dans l'après-midi, Jayne l'avait appelé au téléphone. Elle et Didi les rejoindraient au restaurant, avaient-ils décidé ensemble. En fait, il avait un peu menti à son assistante au sujet de ce coup de fil à Sam, son vice-président. Il avait inventé ce prétexte pour prendre quelque peu ses distances.

Une petite sonnette d'alarme impromptue avait en effet retenti dans sa tête. Sous l'emprise d'émotions nouvelles, il avait trop parlé, lui avait reproché la petite voix. Il s'était laissé aller à raconter des souvenirs trop personnels. A faire des confidences. A révéler des choses qu'il gardait en lui depuis longtemps et qu'il n'avait jamais eu la moindre intention de confier à quiconque. Et tout cela, pour une raison bien simple :

il ne parvenait pas à cantonner Jayne à la place qu'il lui avait assignée.

Ce soir, ils dînaient en ville, dans un restaurant que Jayne avait déniché en faisant des recherches sur Internet avant leur arrivée dans l'île. Pourquoi ne pas le tester ? avait-elle suggéré à Adam. Si le chef était talentueux, il pourrait rejoindre la nouvelle équipe de La Perla Negra. En effet, malgré tout son charme, La Perla Negra, dans son état actuel, ne correspondait pas tout à fait aux critères de standing auxquels étaient habitués les clients de Powell International.

— Détendez-vous, conseilla Adam. Jayne est la personne la mieux organisée que je connaisse. Elles ne vont pas tarder.

— Jayne est une femme du tonnerre !

— Vous avez raison. J'ai beaucoup de chance de l'avoir. Et Didi n'est pas mal non plus !

— Elle me rend parfois la vie difficile, objecta Ray.

— C'est ce que les femmes font aux hommes, plaisanta Adam.

— Oui, mais…

La phrase resta en suspens et le cigare lui tomba des lèvres. Etonné, Adam suivit le regard de son interlocuteur et, à son tour, demeura bouche bée. Jayne et Didi franchissaient le seuil du restaurant.

Ray bredouilla en italien quelques mots qu'Adam ne comprit pas. En revanche, il ne faisait aucun doute que les deux hommes, qui s'étaient levés d'un même mouvement, partageaient les mêmes sentiments : les femmes étaient éblouissantes. Les yeux de Jayne étincelèrent en rencontrant ceux d'Adam. Oubliée, la distance qu'une partie de lui aurait aimé restaurer entre eux ! Il lui sourit à son tour. Quant à Didi, elle portait enfin des vêtements qui mettaient en valeur sa jolie silhouette !

Pourtant, hypnotisé, Adam ne parvenait pas à détourner le regard de Jayne. Son esprit s'était mis à tourner à cent à l'heure. Cela ne pouvait pas durer ! Cette femme occupait dans sa vie une place trop importante. Une place qui lui faisait peur. Elle prenait sur lui un ascendant inacceptable. Il n'existait qu'un remède pour couper court à cet envahissement : prendre ses distances dès cet instant.

Mais en aurait-il encore la force ? Il en doutait.

Visiblement remplie d'appréhension, Didi avait croisé les bras sur sa poitrine. Jayne lui adressa un signe discret et elle les laissa retomber le long de son corps.

— Alors, qu'en pensez-vous ? lança la jeune femme.

Adam fut le premier à reprendre ses esprits. Il s'empara de la main de Didi et l'effleura d'un baiser.

— Vous êtes ravissante, ma chère, la complimenta-t-il. Ray et moi allons faire des envieux !

Puis il se tourna vers Jayne. Il avait l'intention de

prononcer quelques mots lisses et courtois qui ne l'engageaient pas, mais aucun son ne franchit ses lèvres. Jetant alors ses résolutions par-dessus bord, il attira la jeune femme à lui et l'emporta dans un long baiser presque féroce. Il avait d'elle un besoin vertigineux. Quand il reprit enfin sa respiration, la bouche sensuelle de Jayne lui fit presque perdre la tête. Au diable ce dîner ennuyeux ! songea-t-il. Il n'avait qu'un désir : rentrer à l'hôtel et faire l'amour à satiété.

Ray, de son côté, contemplait Didi sans voix. Au bout d'un long moment, il balbutia enfin :

— Ma chérie… je… tu…

Pour la première fois depuis qu'Adam et Jayne le connaissaient, Angelini ne trouvait pas ses mots.

— Tu as perdu ta langue ? ironisa Didi.

— Tu es superbe…

Incapable d'en dire davantage, il annonça :

— Notre table est prête.

Retrouvant toute sa combativité, Didi lança :

— Je suis surprise que tu aies réussi à faire ton travail correctement.

Déjà, Ray lui avait passé un bras autour de la taille et la conduisait vers leur table. Jayne et Adam les suivaient, sans rien perdre des piques que s'envoyait le couple.

— Sache, répondait Ray à son épouse, que je suis bien plus performant quand tu ne fourres pas ton nez dans mes affaires !

418

— Mais je ne fourre pas mon nez dans tes affaires ! Je m'assure seulement que tu fais les choses comme il faut.

Tous quatre s'installèrent. La large baie ouverte laissait s'engouffrer une brise marine tiède. La vue sur l'océan était époustouflante de beauté. Adam laissa sa main reposer sur le bas du dos de Jayne. Il appréciait la chaleur de sa peau sous la soie de la robe.

Mais ce qu'il aimait par-dessus tout, c'était le sentiment enivrant de savoir que cette femme était sienne. Elle lui appartenait comme aucune autre ne lui avait jamais appartenu. Cette certitude le fit frissonner. Il était trop tard pour ériger contre elle des donjons et des caches. Elle l'avait envoûté.

Le serveur, un jeune Jamaïcain, sourit à Jayne avec une familiarité qui agaça Adam. Se penchant alors vers sa compagne, il l'embrassa sur la bouche, signifiant ainsi au monde entier que cette femme était à lui. Puis il passa calmement la commande pour eux deux.

Il sentit soudain Jayne lui pincer la cuisse et, plaçant à son tour la main sous la table, caressa la jambe de son amante. Au bout de quelques minutes, Didi et Ray durent s'éclipser un instant. Ils s'excusèrent, expliquant qu'ils souhaitaient parler à un couple, client de leur hôtel, assis à une autre table.

— Qu'est-ce que c'est que cette attitude ? lança aussitôt Jayne à son compagnon.

Continuant ses caresses sous la table, Adam avala une gorgée de whisky.

— De quoi parles-tu ? s'enquit-il.

— De la façon dont tu marques ton territoire, en m'embrassant devant tout le monde. Prends un stylo et écris ton nom sur mon front, tant que tu y es !

— Chiche ?

La question désarma un instant Jayne.

— Décidément, tu es incorrigible ! s'exclama-t-elle en riant.

— Oui, mais seulement avec toi...

Jayne leva les yeux vers lui. Elle semblait retenir son souffle.

Atterré, il lut dans le regard pervenche tous les signes de l'amour et son cœur se serra. Il avait conscience que le contrôle de la situation lui échappait de plus en plus et qu'il ne pouvait rien faire contre.

Un petit orchestre attaqua de la musique reggae et calypso. Jayne se mit à battre le rythme du pied et à chantonner à mi-voix.

— Envie de danser ? demanda Adam.

— J'aimerais bien... mais tu dois parler au chef et...

La main d'Adam remonta le long du dos de Jayne pour venir se nicher au creux de sa nuque.

— Allons-y, dit-il en se levant. Cela fait longtemps que je ne t'ai pas sentie contre moi.

Docile, Jayne se laissa entraîner vers la piste de

danse. Comme il la prenait entre ses bras, elle se lova contre lui et posa la tête sur son torse.

Adam sentait battre son cœur à grands coups désordonnés. Il pria en silence pour que Jayne ne s'en aperçoive pas.

Le reste de la semaine fila à toute allure. Jayne passait le plus clair de son temps avec Adam et apprenait une foule de choses à son sujet. Il adorait la mer et avait loué un voilier, qu'ils utilisaient tous les après-midi. Elle avait toujours su à quel point il protégeait sa vie privée, mais sur l'île, elle en avait découvert là raison. S'il gardait ses liaisons dans des limites bien définies, ce n'était pas en raison d'un égoïsme forcené, mais pour protéger toutes les personnes concernées.

Sans ce séjour, et sans la tournure que leur relation avait prise, jamais elle n'aurait deviné ce que cachait Adam sous ses dehors de chevalier d'industrie. En fait, celui que chacun, dans le monde de l'hôtellerie, considérait comme un requin, recelait en lui des trésors de sollicitude et d'amour.

En ce moment même, il jouait au volley-ball sur la plage, en compagnie d'un groupe de jeunes gens fraîchement débarqués à La Perla Negra. Ces derniers jours, il avait étudié la démographie des clients de l'hôtel. Elle l'avait secondé dans cette tâche, établissant sur ordinateur de nombreux graphiques et tableaux, et étudiant les rapports précédents établis par les Angelini.

Loin de peser à Jayne, leur nouvelle relation sentimentale ajoutait une dimension passionnante à sa vie professionnelle. Adam tenait compte de son opinion. Il faisait plus souvent de courtes pauses, pour s'asseoir et bavarder avec elle. Quelquefois, ils sortaient ensemble se promener sur la plage. D'autres fois, quand, en guise de plaisanterie, elle le traitait de macho, il se jetait sur elle et lui faisait l'amour avec une sorte de voracité. Elle sortait de ces séances pantelante et pleine d'espoir. N'était-il pas possible qu'Adam l'aime, après tout ?

Sur le plan professionnel, il nourrissait un projet ambitieux : transformer la charmante Perla Negra en une station balnéaire à la fois haut de gamme et familiale. Pour l'y aider, elle venait de passer un coup de fil à un chasseur de trésors. Elle souhaitait lui faire redessiner, en l'améliorant, la carte au trésor des Angelini. Car, de plus en plus, Ray semblait juger Adam digne d'acheter son hôtel.

Sans doute était-ce la raison pour laquelle Adam paraissait si décontracté ? Assise au bord du terrain, Jayne le regardait jouer. Il était torse nu, en sueur. Quand il tournait la tête vers elle, l'intensité de son regard produisait sur elle l'effet d'un rayon brûlant. Malgré les lunettes de soleil…

La partie terminée, Adam la rejoignit, s'assit sur l'accoudoir du fauteuil qu'elle occupait et but une gorgée de sa margarita.

— Où étais-tu passée ? demanda-t-il.

— Je parlais au téléphone avec Guy O'Bannon.

Adam souleva un sourcil interrogateur.

— C'est un chasseur de trésors, expliqua Jayne.

— Quel nom bizarre…

Avec un haussement d'épaules, Jayne poursuivit :

— Il l'a sûrement forgé de toutes pièces ! C'est un type qui a l'air très amusant. Nous nous sommes arrangés pour qu'il vienne sur l'île. Moyennant finances, il remodèlera la carte, y ajoutera de faux chemins pour brouiller les pistes et nous aidera à compléter la légende.

— Parfait ! Il ne reste plus à Ray qu'à signer le contrat de vente, et tout sera en place.

Adam fit signe à la serveuse de lui apporter une bière. Puis il souleva Jayne de son fauteuil, prit sa place et installa la jeune femme sur ses genoux. Alors, il lui passa une main autour de la taille et la caressa de ses doigts langoureux.

— J'aime cet endroit, murmura-t-il. Je ne m'y attendais pas.

— Pourquoi ?

Pour ne pas fondre sous les délicieuses caresses, Jayne se concentrait sur la conversation. Sa tête reposait sur l'épaule musclée et elle aurait donné cher voir s'éterniser cette tendre proximité.

— Parce que nous sommes dans l'hôtel même où mon père a emmené sa secrétaire quand il a décidé de nous laisser tomber.

— Oh, Adam…, murmura Jayne, navrée.

A ces mots, il se pencha vers elle, la regarda droit dans les yeux et lui intima d'une voix sourde :

— Ne prononce plus jamais mon nom avec cet air apitoyé. Je ne suis pas un gamin de quatorze ans brisé par le chagrin.

— Mais je n'ai jamais pensé ça ! protesta Jayne du fond du cœur. C'est seulement que… j'aurais aimé que tu n'aies jamais souffert.

Quelle remarque idiote ! songea-t-elle. Bien sûr, elle ne pouvait protéger Adam de la souffrance. C'était un adulte, un homme fort. Vouloir lui offrir une quelconque protection frôlait le ridicule. Et pourtant… elle ne pouvait s'en empêcher.

— Au moins, j'ai profité de mon père pendant quatorze ans, reprit Adam. J'ai trop longtemps mis de côté les bons souvenirs que j'avais de lui. Je recommence à les évoquer.

Il fit une coupe de ses mains autour du visage de Jayne et s'abreuva à ses lèvres. Sa bouche avait la saveur du sel et du citron vert de la margarita.

Les doigts d'Adam voletèrent alors sur la peau de la jeune femme, légers comme des papillons. Elle répondait à ces caresses de toutes les fibres de son corps en se disant que jamais, elle ne se rassasierait de cet homme. Depuis quelque temps, elle repoussait de son esprit l'idée de la fugacité de leur relation. Pourquoi imaginer le moment où Adam disparaîtrait de sa vie ? C'était bien trop douloureux. Il la possédait tout entière, corps et âme. Sans doute l'avait-il deviné. Qu'importait ! Qu'il connaisse l'ampleur de ses sentiments ne la dérangeait plus vraiment. Pour la bonne raison qu'elle avait l'impression que lui aussi lui appartenait tout entier.

Les lèvres humides de baisers, Adam releva la tête. Elle vit alors ses yeux embués de désir. En même temps, elle sentit sous elle le corps durci de son amant. Ils n'allaient pas demeurer beaucoup plus longtemps assis au soleil, prédit-elle en son for intérieur. Mais l'attente était exquise. Elle en goûtait chaque précieuse seconde.

Pour prolonger l'instant, elle demanda :

— Quels sentiments éprouves-tu pour ton père, maintenant ?

Adam ferma les yeux avant de répondre.

— Je n'arrive pas à lui pardonner et je crois que je n'y parviendrai jamais, murmura-t-il d'un ton pensif. Mais, au moins, depuis peu, je me souviens du bon vieux temps où il vivait avec nous.

— J'en suis heureuse pour toi. Notre enfance devrait nous laisser de bons souvenirs.

Adam rouvrit les yeux et ils échangèrent un sourire.

— Avec tes propos sur la famille, tu es aussi douce qu'une vieille carte de vœux poussiéreuse, murmura-t-il.

Jayne était allée trop loin dans son investigation du passé d'Adam et elle le savait. Elle jugea donc plus prudent de s'en tenir là. Pour ce faire, elle adopta le ton de l'humour sans danger :

— C'est toi qui m'y as poussée, espèce de macho !

— Je croyais t'avoir prévenue de ne pas me traiter de macho !

— Ne t'emballe pas ! Ta bière arrive.

— Je vais l'emporter avec moi.

— Où ça ?

— Dans la chambre. Pour rosser ton joli petit derrière !

— Il n'en est pas question !

— Tu aurais dû peser tes mots, si tu ne voulais pas en subir les conséquences !

La tenant toujours serrée contre son torse, il se leva.

— Sois sage et tiens ma bière, mon chou, dit-il.

Une bouffée de bonheur envahit le cœur de Jayne. Il ne lui faisait plus peur, songea-t-elle. Au contraire. Jamais il n'aurait la volonté de lui faire mal. Elle prit

426

donc la canette de bière et la cala entre leurs deux corps.

Adam gravit d'un pas sûr le chemin en pente qui menait à leur chambre.

Blottie entre ses bras, Jayne se berçait d'une douce certitude : Adam et elle étaient faits l'un pour l'autre. Jamais ils ne se quitteraient.

Jayne ouvrit pour eux la porte de la suite. Le salon était inondé de soleil. Bien entendu, Adam n'envisageait pas une seconde de donner une fessée à Jayne. Une seule chose l'obnubilait : lui faire l'amour. Leur séjour sur l'île dépassait en félicité tout ce qu'il aurait pu imaginer. Et en même temps, c'était la période la plus tendue de son existence.

La situation ne pouvait s'éterniser. Pour la première fois de sa vie, il ne savait quelle attitude adopter. Il craignait de commettre une erreur fatale. S'il se trompait, faisait un faux pas, Jayne lui glisserait entre les doigts. Dans ce cas, que deviendrait son existence ? Elle se résumerait de nouveau à de froides beautés passagères. Alors que Jayne lui avait embrasé l'âme.

Tenant toujours la jeune femme dans ses bras, Adam pénétra dans la chambre. Les voilages de la baie vitrée étaient tirés et seule une lumière tamisée filtrait dans la pièce. Il déposa son précieux fardeau sur le bord du lit.

Jayne lui tendit sa bière, qu'il laissa sur la table de chevet. Se retournant vers la jeune femme, il se baissa alors, caressa de la paume les chevilles de sa compagne, puis lui ôta ses sandales. Ensuite, il glissa une main sous l'étoffe légère de la jupe et pétrit un instant la chair ferme de ses hanches.

Frissonnante, Jayne ferma les yeux. Comme elle écartait les jambes, la main d'Adam se rapprocha du centre de son intimité. Au travers de la dentelle du slip, il attisa le bouton de sa corolle et la sentit devenir humide sous ses doigts.

La respiration de Jayne s'accélérait, ses seins se gonflaient. De ses dents, Adam en mordilla la pointe à travers l'étoffe du chemisier. Elle se mit à gémir.

— Enlève ça, mon chou, murmura-t-il.

Pressée par l'urgence, elle défit ses boutons jusqu'au nombril, sous le regard affamé d'Adam. Le tissu entrebâillé ne laissait voir qu'une partie de la chair ivoire. Le renflement des seins se soulevait à chacune des inspirations de la jeune femme.

— Déshabille-toi pour moi, intima-t-il d'une voix rauque.

Acquiesçant de la tête, elle écarta les pans du chemisier. La chair de ses mamelons avait foncé. Ils se dressaient, exigeant leur dû.

Adam admira le corps présenté à ses yeux. Un festin délectable, songea-t-il avec ravissement, tandis que le désir de la posséder devenait insoutenable. Il se pencha sur elle et lui parsema le ventre de baisers passionnés, avant de faire glisser ses lèvres plus bas, vers la toison bouclée. Comme elle arquait les hanches vers lui, il lui écarta les cuisses et lapa de sa langue le centre de son intimité. Elle avait un goût exquis. Adam sentit son corps se durcir jusqu'à la douleur. Le désir atteignait son comble.

Eperdu de convoitise, il fit remonter ses lèvres le long du ventre de Jayne, puis de son abdomen. Il lécha le sillon entre ses seins, happa tour à tour chacun des mamelons brun-rose, puis remonta encore, jusqu'à sa bouche, qu'il prit avec emportement.

En même temps, ses doigts experts s'enfonçaient loin dans le fourreau de Jayne. Ils allaient et venaient en elle au rythme diabolique de son envie. Bientôt elle se convulsa en spasmes de plaisir et cria son nom.

Relevant la tête, Adam rencontra le regard de Jayne. Un regard démuni et consentant qui lui coupa le souffle. Un goût amer lui monta alors dans la gorge. Il se sentait indigne de tant d'amour. Il n'était pas l'homme qui comblerait les rêves d'une femme comme celle-ci.

Il se redressa un instant, fit glisser son caleçon le long de ses jambes et l'envoya valser dans la pièce sans un mot. Se mordant la lèvre inférieure, elle le regardait faire. Son visage trahissait une intense émotion, mêlée d'autre chose. La peur ? Le regret ?

La colère ? Il ne savait l'interpréter. Mais la notion de danger le tenaillait.

Au diable ces pensées ! songea-t-il très vite. En cet instant précis, il ne voulait s'intéresser qu'au désir qui lui brûlait le ventre. Le désir, il savait comment l'étancher. Le reste, on verrait plus tard.

Il prit un oreiller et le glissa sous le bas du dos de Jayne. Le mieux qu'il puisse faire pour elle n'était-il pas de la combler de volupté ? Contenant sa propre impatience, il s'y adonna tout entier. Et c'est avec une langueur sensuelle qu'il lui donna un second orgasme avec sa bouche.

Frémissante, éperdue, elle enveloppa le sexe d'Adam de ses doigts palpitants et lui souffla à l'oreille :

— Je te veux en moi.

Il la voulait, lui aussi. De tout son être, il désirait également autre chose : obtenir la promesse qu'elle ne le quitterait pas. Mais il le savait, il ne pouvait exiger quoi que ce soit. De nouveau, il plongea les yeux au fond du regard de Jayne. Il y lut une ardente attente.

Pour éviter d'avoir à y répondre, il fit rouler sa compagne sur le ventre. Puis, fermant son esprit à toute pensée, il traça de sa langue un sillon de fièvre le long de sa colonne vertébrale. Enfin, la soulevant un peu, il plongea en elle par-derrière. Comme on se noie.

La tension accumulée au creux de ses reins exigeait

la délivrance. Mais il cherchait davantage que la délivrance. Ce qu'il voulait, c'était donner à Jayne un plaisir qu'aucun homme avant lui ne lui avait offert. Dominant les exigences de son propre corps, il allait et venait en elle à longs coups profonds et réguliers. Il lui mordillait la nuque, léchait avec sensualité la peau à la base de son cou.

Mais la nature reprit bientôt ses droits. Ne pouvant différer davantage son plaisir, il saisit Jayne aux épaules. Un instant, il demeura immobile, profondément enfoui en elle. Ferme, long, palpitant. Puis il accéléra ses coups de butoirs, comme s'il voulait atteindre le fin fond du ventre de sa compagne, et se déversa en elle en longs jets puissants.

Adam s'abattit sur Jayne en spasmes convulsifs et garda les yeux fermés. Surtout, ne pas voir ce qu'elle ressentait, songea-t-il. Mais tandis qu'il reposait contre elle dans l'état euphorique de la volupté, il fit une prière muette : Dieu fasse qu'elle accepte de vivre avec lui. Parce que le plaisir qu'il éprouvait avec elle ressemblait au paradis.

11.

Jayne passa son avant-dernier après-midi sur l'île au spa, avec Didi. Adam lui avait accordé une demi-journée de liberté. Il ne voulait la revoir que détendue, loin des soucis professionnels, avait-il déclaré.

Elle ne parvenait pas à croire aux changements que ce séjour avait opérés sur son patron. Il différait du tout au tout de celui qu'elle connaissait jusqu'alors. Au point qu'elle avait remisé au placard ses fantasmes d'homme idéal. Adam dépassait en la matière ses rêves les plus fous.

Cependant, la suite de leur relation demeurait dans le flou. Que projetait Adam ? Rien ne transpirait. En pensée, elle avait déjà rédigé sa lettre de démission. Et surtout, elle avait offert son cœur en pâture à Adam. Pourtant, elle espérait sortir victorieuse de cette dangereuse situation.

Même si Adam prenait grand soin de ne faire aucune promesse, elle le sentait attaché à ne pas la perdre. Il

432

le lui avait avoué, pas plus tard que la nuit dernière, aux premières heures de l'aube.

— Je n'arrive pas à croire que nous repartons après-demain, confia-t-elle à Didi. Vous devez adorer vivre ici. C'est le paradis !

Didi eut un léger sourire et répliqua :

— Le paradis, n'exagérons rien ! Mais en effet, je me plais beaucoup sur cette île.

— Mais pourquoi vendez-vous votre hôtel ? poursuivit Jayne.

Didi et Ray n'avaient pas atteint l'âge de la retraite et ils semblaient aimer La Perla Negra. Ray se tenait toujours au bar de la plage, à raconter des blagues pour amuser les clients.

— Avec nos métiers respectifs, Ray et moi sommes amenés à beaucoup voyager. Nous ne pouvons plus demeurer sur l'île.

La curiosité titillait Jayne. Ray et Didi s'étaient toujours montrés très discrets sur leur vie privée. Or, elle-même s'intéressait depuis toujours aux couples qu'elle croisait. Du moins, depuis l'époque lointaine où elle avait observé les papas, dans les foyers des amies qui l'invitaient à passer un week-end chez elles. Ces hommes-là demeuraient les mêmes à chacune de ses visites, avait-elle vite remarqué. Ils ne se succédaient pas au rythme fréquent auquel sa mère l'avait habituée dans son propre foyer.

— Quel est votre vrai métier ? s'enquit la jeune

femme. Ne vous offensez pas de ma remarque, mais vous ne semblez pas très au fait de l'industrie hôtelière.

Didi prit un air vague. Cependant, elle affirma :

— C'est vrai. Notre domaine d'expertise, c'est plutôt la nature humaine. C'est pourquoi vendre l'hôtel à un vrai couple était si primordial à nos yeux.

— L'idée est touchante. Mais sur le plan des affaires, ça manque un peu de crédibilité, vous ne trouvez pas ?

Didi dévisagea Jayne.

— Il n'y a donc que les affaires qui vous intéressent ? interrogea-t-elle.

Jusqu'à maintenant, oui ! songea Jayne. Mais depuis quelque temps, les choses changeaient. Son esprit se peuplait d'images d'Adam et elle, entourés d'une ribambelle d'enfants à eux. Ensemble, ils fondaient la famille idéale qu'ils n'avaient eue ni l'un ni l'autre. Et ils vieillissaient côte à côte dans une grande maison.

Elle soupira et répondit :

— En règle générale, j'avoue que le travail occupe une grande place dans ma vie. Quoique, depuis quelque temps…

— Il me semble que la majorité des êtres humains utilisent le travail pour meubler leur solitude. Au lieu de rechercher le réconfort les uns chez les autres.

434

— Sans doute. Pourtant, le succès professionnel apporte aussi beaucoup de satisfactions.

— Je vous l'accorde.

Jayne vérifia que le vernis à ongles qu'elle venait de poser sur ses orteils était sec. Puis elle mit ses tongs et se leva. Didi l'imita.

— J'ai beaucoup apprécié cet après-midi en votre compagnie, dit Jayne.

— Moi aussi. Nous nous reverrons à l'heure du dîner.

Didi quitta le spa. Jayne rassembla sans hâte ses affaires personnelles, puis gagna le petit chemin qui menait à leur suite. L'île lui manquerait, songea-t-elle. Même si Adam l'achetait, elle n'y reviendrait sans doute pas avant un certain temps. Elle repensa à ses traditionnels buts de voyage et s'aperçut soudain que les cinquante Etats des Etats-Unis ne lui suffisaient plus. Elle avait envie de découvrir également d'autres pays. Avec Adam.

En ouvrant la porte de la suite, elle découvrit ce dernier en plein travail. Il téléphonait en prenant des notes. Elle l'observa. Il portait un short et une chemise hawaïenne colorée déboutonnée.

Elle laissa tomber son sac près de la porte. Adam leva les yeux, lui sourit, fit signe qu'il n'en avait que pour quelques instants. Elle prit une bouteille d'eau minérale dans le frigo et s'installa sur le canapé.

Sans écouter ce que disait Adam au téléphone, elle se laissa bercer par le son de sa voix.

Les yeux fermés, elle tenta de ne pas penser à l'avenir avec trop d'espoir. Mais il était trop tard, reconnut-elle en son for intérieur. Elle était amoureuse.

— Comment était le spa ? s'enquit Adam en s'asseyant près d'elle, sur le canapé.

Il la prit par l'épaule, la serra contre lui et l'embrassa avec volupté.

— Très relaxant. Merci d'avoir insisté pour que j'y aille.

— Je suis souvent très exigeant dans le travail, répondit Adam. Mais je sais aussi être généreux !

Jayne trouva que son compagnon avait un air étrange. Qu'avait-il, au juste ? Elle n'aurait su le dire, mais il était différent.

— Ce n'est pas une découverte, affirma-t-elle.

— Il est vrai que je ne peux rien te cacher. Comment te désignes-tu, déjà ? Comme l'ordonnateur de ma générosité ?

— En effet ! Tu es en général très généreux envers les femmes que tu quittes. Dois-je m'inquiéter ?

— Non. Notre relation ne ressemble en rien à mes précédentes liaisons.

Elle se lova entre ses bras. Parfois, elle éprouvait avec lui une grande vulnérabilité. Au point de craindre de se briser en mille morceaux. Mais quand il la tenait contre lui comme maintenant, elle se sentait

436

en sécurité. L'amour qu'il lui inspirait lui paraissait alors une chose positive et fructueuse. Elle ferma les yeux et huma avec délice l'odeur masculine et poivrée de l'homme de sa vie.

— J'ai un cadeau pour toi, annonça Adam.

— Où ?

— Sur le lit.

— Tu n'es pas obligé de m'acheter sans arrêt des choses…

— J'aime te gâter.

— Pourquoi ?

— Faut-il absolument une raison ?

— Non.

Toutefois, cela l'inquiétait. Elle connaissait assez Adam pour savoir qu'il utilisait son argent comme un bouclier.

— Je veux que la soirée qui nous attend soit particulière pour toi, déclara-t-il. Et mon cadeau y contribuera.

Sur ces mots, il la poussa vers la chambre, où elle découvrit une superbe robe de cocktail étalée sur le couvre-lit. Puis il la laissa s'habiller, arguant de plans à organiser.

Le cœur de Jayne se mit à battre la chamade. Si Adam prenait tant soin d'elle, peut-être fomentait-il quelque chose d'important pour elle et lui ?

*
* *

Ray les accueillit au bar pour l'apéritif qui précédait le dîner.

— Buona notte !

Adam aurait aimé ne plus avoir à parler affaires. Il désirait plus que tout dédier son temps à Jayne. Le désir de détruire l'ancienne Perla Negra pour en faire un lieu différent ne le tenaillait plus. Au contraire, il établissait maintenant une cloison étanche entre le charme évident de cet établissement et la trahison de son père.

— Ce soir, nous vous invitons à dîner sous notre véranda personnelle, annonça Ray. Les couchers de soleil y sont de toute beauté.

— Merci beaucoup…

— Rien n'est trop beau pour ces dames, répliqua Ray.

Didi leva les yeux au ciel, mais elle ne put s'empêcher de sourire. Pour la première fois depuis qu'il les connaissait, Adam les sentait presque en paix l'un avec l'autre.

— Ces dames devraient toujours être au cœur de nos désirs secrets, renchérit-il.

Tout en conduisant le jeune couple vers leur appartement, Didi se tourna vers Adam et s'enquit :

— Jayne m'a dit que vous aviez découvert le coffre au trésor ?

— En effet ! Le chemin n'était pas très difficile à trouver. Même si vous décidez de ne pas me vendre

La Perla Negra, je pense que vous devriez lui donner un petit coup de fouet. Jayne s'est entretenue avec un chasseur de trésors professionnel, qui peut aider à améliorer la légende et à rendre les recherches un peu plus complexes.

— Bonne idée, acquiesça Ray. J'ai déjà mis en pratique certaines de vos suggestions. Vous vous y connaissez, en matière de villages de vacances.

Acquérir La Perla Negra ne comptait plus autant pour Adam. Il était heureux d'y avoir passé du temps avec Jayne. S'il n'achetait pas, il acquerrait une parcelle de terrain vierge, dans un quelconque coin du monde, et y concevrait de toutes pièces un hôtel fondé sur une légende. Peut-être demanderait-il à Jayne d'en superviser la construction avec lui ?

— C'est mon métier, souligna-t-il. Et j'avoue que je l'adore.

Ray hocha la tête. Il sortit de sa poche un cigare, que Didi lui arracha des mains. Il poussa un léger soupir, avant de répondre à Adam :

— Moi aussi, j'ai toujours aimé ce que je faisais. Ce métier-ci me donne parfois du fil à retordre, mais il ne marche pas si mal.

— Je le vois, approuva Adam. Très peu de propriétaires iraient jusqu'à choisir eux-mêmes un acheteur qui leur convienne. On voit tout de suite que votre hôtel n'est pas pour vous une simple source de profit.

Ray le considéra un instant.

— Vous savez, répondit-il enfin, l'argent, on ne l'emporte pas au paradis.

Tout en disant ces mots, Ray échangea un regard complice avec sa femme et tous deux se mirent à rire.

Le petit groupe parvint bientôt sous une grande véranda, où une table était dressée pour quatre. Sur un guéridon, se trouvait une bouteille de champagne dans un seau à glace.

— Ne changeons pas de sujet, murmura Didi. Avez-vous aimé la grotte ? Vous avez lu l'incantation sur le mur ?

— Moi, oui, intervint Jayne avec calme. J'ai même pris une pierre.

— Ça ne me surprend pas, commenta Didi. Et vous, Adam ?

— J'en ai pris une aussi, avoua-t-il.

Jayne lui lança un regard de reproche entre ses cils mi-clos. Menteur ! songea-t-elle.

Quand Didi s'absenta un instant pour donner la dernière main au repas, Ray la suivit dans la cuisine. Jayne en profita pour se tourner vers Adam.

— Pourquoi avoir menti ? s'enquit-elle. Les Angelini te savent bien trop... bien trop terre à terre pour donner foi à cette légende.

Sans un mot, Adam porta la main gauche à la poche de son pantalon. Il en exhuma sa pierre et la montra à Jayne.

440

Elle déglutit avec difficulté.

Comme elle plantait dans le sien un regard amoureux, Adam ressentit une sensation étrange au creux de l'estomac. Il lui caressa alors le visage, se pencha vers sa bouche et l'embrassa avec une sorte de dévotion. Il la traitait comme le précieux trésor qu'elle était, songea-t-il. Par quel miracle la Jayne du bureau, enjouée et impertinente, devenait-elle soudain la réponse absolue au vide de sa propre existence ? Il n'aurait su l'expliquer, mais c'était un fait.

— Quel vœu as-tu fait ? demanda-t-elle au bout d'un moment.

— Je ne suis pas censé le dire.

— Espérons qu'il se réalisera, rétorqua-t-elle avec une pointe d'agressivité dans la voix.

— Cela ne dépend que de toi.

Jayne se mit à trembler. Pour faire diversion, elle s'éloigna de quelques pas.

Ray choisit cet instant pour revenir sous la véranda.

— Il est temps de porter un toast ! s'exclama-t-il.

Tandis qu'ils avançaient vers la table, Adam passa une main caressante le long du dos de Jayne. Par-dessus son épaule, elle le gratifia d'un regard soutenu et il sentit s'accélérer son sang dans ses veines.

Chargée d'un plateau de hors-d'œuvre, Didi les rejoignit. Lorsqu'ils eurent tous une flûte de champagne à la main, Ray prit sa femme à la taille et regarda Adam en levant son verre.

— Au nouveau propriétaire de La Perla Negra, déclara-t-il. Puisse-t-il trouver bonheur et amour, en même temps que la prospérité dans ses affaires à venir.

Le sens de ces paroles mit du temps à atteindre le cerveau d'Adam. Il lui semblait que des dizaines de papillons avaient pris d'assaut son estomac. Il se tourna vers Jayne et la serra dans ses bras. Se soulevant sur la pointe des pieds, la jeune femme lui donna un baiser étourdissant qui le fit trembler de désir.

— Buvons ! lança Angelini.

— Oui, buvons ! renchérit Adam.

Tous les quatre trempèrent leurs lèvres dans le champagne. Adam n'en revenait pas. Tout se mettait enfin en place dans sa vie : après des années de travail et une lutte acharnée pour corriger les mauvais souvenirs du passé, il allait acquérir la station balnéaire qui avait ruiné la vie de son père et celle de sa famille. En outre, il avait le bonheur d'avoir à ses côtés une femme merveilleuse, à la fois partenaire de sa vie professionnelle et de sa vie privée. Pour couronner le tout, les remparts derrière lesquels il avait, des années durant, barricadé son cœur, tombaient les uns après les autres. L'ensemble lui donnait de fortes raisons de croire en l'avenir.

Le dîner se déroula dans une plaisante sensation de

bonheur. Adam se rendit à l'évidence : seul manquait à sa vie un engagement envers Jayne. Mais dans quelques heures, il aurait remédié à cette lacune.

Jayne émergea de la salle de bains en déshabillé de soie.

— Ferme les yeux, lui enjoignit Adam.

Elle s'exécuta. Sous ses pieds, elle sentit quelque chose de doux et frais. Entrouvrant à peine les paupières, elle aperçut entre ses cils des pétales de roses qui jonchaient le sol. Leur fragrance embaumait la chambre.

— Je ne peux pas garder les yeux fermés très longtemps, avertit-elle.

Elle traversa la pièce, suivant la direction de la voix d'Adam. Elle n'aimait pas être plongée dans le noir. Cela lui donnait le sentiment de s'exposer, sans défense.

— Mais si, tu peux ! Crois-moi, ça en vaut la peine.

Cette fois-ci, la voix d'Adam provenait d'une autre direction. Jayne se retourna. Elle avançait avec précaution, pour ne rien heurter.

— Je ne supporte pas ce petit jeu, protesta-t-elle. Je veux voir !

Grandes et chaudes, les mains d'Adam lui recouvrirent soudain les yeux.

— Je ne te savais pas aussi impatiente, commenta-t-il.

— Ce n'est pas une question d'impatience. Si je ne vois pas, ça me rend vulnérable, et je n'aime pas ça !

Sur ses lèvres, elle sentit se poser celles d'Adam. Il lui picorait la bouche en se tenant à distance. Chaque fois qu'elle essayait de l'attraper, il ne se trouvait pas là où elle le croyait.

— Ne fais pas tant d'efforts pour me séduire, lui dit-elle enfin. Je suis déjà tout à toi.

Et c'était vrai, songea-t-elle. A part lui, aucun homme n'avait pu lui faire oublier les douloureuses leçons de son enfance. Aucun autre n'avait ravivé avec une telle force ses rêves secrets, leur redonnant tout le lustre et l'espoir d'antan. Aucun autre homme n'avait eu le merveilleux pouvoir d'éradiquer tout le reste.

— Vraiment ? demanda Adam.

Il lui caressa le front, suivit de ses doigts la ligne de sa joue. Elle aurait tout donné pour voir l'expression du visage de son amant en cet instant précis. Adam trahissait rarement ses émotions et elle était lasse d'essayer de deviner la profondeur de ses sentiments.

— Tu dois bien t'en douter, répliqua-t-elle.

Le temps où elle s'efforçait de lui dissimuler ses sentiments était révolu. Leur départ de l'île était programmé pour le lendemain. Une fois de retour à La Nouvelle-Orléans, la réalité fondrait sur eux comme un rapace.

Pour sa part, elle rêvait de toute son âme d'un mariage qui scellerait leur engagement pour la vie. Mais lui, que pensait-il ? Mystère. Il l'aimait, sans doute… En tout cas, il l'aimait beaucoup. La façon qu'il avait de la tenir serrée contre lui, la nuit, en faisait foi. Entre eux, ce n'était pas qu'une affaire de sexe, elle en était sûre, à présent.

— Bien, dit-il sur un ton de calme satisfaction.

Tout en prononçant ce mot, il avait entrepris de recouvrir les yeux de Jayne d'un foulard de soie.

— Et maintenant, comment te sens-tu ? s'enquit-il.

— Adam…

La bouche masculine glissait avec lenteur le long de son cou, de ses épaules.

— Quoi ? dit-il. Tu ne vois rien et mes mains se sentent libres d'agir à leur guise.

Elle ravala ses doutes et usa du ton humoristique qui lui sauvait souvent la mise.

— Très bien, abuse de la situation, espèce de macho…

Adam gloussa et la serra contre lui.

— C'est bien ce que j'ai l'intention de faire, mais auparavant…

Sans achever sa phrase, il la souleva dans ses bras et l'emporta. Elle sentit autour d'elle la chaude brise marine au moment où il la déposait dans un des fauteuils en rotin de la terrasse. Elle aimait sa force, et les caresses qu'il lui prodiguait à tout propos agissaient sur elle comme un baume.

— Attends encore un peu, annonça-t-il. J'ai quelques détails de dernière minute à régler.

Elle l'entendit quitter la terrasse. Appuyant sa tête contre le dossier du fauteuil, elle offrit son visage à la caresse de l'air. Le bruit des vagues qui se brisaient sur la plage accompagnait le bruit du vent bruissant dans les cocotiers.

— Je t'ai manqué ? murmura soudain Adam à son oreille.

Sans lui laisser le temps de répondre, il ôta le voile qui lui obstruait la vue. Elle cligna plusieurs fois des yeux, puis aperçut la flamme vacillante de dizaines de bougies. Il y en avait partout, sur la rambarde de la terrasse, sur l'escalier menant à la plage et, derrière elle, dans toute la chambre.

— Que... que célébrons-nous ? balbutia-t-elle. L'achat de La Perla Negra ?

— Non, mon chou. C'est toi que je célèbre.

Le cœur de Jayne se mit à battre à tout rompre. Si ça continuait ainsi, il exploserait dans sa poitrine. Elle avait prié pour qu'Adam l'aime. Mais à aucun moment elle ne s'était attendue à un geste aussi spectaculaire. Aussi grandiose. Et pourtant, elle aurait dû. Adam était un homme à l'âme subtile...

— J'ai quelque chose de très important à te demander, déclara-t-il.

— Oui ?

Le souffle court, Jayne sentait son cœur s'emballer. Tout vacillait en elle. A l'idée de voir se réaliser ses rêves les plus secrets, elle perdait tout repère.

— Jayne…, murmura alors Adam. Acceptes-tu de partager ma vie ?

Avait-elle bien entendu ? Elle secoua la tête et dévisagea Adam.

Il lui adressa un doux sourire.

— Nous sommes des partenaires formidables au bureau, poursuivit-il. Je pense que… mélanger notre vie professionnelle et notre vie privée serait… la meilleure solution.

Jayne essayait toujours de comprendre la teneur exacte des propos d'Adam. Certes, elle ne doutait pas de sa sincérité. Il lui offrait ce qu'il n'avait jamais offert à aucune autre. Elle aurait aimé accepter. Pourtant, renoncer à ses propres rêves lui paraissait impossible.

— J'aimerais plus que tout partager ta vie, répondit-elle.

— Merci, mon chou. Je savais que nous avions la même façon de voir les choses.

Le cœur de Jayne sombra : hélas, Adam n'avait pas compris. De son côté, elle n'avait pas anticipé cette conversation. Elle n'avait donc pas établi de plan d'action, pas choisi les paroles appropriées, à prononcer au moment opportun.

— Je suis désolée, je me suis mal fait comprendre. Si nous travaillons et vivons ensemble, pourquoi ne pas nous marier ?

La réponse jaillit de la bouche d'Adam :

— Le mariage est le seul risque que je refuse de prendre.

— Et moi, rester ta maîtresse est le seul risque que je ne prendrai pas.

— Mais enfin ! Je ne te demande pas de devenir une simple maîtresse !

A le regarder se défendre ainsi, Jayne sentit son cœur flancher. Prise de compassion pour lui, elle fut tentée de changer d'avis. Pourquoi ne pas accepter de lui appartenir, même sans l'épouser ? Toutefois, un éclair de lucidité la retint. S'ils se cantonnaient au statut d'amants, un jour ou l'autre, ils finiraient par se détester. Et cela, elle ne le voulait à aucun prix.

Comme Adam la dévorait des yeux, elle secoua la tête.

— Tu crois que c'est facile pour moi ? lança-t-il. Tu sais que je refuse les relations sentimentales sur le lieu de travail. Et pourtant, pour toi, je m'apprête à faire une exception à la règle !

— Tu fais ça pour obtenir ce que tu veux, toi.

— Ne dis pas les choses comme ça…, murmura-t-il

en la prenant dans ses bras. Ce que je te propose, c'est le mieux que je puisse te donner pour le moment.

Lui saisissant le menton, il plongea ses yeux au fond de ceux de la jeune femme et murmura :

— Je t'en prie… offre-moi cette chance. Je n'exclus pas le mariage à tout jamais, mais j'ai besoin de temps.

Elle lui rendit son regard et lui prit le visage entre les mains, puis s'approcha tout près de lui avec tout l'amour dont elle se sentait capable.

— Moi, je n'ai pas besoin de temps pour savoir que je t'aime, dit-elle.

— Je suis vraiment très attaché à toi, Jayne. Notre relation sera un succès, j'en suis sûr.

— Si je ne reste que ta maîtresse, cela me tuera à petit feu. J'ai passé ma vie entière à me jurer d'être différente de ma mère. Si je ne suis pas fidèle à cette promesse que je me suis faite, cela détruira l'image de moi-même que je me suis forgée. Et pour ne rien te cacher, je désire ardemment avoir des enfants.

A vrai dire, elle n'avait pas besoin d'un certificat de mariage pour vivre avec Adam. Si celui-ci s'engageait envers elle et acceptait d'avoir des enfants, cela suffisait. Dans l'attente d'une réponse, elle retint son souffle.

— Non, lâcha-t-il.

Le cœur de Jayne se brisa à ce mot. En fait, comprit-elle en un éclair, elle n'était pas tombée amoureuse du Adam qu'elle côtoyait depuis huit mois. Non, celui qu'elle aimait, c'était l'homme caché, celui qu'il serait, si seulement il acceptait de tirer un trait sur le passé. S'il se mettait à rêver à l'avenir.

Elle secoua la tête et s'arracha aux bras d'Adam. Dans la penderie, elle prit ses vêtements. Elle n'avait plus qu'un but : quitter la chambre avant de se mettre à pleurer. Offrir à Adam la dernière image d'un visage ruisselant de larmes représenterait pour elle une douleur supplémentaire.

— Alors, tout est fini ? interrogea-t-il.

— Oui. Tu trouveras ma lettre de démission lundi matin sur ton bureau.

— Je croyais pourtant que tu m'aimais, articula-t-il d'une voix calme.

Elle le dévisagea. Il semblait démuni : un homme qui avait choisi la solitude affective, dans l'illusion de pouvoir vivre en toute sécurité. Elle eut envie de lui tendre la main, de le prendre contre elle, mais elle n'en fit rien.

— Je t'aime, répondit-elle. Mais cela ne signifie pas que je ne m'estime pas moi-même et que je ne prends pas en compte mes propres désirs.

— Que veux-tu dire ?

— Rien. J'essayais d'être méchante, c'est tout.

En fait, c'est à elle-même que sa remarque amère venait de faire du mal. Au fond de son cœur, elle le savait bien, elle comptait beaucoup plus pour Adam que toutes les maîtresses qu'il avait eues. Alors, pourquoi se montrait-elle aussi intransigeante ? Son besoin d'ordre et de structure la paralysait. Quelle autre raison l'empêchait d'accepter de vivre avec Adam ? Quitte à espérer le voir un jour changer d'avis…

Adam traversa la chambre pour la rejoindre. Quand il tendit la main vers elle, toutefois, elle recula. S'il la touchait maintenant, songea-t-elle, elle se briserait en mille morceaux.

— Je t'en prie, ne pars pas, murmura-t-il. Je te donnerai tout ce que tu voudras.

— Tout ?

Pas son amour, en tout cas, songea-t-elle avec chagrin.

— Tu n'as qu'un mot à dire. Une voiture ? Un bijou ? Une fourrure ? *N'importe quoi.*

Alors, elle comprit : elle avait beau s'être mise à nu devant lui, Adam ignorait encore qui elle était. Sans cela, lui proposerait-il les misérables compensations qu'il offrait à ses maîtresses ?

— Rien de ce que tu peux acheter ne me fait envie, affirma-t-elle.

Et elle le pensait. C'était de l'amour qu'elle voulait, et l'âme froide d'Adam n'en contenait pas assez pour elle.

— Tu ne penses pas ce que tu dis.

— Oh si ! Tu t'es entouré de possessions matérielles et de symboles de réussite pour combler le vide qu'il y a dans ton existence, que tu le veuilles ou non. Moi, il m'en faut davantage pour être heureuse. Et ce que je veux ne se monnaye pas.

— Alors, c'est mon âme que tu veux ?

La réponse était oui, mais jusqu'à cet instant, Jayne n'en avait pas eu conscience. En réfléchissant, songea-t-elle, il fallait se rendre à l'évidence : elle voulait cet homme tout entier. Et pourquoi pas, après tout ? Ne s'était-elle pas donnée à lui tout entière ?

— Ce serait un échange équitable, rétorqua-t-elle.

— Pas du tout. Je ne suis pas comme toi, Jayne. Je ne regarde pas le monde à travers des lunettes roses. Je vis dans le monde réel depuis le début de mon existence. Toi, tu cherches à vivre un conte de fées.

Jayne ne pouvait en supporter davantage. Elle avait le cerveau en ébullition, le cœur en charpie. D'un pas décidé, elle gagna la porte.

— Finalement, je préfère ne pas faire mes deux semaines de préavis, lâcha-t-elle.

— Dans ce cas, tu n'auras pas de lettre de recommandation de ma part, rétorqua-t-il du tac au tac.

— Je n'en ai pas besoin.

Attrapant au passage son sac à main, elle sortit en claquant la porte. Puis sans se retourner, aveuglée par les larmes qui roulaient le long de ses joues, elle se mit à courir.

12.

Adam donna un coup de poing dans le mur le plus proche, puis lança une bordée de jurons. Comment la situation avait-elle pu lui échapper à ce point ? En plus du reste, il avait mal à la main, maintenant ! Il promena le regard autour de lui. Rester ici une minute de plus ? Impossible ! Toutes ces bougies, ces pétales de roses lui rappelaient l'échec cuisant qu'il venait d'essuyer.

Pourquoi cette mise en scène, qui lui avait si bien réussi dans le passé, échouait-elle aujourd'hui ? Sans doute parce que Jayne ne ressemblait pas aux femmes qu'il avait séduites jusqu'ici. Elle était beaucoup plus têtue ! Il rageait.

Il savait ce qu'elle voulait. Elle voulait son amour. En fait, à en juger par la douleur qui lui brûlait les entrailles en cet instant précis, il l'aimait bel et bien. Simplement, il se refusait à exprimer cette vérité. Par ailleurs, il ne pouvait se résoudre au mariage. Il s'en sentait incapable pour le moment. Si seulement elle avait accepté d'attendre un peu ! Si elle lui avait donné le temps de s'ajuster aux événements... qui sait si, au bout du compte, il n'aurait pas changé d'avis ? Mais pour Jayne, attendre, temporiser, était hors de question, de toute évidence ! Elle pratiquait dans sa vie sentimentale la politique du tout ou rien !

Une kyrielle de doutes l'assaillit. Il se laissa tomber dans un fauteuil et lança autour de lui un regard désemparé. Leur suite ressemblait à beaucoup de chambres d'hôtel. Or, durant ces deux semaines, la présence de Jayne en avait fait une sorte de cocon. Cette femme lui avait donné la chance de partager non seulement sa vie professionnelle, mais aussi quelque chose de beaucoup plus essentiel : toute une partie de lui, à laquelle les autres femmes ne s'étaient pas intéressées. Par exemple, Jayne avait compris son amour de l'océan. Tous les après-midi, malgré sa propre aversion pour la mer, elle avait accepté de faire de la voile avec lui.

Mais cela signifiait-il qu'elle ne le quitterait jamais ? Une fois mariée, ne s'ennuierait-elle pas, au point de partir vers d'autres horizons ? Et lui, souhaiterait-il toujours la conserver auprès de lui ?

Non, il ne craignait pas le désamour de Jayne, reconnut-il au bout d'un moment. La peur qui le tenaillait était tout autre : connaissant sa propre incapacité sentimentale, il redoutait de la quitter lui-même un jour. Et cette pensée lui était insupportable. Il ne voulait à aucun prix la faire souffrir.

Comme mû par un ressort, il se leva d'un bond, enfila une paire de mocassins, ferma la porte de la suite derrière lui et se dirigea droit vers le bar. Les élancements dans sa main le faisaient souffrir, mais il avait le sentiment de les mériter. En tout cas, ils faisaient diversion à une autre souffrance : celle qui lui tordait le ventre.

Il commanda un whisky et s'assit à l'une des tables désertées, dans l'atmosphère enfumée du bar. L'orchestre ne jouait plus depuis longtemps. L'endroit était presque vide.

— Alors, mon vieux… vous continuez à célébrer l'achat de La Perla Negra ?

Ray s'installa à la table. Le serveur apporta le whisky. Adam le but d'un trait et en commanda un autre dans la foulée.

— Où est Jayne ? s'enquit encore Ray.

— Aucune idée, grogna-t-il.

Mais ce n'était pas difficile à deviner ! songea-t-il, au désespoir. Les images qui défilaient dans sa tête le poussaient à s'enivrer pour oublier. Comment chasser autrement de son esprit le visage de Jayne tel qu'il l'imaginait en cet instant même ? Pâle, défait, inondé de larmes. Elle l'avait fui, et il se maudissait d'être responsable de cet échec.

— Problème de femme ? reprit Angelini.

— Pensez donc ! Moi ? Je suis expert en matière de femmes ! ricana Adam.

Ray s'appuya au dossier de sa chaise et tira de sa poche un cigare. Il l'alluma, puis lança un regard alentour.

— Ne le prenez pas mal, commença-t-il. Mais quel genre d'expert en femmes se retrouve assis à boire seul dans un bar, juste avant la fermeture ?

Adam avala son second whisky. Il ne connaissait rien aux filles et à leur psychologie ! reconnut-il en son for intérieur. Voilà pourquoi il venait de perdre la seule femme au monde qui comptait pour lui.

— Vous voulez en parler ? proposa Ray en exhalant la fumée de son cigare.

— Vous aimez jouer au confesseur, hein ? ironisa Adam sur le ton de la dérision.

— C'est seulement que je suis passé par là, moi aussi...

— Avec Didi ?

L'idée de ne pas être le seul maladroit en amour apportait à Adam un peu de réconfort.

— Non, pas avec Didi. Dans le passé, j'ai laissé une femme me filer entre les doigts. Je n'ai pas su comprendre au bon moment que l'amour vous rend plus fort. Meilleur.

— Eh bien... Jayne ne voit pas les choses ainsi. Elle ne voit que...

Que voyait-elle au juste, en le regardant ? se

demanda-t-il. Il n'en savait rien. Sans doute une version romantique de ce qu'il était réellement ? Et lui, pauvre imbécile, s'était arrangé pour détruire à jamais cette image !

— Que voit-elle ? répéta Ray d'un ton engageant.

Adam jouait nerveusement avec son verre.

— Elle a compris que je ne suis pas le type qui la rendra heureuse, selon ses critères bien définis, répondit-il enfin.

— Oh, misère !

— Ecoutez, si vous ne voulez plus me vendre La Perla Negra, je comprendrai. Je dois vous avouer une chose : depuis le début, Jayne et moi, nous vous jouons la comédie. Jayne était mon assistante, pas ma maîtresse.

— Mais la situation a changé...

— Pas pour longtemps.

— Ecoutez, Adam... Ce que je vais vous dire n'a rien à voir avec l'hôtel. Je n'ai qu'un conseil à vous donner : retrouvez Jayne et parlez-lui.

Comme si c'était aussi simple que ça ! songea Adam. Mais non, il n'était pas prêt à vouer son âme à Jayne, comme elle l'exigeait.

— Elle ne se laissera pas convaincre, affirmat-il.

— Essayez tout de même ! insista Ray.

— Vous prenez votre rôle de confesseur trop au

457

sérieux, mon vieux ! Tout est fini entre Jayne et moi. La seule chose qui me reste à faire, c'est aller de l'avant dans ma propre vie. Sans me retourner.

Ray écrasa le bout de son cigare dans un cendrier.

— Madone ! soupira-t-il. Pourquoi me suis-je imaginé que votre histoire serait facile ?

— De quoi parlez-vous ? s'étonna Adam.

Il fulminait contre lui-même. Pourquoi diable acceptait-il de parler de ses problèmes personnels avec un homme qu'il connaissait à peine ?

L'air gêné, mais déterminé, Ray poursuivit :

— Ecoutez, l'ami. Sous mes dehors un peu lourds, j'aime les romances. Depuis que Didi et moi avons décidé de vendre La Perla Negra, je me suis mis en tête de la céder à un couple heureux. De toutes les forces de ma pensée, j'ai voulu influencer votre liaison avec Jayne.

Sans croire un mot de ce que disait Angelini, Adam lâcha :

— Dans ce cas, vous avez échoué.

— Ça, on peut le dire !

Dans un geste d'apaisement, Ray posa un instant sa main sur celle de son interlocuteur.

Cet homme était-il un doux dingue ? se demanda Adam. Il fit mine de retirer sa main. Mais soudain, était-ce l'effet de l'alcool qui lui brûlait la cervelle, les murs du bar se mirent à tournoyer. En un flash fulgurant, il se revit un soir, dans un bar de La Nouvelle-Orléans. Un bar où il n'avait plus mis les pieds depuis la nuit de son divorce. Ce soir-là, il avait pris une cuite monumentale. Dans la semi-obscurité enfumée du bar, il était resté assis au comptoir.

— Encore une tournée ? demandait le barman.

— Servez-les sans me demander, tout le temps, répondait le jeune Adam.

Ce disant, il engloutissait son verre de mauvais whisky. A l'époque, il n'avait pas les moyens de s'offrir une bonne cuvée.

— Voilà, obtempérait le barman en déposant un nouveau verre devant lui.

— Merci, patron.

Adam se tournait alors vers la salle, levait son verre et annonçait à la cantonade :

— A partir de maintenant, je jure de ne plus me laisser prendre au piège des femmes et de leurs fluctuations.

Tous les habitués du bar levaient leur verre et approuvaient. Le jeune Adam se rasseyait et vidait son whisky.

Adam venait de revivre cette scène de sa jeunesse, en état de choc. Ainsi, il avait bâti sa vie sur un vœu d'ivrogne, prononcé à l'âge de vingt et un ans ? Il se souvenait très bien de ce qu'il avait fait le lendemain : il s'était lancé à corps perdu dans les affaires. Positivant l'énorme coup de pied aux fesses que lui avait administré le départ de Susan, il avait conçu ce qui allait devenir Powell International.

Il avait travaillé d'arrache-pied six mois durant, avant de rencontrer Rhonda, sa première maîtresse. Il était encore trop fragile pour envisager autre chose que de la sexualité avec elle. Ensemble, ils avaient trouvé un modus vivendi qui leur convenait : lui chez lui, elle chez elle. Chacun pour soi. Des rencontres occasionnelles, qui n'engageaient à rien. Et c'est ainsi qu'un intermède temporaire dans sa vie sentimentale était devenu la norme.

Un instant plus tard, Adam retrouva ses esprits. Il reprit pied dans le bar de La Perla Negra. Bizarrement, Ray ne se trouvait plus avec lui. S'était-il endormi quelques secondes ? Avait-il rêvé cet épisode sorti du passé ? Il se frotta le front. La boisson lui avait donné un violent mal de tête. Et surtout, une phrase de Jayne résonnait dans sa tête :

Je t'aime. Mais cela ne signifie pas que je ne me respecte pas moi-même.

En un éclair, Adam comprit enfin : il n'avait pas respecté les besoins essentiels de Jayne. Ni les siens. Tout simplement, parce que son passé le tenait en esclavage. Il lui obscurcissait la vue.

Il sortit du bar. Etait-il trop tard pour retrouver Jayne ? Elle et lui ne pourraient être heureux qu'ensemble. Il en avait à présent la certitude.

Dégrisé, il trouvait soudain la situation très simple :

460

il aimait Jayne. Le fait de ne pas prononcer à haute voix ces mots fatidiques n'y changeait rien. Ne pas avouer son amour ne le mettait pas à l'abri des aléas liés aux émotions.

Au contraire ! Cela lui faisait perdre à tout jamais ce qui lui apparaissait comme son bien le plus précieux : la lumière éclatante de la présence et de l'amour de Jayne.

Jayne avait demandé au portier de l'hôtel de lui appeler un taxi. Debout sous l'auvent, elle refoulait ses larmes. Elle était en colère. Contre Adam, bien sûr. Mais aussi contre elle-même. Comment avait-elle pu se tromper à ce point sur le compte de cet homme ?

Mais au fond, s'était-elle vraiment trompée à son sujet ? Tout le problème ne venait-il pas d'elle ? Elle avait passé sa vie entière à se tenir à l'écart des hommes. Elle en avait trop peur. Si elle s'était fiancée à Ben, c'est parce qu'il représentait la sécurité. Elle l'estimait, mais il ne faisait pas battre son cœur outre mesure. Quand il l'avait quittée, elle avait eu mal. Mais ce n'était rien à côté de la souffrance que lui inspirait à présent la séparation d'avec Adam.

Cette bague au doigt avait-elle tant d'importance ? Son cœur lui criait que non. En revanche, comment renoncer à fonder une famille ? Pas seulement pour elle-même ; Adam avait besoin d'enfants, lui aussi. Et pour faire couler à flot sur eux l'amour inconditionnel enfoui en lui, et qui ne trouvait pas à s'extérioriser.

Le doute tenaillait Jayne. Se montrait-elle couarde en partant sans se retourner ?

— Jayne ! Dieu soit loué, je t'ai retrouvée !

Elle pivota sur ses talons et déclara d'une voix faible :

— Je ne vais pas changer d'avis…

Elle s'aperçut que le visage d'Adam rayonnait. La force de sa détermination était claire.

— Au contraire ! Je vais te convaincre !

— Avec un autre petit artifice de séduction ? s'enquit-elle, sarcastique.

Adam se passa une main frénétique dans les cheveux.

En quelques secondes, un changement s'opéra en Jayne. Son cœur s'accéléra. Il avait couru vers elle pour l'empêcher de partir ! Jamais, elle ne l'avait vu retenir ses compagnes. A chaque séparation, il se contentait de poursuivre sa propre route. Imperturbable.

— Les bougies, les roses… c'était une erreur, je le reconnais, dit-il.

Le taxi de Jayne s'engagea dans l'allée de l'hôtel et se gara devant l'entrée. Le chauffeur en sortit.

— Vous avez commandé un taxi ? demanda-t-il à Jayne.

— Oui. Je vais à l'aéroport.

— Non, elle n'y va pas, affirma Adam.

462

— Si !

Agacé, le chauffeur éleva la voix :

— Ecoutez, il est tard. Je n'ai pas envie de passer la nuit ici pendant que vous vous disputez.

Adam sortit quelques billets de banque de sa poche, les fourra dans la poche de l'homme en disant :

— Vous pouvez partir. Bonne nuit.

Comme le taxi s'éloignait, Jayne lança à Adam un regard courroucé. Elle détestait le voir utiliser son argent pour régler une situation à son gré.

— Viens avec moi, commanda-t-il.

— Pas tout de suite. Quand tu seras à La Nouvelle-Orléans, viens me rendre visite chez moi. Nous discuterons.

— Pas question !

Sans autre forme de procès, Adam attrapa Jayne et la balança sur son épaule. Comme elle se débattait et protestait, il lui administra une petite tape sur les fesses.

— Reste tranquille !

Il traversa sans se presser le hall presque vide de l'hôtel.

Jayne cessa vite de gigoter. Au contraire, elle dut lutter contre son désir d'entourer Adam de ses bras. Elle n'avait pas envie de partir, c'était clair. De son côté, de toute évidence, il ne voulait pas qu'elle parte. Alors…

Dès qu'ils furent dans la chambre, Adam reposa

la jeune femme au sol. Elle le dévisagea sans le reconnaître. Au fond de ses yeux, elle lisait une force puissante, qu'elle n'y avait encore jamais vue. Quelque chose qui ressemblait à… à de l'amour.

Adam prit le visage de Jayne entre ses mains, baissa la tête vers elle et murmura quelques mots contre ses lèvres. Puis, de sa langue, il traça le pourtour de la bouche qui s'ouvrait sous la sienne, avant d'approfondir le baiser.

Avec un soupir, Jayne posa les mains sur le torse d'Adam. Finir ses jours sans cet homme serait une torture, songea-t-elle. Des larmes roulèrent sur ses joues. Adam les essuya du bout des doigts.

— Ne pleure pas, ma chérie. Ne pleure pas.

Pour la consoler, il la berçait contre lui.

Fondant de tous ses membres, Jayne le laissait faire. Elle se rendait, sans condition cette fois-ci. Mais au fin fond d'elle-même, elle souffrait de cette reddition. Elle qui avait rêvé d'être aimée pour elle-même, corps et âme… sans restriction ni réticence. Voilà qu'elle acceptait de devenir une simple maîtresse.

— Je t'aime, entendit-elle à son oreille.

Saisie, elle leva la tête vers Adam. Avait-elle rêvé ?

— Tu n'es pas obligé de dire ça, balbutia-t-elle.

— Vraiment ? Je crois pourtant que tu mérites de l'entendre.

— Adam, depuis notre séparation, une demi-heure

s'est écoulée. Comment pourrais-tu m'aimer, tout d'un coup ?

— J'ai vu ce que je deviendrais sans toi et, crois-moi, ça fait peur. Je t'en parlerai plus tard. Ce que je crois, c'est que je t'aime depuis le début, Jayne.

— Je voudrais te croire, mais…

— Mais tu n'y arrives pas ? Bon sang, ne me quitte jamais plus, ma chérie. Si tu t'en vas, je deviendrai une coquille vide et dure. J'ai besoin de toi. Tu me rends meilleur. Et de mon côté, je peux faire de toi une femme heureuse. Nous sommes faits l'un pour l'autre. Tu n'aurais pas dû t'enfuir comme tu l'as fait.

— Je ne pouvais pas rester. J'avais peur.

— Tu n'auras plus jamais peur. Plus besoin de protéger ton cœur.

— Tu en es sûr ? Parce que, si tu changes d'avis…

— J'ai craint cela, à un moment. Mais maintenant, je sais. Comment changer d'avis ? Je suis à toi corps et âme.

Jayne ravala les larmes qui lui brûlaient les yeux. Des larmes de joie, à présent. Car elle le savait, Adam ne disait que ce qu'il pensait. S'il s'engageait envers elle, il tiendrait parole. Et surtout, l'amour qui brillait au fond de son regard en faisait foi.

— Je t'aime, dit-elle enfin.

— Moi aussi, je t'aime. Pour toujours.

La soulevant dans ses bras, il la porta jusqu'à la

chambre. Il l'installa au centre du lit, puis se pencha vers le tiroir de la table de chevet et en retira un étui long et étroit.

— J'ai commandé ça pour toi, dit-il. Ce n'est pas traditionnel, mais notre histoire ne l'est pas non plus.

Après avoir empilé ses oreillers contre la tête de lit, Adam s'y adossa. Il attira Jayne dans ses bras. La tenant bien au chaud, il ouvrit l'étui, et retira le bracelet en saphir de son écrin de velours noir.

— Nous nous marions, annonça-t-il.

— Tu ne me demandes pas si j'accepte ?

— Il le faut ?

— Oui.

Elle voulait une belle histoire à narrer plus tard à ses petits-enfants ! Sans omettre la scène la plus cocasse : Adam la transportant sur son épaule à travers tout l'hôtel !

— Jayne... acceptes-tu de devenir ma femme ? demanda Adam.

Fronçant les sourcils en une parodie d'hésitation, elle répliqua :

— Seulement si tu acceptes que je t'appelle « macho » quand ça me chante.

— D'accord, grogna Adam.

Le cœur de Jayne se fit léger comme un papillon. Se lovant contre l'homme de sa vie, elle l'enlaça.

— J'ai tellement envie de devenir ta femme, murmura-t-elle.

Adam la fit rouler sur le lit. Les mots devinrent inutiles. Leurs vêtements valsèrent dans la pièce et ils scellèrent de leurs corps leur engagement.

Plus tard, quand leur respiration s'apaisa, Adam s'enroula autour de Jayne et la serra contre lui. Ils évoquèrent leur avenir et leurs rêves pour la vie à deux.

La magie de La Perla Negra avait opéré, songea Jayne, en plein bonheur. Elle avait enfin trouvé le chemin de son cœur.

Épilogue

Adam regarda l'océan. Toute sa vie, en Louisiane, il avait vécu au bord de la mer. Et pourtant, il lui semblait n'avoir découvert celle-ci que sur cette île. Pour lui, à La Nouvelle-Orléans, la grande masse d'eau ondoyante du golfe du Mexique, c'était un endroit idéal pour faire du hors-bord et du ski nautique, pour plonger dans les vagues et crawler à tour de bras, afin de se délasser. Ni plus ni moins.

Mais aujourd'hui, tout semblait différent. Le coucher de soleil flamboyant, sans doute ? Le bref discours du pasteur, qui dispensait ses paroles d'amour et d'éternité au petit groupe d'amis réunis autour des mariés ? L'éblouissante présence de Jayne, à coup sûr. Qu'importait la raison ! La beauté du monde le frappait pour la première fois, véritable coup de poing en pleine figure. Si seulement il avait appris cette leçon plus tôt…

Eperdu de reconnaissance, il se tourna vers Jayne. Dans sa longue robe blanche, elle lui parut plus radieuse et plus séduisante que jamais. A la fois fragile et forte. Avec elle, il se sentait capable de déplacer des montagnes.

Comme le pasteur achevait sa bénédiction, Adam le remercia d'un sourire et d'un signe de tête. Puis se tournant vers l'assemblée qui assistait au mariage, il prit tout le monde à témoin de son amour : sans souci de froisser sa belle robe de soie, il enlaça Jayne, la souleva de terre et l'emporta dans un long baiser.

Un baiser un peu trop intense pour un endroit public et une cérémonie officielle ! songea Ray Angelini. Emu, cependant, il détourna la tête. Il regarda valser la houle, qui s'écrasait en longues vagues sur le rivage.

Soudain, il sentit la main de Didi se glisser sous son bras. Oserait-il le reconnaître ? Depuis qu'elle ne s'habillait plus comme une vieille tante, il éprouvait pour elle un regain de tendresse. Du désir, même. Il la trouvait de nouveau jolie, appétissante.

— En leur vendant notre hôtel, nous avons fait du beau travail, affirma-t-elle d'une voix douce.

Ray acquiesça et lui prit la main pour l'entraîner le long de la plage, loin des invités.

— Je sais, répondit-il enfin.

Les vieilles habitudes reprenant le dessus, Didi l'asticota :

— Ce n'est pas la modestie qui t'étouffe !

— Mon chou, je ne comprendrai jamais tes sautes

d'humeur… Pour toi, être content d'une bonne action est un péché ?

Didi leva les yeux au ciel, puis sourit. Ensuite, mine de rien, elle se colla un peu contre son mari.

Le cœur de Ray trembla dans sa poitrine. Etait-ce la passion manifeste qui unissait Adam et Jayne ? se demanda-t-il. L'amour de ce couple jeune et beau faisait-il des émules ? Rejaillissait-il sur leur entourage ?

En tout cas, il s'arrêta au bord de l'eau, regarda Didi au fond des yeux, puis déposa un long baiser à la commissure de ses lèvres.

— Vive le mariage ! lui murmura-t-il à l'oreille.

Dès le 1er janvier 2007,

la collection *Azur*
vous propose de découvrir
8 romans inédits.

---

collection
Azur

8 romans par mois

Dès le 1er janvier 2007,

la collection *Horizon* vous propose de découvrir 4 romans inédits.

---

collection

Horizon

4 romans par mois

Chère lectrice,

Vous nous êtes fidèle depuis longtemps?
Vous venez de faire notre connaissance?

C'est pour votre plaisir que nous avons
imaginé un rendez-vous chaque mois
avec vos auteurs préférés, vos
AUTEURS VEDETTE dans les
collections Azur et Horizon.

Les **AUTEURS VEDETTE** vous
donneront rendez-vous pour de
nouveaux livres vedette.

Pour les reconnaître, cherchez
l'étoile... Elle vous guidera!

Éditions Harlequin

COLLECTION HORIZON

Des histoires d'amour romantiques qui vous mènent au bout du monde!

Découvrez la passion et les vives émotions qu'apportent à la Collection Horizon des auteurs de renommée internationale!

Captivantes, voire irrésistibles, ces histoires d'amour vous iront assurément droit au coeur.

Surveillez nos trois nouveaux titres chaque mois!

La COLLECTION AZUR

Offre une lecture rapide et

- ☑ *stimulante*
- ☑ *poignante*
- ☑ *exotique*
- ☑ *contemporaine*
- ☑ *romantique*
- ☑ *passionnée*
- ☑ *sensationnelle!*

*COLLECTION AZUR...des histoires
d'amour traditionnelles qui vous
mènent au bout monde!
Cinq nouveaux titres chaque mois.*

GEN-RP-R

L'ASTROLOGIE EN DIRECT
TOUT AU LONG
DE L'ANNÉE.

(France métropolitaine uniquement)
Par téléphone 08.92.68.41.01
0,34 € la minute (Serveur JET MULTIMÉDIA).

Composé et édité par les
éditions Harlequin
Achevé d'imprimer en novembre 2006

BUSSIÈRE
GROUPE CPI

à Saint-Amand-Montrond (Cher)
Dépôt légal : décembre 2006
N° d'imprimeur : 62063 — N° d'éditeur : 12485

Imprimé en France